Ayúdame a recordar

Ayúdame a RECORDAR

Corinne **Michaels**

ROSE CANYON 1

TRADUCCIÓN DE
Sonia Tanco Salazar

CHIC

Primera edición: abril de 2024
Título original: *Help me Remember*

© Corinne Michaels, 2022
© de la traducción, Sonia Tanco Salazar, 2024
© de esta edición, Futurbox Project S. L., 2024
Los derechos morales de la autora han sido reconocidos.
Todos los derechos reservados, incluido el derecho de reproducción total o parcial.

Diseño de cubierta: Sommer Stein, Perfect Pear Creative
Corrección: Isabel Mestre, Sofía Tros de Ilarduya

Publicado por Chic Editorial
C/ Roger de Flor n.º 49, escalera B, entresuelo, despacho 10
08013, Barcelona
chic@chiceditorial.com
www.chiceditorial.com

ISBN: 978-84-19702-17-3
THEMA: FRD
Depósito Legal: B 6971-2024
Preimpresión: Taller de los Libros
Impresión y encuadernación: Liberdúplex
Impreso en España – *Printed in Spain*

A Sommer Stein: gracias por no haberme despedido… todavía.

Capítulo uno

Brielle

Abro los ojos poco a poco y luego los cierro de golpe por la luz cegadora. Me duele tanto la cabeza que me cuesta respirar.

¿Qué narices ha pasado?

Noto una ligera presión en un brazo y, a continuación, la voz suave de mi madre rompe el silencio.

—Brielle, cariño, no pasa nada. Abre los ojos, mi niña.

Inhalo un par de veces antes de intentarlo de nuevo. Esta vez estoy preparada para la claridad y para las paredes blancas esterilizadas que reflejan la luz del sol. Oigo que alguien se mueve a la carrera y, entonces, bajan las persianas, lo que crea sombras que hacen que me resulte un poco más fácil abrir los párpados.

—¿Dónde…? —intento hablar, pero tengo la garganta en carne viva. Siento que he tragado mil cuchillos y que no he bebido agua en años.

Mamá está a mi lado y mi cuñada, Addison, se encuentra junto a ella. Giro la cabeza para ver quién hay al otro lado, pero resulta ser un error enorme, porque una nueva oleada de dolor me golpea el cráneo. Me llevo las manos a la cabeza para intentar aligerar la presión, pero no mengua con tanta facilidad.

Alguien que intuyo debe de ser el médico ordena que traigan la medicación antes de bajar el tono de voz a un susurro.

—Brielle, soy Holden. Te daremos algo para el dolor de cabeza.

¿Holden? ¿Qué hace aquí el mejor amigo de mi hermano? No lo entiendo. Se marchó de Rose Canyon hace mucho tiempo y solo vuelve una vez al año.

—¿Sabes dónde estás? —vuelve a hablar.

Deduzco que en el hospital, a juzgar por las máquinas y la cama en la que estoy tumbada, así que asiento.

—¿Qué... qué ha pasado? —Me atraganto con las palabras.

No se oye nada excepto unos pitidos detrás de mí. Intento mantener los ojos abiertos, como si hacerlo pudiera ayudarme a descubrir por qué estoy aquí. Cuando por fin me hacen caso, miro cara a cara a los tres mejores amigos de mi hermano. Holden, que lleva una bata blanca, está en el centro. A su lado se encuentra Spencer Cross, el hombre alto, moreno y pecaminoso con el que he soñado desde que tenía trece años, pero al que nunca tendré. Y detrás de él, Emmett Maxwell, que... se incorporó al ejército y debería estar destinado... ¿Qué narices pasa?

¿Por qué lleva uniforme de policía? ¿Qué hace aquí? Isaac no para de hablar de los correos que le envía cada semana porque, por supuesto, Emmett tuvo que unirse a las Fuerzas Especiales. No podía servir sin más y volver a casa. No, tenía que hacerse el héroe, lo cual no me sorprende para nada.

—¿Sabes por qué estás en el hospital? —me pregunta Holden.

Sacudo la cabeza, aunque me arrepiento de inmediato. Él me sonríe con suavidad y luego me pregunta:

—¿Sabes cuál es tu nombre completo?

—Brielle Angelina Davis.

—¿Qué día naciste?

—El 7 de octubre.

—¿Y a qué instituto fuiste?

Resoplo.

—Pues al mismo que todos. Al Rose Canyon.

Emmett da un paso al frente y me fijo en que está más corpulento de lo que recordaba: tiene el pecho ancho y el uniforme le queda tan apretado en los brazos que las costuras parecen a punto de descoserse. Esboza una sonrisa encantadora y le apoya una mano a Holden en el hombro.

—Brielle, ¿estarías dispuesta a responder a unas preguntas? Sé que seguramente te duela todo y estés cansada, pero es importante.

¿Responder a unas preguntas? ¿No es acaso lo que he hecho hasta ahora?

Noto que me aprietan la mano con más fuerza y recuerdo que mi madre está aquí, así que me giro hacia ella poco a poco. Tiene las ojeras muy marcadas bajo los ojos marrones y le caen lágrimas por las mejillas. Addy está justo al lado, y también tiene aspecto de no haber dormido en una semana. Echo otro vistazo a mi alrededor y me pregunto dónde narices está mi hermano. Isaac me explicará qué ocurre; siempre es sincero conmigo.

—¿Isaac? —lo llamo, porque a lo mejor está en el pasillo.

Addison se lleva una mano a la boca y aparta la mirada. Mi madre me estrecha la mano con más fuerza y después alarga la otra hacia Addy.

—¿Qué pasa con Isaac? —me pregunta Holden, que vuelve a llamar mi atención.

—¿Dónde está?

Emmett interviene entonces.

—¿Qué recuerdas de la última vez que estuviste con él?

—No... No... —Echo un vistazo a mi alrededor, todavía sin entender por qué estoy en el hospital ni qué demonios pasa—. Ayudadme, no...

—Tranquila, Brie —añade Holden con rapidez—. Estás a salvo, solo cuéntanos qué recuerdas.

Sacudo la cabeza, porque no entiendo por qué me pregunta eso, y el gesto me provoca otra punzada de dolor. Cierro los ojos con fuerza, hasta que el dolor me permite hablar.

—No, no lo sé. ¿Qué hago aquí? ¿Qué pasa? ¿Dónde está Isaac? ¿Por qué todos lloráis? ¿Qué me pasa?

Holden me sostiene la mirada y se acerca más a mí.

—No te pasa nada, pero necesito que respires hondo, ¿vale? —Exagera el gesto: inhala con profundidad, contiene el aire durante un segundo y después exhala lentamente. Tras varios

9

intentos, consigo imitarlo, pero el pánico sigue ahí, y me desgarra por dentro. Se vuelve hacia Emmett—. No está preparada para esto, ¿por qué no nos dais unos minutos para que la examine y se oriente? Tiene que descansar.

Mi madre se pone en pie, pero se niega a soltarme la mano.

—No la dejaré sola.

—Señora Davis, tengo que examinarla, y lo mejor sería que pudiera hacerlo sin distracciones.

Si así obtendré respuestas, haré lo que sea. Pero, conociendo a mi madre, no se irá sin pelear.

—Mamá, no pasa nada. Solo… necesito un minuto. —Esbozo una sonrisa frágil, pero ella asiente y me suelta la mano.

Cuando Spencer, Emmett, Addison y mi madre se van, entra una enfermera; ella y Holden se acercan a la cama, cada uno por un lado.

Holden se inclina sobre mí y me pasa una luz por los ojos antes de sentarse en el borde de la cama.

—Sé que despertarse así puede resultar confuso y abrumador, así que solo quiero comprobar tus constantes vitales y hablar, ¿de acuerdo?

Me señalo la garganta y la enfermera me ofrece un vaso con una pajita.

—Empieza con sorbos pequeñitos. Tienes el estómago vacío, y queremos ir con cuidado.

Me trago el líquido, que está frío como el hielo, y dejo que me calme un poco el dolor. Quiero seguir bebiendo para que la sensación no se acabe nunca, pero me aparta el vaso demasiado rápido.

A continuación, Holden me enseña unas fotografías de tres objetos distintos.

—En unos minutos, te haré unas cuantas preguntas sobre estos objetos y tendrás que acordarte de ellos y responderme. ¿Necesitas que te los enseñe otra vez?

Son la foto de una taza, una llave y un pájaro. No hace falta ser un genio para acordarse.

—No es necesario.

—De acuerdo. ¿Puedes levantar las manos y empujar con fuerza contra las mías? —Hago lo que me pide y, cuando parece satisfecho, pasa a otra serie de pequeñas pruebas. Después me toma el pulso y recita unos números de un tirón. Cuando lo hace, siento que la mente me va a toda velocidad, pero estoy demasiado cansada para centrarme en esos pensamientos.

Holden se dirige a la enfermera:

—A la paciente han empezado a salirle cardenales en la cara, así que tendremos que hacerle más fotos antes de darle el alta. Y también me gustaría que le hicieran otra resonancia, solo para comprobar si la inflamación de ambas lesiones ha disminuido.

—¿Los cardenales son muy feos? —le pregunto.

—No están tan mal. Desaparecerán en una o dos semanas. Asiento.

—Vale, ¿y es muy grave la herida de la cabeza?

—Sabremos más después de las pruebas y de la segunda resonancia. Ya hablaremos de los resultados luego, ¿de acuerdo?

—¿Puedes explicarme qué hago aquí o qué pasa?

—Como he dicho, hablaremos de los resultados después del examen.

Me hacen un montón de preguntas mientras yo sigo con la cabeza embotada. Aún espero que mi hermano entre por la puerta y le diga a Holden por dónde puede meterse las evaluaciones médicas.

Cuando acabo de responderlas todas, deja a un lado la tableta.

—¿Qué objeto había en la primera fotografía que te he enseñado?

Respiro hondo y entonces mi mente se queda en blanco.

—Eh…, era una… —Inclino la cabeza hacia atrás e intento pensar. Lo sé—. ¡Una taza! —exclamo en tono triunfal.

—Muy bien. ¿Recuerdas la segunda imagen?

—Sí, una llave.

Sonríe, y la enfermera asiente.

—Excelente, Brielle. Y, finalmente, ¿recuerdas la última imagen?

11

Sí. Esa la… sé. Intento recordar el momento en que me ha enseñado las fotos, pero mis pensamientos son confusos y lentos.

—Sí que me acuerdo, pero estoy muy cansada.

Me apoya una mano en el brazo.

—Lo estás haciendo muy bien.

Pues a mí no me lo parece.

—¿Por qué no me cuentas lo último que recuerdas?

Bajo la mirada a mis manos y le doy vueltas al anillo que me regaló mi padre mientras trato de pensar. Empiezo con la infancia, y recuerdo fiestas, cumpleaños y vacaciones. Mi hermano y yo siempre hacíamos travesuras, pero el pobre Isaac era el único que se metía en líos. Mi padre no era capaz de castigarme, y yo me aprovechaba de lo lindo.

Recuerdo la graduación del instituto, el vestido de color lavanda que llevaba debajo de la toga, y que mi padre falleció dos días después.

Del funeral no recuerdo más que un borrón de lágrimas y tristeza, pero me acuerdo claramente de que Isaac fue el apoyo de mi madre cuando se derrumbó.

Después recuerdo haber conocido a Henry. Yo estaba en segundo, e íbamos juntos a la clase de matemáticas. Dios, era muy mono y divertido. Al final de nuestra primera cita, me besó en la puerta de la residencia de estudiantes, y juro que una hora después aún sentía un cosquilleo en los labios.

Fue mágico.

Más citas. Más recuerdos de cómo nos enamoramos y de cuando nos graduamos con los demás. Estábamos entusiasmados mientras abríamos las cartas de admisión al mismo posgrado en Oregón. Recuerdo el apartamento al que nos mudamos, listos para empezar nuestras vidas mientras nos embarcábamos en nuestras profesiones. Dos años y otra graduación más tarde, no estábamos tan entusiasmados, porque ya no éramos unos críos de instituto, y nos veíamos obligados a tomar decisiones de adultos.

Como cuando decidí volver a Rose Canyon mientras Henry se quedaba en Portland y empezaba a trabajar en el negocio familiar con el objetivo de tomar las riendas a la larga. Eso fue hace unos meses.

Cuando aparto los ojos del anillo, veo que Holden me mira y espera que responda.

—Me gradué del posgrado hará unos seis meses. He estado viviendo con Addison e Isaac mientras buscaba trabajo.

Holden anota algo en la libreta.

—Muy bien, ¿algo más?

—Yo… Sé que Isaac y Addy se casaron. Volví a casa para la boda. Henry y yo estábamos… —Hago una pausa, pues me cuesta pensar en lo que nos ha pasado. No sé si lo que creo es cierto, pero me parece que sí—. Nos peleamos. Fue una estupidez, porque cada dos por tres me pedía que me mudara a Portland, a pesar de que sabía de sobra que yo no quería. ¡Ah! Y conseguí el empleo para el que había hecho una entrevista y me voy a mudar de casa de mi hermano. —Abro los ojos como platos cuando recuerdo que acabo de conseguir un trabajo aquí. En Rose Canyon.

—¿A qué te dedicas?

—Soy asistenta social y trabajo en un nuevo centro juvenil. Empecé hace unas semanas. —Sonrío, porque siento que por fin puedo respirar un poco. Me he acordado.

Aunque Holden no comparte mi entusiasmo.

—Pareces emocionada.

—Sí, lo estoy. Es un buen sitio y… Jenna trabaja allí…

Toma nota de esto último.

—¿Puedes contarme algo más? ¿Sobre tus compañeros de trabajo o sobre los niños que has conocido?

Arrugo el ceño.

—No mucho. Quiero decir, es algo muy reciente y aún estoy conociendo a todo el mundo. —Incluso mientras las pronuncio, las palabras no parecen del todo ciertas.

—Ser la nueva es complicado. —Holden sonríe—. ¿Y sobre el motivo por el que estás en el hospital? ¿Recuerdas algo o a alguien que debería estar aquí con tu familia?

Repaso las personas que estaban aquí cuando me he despertado. Es evidente que no espera que le diga el nombre de mi hermano, ya que es probable que siga en el colegio. Así que me paso una mano por la cara antes de preguntarle:

—¿Henry?

—¿Qué pasa con Henry?

Se me acelera el corazón y me inclino hacia delante, confusa, porque me duelen todos y cada uno de los músculos del cuerpo, a pesar de que Holden solo ha mencionado que tengo una herida en la cabeza.

—Debería estar aquí, pero no está. ¿Está bien? ¿Lo ha llamado alguien?

—Por lo que sé, está bien, y seguro que tu madre lo ha llamado.

Gracias a Dios que se encuentra bien y no en una habitación junto a la mía.

—Debería llegar pronto. Estoy segura de que vendrá. A lo mejor se le han complicado las cosas en el trabajo.

—¿A qué te refieres?

Suspiro.

—Henry… Si no está aquí, lo estará luego. Eso es todo. Estamos resolviendo algunos asuntos. —O, por lo menos, estábamos intentando resolverlos. Las cosas han sido muy complicadas entre nosotros durante los últimos meses. Él no quiere mudarse a Rose Canyon y yo no quiero vivir en la ciudad. Adoro el pueblo, y me gustaría estar cerca de mi hermano y mi cuñada. Addy quiere tener hijos, y yo seré la mejor tía que haya existido jamás.

—Brielle, ¿por qué estás en el hospital?

Cierro los ojos e intento superar el vacío de mi mente. No hay nada.

Solo una niebla muy espesa que me impide recordar.

Estoy perdida. No veo nada.

El corazón me late desbocado e intento con todas mis fuerzas ver algo, pero todo está oscuro y una presión me comprime el pecho.

El pánico amenaza con desbordarme.

Abro los párpados de inmediato y le lanzo una mirada desesperada al mejor amigo de mi hermano mientras intento inhalar.

Madre mía. Me pasa algo muy malo.

—Respira hondo, inhala por la nariz y exhala por la boca —me pide. Intenta tranquilizarme con su voz calmada, pero no lo consigue.

—¿Qué... qué es lo que no sé? ¿Por qué estoy aquí?

Holden aprieta la mandíbula, como si intentara contenerse para no decirme algo. Los pitidos que suenan a mi espalda se intensifican.

—¿He tenido un accidente?

—No ha sido un accidente, pero sí te ha pasado algo. Necesito que te calmes, Brielle. Concéntrate en mi voz y en respirar.

Un nuevo miedo me golpea el estómago. Si no ha sido un accidente, entonces, ¿qué? No consigo relajarme. No puedo contener el intenso pánico que siento, que aumenta por momentos.

—¿Qué ha pasado?

—Brie, para —me pide Holden—. Si no te relajas, tendremos que darte un calmante.

—No, no, porque... No recuerdo por qué estoy aquí. —Y eso me deja con más preguntas y posibilidades. Si no ha sido un accidente, alguien me ha hecho esto. Alguien me ha hecho daño. Solo quiero saber quién y por qué. Empiezo a temblar, y sé que las lágrimas que he visto en el rostro de mi madre y de mi cuñada son la respuesta a una pregunta que no quiero formular. Addy me quiere, sé que lo hace, pero su reacción cuando... cuando he pronunciado el nombre de mi hermano...

Las máquinas que me monitorizan empiezan a pitar todavía más rápido. Holden me está hablando, pero el ruido de mi respiración agitada y el tronar de mi pulso en mis oídos amortiguan sus palabras.

Isaac.

He pronunciado su nombre y Addy se ha desmoronado.

Algo va muy muy mal.

Ay, Dios.

No puedo. Tengo que saberlo. Miro de nuevo a Holden, y el corazón me martillea con fuerza en el pecho mientras me obligo a pronunciar una sola palabra.

—¿Isaac?

—Brielle… —Holden me agarra por los brazos y me mira—. Intenta centrarte en mí y respira despacio. No pasa nada.

Sí que pasa. No recuerdo por qué estoy aquí. No sé qué ha pasado y, cuanto más intento recordarlo, más frenéticos se vuelven los pitidos. La vista se me nubla un poco y Holden le grita algo a la enfermera.

Estoy tan sumida en la espiral de pensamientos que me embargan y tan desesperada por llenarme de aire los pulmones, que se niegan a funcionar, que no consigo prestar atención a lo que grita.

Después, un minuto más tarde, la tranquilidad me inunda las venas y cierro los ojos para caer en un sueño profundo.

Estoy en una especie de trance extraño. Oigo voces cerca de mí, como si las tuviera justo al lado, pero, por más que lo intento, no consigo recobrar la conciencia.

—¿Qué le decimos? —pregunta Addison.

—Nada —responde mi madre—. Han dejado muy claro que no debemos influir en ninguno de sus recuerdos. Debemos tener paciencia y dejar que los recupere por sí sola.

—Se quedará desolada.

—Sí, pero estaremos a su lado.

—No sé cómo podremos hacerlo.

Alguien me aparta el pelo de la cara y, después, mi madre comenta:

—Yo tampoco; parece una pesadilla que solo empeora. Espero con ansia que abra los ojos y recupere todos sus recuerdos, y, al mismo tiempo, casi deseo que no los recupere nunca.

Una de las dos respira hondo.

—¿Y si no lo hace? —pregunta Addison—. ¿Le mentimos sin más? ¿Tenemos que ocultárselo todo?

Mamá se sorbe la nariz; imagino que está llorando.

—Es horrible, pero no podemos hacer otra cosa. La fiscal insistió en que tenemos que hacerlo así o no habrá caso. Ahora mismo no tienen nada.

¿Un caso de qué? ¿Qué ocurre?

—¿Ha dicho Holden cuándo se despertará?

—Hace unas horas que le ha quitado la medicación, así que depende de su cuerpo decidir cuándo está listo para despertar —responde mamá—. Espero que sea pronto.

—Yo también. Tengo que volver a casa con Elodie. Jenna lleva ahí todo el día, y le he prometido que llegaría antes de la cena.

—Por supuesto, querida. ¿Puedes esperar unos minutos más?

¿Quién es Elodie?

Lucho contra las cadenas que me mantienen en este estado de media conciencia porque quiero preguntarles de qué hablan.

—Unos diez minutos más —comenta Addy con un suspiro—. También tengo que reunirme con los de la funeraria.

¿La funeraria? ¿Quién ha muerto?

Lucho con más fuerza y exijo a mis párpados que hagan lo que les pido, porque tengo que despertarme. No sé cuánto tiempo tardo en hacerlo, pero, al final, consigo que mi cuerpo coopere lo bastante para mover los dedos.

—¿Brie? —me llama mi madre.

Alguien, seguramente ella, me sujeta las manos, y yo se las aprieto, y deseo que entienda que intento despertarme.

Pasa un rato antes de que logre abrir los ojos, y entonces veo a mi madre, que me observa con lágrimas en los ojos. Addison sigue a su lado, y me obsequia con una sonrisa leve.

—Hola —me saluda Addy.

—¿Dónde está Isaac? —suelto las palabras, pues no sé cuánto tiempo conseguiré mantenerme despierta.

Le tiembla el labio, y después una lágrima le resbala por la mejilla. Addison sacude la cabeza.

—¿No te acuerdas?

Niego con la cabeza y mantengo los ojos abiertos por pura determinación.

—Quiero acordarme, pero no puedo. Necesito… verlo. Por favor… Cuéntamelo.

Incluso antes de que diga nada, siento la pérdida de mi hermano. Hay algo que le impide estar aquí conmigo; nunca se separaría de mi lado si yo lo necesitara.

—Se ha ido. —Se le quiebra la voz al pronunciar las palabras—. Ha muerto, y… Yo… —Se le escapa un sollozo—. No quería decírtelo.

No. No es posible. Mi hermano es el hombre más fuerte que conozco, puede sobrevivir a cualquier cosa. Sacudo la cabeza; me niego a creerlo.

—No, ¡no es cierto! Calla. Ve a buscarlo.

Mi madre me apoya una mano en la mejilla y me vuelvo hacia ella.

—Es cierto, cielo. Tu hermano estaba contigo cuando te ocurrió esto, y lo mataron.

—¡No! —le grito, e intento zafarme de la mano con la que me sujeta. No puede ser. Él no. Isaac no. Es… es mi mejor amigo.

Mienten. Tienen que mentir, porque mi hermano no puede haber muerto.

—Por favor —les suplico.

—Lo siento mucho —llora Addison, y deja caer la cabeza sobre la cama—. Sé cuánto lo quieres, y él te quería mucho, Brielle.

Me duele tanto el corazón que desearía no haber despertado. Me gustaría quedarme en la nada, donde me sentía libre y en paz, y no existía la tristeza aplastante que me oprime el pecho con tanta fuerza que me da la sensación de que se me partirán las costillas.

—Sé que tienes mucho que procesar —añade mamá al momento—. Casi te perdemos a ti también, Brielle, y… —Posa los ojos marrones sobre Addison, y esta se aclara la garganta.

—Has estado inconsciente desde que ocurrió.

—¿Cuánto tiempo llevo así? —le pregunto con rapidez. Estoy muy confusa.

Addy me seca una lágrima de la mejilla antes de susurrar:

—Han pasado casi cuatro días.

—Contadme qué ha pasado. Por favor. No consigo…

—Shhh —me acalla mi madre—. Tranquila, Brielle. Ojalá pudiéramos contarte lo que ha pasado, pero no podemos. Lo siento muchísimo.

—¿Por qué no podéis contármelo? ¡Decídmelo! —le grito. Decido enfadarme, porque es mejor que dejarme llevar por el dolor.

Addison se encoge antes de ponerse firme y explicarme:

—Los médicos y los abogados creen que lo mejor es que dejemos que recuperes la memoria por ti misma. Y, para ser sincera, nosotras tampoco sabemos qué ocurrió. —Aparta la mirada y mamá interviene.

—Solo nos han contado que estabas con él. Quieren que recuperes la memoria por tu cuenta porque eres la única testigo. Solo tú sabes quién te ha hecho esto, y a la policía y a la fiscal del distrito les preocupa que el abogado de la defensa utilice la pérdida de memoria para desestimar tu testimonio.

—¿Te refieres a la memoria que no tengo? ¿Al testimonio que no puedo dar para que encuentren a la persona que ha hecho esto? —La emoción se agarra a mi garganta y solo consigo susurrar—: Contadme qué ha pasado.

Las lágrimas me caen por las mejillas como la lluvia mientras trato de aceptar que mi hermano ha muerto, que nadie puede contarme qué está pasando y que me han robado una cantidad de tiempo desconocida de mis recuerdos.

Capítulo dos

Brielle

Me quedé dormida durante por lo menos una hora, destrozada y agotada de tanto llorar. Cuando desperté, Holden y mamá pasaron dos horas intentando refrescarme la memoria en vano. Después de otra ronda de llantos, le dije a mi madre que quería hablar con la fiscal y descubrir qué narices ocurría.

Y acaban de informarme de que ya ha llegado y entrará en cualquier momento.

Me comen los nervios, pero los contengo.

Llaman a la puerta, pero, en lugar de entrar Cora, la fiscal del distrito, lo hacen Emmett y Spencer. Quiero presionarlos y exigirles que me cuenten lo que saben, pero sé que no lo harán, y no podría soportar otra sesión de «hacer que Brielle recuerde algo».

—No sé nada, y no pienso hacerlo otra vez —les aviso con una voz distante.

—No hemos venido para eso —responde Emmett.

—Ah, ¿no?

—No.

—¿Y para qué habéis venido? —les pregunto.

Spencer se encoge de hombros.

—Porque nos caes bien, y tu hermano querría que viniéramos.

Aparto la mirada al oír eso. De pequeños, Isaac me dejaba unirme a ellos, y yo era la hermana pequeña molesta a la que todos torturaban, pero también a la que protegían. Me cruzo de brazos. Odio que estos chicos, que siempre han sido como mis hermanos, me visiten sin la persona a la que más quiero ver: mi hermano.

—La fiscal llegará pronto, así que deberíais iros.

Emmett tira de la silla para acercarse más a la cama.

—Nos quedaremos, porque te vendrá bien tener amigos cerca.

—Me vendría bien tener a mi hermano cerca.

Lo echo muchísimo de menos. Si estuviera aquí, me lo contaría todo. No le importaría el estúpido plan para ayudarme a recuperar la memoria; nunca me dejaría sufrir así.

Emmett exhala por la nariz.

—Nos vendría bien a todos; Isaac era el mejor de todos nosotros.

—Ni que lo digas. —Me limpio una lágrima descarriada que se me ha escapado.

—No le gustaría verte así —comenta Emmett—. Verte sufrir.

Tiene razón. Isaac encontraría una solución; siempre lo hacía.

—Brie —interviene Spencer—, todos nos preocupamos por ti. Nos importas, ¿vale? Queremos estar aquí para apoyarte como lo habría hecho Isaac, porque te queremos.

Clava su mirada verde en la mía, lo que hace que el corazón me dé un vuelco.

Dios, la niña estúpida de mi interior quiere buscar otro sentido a sus palabras. He ansiado que Spencer Cross dijera algo así desde que tenía trece años, pero mi mente sabe que no debo hacerme ilusiones.

No obstante, incluso ahora, cuando parece el fantasma del chico del que me enamoré, es deslumbrante. Tiene la barbilla cubierta por una barba que le oculta la fuerte mandíbula que se esconde debajo. Aunque su aspecto es el mismo, el cuerpo le ha cambiado. Es ancho, fuerte, y la forma en que se le pega la camiseta sugiere que esconde unos buenos músculos debajo. Pero sus ojos son del mismo color esmeralda que podría pintar en sueños.

Aparto a un lado esa parte estúpida de mí, porque tengo un novio que me quiere.

No puedo hacerlo otra vez. No puedo meterme de nuevo en este pozo del que es imposible salir.

Vuelven a llamar a la puerta y entran Cora y Holden.

—Hola, Brielle —me saluda Cora, la hermana de Jenna, con una sonrisa en los labios.

Cora es la fiscal del distrito, y es tres años mayor que yo. Jugábamos en el mismo equipo de sóftbol en el instituto y siempre me ha dado un miedo terrible.

No es que me haya hecho nada, tan solo es una de esas mujeres que rebosa poder, y eso hace que parezca intimidante.

No obstante, la forma en que me mira ahora mismo no me da miedo, más bien me entristece. La guerrera que me ordenaba que hiciera bien mi trabajo como receptora mientras ella lanzaba ha desaparecido, y no ha quedado más que pena y empatía en ella... No me gusta.

Mi madre y Addison son las siguientes en entrar. Tras darme un breve abrazo cada una, se sitúan junto a las ventanas.

—Hola, Cora.

Ella sonríe.

—Tienes buen aspecto, me alegro.

Holden se acerca más a mí.

—¿Has notado algún cambio en la última hora?

—No, nada desde la última vez en que has pasado.

Holden echa un vistazo alrededor.

—Quería darte algo de tiempo, y esperaba que las visitas te ayudaran a estimular la memoria antes de centrarnos de verdad en lo que no recuerdas. ¿Lo último de lo que te acuerdas aún es lo mismo que me describiste?

—Sí, y tengo que saber cómo de grave es la lesión.

—Por supuesto. ¿Te gustaría que lo habláramos a solas?

Echo un vistazo a Emmett y a Spencer y sacudo la cabeza.

—No, pueden quedarse.

—Sé que todo esto es increíblemente frustrante para ti, Brielle —comenta Cora—. Me gustaría explicarte por qué hemos optado por este enfoque. Por el momento, no sabemos quién es el responsable de la muerte de tu hermano y de la agresión que sufriste. El equipo de emergencias recibió una llamada sobre un tiroteo y el primer agente que llegó a la escena te encontró allí, inconsciente. Por supuesto, esperábamos que, una vez que despertaras, pudieras identificar al agresor, pero los problemas de memoria complican las cosas.

Asiento mientras escucho a la primera persona que me da algo de información.

—Vale, ¿y qué se ha descubierto hasta ahora?

—Mi trabajo como fiscal se basa en dar argumentos sólidos, sin que haya duda razonable, que demuestren la culpabilidad en el caso que llevo. Y todos —Desvía la mirada hacia Emmett— estamos trabajando sin descanso para construir un caso en el que tu testimonio tal vez no sea necesario. Así que, llegados a este punto, lo mejor para el caso es que te neguemos algo de información.

—¿Y qué más da si no recuerdo nada?

Suspira hondo.

—Me baso en lo que yo haría para generar dudas durante el juicio si fuese la abogada de la defensa. Sería muy fácil demostrar que un testigo clave con un lapsus de memoria enorme puede dar un testimonio poco fiable o sesgado. Lo que sugiero, Brielle, es que te ocultemos aspectos de tu vida actual y veamos si puedes recuperar la memoria sin que lo que te cuenten otras personas influya en tus recuerdos.

El corazón me martillea en el pecho y me escuecen los ojos por las lágrimas.

—Así que ¿quieres que todo el mundo me mienta?

—Mentirte no. Sé que lo que te pido es muy difícil y, créeme, no lo he decidido a la ligera. Tenemos que mantener tus recuerdos intactos. Así que, si te parece bien, me gustaría ponerte en contacto con un psicólogo especializado en casos como el tuyo y que también actúa como testigo experto cuando lo necesitamos. Tienes mucho que procesar, y entiendo tu reticencia, pero, una vez más, debo proteger el caso, lo que a su vez supone protegerte a ti.

Spencer se acerca a la cama.

—¿Hasta cuándo tendremos que hacerlo?

Cora se encoge de hombros.

—Hasta que recupere la memoria o hasta que arrestemos y procesemos al culpable sin su testimonio.

—¿Y si no quiere testificar? —replica él.

Abro los ojos como platos al oírlo, y entonces Cora se vuelve hacia mí.

—Es decisión tuya, por supuesto. No tienes que hacerlo, pero que expliques tu versión del incidente sería la mejor opción para conseguir una condena.

Inclino la cabeza hacia atrás y me vuelvo hacia Spencer, que me observa con la mirada llena de empatía y tristeza. Era el que más unido estaba a Isaac; eran más hermanos que amigos. Debe de estar sufriendo tanto como yo.

—Haré lo necesario para que se haga justicia por la muerte de mi hermano.

—De acuerdo, entonces.

Spencer esboza una sonrisa leve, pero la pierde en cuanto se vuelve hacia Cora.

—Lo único que queremos es mantenerla a salvo.

—Si el asesino piensa que Brielle no recuerda nada, eso puede jugar a nuestro favor —interviene Emmett.

—Es posible que ya se haya largado —añade Spencer, con la mirada todavía clavada en la mía.

—¿Y qué más da? Mató a Isaac, y no tenemos ni idea de quién es —comento yo, desolada. Me vuelvo hacia Cora, de modo que pongo fin al momento—. Vale, pues no me digáis nada. Quiero que quienquiera que me haya hecho esto y haya matado a Isaac pague por ello.

Me da unos golpecitos en el hombro.

—Por favor, si recuerdas algo, dínoslo. Mientras tanto, la policía está haciendo todo lo que puede.

Tras esas palabras, Cora se marcha. Vuelvo a centrar la atención en el grupo.

—¿Cuándo es el funeral? —les pregunto.

—En dos días —responde Holden—. Creo que para entonces ya te habremos dado el alta. Aparte de la pérdida de memoria, te estás recuperando bien.

—Ya, ya me ha quedado claro.

—Pasará, Brie. De verdad que lo creo. —Emmett me coge de una mano.

—Ahora mismo nada en mi vida tiene sentido. ¿Entiendes cómo me siento? Eres el *sheriff* de Rose Canyon y, sin embargo, lo último que recuerdo de ti es habernos despedido en el aeropuerto antes de que te destinaran. —Levanto la mirada hacia el techo porque odio esta situación—. ¿Podéis decirme por lo menos qué día es?

Spencer me responde.

Cierro los ojos y me centro en la fecha. Recuerdo el día en que me gradué del posgrado y…, madre mía, han pasado casi tres años.

Se me acelera la respiración y los miro.

—Pero…

—Lo sé —dice Holden en un tono comprensivo—. Sé que es mucho tiempo.

—Estoy destrozada —confieso—. Me siento como si estuviera rota.

—No lo estás —responde Spencer con rapidez.

Ojalá lo creyera.

—Bueno, pues, cuando vea el cadáver de mi hermano en un ataúd, sí que estaré rota, sobre todo porque no recuerdo una mierda de lo que pasó. ¡Podría haberlo salvado! ¡Y no puedo arreglarlo!

Me echo a llorar, y Emmett me aprieta la mano.

—Tu hermano nunca te culparía.

—Pero ¡yo sí que me culpo!

Da igual lo que hubiera hecho Isaac; está muerto, y yo estaba con él cuando lo mataron. Y tengo todas las respuestas guardadas en el cerebro. Vi al culpable. Estuve allí, y no lo recuerdo. Puede que hasta sepa por qué ocurrió. El responsable podría ser cualquiera de las personas que forman parte de mi vida y, por mucho que escarbe en el agujero negro de mi cerebro, no encuentro nada. Tengo un millón de preguntas. ¿Por qué me dejaron con vida? ¿Por qué no me mataron a mí también? Nada tiene sentido. Me vuelvo hacia Holden.

—¿Cuánto tiempo estaré así? ¿Cuándo recuperaré la memoria?

—Ojalá pudiera darte una respuesta definitiva, pero, con el tipo de lesión cerebral que has sufrido, lo mejor que podemos hacer es esperar. Creo que recuperarás la memoria, pero tienes que darte tiempo para reponerte físicamente.

—¿Cómo lo sabes? —le pregunto.

—No lo sé seguro, pero ninguna de las pruebas que te hemos hecho indica que tengas daños neurológicos a largo plazo. El habla no se ha visto afectada, puedes andar, no presentas fallos en las habilidades motoras y tu memoria a largo plazo no parece haberse visto afectada. Por eso *creo* que la recuperarás. Tan solo puede que tardes un tiempo en hacerlo.

—¿Y pensáis que mantenerme desinformada es la mejor forma de actuar?

Planteo la pregunta a todos los ocupantes de la habitación, aunque miro directamente a mi madre, que asiente a pesar de que se le están acumulando las lágrimas en las pestañas.

Emmett es el primero en romper el silencio.

—No puedo ni imaginarme lo frustrante que debe de resultarte todo esto, pero Cora tiene razón. ¿Qué pasa si alteramos tus recuerdos?

La presión sanguínea se me dispara mientras lucho por asimilarlo todo. Es demasiado. Todo esto es demasiado para mí.

Holden se acerca a mí.

—Brielle, quiero que cierres los ojos y respires profunda y lentamente. Recuerda lo que te he dicho sobre recuperarte; tenemos que hacer todo lo posible por mantener la calma.

No hay forma de mantener la calma. No hay nada en esta situación que me permita estar calmada. Siento que pierdo la cabeza. Los miro a todos, incapaz de contener las emociones dentro.

—No sé si estoy casada o si tengo hijos. ¿Aún trabajo en el centro juvenil? ¿Aún salgo con Henry? Imagino que sí, ¿no? Estábamos… Lo último que… —Mi mente da vueltas a las preguntas como un tornado mientras miro a Spencer a los ojos y le pregunto—: ¿Quién soy ahora?

—Eres la misma chica que has sido siempre. Eres divertida, amable, cariñosa e inteligente. Eres valiente y, aunque todos sabemos que estás asustada, te repondrás.

Quiero echarme a llorar, porque es lo más bonito que me ha dicho nunca. Espero a que bromee sobre lo insufrible que soy, pero la broma no llega.

Emmett se aclara la garganta.

—¿Recuerdas algo más después de haber conseguido el trabajo?

Sacudo la cabeza.

—Lo único que veo son destellos diminutos, pero no logro formar recuerdos completos ni que tengan sentido.

—Nada de lo que recuerdes es diminuto —repone Holden con voz tranquilizadora—. Dinos qué ves. A lo mejor verbalizarlo te ayudará a recordar mejor.

Suspiro, porque no me gusta nada la idea, pero él es médico y sabe lo que hay que hacer.

—Recuerdo un olor a humo, pero no al humo de una fogata, sino más bien al de un puro o una pipa, o algo por el estilo. Casi siento su sabor. No sé cómo explicarlo, pero es como si lo hubiera tenido en la lengua. Yo no fumo, ¿no? Quiero decir, no he empezado a fumar puros de repente, ¿no?

Emmett se echa a reír.

—No que yo sepa.

Spencer niega con la cabeza.

—¿Como si hubieras fumado o comido algo con ese sabor?

Lo sopeso durante un segundo.

—No, es más como un resto, pero no era… No lo sé. No tiene sentido.

—Eso es bueno, Brie. Significa que no todo se ha perdido. —Holden apoya una mano en mi hombro.

—Sí, es un alivio que recuerde un sabor aleatorio a puro de algún momento de los últimos tres años.

—Es un alivio que sea un recuerdo que no relaciones con algo anterior y, por lo tanto, que sea de estos últimos tres años —replica.

Supongo. Ojalá recordara de dónde provenía el sabor. Me paso la lengua por la parte superior de la boca y me inclino hacia adelante.

—¡Un momento!

—¿Qué? —me pregunta Emmett.

—No noté el sabor en mi lengua, sino en la de otra persona. —Cierro los ojos, con la esperanza de avivar la chispa del recuerdo, y siento algo más. Calidez y deseo—. Besaba a alguien que había fumado.

Emmett se inclina hacia adelante.

—¿A quién?

Espero, y la inquietud y la emoción me invaden las venas. Si consigo recordar a quién besaba, habré recuperado un recuerdo. Rebusco en él, pero es extraño. Cierro los ojos para intentar concentrarme. No recuerdo una cara, tampoco sonidos, nada más que calor y el sabor. Levanto la mirada hacia los ojos de Holden y se me cae el alma a los pies.

—No lo sé. Supongo que a Henry.

La voz de Spencer me llena los oídos.

—Cierra otra vez los ojos, Brielle. Quiero que pienses de nuevo en ese beso. Quiero que lo rememores con todas tus fuerzas. El deseo, el calor, cómo te sentiste. Piensa en el sabor que notaste en la lengua. Y ahora piensa en tu cuerpo. ¿Era alto?

—No lo recuerdo a él.

—¿Tuviste que inclinar el cuello? —me pregunta Spencer.

Intento recordar el beso.

—Sí, tuve que ponerme de puntillas…

—Bien. ¿Recuerdas algo más?

Recuerdo la forma en que esos labios se posaron sobre los míos, seguros y coquetos.

—No, solo que fue un beso juguetón. —Y después el recuerdo desaparece. Abro los ojos de golpe y siento ganas de gritar—. Ha desaparecido. No consigo…

—No pasa nada —me asegura Emmett—. Sé que quieres recuperar la memoria, pero obligarte a recordar solo servirá para frustrarte. Tienes que dejar que la mente funcione a su ritmo.

Del dicho al hecho hay un trecho.

—Para ti es fácil pensar así, Em. Tengo miedo de lo que pasó. No tengo ni idea de si fue un robo que salió mal, de si alguien iba a por mí o si Isaac era el objetivo. ¿Qué pasa si el hombre o la mujer que lo mató viene a acabar el trabajo? Tengo que acordarme. Tengo que recuperar mi vida para sentirme de nuevo segura y saber que el culpable está entre rejas.

—Nadie te hará daño —interviene Spencer—. Hay policías al otro lado de la puerta, y se quedarán hasta que llegue el nuevo equipo de seguridad, que te protegerá en cuanto te den el alta. Nunca dejaríamos que te hicieran daño.

—¿Un equipo de seguridad?

Emmett asiente.

—Sí. Si pudiéramos, contrataríamos a todo el ejército estadounidense, pero todos son antiguos marines o agentes de operaciones especiales. Les confiaría mi vida, y nos ayudarán a proteger la tuya.

Me siento como si viviera en una realidad alternativa. A lo mejor esto no es más que un sueño. Quizá estoy en mi habitación, a punto de despertarme de esta pesadilla; pero no, no es un sueño. No hay forma de despertarse de este infierno. Me dejo caer otra vez sobre la almohada; me siento inútil.

—Ojalá pudiera recordar mi vida…

Holden sonríe.

—A lo mejor te serviría, pero quizá no. —Le suena el teléfono y responde con monosílabos antes de volverse hacia Emmett—. El otro paciente con el que querías hablar está despierto.

—De acuerdo.

—Volveré a ver cómo estás en un rato —explica Holden.

Asiento.

—Aquí estaré.

Todos se marchan, incluidas Addison y mi madre, y Spencer se acomoda en la silla en la que hasta hace nada estaba sentado Emmett. Parece exhausto, y el vello facial descuidado que le cubre el rostro es casi una barba completa.

—¿Qué? —inquiere.

Me pregunto qué le ha pasado para que parezca tan destrozado. Spencer siempre ha sido alguien lleno de energía, pero hoy parece un poco perdido.

—Tan solo… parece que acabas de volver de escribir una de esas historias emocionantes. —Algo que podría ser cierto. En general, después de una misión muy importante, no está precisamente deslumbrante. Ha vivido Dios sabe dónde y ha hecho Dios sabe qué y…, bueno, en momentos así es cuando siempre me ha parecido más *sexy* de lo habitual.

—Ojalá fuera eso.

—Así que no acabas de llegar de destapar una historia de terror desconocida.

Se ríe.

—Si fuera el caso, estaría mucho mejor de lo que estoy ahora.

—Sé que no puedes contarme nada de mi vida, pero ¿puedes hablarme de la tuya?

Esboza una sonrisa leve.

—No hay mucho que contar.

—Lo dudo.

Spencer siempre ha sido testigo de cosas maravillosas y ha conocido a personas con vidas increíbles. Ha entrevistado a espías y a diplomáticos. Creo que en algún momento hasta destapó una célula terrorista.

Me encantaba que me explicara sus viajes, que me lo contara todo, bueno, excepto cuando me hablaba de las chicas a las que había conocido. Esa parte siempre quería saltármela.

Spencer suspira.

—Es cierto, hace mucho tiempo que no trabajo en nada.

—¿Por qué?

Se encoge de hombros.

—Un bloqueo de escritor, y, además, quería quedarme por aquí.

Arqueo las cejas al oír eso.

—¿Querías quedarte en Rose Canyon?

—¿A quién no le gustan este pueblo idílico y sus peculiaridades?

Se me escapa una carcajada.

—Ambos sabemos que mientes.

—Me quedé cuando Emmett volvió del servicio. Addy e Isaac se casaron, eso lo recuerdas.

—Pues sí. Estabas muy borracho en la boda.

—Tuve que dar el puto discurso.

Pongo los ojos en blanco.

—¡Eres escritor! Se supone que te gustan las palabras.

—Sobre el papel —responde con una sonrisa de suficiencia—. No me gusta hablar en público; estaba muy nervioso.

—Lo hiciste muy bien.

Baja la mirada a sus zapatos y luego me mira a los ojos.

—Era mi mejor amigo.

Spencer e Isaac tenían la relación más cercana del grupo. Spencer creció con los peores padres del mundo y siempre estaba en nuestra casa. Los dos lo hacían todo juntos y, por lo general, donde encontrabas a uno, también estaba el otro.

—Lo sé —le respondo en voz baja.

—No sé qué coño haré sin él. Addison y El... No lo sé...

Me doy cuenta del lapsus que ha cometido y lo miro fijamente a los ojos.

—¿Quién es Elodie?

Spencer se remueve y apoya los codos en las rodillas.

—¿Por qué me lo preguntas?

¿Aparte de por el hecho de que es evidente que no quiere que le pregunte por ella?

—Oí que Addison mencionaba ese nombre, pero no sé quién es.

—¿Quién crees que es?

—No lo sé. Hay un millón de posibilidades. Una nueva amiga, una compañera de trabajo o la chica que me corta el pelo. Pero, por la forma en que lo dijo, por la preocupación que había en su voz y el hecho de que Jenna estuviera con ella... No lo sé.

—No sé cuánto contarte —dice Spencer con sinceridad.

—¿Es alguna de las personas que he nombrado? —le pregunto.

—No.

De acuerdo.

—¿Es la amante de mi hermano?

Spencer bufa por la nariz.

—Como si Isaac hubiera sido capaz de mirar a otra mujer.

No, pero forma parte de su vida. O formaba...

—Si tenemos en cuenta todo el tiempo que he olvidado, no puedo evitar preguntarme si es mi hija. ¿Estoy casada y tengo una cría?

Spencer sacude la cabeza.

—No es tu hija.

Suspiro con fuerza.

—Ay, menos mal. Entonces..., ¿es hija de Isaac y Addy?

Percibo el conflicto en su mirada.

—Así es.

—Gracias —le respondo de inmediato—. Gracias por no mentirme.

—Yo nunca te mentiría, Brielle. Nunca.

Entonces me gustaría que me lo contara todo.

—Pero no me contarás nada más, ¿a que no?

—Si pudiera...

—Ya —lo interrumpo.

La única esperanza que me queda es que algo haga detonar los recuerdos que he perdido. Que vea algo u oiga una voz que abra las compuertas. Quién sabe, quizá ocurrirá cuando vea a Isaac.

Por supuesto, nadie más me dará detalles.

—¿Spencer?

—¿Qué?

—Si no recordaras los últimos tres años de tu vida, ¿qué harías?

Me mira con simpatía.

—Volvería al principio y recorrería todo el camino para llegar hasta el final.

Apoyo la cabeza en la almohada y echo un vistazo por la ventana.

—Ojalá pudiera llegar a otro final que no incluyera perder a Isaac.

—¿Y qué pasa si justo ese momento te cambia la vida por completo?

—Pues a lo mejor debería hacerlo, porque parece que, de todos modos, mi cerebro no quiere recordar el resto...

Capítulo tres

Brielle

Mi madre entra en la habitación, pero la sonrisa que esboza al verme no le llega a los ojos.

—Hola, Brie.

—Hola.

—Oh, qué flores tan bonitas. —Se dirige a la mesa, sobre la que hay un ramo gigantesco de rosas de color rosa.

—Lo son.

—¿Quién te las ha enviado?

Sonrío.

—Puedes leer la tarjeta —le respondo para darle permiso.

La lee de espaldas a mí y después la deja otra vez en su sitio.

—Ha sido muy dulce, supongo.

Resisto la tentación de gruñir.

—Sí. Es lo único que sé de él desde que desperté.

Mamá sonríe.

—Sí, bueno. He hablado con Holden hace solo unos minutos, me ha dicho que vas muy bien y que ¿podrás volver a casa mañana?

Vaya, veo que ha dado esa parte de la conversación por finalizada. No soporto que pronuncie las frases como preguntas cuando ya sabe la respuesta.

—Eso me ha dicho.

—¿Y a los dos os parece bien que vuelvas a tu apartamento? A mí no sé si me parece buena idea.

34

Si muestro aunque sea una pizca de preocupación, se mudará de nuevo aquí, y eso sería lo peor que podría pasar. Mi madre es maravillosa…, cuando está a seiscientos kilómetros de distancia. Nos parecemos demasiado para vivir cerca la una de la otra.

—Creo que volver a mi espacio y a mis cosas me vendrá muy bien. A lo mejor es lo que necesito para recordar mi vida.

—No sé yo. —Suspira profundamente.

—No depende de ti, mamá. Sé que lo dices con buena intención, pero puedo soportarlo.

—Ah, ¿sí? ¿De verdad puedes soportarlo, Brie? Tu hermano está muerto, y tú… Casi…

Se le quiebra la voz, y eso hace que a mí se me quiebre también el corazón.

—Lo siento.

Gira la cabeza y se seca los ojos antes de obligarse a sonreír de nuevo.

—No, no, estoy bien. Es solo que ha sido muy difícil. Eso es todo. Se supone que una madre debe ser capaz de ayudar a sus hijos, y yo no puedo solucionar nada de lo que ha ocurrido. No puedo ayudarte, y ahora Addison quiere irse…

—¿Irse? —le pregunto al momento—. ¿Qué quieres decir con eso?

Mamá me mira a los ojos.

—No debería haberlo dicho de ese modo. No es que quiera largarse y no volver jamás, es solo que quiere irse de aquí durante una temporada.

—No lo entiendo, adora el pueblo.

—Y adoraba que Isaac estuviera aquí con ella. No soporta estar aquí y ver cómo todo el mundo llora su pérdida. Todo lo que ve le recuerda a él, y cree que lo mejor para ella es tener algo de espacio…, por lo menos hasta que descubramos qué ocurrió.

Porque toda su historia de amor está en este pueblo.

Isaac y Addison se enamoraron aquí cuando tenían dieciséis años. Ambos fueron a la universidad no muy lejos del pueblo, siguieron juntos durante todo ese tiempo, se casaron y volvieron a Rose Canyon a empezar el resto de sus vidas.

Isaac consiguió el trabajo de profesor y entrenador que siempre había querido y Addison trabajaba como bibliotecaria.

Todo el mundo los conoce. Todo el mundo los quiere. Sus vidas están aquí, y no concibo que Addison se vaya.

—¿Y adónde iría?

Mamá sacude la cabeza.

—Al este. Sigue en contacto con la prima de Emmett, Devney, que vive en Pensilvania. Supongo que tiene una propiedad en la que Addison puede quedarse durante un tiempo.

—Pero estará sola allí.

—Eso es lo que me preocupa.

Suspiro, y siento que el peso de la situación no deja de aumentar. Me duele el corazón por mi cuñada. Estará destrozada por que le hayan arrebatado el futuro que ella e Isaac estaban construyendo. El hogar, la felicidad y la familia con la que siempre había soñado ya no serán posibles. No necesito recordar los últimos tres años de mi vida para saber que eran felices.

Addy e Isaac eran el amor personificado.

Y ahora todo ha acabado, y yo haría lo que fuera para que ella no sufriera.

—¿Ha dicho durante cuánto tiempo se irá?

—No, nada, pero dudo que se quede lejos durante mucho tiempo. Rose Canyon es su hogar.

—Lo siento. Si pudiera... recordar lo que ocurrió, entonces podría solucionar esto un poco, y tal vez se sentiría cómoda quedándose aquí.

Mamá se acerca a mí a toda prisa.

—No, cariño. Aunque pudieras contarle todos los detalles, no conseguirías aliviar el dolor que siente. Nunca había visto a dos personas que fueran tan perfectas la una para la otra como ellos, y solo necesita algo de espacio para llorar la pérdida. Lo sé perfectamente.

Sí, sí que lo sabe. Ella quería a mi padre con locura.

—Ojalá ninguna de las dos conocierais ese dolor.

—A mí también me gustaría, pero el tiempo que pasé con tu padre compensa el dolor que he sentido desde que lo perdí.

Pienso en Henry mientras habla, y no soporto que el último recuerdo que tengo de él sea una pelea por vivir en diferentes ciudades. Su familia tiene una empresa de contabilidad en Portland y lo estaban preparando para que se hiciera cargo de ella. Y no nos poníamos de acuerdo sobre nuestro futuro.

A mí me gusta la vida en un pueblo pequeño, por eso acepté el trabajo aquí.

Me pregunto si somos de nuevo una pareja feliz o si aún discutimos todo el tiempo.

—¿A qué viene esa cara? —me pregunta mamá.

—A nada, es solo que no soporto que mi vida me parezca un puzle en el que no encaja ninguna de las piezas.

—Ya lo harán, Brie.

Ojalá yo estuviera tan convencida de eso como ella.

—¿Has hablado con Henry? —le pregunto.

—Pues sí.

—¿Y?

Mamá alarga una mano hacia el bolso y de repente parece muy centrada en rebuscar algo en él.

—Estaba muy preocupado cuando hablamos.

—Así que ¿seguimos juntos?

Se le cae el bolso al suelo.

—Maldita sea. —Se toma su tiempo para recoger todas las tonterías que lleva ahí dentro—. Lo siento, pues sí, hablamos. Estaba muy disgustado por lo que te ha pasado y me dijo que vendría en cuanto pudiera.

Eso no responde a mi pregunta, pero supongo que forma parte de mi nueva normalidad. Al final decido dejar el tema, porque es demasiado duro para mí.

—En breve me toca ir a caminar un poco, ¿quieres venir conmigo?

—Claro.

Mamá me ayuda a levantarme y me sujeta cuando me tambaleo ligeramente. Da igual lo despacio que me levante, siempre acabo mareándome. Holden dice que se me pasará, pero estoy deseando que llegue ese día cuanto antes.

—Ya estoy bien.

Arrastra el portasueros hasta mí y salimos de la habitación. Paseamos por toda la planta, y me muevo con más facilidad a medida que los músculos empiezan a acostumbrarse al esfuerzo. Tras haber pasado cuatro días inconsciente y dos en los que solo me he limitado a dar paseos cortos, es agradable levantarse y moverse. Lo hago unas cuantas veces al día, y siento que poco a poco recupero las fuerzas.

—Hola, señora Davis. —Holden sonríe y deja una carpeta en el mostrador de enfermería.

—Hola, Holden. No sé cómo nos las habríamos arreglado sin ti. Siempre supe que eras especial —responde mamá.

—No sé yo, pero me alegro de ver que Brielle se está recuperando. —Desvía la mirada hacia mí—. ¿Te lo estás tomando con calma?

—Sí.

—Bien. Queremos que vayas despacio y estés tranquila.

Pongo los ojos en blanco.

—Siempre has sido el más insufrible de los cuatro.

Holden sonríe de oreja a oreja.

—Bueno, por lo menos eso lo recuerdas.

—Sí, qué suerte. —Entonces me paro en seco—. ¿Cuándo has vuelto al pueblo? —Me observa mientras en mi mente empieza a formarse algo—. Te fuiste a California, así que ¿significa eso que te has mudado otra vez aquí?

No aparta la mirada de la mía.

—No, no he vuelto de forma permanente.

—Vale, ¿y qué pasó con el caso en el que trabajabas en Seattle?

Holden y mamá intercambian una mirada.

—¿A qué te refieres con Seattle?

—Eras asesor en un caso importante, ¿no?

Él asiente.

—Sí. De hecho, estuve allí hace unas semanas.

—¿Semanas? ¿Y habías estado allí antes?

Sacude la cabeza.

—No, era la primera vez que asesoraba en un caso en Seattle. Fue muy importante, porque era para un ensayo clínico.

—Me he acordado de algo reciente —digo, aunque más para mí misma.

—¿Has tenido más destellos o recuerdos?

Entrecierro los ojos mientras intento pensar; mamá y Holden me observan.

—No dejo de ver una… cosa. Una llave. No sé qué es. No entiendo por qué la veo ni qué significa.

—¿Es como la llave de la foto?

Sacudo la cabeza.

—No, es una llave de verdad. Una antigua de esas que están forjadas y tienen volutas elegantes.

—¿Recuerdas algún detalle interesante de ella? —me pregunta Holden para alentarme.

Me esfuerzo por no frustrarme, porque, una vez más, no sé mucho. Solo que mi mente no deja de conjurar imágenes de la llave.

—Tiene una cinta roja. No sé para qué sirve.

—Eso está muy bien, Brie —me anima—. ¿Algo más?

Sacudo la cabeza.

—¿Qué abre la llave?

Mi madre y Holden no dejan de intercambiar miradas.

—No tengo ni idea.

—Es la llave que te di cuando te pedí que te mudaras a Portland conmigo.

Reconocería esa voz en cualquier parte. Me giro, aliviada de que haya venido.

—¡Henry!

Me sonríe con recelo, pero al final se acerca a mí.

—Hola, Brie.

La respiración se me acompasa, y él se inclina para darme un beso en la mejilla. Siento que me invade la calidez y que recupero algo de normalidad.

—Me alegro de que hayas venido.

—No lo he sabido hasta esta mañana; me alegro muchísimo de que estés bien. —Me sostiene la mejilla con la mano y se vuelve hacia el público que tenemos justo detrás—. Señora Davis, Holden —los saluda.

Mamá se acerca a él y le da unas palmaditas en el pecho mientras le dice:

—Me alegro de que estés aquí, Henry.

Holden da un paso al frente y extiende una mano.

—Me alegro de verte, Henry. Es bueno ver a Brielle relajarse un poco.

—Sí, parece que acaba de hacerlo —reflexiona mi madre.

Entrelazo los dedos con los de él y lo atraigo más hacia mí.

—Me preguntaba por qué no estabas aquí cuando desperté, pero me alegro de que estés ahora.

Aprieta los labios en una línea muy fina.

—No me he enterado hasta hace unas horas. He venido en cuanto lo he sabido.

Me vuelvo hacia mi madre.

—¿Has esperado casi seis días para llamarlo?

—No, no —interviene Henry—. Me llamó, pero estaba fuera por negocios, y he venido en cuanto he recibido el mensaje.

Mi madre asiente con una sonrisa extraña.

—Lo importante es que ahora ya estás aquí.

—Siento mucho lo de Isaac —comenta Henry. Cuando me rodea con sus fuertes brazos, cierro los ojos.

—Lo quería muchísimo.

—Lo sé.

Me siento bien y a salvo. Puede que no recuerde los últimos tres años de mi vida, pero esto me resulta familiar. La forma en la que encajamos el uno con el otro tiene sentido. Levanto la mirada hacia él con lágrimas en los ojos.

—Me alegro muchísimo de que hayas venido, necesitaba tenerte aquí.

Me sonríe, y después le echa un vistazo a mi madre, que nos mira con cautela.

—¿Mamá?

Sonríe con demasiada rapidez.

—Lo siento, os daré algo de tiempo para que habléis. Tengo que hacer algunas cosas antes de que te den el alta y también tengo que ayudar a Addison antes del funeral.

—No hace falta que te vayas. —Es evidente que, fuera cual fuera la grieta que se abrió entre ellos hace años, no se ha reparado. Cuando empezamos a salir, mamá lo adoraba, pero, justo antes de la graduación, me animó a romper con él. No le gustaba lo controlador que era conmigo y que nunca pareciéramos felices cuando estábamos juntos.

—No pensaba quedarme mucho rato, solo quería ver cómo estabas. Ahora que ha llegado Henry, creo que os iría bien hablar sin que yo esté por aquí.

Me vuelvo hacia él.

—¿Puedes quedarte un ratito, por favor? —le pregunto.

Henry agacha la barbilla.

—Por supuesto, pensaba quedarme todo el día, si quieres.

—Me encantaría. Eres una de las últimas cosas que recuerdo de verdad, y significaría mucho para mí que pudiéramos hablar un rato.

—De acuerdo, entonces —interviene mamá al momento—. Iré a ver a Addy. Si necesitas cualquier cosa, pídeles que me llamen.

Henry y yo volvemos a la habitación, y me aferro a su brazo extendido. Hemos caminado así cientos de veces, solo que no en un hospital, y me dejo llevar por la familiaridad del gesto. Levanto la cabeza hacia él, e intento identificar alguna diferencia que pueda desencadenar algún recuerdo.

—¿Fumas puros? —le pregunto.

Echa la cabeza hacia atrás.

—No, me dan asco. ¿Por qué?

—Es solo que… he recordado algo.

—Ah, ¿sí?

—Sí, el sabor de un puro, pero no logro identificar de cuándo es el recuerdo. Pensé que a lo mejor eras tú.

Henry sacude la cabeza.

—Te aseguro que no.

—Entonces, ¿qué somos?

Me siento en el borde de la cama y él se acomoda en la silla.

—Cuando tu madre me ha llamado, me ha explicado que no debo responder a tus preguntas por tus lagunas de memoria.

Pues claro, también se lo han pedido a él.

—No, no debes, pero tres años de recuerdos han desaparecido de mi mente —le explico—. Es muy frustrante, y que la gente no me cuente nada no hace más que empeorarlo. No te pido que me des detalles, solo que me expliques algo sobre nuestra situación actual.

Se inclina hacia mí y me sujeta las manos entre las suyas.

—Puedo decirte que te quiero.

Sonrío y saco el aire por la nariz.

—Eso ya lo sé, siempre me has querido.

—Desde el día en que te conocí.

Aunque sienta bien que te lo recuerden, eso no responde a mi pregunta.

—¿Vivimos juntos?

Sacude la cabeza.

—No, yo vivo en Portland y tú vives aquí.

—¿Estás al mando de la empresa de tus padres?

—No del todo. Papá se jubilará el año que viene, así que de momento dirijo un equipo y todas las cuentas de máxima prioridad.

A lo mejor es uno de mis recuerdos, porque creo que ya lo sabía.

—Pues de verdad que pensaba que vivíamos juntos. Sería lógico, sobre todo teniendo en cuenta que recuerdo la llave con tanta claridad.

Henry entrelaza los dedos con los míos y levanta la mano entre los dos.

—Fue una noche muy importante para nosotros.

—¿Nos comprometimos? —le pregunto, a pesar de que sé que no llevo anillo. Aunque me lo hubieran quitado cuando me ingresaron, se me habría quedado la marca del sol, ¿no?

42

Sonríe, me suelta la mano y me acaricia la mejilla con los nudillos.

—Ya llegaremos a esa parte; por ahora, tienes que centrarte en recuperarte y ver cómo evoluciona todo. A lo mejor descubres que prefieres que las cosas sean distintas, y no quiero hacerte cambiar de opinión.

Percibo un deje de duda en su voz y retrocedo.

—¿Y qué pasa si todo era perfecto? ¿Qué pasa si era feliz y esta vez escojo el camino equivocado? ¿Qué pasa si rompemos porque esta nueva versión de mí, que no recuerda nada, es superegoísta y no soporta estar lejos de ti?

—No me iré a ninguna parte, Brielle. Si quieres, puedo tomarme unos días libres en las próximas semanas. A lo mejor podemos pasar algo de tiempo juntos y volver a visitar los sitios a los que nos encantaba ir. Quizá eso te ayude a recordar.

Respiro, un poco más aliviada, porque sé que tomarse unos días libres en el trabajo es algo muy complicado para él. Su padre es exigente, y quiere la perfección, sobre todo por parte de su hijo. Si, además, dentro de poco Henry asumirá el mando de la empresa, imagino que sugerir tomarse unos días libres no ha sido fácil para él.

Tengo la esperanza de que encontremos la forma de que nuestra relación funcione. Era una de nuestras mayores fuentes de discusiones; nunca sentí que yo importara cuando se trataba de su trabajo.

—¿De verdad? ¿Te tomarías unos días libres?

Sonríe de oreja a oreja.

—Sí, cariño.

—Gracias.

—No hay nada en este mundo que no haría por ti —responde antes de darme un suave beso.

Alguien se aclara la garganta; me giro y veo a Spencer entrando en la habitación.

—Siento interrumpir. —Mira a Henry y después a mí—. Quería ver cómo estabas.

El corazón me da un pequeño vuelco al verlo. Spencer es de los que puede llevar los estampados o los colores más horrorosos y, aun así, ser increíblemente *sexy*. No obstante, con pantalones de vestir, Spencer es un dios. La camisa que lleva parece que estallará por las costuras bajo la presión de su ancho pecho. Se le marcan los músculos, pero me obligo a mirarlo a la cara. Es lo más seguro.

No. No lo es.

Se ha recortado la barba, y sus ojos verde oscuro me observan con mucha intensidad.

Madre mía.

Me obligo a sonreír.

—No interrumpes nada.

—Henry —lo saluda Spencer de forma cordial, pero hay algo quebradizo en su voz.

—Spencer, me alegro de verte en mejores circunstancias.

Spencer arquea una ceja.

—¿Que hayan asesinado al hermano de Brielle y que ella haya perdido la memoria te parecen mejores circunstancias?

—No lo decía en ese sentido —responde Henry con voz tranquila—. Me refería a que la última vez…

Spencer se vuelve hacia mí.

—¿Cómo te encuentras?

—Estoy mejor. —Y lo estaría muchísimo más si me explicaran la tensión que hay entre ellos, pero no lo harán—. ¿Te has enterado de lo de Addy? —le pregunto.

—Sí, vengo de su casa. Me ha pedido que te diga que vendrá a verte un poco más tarde.

Addison no se ha pasado desde el día en que desperté. Ha estado muy ocupada poniéndolo todo al día y encargándose de los detalles del funeral.

—¿De verdad se irá?

—Creo que solo necesita un respiro, y todos sabemos que eso es imposible en este pueblo.

—La echaré de menos —le confieso con sinceridad.

—Y ella te echará de menos a ti. Solo intenta hacerse a la idea de vivir en un mundo en el que Isaac no está.

Miro a Henry e intento imaginarme cómo sería eso para mí. Hemos estado juntos durante mucho tiempo, aunque hubo un par de veces en las que me planteé romper con él. Pero es evidente que no lo hice.

—Ojalá pudiera hacer algo por ella.

—Estoy seguro de que lo único que necesita es que estés viva y tengas una segunda oportunidad —comenta Henry.

Spencer entrecierra los ojos.

—¿Una segunda oportunidad para qué?

—Para vivir —responde Henry—. Está viva, y puede…

—¿El qué? —le pregunto yo.

—Puedes decidir si lo que quieres ahora es lo que tenías antes. ¿Y si las cosas pudieran ser diferentes, Brie? ¿Y si *nuestra* relación pudiera ser diferente?

Lo miro y siento que el alma se me cae a los pies poco a poco.

—¿Qué le pasaba a nuestra relación?

—Nada. Todo. Solo me pregunto si tal vez tu memoria ha bloqueado una parte de tu vida por algún motivo. A lo mejor lo que ocurrió hace tres años fue muy doloroso y te arrepientes tanto de ello que quieres olvidarlo.

Spencer resopla.

—Eso no es lo que le pasa. No ha bloqueado ningún suceso, tiene una lesión cerebral y su cerebro está lidiando con un trauma.

—Pero ¿y si tiene razón? —le pregunto—. ¿Y si solo recuerdo hasta ese punto de mi vida porque fue entonces cuando todo se fue al traste? —Aunque la razón médica sea otra, ¿y si es lo que me ocurre? ¿Y si la cagué cuando acepté el trabajo aquí y ahora tengo la oportunidad de arreglarlo?

Miro a Spencer.

—Me dijiste que volviera al principio. ¿Y si es lo que estoy haciendo?

Él se encoge de hombros.

—No lo sé. Si esto es el principio, tienes que preguntarte cuál fue el detonante.

Exacto. Me acuerdo de la universidad. Recuerdo que me mudé aquí. Recuerdo que me peleé con Henry por haber aceptado el trabajo y no quedarme con él. Y recuerdo estar emocionada por comenzar algo nuevo. Así que ¿es porque tendría que haber dejado a Henry, o porque debería haberme mudado a Portland, y eso es lo que ocurre?

Es muy frustrante.

—Bueno, pues tengo que saberlo. Tengo que volver a esa parte dolorosa y superarla para ayudar a encontrar al asesino de mi hermano y a quienquiera que quisiera matarme.

Henry me apoya una mano en la mejilla.

—Debes tener paciencia y darte un tiempo para recuperarte.

Sacudo la cabeza.

—Eso no es lo que necesito; lo averiguaré todo. Ya empiezo a recordar cosas.

—Siempre has sido muy cabezota. —Sonríe, con la mirada llena de calidez.

—Y tú siempre has luchado para protegerme.

—Siempre, Brie.

—Pues debes saber que ahora mismo solo necesito que me protejas de vuestra protección. —Estiro un brazo y le acaricio la barba incipiente de la mejilla.

—De acuerdo.

—Gracias.

Henry apoya su frente contra la mía.

—Tenía miedo de haberte perdido para siempre.

—Estoy aquí.

—Intenta no volver a dejarme.

—Lo intentaré. —Sonrío.

—Bien. —Posa sus labios sobre los míos y pone punto final a la conversación.

Entonces recuerdo que hay alguien más en la habitación, pero, cuando me vuelvo, Spencer ya se ha marchado. Por algún motivo, la idea de que se haya ido hace que me duela el corazón.

Capítulo cuatro

Brielle

No puedo hacerlo. No puedo.

No puedo entrar en la funeraria y ver a Isaac así. Addison se pone a mi lado y mira fijamente la puerta de roble.

—Tenemos que entrar, Brie.

—¿Cómo? —le pregunto a mi cuñada, que es más fuerte de lo que nunca me habría imaginado.

—No lo sé, pero tenemos que hacerlo. Isaac querría que fuésemos fuertes.

Alargo un brazo y la cojo de la mano.

—Pues yo no me siento demasiado fuerte.

No necesito darme la vuelta para saber que los mejores amigos de mi hermano están justo detrás de nosotras. Emmett, Spencer y Holden han venido a darnos su apoyo mientras las dos nos tomamos un segundo juntas.

Han estado aquí, y han sido los pilares que nos han dado fuerza, tanto a Addison como a mí. Emmett me ha llevado del hospital al hotel de mi madre, y se ha asegurado de que estuviera a salvo, ya que he tenido un ataque de pánico antes de salir, por temor a que la persona que ha hecho todo esto siguiera ahí fuera.

Holden se ha pasado a ver cómo estaba después de salir del hospital y luego ha ido a casa de Addison a ayudarla con lo que necesitara.

Y, esta mañana, Spencer se ha presentado con un vestido negro, zapatos y otras cosas que ha cogido de mi apartamento,

47

porque yo no estaba lista para volver, sobre todo después de que Henry se haya ido a Portland por una emergencia de trabajo. Su padre le ha exigido que vuelva, y eso ha hecho.

Addy suspira.

—La última vez que estuvimos aquí fue por tu padre.

No es justo que esta vez tenga que venir por mi hermano.

—No sé cómo entraré ahí —admito—. No sé cómo lo haremos.

Addison me mira.

—Sé que no sabemos todos los detalles de lo que ocurrió, pero en mi mente y en mi corazón creo que Isaac hizo todo lo que pudo para impedir que alguien más saliera herido. Te quería, y quería a este pueblo y a sus habitantes. Se habría sacrificado por todos nosotros, porque así era él, pero en especial por su familia. Así que ya sé que no tenemos las respuestas, pero, si cualquiera de los escenarios que he imaginado es cierto, entonces fue muy valiente, y nosotras también debemos serlo.

La angustia en la voz de Addison me supera. A las dos nos resbalan lágrimas silenciosas por las mejillas.

—Sí que era valiente. Era muy fuerte, y siempre hacía lo correcto. Si eso es lo que ocurrió... Si estoy viva porque Isaac hizo algo para protegerme, entonces tienes razón. Le debo ser igual de valiente que él.

Me aprieta la mano y asiente.

—Vamos.

Lanzo un suspiro profundo y dejo que me guíe hacia delante. Los tres hombres nos flanquean; subimos los escalones y Spencer da un paso adelante para abrir la pesada puerta de madera.

Desde fuera, el lugar parece una casa cualquiera. Tiene una fachada blanca preciosa y un porche enorme la rodea. El exterior está bien decorado y todo el edificio tiene un aire acogedor, aunque en su interior nos espera una última despedida. Una a la que no quiero enfrentarme.

Entramos a la funeraria, cuyo piso de arriba está habitado, y siento como si hubiera retrocedido en el tiempo. El vestíbulo es tal como lo recordaba. Las paredes están pintadas en color crema y adornadas con cuadros de Oregón. La moqueta marrón amortigua los pasos de nuestros tacones al entrar. Hay tres salas de visita de distintos tamaños y en la placa exterior de la sala más grande está escrito su nombre: Isaac Davis.

Mi madre sale del despacho del director de la funeraria. Nos abraza a las dos antes de que el señor Moody dé un paso al frente y nos obsequie con una mirada amable pero seria mientras nos estrecha la mano, primero a mí y luego a Addy.

—Siento muchísimo vuestra pérdida. Todos queríamos mucho a Isaac.

—Gracias —responde Addison con suavidad.

—Haremos que los demás esperen veinte minutos fuera para daros algo de privacidad —nos explica.

Miro a Addison.

—Deberías entrar.

Ella sacude la cabeza.

—Todavía no estoy lista para entrar. Creo que deberías entrar tu primero. A lo mejor…

—Ya —contesto. Sé lo que todos esperan.

Que recuerde algo.

Que vea a Isaac y, como un destello, recupere los tres años de recuerdos perdidos.

Dios, ojalá sea así.

Alguien me pone una mano en el hombro, me vuelvo y veo a Spencer.

—¿Estás bien? —Su voz grave retumba por toda la estancia.

—No. No puedo hacerlo sola.

Spencer echa un vistazo a nuestro alrededor.

—¿Ha venido Henry?

Esta mañana no le he respondido cuando me ha preguntado dónde estaba Henry. Solo le he dicho que estaría aquí. No podía admitir que no iba a asistir. Creo que de alguna manera esperaba que él demostrara que me equivocaba, y viniera. Cierro los ojos y me avergüenzo de reconocerlo:

—Ha tenido que volver a Portland. Vendrá en un rato si consigue escapar del trabajo.

No dice nada, pero sé que juzga a Henry por no haber venido.

—Bueno, pues no estás sola. Estamos todos contigo.

Emmett y Holden están solo unos pasos detrás de él.

Siempre me apoyan. Siempre lo han hecho. En lugar de un hermano mayor, tenía cuatro. Cada uno era más incordio que el anterior, y todos creían que sabían lo que necesitaba, merecía o quería, sin importar lo que yo opinara. Cuando un chico me rompía el corazón, los cuatro estaban ahí para apoyarme. Cuando estaba en tercero de secundaria y Mikey Jones se puso un poco sobón, a pesar de que le había dicho que no, Emmett le rompió la nariz y Spencer lo amenazó con que lo mataría si volvía a acercarse a mí.

Daba igual que Spencer ya hubiera terminado el instituto, alguien se había atrevido a molestarme, y el chico acabó aterrado después de eso.

Por mucho que me molestara, cuando se trataba de Spencer siempre sentía una emoción especial.

—Siempre me has cubierto las espaldas.

—Y siempre lo haré.

—Lo sé. —Desvío la mirada hacia la entrada con la intención de retrasar el momento tanto como pueda, porque no quiero hacerlo. Tengo muchísimo miedo—. ¿Puedes... entrar conmigo?

No sé por qué, pero no soy capaz de hacerlo sola, y no confío tanto en nadie como en él. Spencer no me dejará derrumbarme, e Isaac querría que estuviera conmigo.

—Por supuesto.

Asiento e inhalo profundamente; me tiembla todo el cuerpo. Caminamos hasta la entrada de la sala, aunque siento la necesidad imperiosa de darme la vuelta y echar a correr. No quiero hacerlo, no quiero verlo así. Me aterra no recordar nada, y también recordar algo tan espantoso que desearía que siguiera en el olvido.

Cruzamos el umbral y contengo la respiración con la esperanza de aplacar un poco la ansiedad.

Siento pánico, pero se disipa en cuanto Spencer me agarra de la mano.

—No tengas miedo, Brielle. Estoy... Estamos todos aquí para apoyarte. No estás sola, y nunca lo estarás.

Tengo un nudo en la garganta, pero me obligo a respirar hondo.

—Vale.

Obligo a mis pies a moverse, y él deja que sea yo la que marque el paso. Cuando me planto junto al ataúd de mi hermano, el dolor aplastante que me llena los pulmones apenas me deja respirar. Y, cuando me ceden las rodillas, Spencer se pone detrás de mí y me apoya una mano en el hombro mientras miro a Isaac.

Espero sentir algo, lo que sea, pero, al mirar a mi hermano, no surgen más que lágrimas y un duelo abrumador.

No recuerdo cómo pasó ni quién lo hizo. No sé quién nos lo ha arrebatado. Solo veo que mi hermano ya no está. Ha muerto, y yo soy la única que sabe por qué, y, sin embargo, no sé nada.

Dejo caer la cabeza mientras sollozo, y siento que la culpa y el peso de la situación me aplastan.

Entonces Spencer me atrae hacia él y me hundo en su abrazo.

—No recuerdo *nada*. ¿Cómo puedo verlo así y no acordarme? ¿Cómo puedo ser tan débil y hacer algo así?

—Brie... ¡No eres débil!

—No, le estoy fallando. A *él* —grito—. A Isaac, que nunca me ha defraudado. Lo más seguro es que siga viva gracias a él, y, aun así, no sé nada. No sé qué le ocurrió. ¡Soy la única que puede arreglarlo, y no soy capas!

—No te culpes.

Me aparto de él de un empujón porque ya no me siento merecedora de su consuelo.

—¿Y entonces a quién? ¿A quién culpo?

—Al responsable. Es a él a quien debes culpar.

—Si recordara quién es, lo haría, pero ¡no puedo! Por lo que sabemos, ¡quizá fui yo! ¿Y si fui yo la que hizo daño a Isaac?

51

Spencer suspira.

—Ambos sabemos que no es cierto.

—Ah, ¿sí? ¿Cómo? Porque no sé nada de los últimos tres años. No sé quién soy, ni a qué me dedico, ni dónde vivo. Por lo que sabemos, puedo ser una asesina en serie o haber contratado a un sicario para que lo hiciera. Puedo haberlo manipulado todo. ¡Siento que me estoy volviendo loca, Spencer!

Me sujeta el rostro entre las manos.

—Sé exactamente quién eres, Brielle Davis. Eres inteligente y dulce. Eres una bailarina terrible que cree que es la próxima gran estrella. Cantas en el coche porque no puedes evitarlo. Te encantan los niños y quieres mantenerlos a todos alejados de las malas situaciones. Ni de coña le habrías hecho daño a Isaac. Es imposible.

Cuando vuelve a atraerme hacia él, no me resisto. Estoy demasiado ocupada sollozando y tratando de no ahogarme bajo el peso de las emociones. Se me rompe el corazón mientras lo suelto todo. La ira y la frustración. La rabia por que alguien me haya arrebatado a mi hermano y el miedo abrumador al pensar que podría haber muerto con él. Addison se ha quedado sin su marido y tienen una bebé rubia y…

Levanto la cabeza y las lágrimas me impiden ver bien los ojos verdes de Spencer.

—¿Qué? —me pregunta de inmediato—. ¿Qué te pasa?

—Elodie —susurro—. ¿Es rubia?

Spencer me limpia una lágrima de la mejilla.

—Sí.

—Es rubia. Lo sé, lo he sabido. No he tenido ni que planteármelo, he recordado el color del pelo y…, era una bebé regordeta. Recuerdo haberla cogido en brazos, pero…

—Pero ¿qué?

—Pero ya está. Solo he recordado eso.

Spencer me lanza una mirada intensa.

—Es un recuerdo más de los que tenías hace cinco minutos, Brie. Sé que no parece mucho, pero esas piececitas son las que harán que todo acabe cobrando sentido.

No estoy dispuesta a perder tantísimo tiempo con todo esto, pero a lo mejor tengo otra opción. Quizá Spencer puede ayudarme a avanzar. Tengo que ayudar a encontrar a la persona que asesinó a mi hermano. Tengo que conseguir justicia para Isaac y encontrar respuestas para todos.

—¿Estás trabajando ahora mismo?

—¿Qué?

—En alguna historia. ¿Estás escribiendo o investigando algo ahora mismo? —Lo peor es que ya no sé ni si todavía se dedica a eso.

—Ahora mismo no. No he aceptado ningún trabajo en unos cuantos…, en un tiempo.

Perfecto. Doy un paso al frente y le apoyo las manos en el pecho mientras el corazón me va a mil por hora.

—Necesito que me ayudes.

—¿Ayudarte?

Asiento.

—¿Qué harías tú si quisieras descubrir algo?

—¿A qué te refieres?

—Me refiero a que necesito ayuda. No puedo conducir, así que tendría que coger un taxi, y eso significaría que iría de un lado para otro sin rumbo mientras trato de averiguar cómo recordar mi vida.

—No, eso no es una opción.

—Pues entonces tienes que ayudarme. Eres uno de los reporteros de investigación más prestigiosos del país, ¿no? Lo más seguro es que logres atrapar a esa persona antes incluso de que recupere la memoria. Por favor, tienes que hacerlo. No quiero ocuparme de esto sola, aunque sabes que lo haré si es necesario. Echaré la vista atrás y… No sé por dónde empezar, pero elegiré algún punto, porque no puedo quedarme sentada sin hacer nada.

Arruga la nariz y entrecierra un poco los ojos, perdido en sus pensamientos.

—Tampoco puedes ir sin rumbo por todo Oregón.

—Pues hazlo conmigo. Imagínate que es una noticia. ¿Por dónde empezamos?

—Es una locura.

A lo mejor sí, pero es lo que necesito.

Tras un silencio, Spencer suspira.

—Yo volvería al principio, a lo último que recuerdo, y trataría de avanzar a partir de ahí.

—Para mí, el principio es unos meses después de graduarme. Si quiero que todo esto empiece a cobrar sentido, tengo que empezar por ahí.

—Brie… —La voz de Spencer está cargada de advertencia.

—Si no me ayudas, lo haré yo sola. Sabes que lo haré.

Exhala profundamente y se niega a mirarme a los ojos.

—Holden ha dejado muy claro que tienes que dejar que tus recuerdos vuelvan de forma natural.

—Y eso hago, lo cual no significa que deba quedarme sentada y rezar para, con suerte, recuperar la memoria. Eres el mejor reportero de investigación del mundo. Has ayudado a desenterrar la verdad de misterios que nadie más ha podido resolver. Esto no es tan ambicioso, pero sí muy importante.

Baja la mirada.

—Quiero que recuerdes tu vida, Brielle.

Apoyo una mano en su mejilla con suavidad.

—Pues ayúdame.

Capítulo cinco

Brielle

—¿Estás segura de que quieres irte a casa? —me pregunta mi madre mientras me ayuda a doblar la ropa que hay encima de la cama.

—No puedo quedarme aquí.

—Solo han pasado cuatro días. No puede haber sido tan malo.

Oh, pero lo ha sido. Mi madre hace un esfuerzo, y está de luto, pero me está volviendo loca. No me deja ni moverme sin atosigarme.

Por no mencionar que Addy se marcha, y mi madre tiene toda su vida en California. No he tenido ni un destello ni un recuerdo nuevo desde el funeral, y, cuanto más tiempo pasa, más nerviosa me pongo. Debo volver al principio y abrirme paso hasta el presente, aunque no sepa muy bien cuál es. Supongo que ese principio será la última parte sólida de mi vida que recuerde por completo. Y mi madre se pondría histérica si supiera que planeo hacer algo así.

—No ha sido malo, mamá. Es solo que tienes cosas que hacer y yo tengo que empezar a poner mi vida en orden —le explico.

—Sí, pero estarás sola —me dice con preocupación—. No puedo dejarte tal como estás.

—No estoy sola.

—No me tendrás a mí, ni a tu hermano... —Se contiene—. Estarás aquí sin familia.

—Tengo a Spencer, a Emmett y a Holden. Son buenos sustitutos.

Mamá se acerca a mí y me quita la camisa de la mano.

—Veo que no has mencionado a Henry.

No, no lo he hecho. En realidad, estoy furiosa con él.

—¿Ha vuelto a llamar?

Sacude la cabeza.

—No desde ayer.

—Ya.

Henry se marchó el día en que me dieron el alta en el hospital y no ha vuelto a Rose Canyon. Llamó a mi madre anoche para disculparse y para decirle que vendría hoy.

No me creo que no viniera al funeral de mi hermano. Que el trabajo sea más importante para él que apoyarme. Y, aun así, hay una parte de mí que no se sorprende.

Mi madre me sujeta una mano entre las suyas.

—No te preocupes, las cosas siempre acaban solucionándose.

—¿Significa eso que estaremos bien? ¿O quieres decir que seguimos juntos? Nada tiene sentido, mamá.

—Bueno, aunque no puedo responderte a esas preguntas, sí que puedo pedirte que mires en tu corazón. ¿Esto te parece bien? ¿Es lo que quieres?

No lo sé. Quiero decir que sí, porque deduzco que hemos encontrado la forma de que funcione y que he aprendido a lidiar con esta situación. Sin embargo, no me parece bien. No quiero estar con alguien que no se preocupa lo suficiente por mí para ayudarme cuando estoy en mitad de una crisis.

—No puedo replantearme tantas cosas de golpe —respondo, aunque no es una respuesta—. ¿Podemos recoger el móvil de repuesto de camino a mi casa?

Mamá esboza una sonrisa triste.

—Sí.

Por lo menos es algo que sí puedo tener, aunque sea con restricciones. Me han pedido un móvil y un número nuevos, y solo han transferido los contactos de la línea antigua, nada más. En fin.

Termino de hacer la maleta y mamá y yo salimos a la calle. Conducimos por mi pueblo natal. No ha cambiado nada y, aun así, todo es distinto. Hay fotos de Isaac en los escaparates de las tiendas. Pasamos por delante del instituto en el que enseñaba, donde hay un cartel enorme con su cara. Se me anegan los ojos de lágrimas, porque el mundo era mucho más bonito cuando él lo habitaba.

Daría lo que fuera por hablar con él ahora mismo. Isaac era nueve años mayor que yo y, aunque a muchos les molestaría tener una hermana de repente, a él no. Me protegía, me quería y se aseguraba de que siempre tuviera su apoyo, aunque no en todas las ocasiones estuviera de acuerdo con mis decisiones.

Giramos en la calle Mountain y pasamos por delante de la cafetería. En la esquina hay un altar improvisado de flores, velas y papeles del que soy incapaz de apartar la mirada.

—¿Mamá?

—¿Sí?

—¿Por qué hay flores y otras cosas delante de RosieBeans?

El último recuerdo que tengo de la cafetería es de cuando la abrieron, pero eso fue justo antes de irme a la universidad. Que montaran una cafetería en nuestro pueblecito fue todo un acontecimiento.

Mamá se remueve, inquieta, y después gira hacia una calle secundaria.

—¿Por qué crees tú que es, Brie?

Porque debió ser donde ocurrió el incidente. Debe de ser el sitio donde murió mi hermano.

—No lo recuerdo.

Mamá me agarra de la mano y la aprieta con suavidad.

—No pasa nada.

Todo el mundo me lo dice, pero sí que pasa. Aparto la mano de un tirón y me vuelvo a mirar por la ventana. Mamá para en la tienda, recoge el móvil nuevo y me lo entrega. Tomamos otra calle y paramos delante de la antigua fábrica de ladrillos. Solo que ya no está en ruinas.

Parece habitada.

—¿Vivo aquí?

—Sí.

Contengo un suspiro e intento no parecer perdida.

Salimos del coche y, al darme la vuelta, veo a Spencer apoyado en su coche. Ha venido. Ha venido y me ayudará.

Cuando me dirijo hacia él, alguien sale del edificio a toda velocidad.

—¡Brielle! Madre mía, ¡has vuelto a casa! Gracias a Dios. He rezado todos los días por ti. ¿Cómo te encuentras? Te hemos recogido el correo y lo hemos guardado en una caja —dice la mujer, a la que no conozco de nada.

Abro los labios, pero estoy demasiado impactada para decir algo. Entonces la mujer vuelve a hablar, así que desisto de intentar formar palabras.

—Siento mucho lo de Isaac. Estoy desolada… Todo el pueblo lo está. El equipo de fútbol no ha vuelto a jugar desde que falleció. Ya sabes lo mucho que lo quieren los chicos. Me encontré a Jenna y me dijo que ¡los niños también se sienten muy perdidos sin ti! Madre mía, es demasiado.

Me vuelvo hacia mi madre; el cuerpo me tiembla un poco. Odio todo esto, lo odio más de lo que puedo expresar con palabras. No sé quién es, y es surrealista e inquietante que me hable como si fuéramos amigas. Es como si estuviera perdida en un mundo que no tiene sentido para mí. ¿Cómo es posible que no sepa quién es la gente? Personas que es evidente que se preocupan por mí. Esta mujer me ha recogido el correo, así que debo tener una especie de amistad con ella.

—Gracias por haberlo hecho, Tessa. No sé qué te han contado sobre la lesión de Brielle, pero tiene un vacío en la memoria. Si…

—Ah, sí, ya me he enterado. Tan solo he pensado que si volvía a casa… —Tessa me mira—. Vivo en el apartamento de al lado. Mi marido, Nick, es el supervisor del edificio. Si necesitas algo, no dudes en pedírnoslo.

Se me llenan los ojos de lágrimas, pero las contengo mientras asiento y le ofrezco una sonrisa leve.

—Gracias. Siento no…

—No te disculpes, Brie. Solo quiero que sepas que aquí hay gente que se preocupa por ti y que cuidará de ti. —La sinceridad de su tono me aplaca un poco la ansiedad.

—Os lo agradezco.

—Por supuesto, para eso están los vecinos. Oye, es… —Se interrumpe y saluda a Spencer con una mano—. ¡Hola, Spencer!

—Tessa, me alegro de verte.

Desvío la mirada hacia él.

—¿La conoces?

—He estado en tu apartamento. —Ríe.

—Por supuesto. Es solo que…, ya sabes, no me acuerdo.

Tessa suspira profundamente.

—Siento haberte abordado en el aparcamiento. Estoy segura de que tienes muchas cosas que hacer. Solo quería que supieras lo mucho que nos alegramos de que estés en casa y bien. Bueno, excepto por lo de la memoria.

—Gracias —le respondo. Puede que no la recuerde a ella ni a este lugar, pero por lo menos hay alguien amable aquí.

Miro el edificio en el que vivo (o en el que todos dicen que vivo) y espero que ocurra algo, lo que sea.

Los ladrillos ya no están esparcidos por el suelo, y recuerdo haber subido hasta la cuarta planta, que no tenía ventanas porque estaban todas rotas, y mirar las montañas en la distancia. Y muchas otras cosas viles de las que mi madre no tiene ni idea.

—¿Cuánta gente vive aquí?

Mi madre me frota la espalda.

—Hay ocho apartamentos, dos en cada planta.

—¿Y yo vivo en uno de ellos?

—Sí, ¿recuerdas algo de él? —me pregunta Spencer.

—Nada reciente, solo recuerdos antiguos.

Él se ríe, porque es probable que sepa exactamente a lo que me refiero. Yo estaba en el último año de instituto y los chicos habían vuelto a casa para algún acontecimiento. Decidieron celebrar una fiesta secreta, pero oí cómo la planeaban, así que avisé a unos cuantos amigos, nos colamos, me emborraché bastante y me quedé dormida encima de Spencer, para su disgusto.

—Fue una buena fiesta.

Mi madre resopla.

—Por aquel entonces todo el tiempo os metíais en líos y, de algún modo, Brielle siempre encontraba la forma de pegarse a vosotros.

—Siempre estaba a salvo —le replico. No podían impedir la mitad de las estupideces que hacía, pero siempre se aseguraban de que tuviera una red de seguridad…, ellos.

—Eso sin duda. —Spencer asiente.

—Bueno, ¿y qué haces aquí, Spencer? —Mamá se vuelve con una ceja arqueada.

—Voy a ayudar a Brie…, a regañadientes.

—¿Ayudar? —Oigo la preocupación en su voz.

—Brielle necesita respuestas… Todos las necesitamos, y la única forma de conseguirlas es que recupere la memoria. He hablado con Holden y Cora y han coincidido en que ayudarla a volver sobre sus recuerdos no es lo mismo que soltarle toda la información de golpe. Así que la ayudaré a hacerlo.

Esto sí que me sorprende.

—¿Lo has hablado con Holden?

—Le he mencionado lo que queremos hacer y le he pedido que me dijera si le parecía mala idea —me explica, como si fuera obvio—. Él es el médico.

—Sí, pero ¿no debería haber sido yo la que le preguntara?

Arquea una ceja.

—¿Pensabas hacerlo?

No, pero… podría haberlo hecho.

—No quiero ponerte en riesgo, arruinar el caso o joderte la recuperación.

Oh, supongo que tiene sentido.

—*Estoy* preocupada —interviene mi madre—. Tengo que volver a California pronto y siento que te abandono. Es que… necesito volver a la tienda y ocuparme de otras cosas.

He estado tan centrada en todo lo demás que en ningún momento se me ha ocurrido preguntarle por su vida en los últimos tres años.

—No me abandonas, mamá. Te lo prometo —le aseguro—. Además, necesito acordarme de todo, lo que significa que tengo que ir de paseo por los últimos tres años de mi vida. Debería ser capaz de soportarlo, ¿no? A menos que, por supuesto, queráis explicarme lo que he estado haciendo hasta ahora.

Spencer interviene antes de que mi madre responda:

—Es un asco, pero es el único modo de hacerlo. Nos enfrentaremos a ello y conseguiremos que lo recuerdes todo cuando podamos.

—¿Y si es demasiado tarde? —le pregunto.

Por lo que he entendido, lo que sea que hay encerrado en mi memoria permitirá que la policía encuentre al asesino, y tratar de forzarlo lo pondría todo en riesgo, pero no comprendo cómo afecta a mis recuerdos que me digan en qué banco guardo el dinero.

—¿Demasiado tarde para qué? —me pregunta mi madre.

—Para todo. ¿Qué pasa si no lo recuerdo nunca? ¿Qué pasa si Spencer no es Sherlock Holmes y no puede ayudarme a recordar nada? ¿Qué pasa si nunca descubro al asesino de Isaac y vuelve para rematarme?

Abre mucho los ojos, pero Spencer da un paso al frente, señala la esquina y me pregunta:

—¿Ves ese coche?

—Sí.

—Es un amigo de Emmett. Era un boina verde que estuvo destinado cuatro veces en Irak y Afganistán. Probablemente podría matarnos desde el coche con un lápiz.

Lanzo un grito ahogado.

—Eso no es muy tranquilizador.

—Para mí, sí.

Sacudo la cabeza.

—Nadie podrá vigilarme a todas horas.

—¿Quieres apostarte algo? —Arquea una ceja—. Emmett y yo hemos contratado a la empresa de seguridad Cole para que os vigilen a ti y a Addy hasta que atrapen al asesino de Isaac y sepamos que no corréis peligro. No tenemos ni idea de si la persona que os atacó es una mujer o un hombre, ni a quién buscaban en realidad, ni por qué lo hicieron. Sí, somos un poco sobreprotectores, pero te prometimos que estarías a salvo, así que no me siento mal por eso. De hecho, estoy bastante satisfecho, y creo que tu hermano también lo estaría.

La actitud protectora de su voz hace que retroceda un poco. Percibo el estrés en su mirada, y mentiría si dijera que no me siento un poco mejor.

Mi madre me rodea el antebrazo con los dedos.

—Saber eso hace que no me sienta tan mal por tener que irme.

Él asiente.

—Nadie está dispuesto a perderte a ti también, Brielle.

—Lo sé.

Se obliga a sonreír y echa un vistazo al edificio.

—¿Qué te parece si entramos y empezamos?

Exhalo, otra vez presa de los nervios.

—Vale.

Espero que me guste la persona que se esconde detrás de esa puerta.

Capítulo seis

Brielle

El abatimiento que siento al estar aquí de pie, mirando mis pertenencias, mi vida entera, es abrumador.

Las paredes del apartamento son de ladrillo, los conductos de ventilación están al descubierto y todos los muebles tienen un toque industrial, aunque nunca me he considerado una mujer moderna. Las líneas son definidas y no hay nada en el espacio que denote personalidad. Entro en la cocina y paso los dedos por las frías encimeras de cemento mientras observo los armarios de madera oscura.

Es precioso. A pesar de la falta de calidez.

—¿Algo? —La voz de mi madre está cargada de esperanza.

Cierro los ojos durante un segundo, esperando que ocurra algo, pero no sucede nada. No recuerdo haberme mudado a este ático, ni haber escogido el sofá o el cuadro que hay colgado sobre la mesita que adorna el vestíbulo. Camino despacio hasta donde imagino que está el dormitorio, espero que verlo me ayude. Quizá recuerdo algo sobre Henry o sobre mí, o, yo qué sé, cualquier cosa.

Contemplo el espacio mientras paso delante del baño antes de llegar al dormitorio. Hay una mullida alfombra debajo de la enorme cama con dosel y una mesilla de noche a cada lado. A la derecha veo lo que deduzco que es un armario y una cómoda justo enfrente. Me dirijo allí primero.

Levanto un marco de cristal en el que hay una foto mía sujetando a un bebé pequeño y desvío la mirada hacia Spencer y mi madre, que se han quedado en el umbral de la puerta.

—¿Es Elodie?

—Así es. —Mamá sonríe.

No la recuerdo, y tampoco el día de la foto, pero es rubia, y veo a mi hermano en los rasgos de su nariz.

—Será preciosa —murmuro, casi para mí misma.

—Ha sacado lo mejor de Isaac y de Addy.

—¿Qué edad tiene ahora? —les pregunto, y rezo para que alguien decida responderme.

—Ocho meses —responde Spencer sin vacilar.

Vuelvo a dejar la foto en la cómoda y cojo la siguiente. Somos padre y yo unas semanas antes de que falleciera. Detrás, hay otra de mi graduación; salimos mi hermano y yo, y los tres idiotas. Todos nos reímos de algo. Emmett me sujeta el birrete justo encima de la cabeza, Isaac sonríe de oreja a oreja mientras estira un brazo hacia él y Holden sujeta la banda de graduada. Y luego está Spencer. Me rodea la cintura con un brazo y me sujeta para que no caiga hacia atrás al recuperar los objetos robados.

Levanto la mirada y veo que me observa.

—¿Qué?

—Recuerdo este día, pero tengo la sensación de que es la primera vez que veo la foto —respondo con una risita nerviosa.

Es extraño, porque puedo escuchar a Isaac pedirle a Emmett que lo lance, la risa grave de Holden cuando empecé a caerme y entonces la sensación de Spencer al agarrarme. Al sentir su contacto, recuerdo sentirme segura. Sabía que no acabaría en el suelo porque él no me soltaría.

Es extraño.

En el otro lado hay una foto de la boda de Isaac y Addison, pero nada más. No hay ninguna de Henry. Si seguimos juntos, ¿por qué no tengo fotos suyas?

Suena un teléfono y mamá rebusca en su bolso.

—Es de la tienda —explica antes de irse a la otra habitación.

Spencer se acerca a mí.

—¿Cómo te sientes?

Suspiro, y dejo la foto en su sitio.

—Confusa, no conozco este sitio ni las cosas que hay en él. No entiendo por qué, si sigo con Henry, no parece que exista en este lugar. Hizo que pareciera que me quiere y que yo le quiero a él.

—A lo mejor sí que te quiere.

—¿Y por qué no ha venido? ¿Por qué me estás ayudando tú y no él? O, mejor aún, ¿por qué no se me ocurrió pedírselo a él? —Hago una pausa—. Creo que ya no estoy con Henry, pero todo el mundo teme decírmelo. Bueno, ni siquiera vino al funeral de mi hermano. Tú eres el último hombre del mundo que imaginaría en una relación seria, y ni siquiera tú harías algo así.

Spencer ríe.

—¿Cómo sabes que no estoy casado?

Se me corta la respiración.

—No lo sé. Ay, Dios. ¿Estás casado?

—No.

Le doy un manotazo en el brazo.

—¡Capullo!

—Echa un vistazo a tu alrededor, a ver si hay algo que te despierte algún recuerdo. Esperaré a que tu madre cuelgue para que no te bombardee. Sal cuando estés lista.

Puede que nunca esté lista. Me aprieta el hombro para animarme antes de salir, y me deja sola con mis pensamientos.

Tiene que haber algo aquí que me ayude a averiguar lo que he olvidado. Una caja de objetos que haya guardado en el armario o ropa suya que me diga si seguimos juntos.

Me dirijo allí primero y no veo nada que me indique que Henry pase tiempo en este lugar. Encuentro una camiseta vieja, unos calzoncillos y un par de vaqueros, pero no de la marca que llevaba él. Podrían ser suyos, aunque los pantalones son de una talla más pequeña que la que usa ahora. Sigo buscando y, al final, al fondo encuentro una caja negra.

Voy hasta la cama y la abro, esperanzada, pero también con cautela. La caja contiene fotos antiguas, así que no habrá nada en ella que no recuerde. El baile del instituto, al que fui con Jim Trevino. Más fotos de los cuatro chicos antes de una acampada y otra de cuando fuimos todos de excursión. Muchos recuerdos, pero de momentos que no había olvidado.

Y después hay otra en la que estoy de pie fuera de este mismo apartamento, con los brazos en alto y una sonrisa de oreja, a oreja mientras Isaac lleva una caja al interior del edificio. Era típico de él; debía ayudar mientras yo hacía el tonto y Addy sacaba fotos. Le doy la vuelta a la foto y averiguo que se tomó hace dos años y medio.

Rebusco más y veo algo redondo en el fondo de la caja. Al sacarlo, me doy cuenta de que es la banda de un puro. ¿Por qué narices guardaría la banda de un puro? En serio, empiezo a preguntarme si fumo.

Cuando me lo llevo a la nariz e inhalo, me transporto otra vez. Cierro los ojos y un olor a madera de roble, cuero, pimienta, café y un ligero toque a frutos secos me llena los sentidos. Ya no es solo el sabor, sino que lo huelo en su piel. Siento el calor de su boca mientras nuestras lenguas se mueven. El recuerdo se hace cada vez más intenso, y me zambullo en él hasta que recuerdo que apretaba los dedos contra la barba incipiente de sus mejillas. Y ese sabor…, lo deseaba. Me sentía embriagada por él.

Es un buen beso; no, es más que eso. Es un beso que evidentemente no puedo olvidar.

Una parte de mí se aferra a él y trata de obligar a la Brielle del recuerdo a abrir los ojos. Quiero ver la cara del hombre que me besó y me hizo sentir que no podía respirar sin mis labios sobre los suyos. Intento concentrarme en algo, en cualquier otra cosa…

—¿Brielle?

Me levanto de la cama de un salto y me vuelvo hacia la puerta.

—Mamá. —Tengo el corazón acelerado y la respiración más agitada.

—¿Estás bien?

Me aclaro la garganta.

—Sí. ¿Y tú?

Me enseña el móvil.

—Sí, pero tengo que volver al hotel y ocuparme de esto. Ha surgido un problema en la tienda y necesito información que tengo en el portátil. Spencer me ha dicho que se puede quedar un rato y después llevarte a casa de Addy para la cena, ¿te parece bien?

—Sí, por supuesto.

—Vale, pediremos comida para las seis.

—Me parece bien.

Me da un abrazo.

—Lo estás haciendo mucho mejor de lo que crees. —Mamá se inclina hacia atrás con los labios apretados en una línea muy fina—. Yo estaría por los suelos, y aquí estás tú, con la cabeza bien alta para intentar atrapar al asesino de tu hermano.

—Isaac habría hecho lo mismo por mí —me justifico.

—Sí, lo habría hecho, pero no por eso es fácil.

Decir eso es quedarse corto. Asiento, y ella me da un beso en la mejilla y se marcha. La complexión ancha de Spencer ocupa el umbral de la puerta. Dios, está tan guapo… Me encanta cómo le queda la barba, que está empezando a crecerle otra vez. Se apoya en el marco con los brazos cruzados y levanta la barbilla.

—¿Qué es eso?

—¿El qué?

Bajo la mirada hacia la banda del puro, que me he puesto alrededor del dedo.

—No sé de dónde es ni por qué la guardé, pero estaba en una caja de fotos y recuerdos que he recopilado a lo largo de los años. He vuelto a recordar el beso —le confieso.

—¿Qué has recordado?

Le explico gran parte del recuerdo, pero omito lo de que la otra persona besa increíblemente bien, y él asiente.

—¿Puedo? —Estira una mano hacia mí y le pongo la banda con cuidado en la palma de la mano.

—¿Conoces la marca? —le pregunto.

Sacude la cabeza.

—No soy mucho de puros.

—Isaac sí que lo era.

—Lo había olvidado. Es verdad, siempre intentaba que los fumáramos, como si eso fuera a convertirnos en tíos con clase o algo así.

Me río.

—Cosa que no sois.

—Holden es médico.

—Sí, pero también es el tipo que le afeitó las cejas a Emmett antes de que se fuera a uno de sus despliegues.

El eco de la carcajada grave de Spencer resuena por toda la habitación.

—Dios, se cabreó muchísimo.

—¡No me digas! Tuvo que irse con su unidad militar… sin cejas.

—No debería haberse dormido el primero.

Pongo los ojos en blanco.

—Sois un desastre.

—Pues sí… O lo éramos. Ahora somos una clase de desastre diferente.

—Un desastre es un desastre. Pero por lo menos eres un desastre *sexy*.

—¿Crees que soy *sexy?* —me pregunta con una sonrisa de oreja a oreja.

—Ya sabes que lo eres. —No vale la pena negárselo. Me acerco de nuevo a la cama y me siento en el borde. A Spencer le brilla un destello de travesura en los ojos.

—Tú también eres un desastre muy *sexy*.

Me aferraré a ese comentario durante el resto de mi vida. Ahora tengo que moverme a un terreno menos pantanoso.

—No me parece real —le comento—. Incluso después del funeral, aún no me creo que se haya ido. A lo mejor es porque ahora mismo no sé nada, pero encuentro todo esto surrealista, y no en el buen sentido.

Spencer se sienta a mi lado.

—A mí tampoco me parece real.

—Lo quería muchísimo, ¿sabes?

—Desde luego, y él también a ti. Creo que eres muy consciente de esto, pero habría hecho cualquier cosa por ti.

No, no me está contando nada nuevo. Isaac era el mejor hermano que ha existido jamás. Es verdad que reñíamos de vez en cuando, pero, por lo general, éramos mejores amigos.

—Si Addy se va, no sé cómo lo superaré.

—Yo creo que tiene que irse. Desde que lo perdió, se ha perdido a sí misma. Puede que lo mejor para ella y para Elodie sea descansar y recomponerse.

—Si soy egoísta, me gustaría que se quedara, pero estoy segura de que lo necesita.

Entrelaza los dedos con los míos.

—Todos queremos cosas egoístamente, pero amar a alguien es hacer lo mejor por esa persona.

Esbozo una sonrisa leve y levanto la mirada hacia él.

—¿Como ayudar a la hermana pequeña de tu mejor amigo a recordar su vida?

Spencer se obliga a sonreír y después se pone en pie.

—Como eso. Venga, creo que deberíamos ir a casa de Addison y después trazar un plan para la primera parte de todo este asunto.

—Oh, ¿tiene diferentes partes?

—Sí, y no estoy muy seguro de que te gusten.

Gruño y, mientras lo sigo, murmuro:

—Vaya, parece que es algo recurrente en mi vida.

Capítulo siete

Brielle

Elodie duerme en mis brazos mientras Addison recorre la habitación de un lado a otro y prepara la maleta.

—¿Estás segura de que es lo que quieres? —le pregunto sin apartar la mirada de la bebé.

Al final, Spencer me ha dejado en casa de Addison y ha vuelto al hotel a ayudar a mi madre a guardar sus cosas en el coche. Ha habido un incendio en la tienda y tiene que marcharse a toda prisa. Pensaba irse pronto de todas formas, pero, aun así, es un asco.

—No, no estoy segura, pero sé que ahora mismo no puedo quedarme aquí —me contesta Addy, y saca una camiseta del cajón.

—Lo entiendo. Todo va muy deprisa.

Addy esboza una sonrisa triste.

—Lo sé. Pensaba que mamá se quedaría unos días más, pero tiene que lidiar con los del seguro.

—¿Crees que el hecho de que se haya incendiado la tienda tiene algo que ver con Isaac y conmigo? —le pregunto.

—El investigador no lo cree. Dice que parece haberlo causado la cafetera enchufada, que no parece provocado.

—Es raro —comento, y miro a Elodie. Es perfecta. Puede que no recuerde mucho, pero sé que ya la adoro—. Será muy difícil no tenerte aquí, Addy. Nada de lo que te diga te hará cambiar de opinión, ¿verdad? —Lo que al principio iban a ser una o dos semanas se ha convertido en un viaje indefinido.

Es muy egoísta por mi parte pedírselo, pero Addison no es solo mi cuñada, también es mi amiga. Y últimamente no tengo demasiados amigos.

—No he dormido en casi dos semanas. No consigo comer nada y lloro todo el maldito tiempo. He ido a dar un paseo con Elodie solo para salir de la casa y me han parado ocho veces para contarme historias sobre Isaac y para decirme lo tristes que están. Por no mencionar las cartas y las llamadas.

Verla llorar hace que a mí también se me salten las lágrimas.

—Lo siento mucho, Addy. Lo entiendo, no debería haberte pedido que te quedaras.

Se acerca a mí y me sujeta el rostro con las manos.

—No llores, por favor. Solo quería explicarte por qué creo que unas semanas o tal vez un mes fuera de aquí me irán bien. Visitaré a Devney, cambiaré de aires y tendré la oportunidad de llorar la pérdida sin que todo el pueblo me observe.

Tiene sentido, pero me gustaría que no fuera necesario.

—Sabes que te quiero, ¿verdad?

—Y yo a ti. Creo que también será bueno para ti, Brie.

—¿Que mi hermana y mi sobrina se vayan?

Asiente.

—Estás lidiando con muchas cosas ahora mismo, y no quiero añadirte más presión.

—No lo haces, te lo prometo. Ya tengo suficiente con lo mío.

Addison mira a Elodie y suspira.

—¿Sabes lo difícil que me resulta no contarte todo lo que sé para que recuerdes *algo?* Lo único que quiero es que nos des alguna respuesta, y no es posible. Y tampoco es justo. Mi marcha nos dará algo de tiempo para respirar y, con un poco de suerte, para sanar.

—Sé a lo que te refieres, y lo entiendo. De verdad que sí. Supongo que solo soy un poco egoísta. He perdido a mi hermano, la fe en que estaba con el hombre indicado, la memoria, la vida que vivía, y ahora te vas tú. Lo único que me queda es esta locura de plan de volver a recorrer mi vida.

Addy le acaricia una mejilla a Elodie.

—Lo único de lo que siempre he tenido mucha envidia es de tu capacidad de tomar una decisión y guiarte por ella. Sé que te sientes perdida, pero confía en tus instintos, porque nunca se equivocan.

Miro los ojos azules de Addy, que están cargados de lágrimas no derramadas.

—Te echaré de menos.

Una lágrima le resbala por la mejilla.

—Y yo a ti también, pero no estaré fuera mucho tiempo. No creo que sea capaz de alejarme de Rose Canyon. Por muy difícil que me resulte quedarme aquí, será igual de duro irme. Isaac ha sido mi vida desde que tenía diecisiete años y… no creo que pudiera nunca desvincularme de aquí.

En cierto modo, sabía que volvería y que su marcha no sería permanente, pero me siento algo mejor. Sin embargo, como ha dicho Spencer, no se trata de lo que yo quiera, sino de lo que ella necesita.

—Espero que, cuando vuelvas, te sientas mejor.

—Y yo lo único que deseo es que te recuperes, y no solo para que sepamos lo que ocurrió. Me gustaría que recordases porque, antes de que todo se torciera, eras feliz. Y quiero que vuelvas a serlo, así que, si algo o alguien no te da buena espina, piensa en lo que te he dicho sobre tus instintos, ¿vale?

—Así que intuyo que no eres muy fan de Henry.

—Nunca lo fui.

—No, pero… nunca me lo dijiste.

Addison ríe sin alegría.

—Tu madre ya se encargaba de decírtelo por mí. No hacía falta que le echara más leña a ese fuego.

—Me da la sensación de que no estamos juntos. No dejo de preguntarme por qué seguiría aguantando esto. ¿Por qué no había ni rastro de él en mi apartamento? Si siguiéramos juntos, habría algo suyo, ¿no?

Addison me lanza una mirada que básicamente responde a todas mis preguntas antes de encogerse de hombros.

—¿Querías encontrar algo suyo allí?

—Después de que no viniera al funeral…, no.

Addy arquea una ceja.

—Estéis juntos o no, y no digo ni que sí…, ni que no, me sorprendió un poco que no viniera.

—Pero llamó —le respondo.

—Ah, qué amable por su parte. ¿Intuyo que todavía no ha venido a verte?

—Me dieron un número de teléfono nuevo y le envié un mensaje para que lo tuviera. Me llamó al momento, pero estaba demasiado sensible para contestar, así que me dejó un mensaje de voz en el que me pedía perdón y me aseguraba que vendría en cuanto pudiera. Después me mandó otro diciéndome que lo sentía mucho, me contó una excusa sobre un cliente del que tenía que encargarse y me pidió que, por favor, entendiera que no volvería a ocurrir. Quiere que vaya a Portland y pase un tiempo con él. Es tan… No lo sé. Por ahora, no me apetece demasiado responderle.

Le veo en la cara que no se lo traga.

—Deberías hacer lo que creas que es correcto. Además, no eres estúpida ni te dejas pisotear.

—¿Y cómo decido lo que es correcto cuando no tengo las herramientas para sopesar mis opciones?

Addison se sienta a mi lado y estira las piernas.

—Creo que tienes que seguir tu instinto. Ahora mismo parece que te dice lo que deberías hacer, aunque depende de ti ser lo bastante valiente para hacerle caso. Pero hazme un favor, ¿vale?

—Por supuesto.

—No hagas nada a menos que sea algo que *tú* quieras hacer. Las últimas dos semanas han sido una pesadilla para las dos, y a veces es importante tomarse un minuto para respirar y curarse. Además, antes de que tomes ninguna decisión respecto a Henry, ten en cuenta que lo que estás viviendo ahora es probablemente cómo será o cómo es tu vida con él. Y ambas sabemos que no lo tolerarías.

Asimilamos sus palabras en silencio y dejo que se asienten antes de mirarla.

73

—Gracias. Y gracias también por no odiarme —le digo. Era una de las cosas que me preocupaba, que Addison también creyera que soy un fracaso.

—¿Por qué narices debería odiarte?

—No lo sé… Por toda esta situación.

—Nunca podría odiarte. Lo que ha ocurrido no ha sido culpa tuya, Brielle. No hay nadie en el mundo que quisiera a Isaac tanto como lo querías tú. También era tu héroe.

—Llegaré al fondo del asunto —le prometo con toda la sinceridad del mundo—. Por ti. Por Elodie. Por él.

—No lo dudo.

Y, con un poco de suerte, me encontraré a mí misma por el camino.

Spencer me acompaña hasta la puerta del apartamento; no dejan de temblarme las manos.

Soy fuerte. Puedo hacerlo. Solo tengo que superar la primera noche y después será más fácil.

Es la nueva gilipollez que me repito a mí misma.

—He pensado que podríamos hacer paracaidismo —comenta Spencer, lo que me pilla por sorpresa.

—¿Qué?

—Creo que deberíamos cometer una estupidez.

—¿Y el paracaidismo es lo primero que se te ocurre?

Ladea la cabeza.

—También podríamos practicar *puenting*.

—Sí, porque fue de maravilla la última vez. —Resoplo.

Spencer sonríe.

—Bueno, es que no nos hiciste caso cuando te dijimos que saltaras hacia la izquierda.

Lo fulmino con la mirada.

—¡Estaba como a mil metros de altura! No oía una mierda. Hacía muchísimo viento y un frío de narices, y erais unos idiotas, porque señalabais en direcciones distintas. Tuve que adivinarlo.

—Pues adivinaste mal.

Oh, lo odio.

—Ahora puedes hablar del tema tan tranquilamente, pero, si no recuerdo mal, cuando salí a la superficie estaba a punto de darte algo.

Más bien estaba histérico. Spencer le cantó las cuarenta a Holden, que estaba arriba conmigo. Pensé que lo mataría. Irónicamente, mi hermano tuvo que calmarlo una vez que quedó claro que yo estaba bien.

Un poco magullada y, sobre todo, avergonzada. No soportaba parecer estúpida e inexperta delante de los chicos.

—Pues claro que sí, joder. Podrías haberte hecho daño.

—Y de ahí la emoción.

—¿Estás mejor? —Cambia de tema.

—¿Qué?

—Estabas asustada. ¿Mejor ahora?

Levanto la mirada hacia él.

—Estaba… Intentabas distraerme.

Ríe entre dientes.

—He pasado gran parte de mi vida perfeccionando esa habilidad. Se me da bastante bien.

—Lo que tú digas.

Spencer me pasa un brazo por los hombros.

—¿Qué es lo que más te preocupa?

—Que estaré sola, ¿qué pasa si alguien me quiere muerta?

—Estás a salvo, Brielle. Te lo prometo.

Para él es muy fácil decirlo. No conozco a nadie del edificio y no sé qué narices se supone que debo hacer yo sola. Me siento como la primera noche que pasé en la universidad. Me encerré en la habitación y lloré durante dos horas. Me aterraba estar sola en un sitio desconocido. Ahora tengo la misma sensación de nostalgia, pero porque no recuerdo nada.

—¿Y cómo estoy segura de eso? —le pregunto.

—Porque hay un segurata en un coche justo delante del edificio, otro en la parte de atrás y Emmett llegará en más o menos una hora.

—¿Vendrá?

—Emmett se quedará en el piso que hay justo delante del tuyo.

Abro los ojos de par en par.

—¿Qué? ¿Él también vive aquí?

—Ahora sí.

No sé qué responder, así que me quedo mirándolo boquiabierta.

—¿Cuándo se ha mudado?

—Ayer.

—¿Por qué?

—Porque no tenemos ni idea de quién mató a tu hermano e intentó matarte también a ti. Tu equipo de seguridad ha subarrendado el apartamento, así que, si tienes miedo o necesitas algo, tendrás a gente aquí al lado. Es uno de los mejores equipos de seguridad del país; he hecho algunos amigos a lo largo de mi carrera y ninguno de nosotros está dispuesto a correr riesgos.

—No sé si eso hace que me sienta peor o mejor.

—En cualquier caso, estas personas solo están aquí para mantenerte a salvo. Lo más seguro es que, si no te lo hubiera dicho, no las hubieras visto.

Ahora insulta mi inteligencia.

—Por favor, pues claro que me habría dado cuenta de que unos tipos corpulentos con pinta de militares se pasean por Rose Canyon. No es que nos sobren las caras nuevas en el pueblo.

—Excepto por el hecho de que ya no sabes quién vive en el pueblo. No recuerdas nada de los últimos tres años. —Sonríe.

—Imbécil.

Spencer se encoge de hombros.

—Te lo he contado para que no te preocupe tanto tener que pasar aquí la noche.

—No estoy preocupada. —No me lo creo ni yo.

—Claro que no.

A veces no lo soporto. Me cruzo de brazos y resoplo, pues siento que debo parecer valiente.

—Entraré ya, ¿nos vemos mañana?

Asiente con una sonrisa.

—Sí. Si necesitas algo o quieres un poco de compañía, llámame.

Lo último que pienso hacer es llamar a alguno de ellos.

—Gracias, nos vemos sobre las ocho.

—Que duermas bien, Brie.

—Gracias.

Es muy poco probable que lo haga.

Entro en casa y, en cuanto la puerta se cierra con un crujido, me invaden la soledad y el miedo. Estoy sola por primera vez desde que desperté en el hospital. En mi casa, que no me parece un hogar. Trato de recordar lo que Addison y mi madre me han dicho sobre mi fortaleza. Aunque no me siento demasiado valiente, los demás parecen creer que es una de mis cualidades, así que intento actuar como si lo fuera.

Me dirijo al baño principal y registro en los cajones. Lo tengo todo perfectamente organizado, lo cual no me sorprende. Una vez más, busco una señal o pista sobre mi vida. No hay colonias ni jabones de hombre. Nada que indique que otra persona pasa tiempo aquí.

Justo cuando estoy a punto de rendirme, encuentro una caja de condones debajo del lavabo. La caja está abierta y solo hay dos dentro. Así que es evidente que mantengo relaciones con alguien o que me dedico a repartir condones, lo que, como asistenta social, podría ser cierto.

Lo único que me parece raro es que la marca no es la que utilizábamos Henry y yo. Aunque eso no significa demasiado, porque tampoco utilizo el mismo desodorante que usaba antes. Pero, aun así, es otra cosa que debo plantearme.

Me siento abrumada y exhausta. Cuando me canso de ser una espía en mi propia casa, interrumpo la búsqueda, vuelvo al dormitorio y saco una camiseta enorme del cajón. Después, voy a la cocina a por un vaso de agua. Ojalá fuera vino, pero no me permiten beber alcohol durante unas semanas. Me fijo en una pila de correo en la encimera, y tomo nota mental de revisarla mañana. Justo cuando estoy rodeando la isla de la cocina, se oye un golpe muy fuerte en la puerta. El vaso se me cae al suelo, y grito a pleno pulmón cuando el cristal estalla a mi alrededor.

Al cabo de un instante, que parece durar dos segundos, la puerta se abre de golpe y Emmett, Spencer y Henry irrumpen en el apartamento.

No sé en qué momento me he rodeado las rodillas con los brazos y me he hecho un ovillo muy apretado, ni cuándo he empezado a temblar, pero, al levantar la mirada, veo que los tres hombres me observan con la mirada cargada de preocupación.

Spencer es el primero en alargar una mano hacia mí.

—No pasa nada, Brie. Estás a salvo.

Tengo el cuerpo agarrotado y no puedo moverme, porque el miedo me ha paralizado. El ruido ha sido tan fuerte y repentino que pensaba… Dios, no lo sé, que era un disparo.

Se agacha para mirarme directamente a los ojos, abiertos e impasibles.

—¿Puedes levantarte para que te aparte de los cristales?

—Puedo… —empieza Henry, pero Spencer se vuelve hacia él y se calla lo que fuera que iba a decir.

Spencer agacha la cabeza un segundo antes de volverse hacia mí.

—Te llevaré al sofá para que no te hagas daño, ¿de acuerdo?

Quiero hablar, decirle que estoy bien, pero no lo consigo. Se me llenan los ojos de lágrimas, y él espera a que asienta antes de cogerme en brazos como si no pesara nada. Le rodeo el cuello con los brazos y dejo que me sostenga contra su pecho mientras me lleva al sofá.

Emmett empieza a recoger los cristales del suelo. Spencer me deja en el sofá y después se vuelve hacia Henry.

—¿Has aporreado la puerta?

—No ha contestado la primera vez.

—Así que ¿se te ha ocurrido que tenías que llamar más fuerte? ¿Sabiendo el infierno por el que está pasando? —La ira de Spencer es palpable.

—¡Estaba preocupado precisamente por eso! No ha respondido a mis mensajes, ni a mis llamadas ni a mis mensajes de voz. Y después llego aquí y no me abre. Sí, he llamado más fuerte, y estaba preparado para derribar la puerta de una patada con tal de llegar hasta ella.

Spencer se acerca más a él.

—Eres un idiota. Hemos hecho todo lo que está en nuestra mano para asegurarnos de que Brielle esté a salvo. Su familia y amigos nos hemos ocupado mientras tú hacías… ¿qué? Ah, sí. Nada.

Henry aprieta los puños.

—Tranquilo, tío —interviene Emmett, y se interpone entre ellos—. Esto no ayudará en nada a Brielle. Tranquilízate y respira. Todo va bien.

Quiero relajarme, pero me siento como si estuviera a punto de vomitar. Spencer se pasa las manos por el pelo.

—Necesito un minuto.

Emmett asiente.

—Ve, está a salvo.

Se va, y mi preocupación aumenta. Quiero que se quede con una intensidad que no entiendo del todo. La sensación basta para empezar a sacarme de la neblina del pánico. ¿Por qué quiero que Spencer se quede cuando Emmett y el impostor de mi novio están aquí?

Antes de que pueda reflexionar sobre eso, Henry se sienta a mi lado.

—Siento haberte asustado.

Me obligo a expulsar el aire de los pulmones.

—Estoy bien, solo cansada y abrumada. Han sido unos días muy duros, algo que sabrías si hubieras estado aquí.

Henry se estremece un poco, pero me da lo mismo.

—Por eso he venido.

—¿Para qué?

—Para disculparme.

Emmett se aclara la garganta.

—Os daré unos minutos a solas. Vuelvo al apartamento de enfrente. Si necesitas cualquier cosa, solo tienes que llamarme.

—Gracias, Em —le respondo, y él me guiña un ojo.

—¿Por qué está en el apartamento de enfrente?

Suspiro con fuerza; no me apetece tener que darle explicaciones de nada.

—Da lo mismo, ¿por qué has venido esta noche? No he respondido a tus mensajes porque estoy disgustada. Podrías haber esperado a que te respondiera.

—Necesitaba verte. No respondías al móvil y me he preocupado.

—No me apetecía hablar. No estabas aquí cuando enterraron a mi hermano, Henry. Era entonces cuando necesitaba a alguien con quien hablar, a alguien que me apoyara.

Por lo menos tiene la decencia de parecer avergonzado.

—Sí, ya sé que te he fallado.

—Esa es la cuestión, que no sé si lo has hecho.

—¿A qué te refieres?

Madre mía. No me apetece nada meterme en este tema ahora; no quiero hablar con él de todas las cosas que mi instinto me grita, pero dejar que todo continúe igual durante más tiempo es inaceptable. Si seguimos juntos, tiene que saber que no quiero esto. Si lo que necesitaba para dejarlo al fin era darme, literalmente, un golpe en la cabeza, pues que así sea. Soy lo bastante inteligente para alejarme antes de pasar más tiempo con él.

Esta clase de relación no está bien, y merezco algo mejor.

—Sé que se supone que no debes contarme nada de los últimos años, pero todo el tiempo siento que esto no es real. Lo nuestro. Creo que no estamos juntos, y, si lo estamos, no tengo muy claro que debamos estarlo.

Henry se queda boquiabierto.

—¿Por qué dices eso? ¿Porque tenía que trabajar?

—No, no porque tuvieras que trabajar. Porque no hay fotos de los dos en ninguna parte, no hay ropa tuya en el piso y no encuentro ni una sola cosa que me haga creer que aún formas parte de mi vida. Lo último que recuerdo de nosotros es que no era feliz y quería romper contigo.

Se pone en pie y camina de un lado al otro, algo que siempre hacía cuando intentaba que se le ocurriera algo para conseguir que cambiara de opinión.

—Sí que terminamos.

Por fin, la verdad. *Por fin.*

—¿Y por eso mi madre no te llamó de inmediato?

Asiente.

—Sí, si lo hubiera hecho, habría acudido al hospital de inmediato. Nunca he dejado de quererte, Brie. Ni por un momento. Así que, cuando me contó lo que había pasado, pensé, Dios, pensé que a lo mejor esta podía ser nuestra segunda oportunidad. Que podría demostrarte que soy el hombre con el que quieres estar.

No sé cómo pensó que utilizar esto para manipularme sería una buena idea.

—Así que me mentiste.

—Sí, aunque no me gustó la idea. Tu madre me dijo que tenía que ocultarte algunas cosas, así que eso hice. Mentí porque era lo que tú recordabas, y esperaba que fuera lo que querías.

Una parte de mí lo entiende. Ha tenido la oportunidad de reescribir nuestra historia, pero el problema es que nuestro final iba a ser el mismo de todos modos.

—No sé cómo eran las cosas antes, pero ahora sé que quiero mucho más que esto. Quiero compartir mi vida con alguien que esté a mi lado, sobre todo en los momentos difíciles.

—Mi trabajo exige que me ocupe de ciertos clientes. Cuando hay problemas, no puedo largarme así como así.

—Lo entiendo, de verdad, pero yo no soy un problema, y la muerte de mi hermano no ha sido un mínimo contratiempo, mucho menos para mí. Tengo que poder confiar en el hombre al que amo y, si pensabas que esto sería nuestra segunda oportunidad, ya me has decepcionado.

—Puedo ser mejor.

—Sí, creo que los dos podemos serlo. —Pero no juntos.

Puedo encontrar a otra persona. Puedo amar a alguien que esté a mi lado. Henry no es esa persona, y no estoy dispuesta a aceptar esto solo porque estoy desesperada por conservar un pedazo de mi antigua vida.

Henry desvía la mirada.

—Siempre fuiste la única para mí, Brie. Ojalá yo lo fuera para ti.

Le doy la mano.

—Cuando te vi en el hospital, me sentí muy aliviada. Sobre todo porque te recordaba, y que estuvieras ahí me proporcionaba una constante. Sin embargo, incluso en ese momento, supe que no era verdad. Sí, éramos felices al principio, pero, en algún momento, eso terminó. Nuestros objetivos cambiaron, y creo que crecimos y nos separamos al mismo tiempo. Eras mi sueño, Henry. Pero, al parecer, que nuestras realidades son demasiado distintas. Tú mereces una mujer que esté dispuesta a mudarse a Portland contigo y yo merezco a alguien que me priorice. Deseo de corazón que encuentres a esa persona. Espero que te haga feliz y tú también a ella. Quiero que tengas una vida maravillosa, y confío en que podamos ser amigos.

A Henry se le escapa una risita leve.

—Puede que no recuerdes la forma en que rompimos, pero es increíblemente similar.

—Ah, ¿sí?

Asiente.

—Me deseaste amor y felicidad y después me devolviste la llave del lazo rojo.

Pestañeo un par de veces.

—Te dije que serviría para abrir otro corazón.

Me he acordado. Recuerdo haberlo dicho con el rostro cubierto de lágrimas, porque se había acabado de verdad. Lo quería, y no pretendía hacerle daño, pero no podíamos seguir como estábamos.

—Así es.

—Estaba muy triste.

—Yo también.

Es gracioso que otra vez sienta lo mismo.

—Fue lo mejor para nosotros, ¿no?

Se encoge de hombros.

—No lo sé. A lo mejor sí, porque aquí estamos de nuevo, y, aun con la memoria defectuosa, sabías que no era el indicado para ti.

Esbozo una sonrisa triste.

—Ojalá las cosas hubieran sido diferentes.

—Creo que estoy destinado a estar solo —responde con una carcajada—. Estoy casado con mi trabajo y, si te soy sincero, no sería justo pedirle a ninguna mujer que lo tolerase.

—Sin duda la mujer indicada hará que seas capaz de renunciar a todo por ella, pero yo no soy esa mujer. ¿Crees que podríamos seguir viéndonos como amigos? Spencer me ayudará a intentar rememorar mi vida, y seguro que tu ayuda también me iría bien.

Sonríe con suavidad.

—Por supuesto. Pase lo que pase, sigo queriendo lo mejor para ti. Además, te he echado de menos.

—Y probablemente yo también. Lo supe cuando te vi en el hospital; me alegré mucho.

—¿Siempre nos quedará la amnesia?

Los dos nos reímos.

—Siempre nos quedará eso, por lo menos. Venga, te acompañaré a la puerta.

Una vez allí, nos abrazamos, y una parte de mí se relaja un poco, como si una pieza del puzle hubiera encajado en su sitio. Cuando abro la puerta, Emmett y Spencer están fuera y Henry hace un gesto con la barbilla para saludarlos antes de irse.

—¿Qué ha pasado? —pregunta Emmet primero.

—Le he dicho que no quería estar con él y, al hacerlo, me he acordado de que rompimos.

—Ah, ¿sí? —pregunta Spencer.

Apoyo un hombro en el marco de la puerta y asiento.

—Sí, ese día le di la llave con el lazo. —Emito un profundo suspiro—. Me voy a la cama. El día de hoy ha sido agotador, y estoy a punto de volverme loca. Buenas noches.

Tras decir eso, vuelvo a entrar en el apartamento, cierro la puerta y me preparo para desbloquear todos mis secretos.

Capítulo ocho

Brielle

Por primera vez desde que todo mi mundo se vino abajo, duermo como un tronco. Nada me obsesiona, y podría decir que me gusta. O, por lo menos, que lo necesitaba, porque hoy empieza el trabajo duro.

Cuando me ducho, me doy cuenta de que me encanta el olor del que parece ser mi nuevo champú, que no se encuentra en cualquier droguería. Después de vestirme, me siento al escritorio y abro los cajones en busca de una libreta o algo que me dé una pista sobre los últimos tres años. Lo único que encuentro son las típicas facturas y unas cuantas tarjetas de felicitación de cumpleaños.

Sonrío cuando veo una de Holden, Emmett y Spencer. Desde que era pequeña, siempre le han dado muchísima importancia a mi cumpleaños. Supongo que porque era la persona más pesada del mundo cuando se acercaba la fecha, pero, aun así, me parecía adorable.

Suena el teléfono y le echo un vistazo a la pantalla antes de responder.

—Hola, madre.

—Hola, Brielle. ¿Cómo te encuentras hoy?

Voy a la cocina y cojo una botella de agua. La pongo al día sobre el recuerdo de la llave, Henry y el resto de las cosas mundanas. Cuando voy a preguntarle por la tienda, me interrumpe antes de que acabe la frase.

—¿Qué planes tienes para hoy?

—Spencer me recogerá para ir a Portland.

—¿Seguro que te apetece hacerlo?

Percibo la desaprobación a través del teléfono.

—Sí, y, aunque no me apeteciera, iría de todos modos. ¿Qué tal van las cosas por la tienda? ¿Sabes algo de la compañía de seguros?

Mi madre solo tiene tres amores: sus hijos, mi padre y su tienda de arte. Ha perdido a mi hermano y casi a mí; también perdió a mi padre, así que no sé si soportaría que pasase de nuevo.

—He hablado con el perito de siniestros y hoy tasará los daños, así sabré cuánto me cubrirán. Por el momento, tengo aquí a los de la limpieza y Bruno está intentando salvar lo máximo posible. No puedo permitirme perderlo todo.

—Estoy segura de que podrás reconstruirlo —intento animarla.

—Eso espero. He trabajado mucho en los últimos cinco años. Vender botellas de vino reconvertidas no es fácil, pero nos hemos esforzado mucho para que cada pieza sea única. No podré reproducir las que se han destruido.

Conozco bien ese sentimiento.

—A lo mejor no puedes reemplazarlo, pero quizá hacer algo mucho mejor.

Mamá suspira.

—Sí, aunque no soporto tener que ocuparme de todo esto cuando debería estar allí contigo.

Se olvida de que, de todos modos, se habría marchado en cuatro días, ya que tampoco había planeado quedarse mucho más.

—No pasa nada, de verdad. Además, Addy estará aquí hasta el fin de semana y Spencer y yo nos centraremos en mi pasado. Si te necesito, te lo diré.

—Sí, claro. —Mamá se ríe.

—Vale, en general no lo haría, pero esta vez sí.

Llaman a la puerta y me levanto de un salto.

—Tengo que irme, mamá. Ha llegado Spencer.

—Ve con cuidado, Brie. Te quiero muchísimo.

—Y yo a ti.

—Llámame esta noche y me cuentas qué tal ha ido.

—Lo haré. Te quiero.

Colgamos y me dirijo a la puerta a toda prisa, lista para ver a Spencer.

—Hola.

—Hola. —Sonríe—. Pareces contenta.

—He dormido muy bien.

—Genial.

Me ofrece un sándwich de desayuno, que acepto alegremente.

—Me salvas la vida.

—Solo es un desayuno.

—Sí, pero… no tengo nada en la nevera y me muero de hambre.

—Bueno, todos sabemos que la cocina no es lo tuyo.

Pongo los ojos en blanco.

—Le prendes fuego a la cocina una vez y te tachan de peligro el resto de tu vida.

Arquea una ceja.

—¿Una vez? Más bien cuatro.

—No me acuerdo de eso —le respondo con una sonrisa. Lo cierto es que las recuerdo todas, pero esto de la pérdida de memoria puede jugar a mi favor por lo menos una vez.

Spencer ríe.

—¿Estás lista o quieres comer primero?

—He estado pensando…

—Eso nunca es buena señal.

Lo ignoro y continúo.

—Creo que deberías rebuscar en el apartamento conmigo. Hay pistas, todos lo sabemos, pero yo estoy demasiado sensible para ver las cosas como las verías tú.

—¿Y cómo las vería?

—Como si todo fuera un puzle que tuvieras que ensamblar para ver la imagen completa. Necesito que me ayudes a encontrar las piezas, y ya veré yo si puedo encajarlas. Eres como el Yoda de los reporteros, y las cosas que destapaste eran tan inesperadas que nadie más las vio. A lo mejor hay pistas que yo he pasado por alto, pero tú no.

Spencer asiente.

—¿Y si no hay nada?

—Bueno… —Me muevo, nerviosa, y sopeso el próximo comentario con cuidado, y entonces añado—: Pues entonces a lo mejor puedes ayudarme a descubrir con quién me veía antes de… —Me señalo la cabeza y aparto la mirada.

—¿Qué te hace pensar que te veías con alguien? —pregunta.

—Pues lo del puro y que debajo del lavabo del baño he encontrado una caja de… —Espero que no me haga decírselo, porque me daría mucha vergüenza.

—¿Una caja de qué? ¿Tampones? ¿Compresas? ¿De qué?

A veces no lo soporto. Gruño.

—De condones. Y está abierta, y faltan algunos.

Se ríe y después gira la cabeza.

—¡Serás capullo! ¡Sabías perfectamente lo que intentaba no decir! —lo regaño.

—Lo suponía, pero ha sido muy divertido ver cómo tratabas de no ponerte roja como un tomate. Un esfuerzo muy valeroso por tu parte.

En serio, ¿por qué me gusta este hombre? No tiene sentido. Bueno, sí que lo tiene. Es atractivo y seguro de sí mismo a más no poder y llama la atención en cualquier habitación en la que entra. Spencer te mira, ve más en ti que cualquiera y nunca te juzga.

—En fin, hay algunas cosas aquí y allá que me hacen preguntarme si salgo con alguien, aunque sea algo casual.

Spencer saca la libreta de bolsillo y anota algo en ella.

—¿Qué escribes? —le pregunto.

—Tomaré nota de las cosas que mencionas o haces, y lo más probable es que lo haga a menudo. Creo que tú deberías hacer lo mismo. A pesar de que pienses que algo es irrelevante, deberías escribirlo, porque puede ser importante. Entonces, cuando estemos de acuerdo en que ha llegado el momento, compararemos los apuntes para ver qué descubrimos, ¿vale?

—¿Quieres que apunte una caja de condones? —le pregunto, y arqueo una ceja.

—Ja, ja. No, quiero que anotes lo que veas, lo que recuerdes o lo que pienses. Cuanta más información tengamos para analizar, mejor.

—Tú eres el experto.

Sonríe de oreja a oreja.

—Sí.

—Vale, pero deberías saber que ahora mismo estoy desarrollando problemas de confianza, porque todo el mundo me oculta información. Y, antes de que hagas algo muy molesto, como señalarme que accedí a seguir este rumbo, me gustaría decir que lo odio y me abruma.

Da un paso hacia mí.

—Lo entiendo, yo soy una persona desconfiada por naturaleza. En mi profesión, debo asumir que todo es mentira. Pero, si queremos que esto funcione, tenemos que confiar en el otro. Te prometo que no te mentiré, Brielle. Nunca lo he hecho.

Tenerlo tan cerca hace que se me acelere un poco el corazón.

—Lo sé, por eso te he pedido ayuda.

Me rodea con sus fuertes brazos y, cuando oigo el latido de su corazón, cierro los ojos.

—Es un honor que lo hayas hecho, aunque eso signifique que tengo que seguirte durante unas semanas.

Levanto la mirada hacia esos ojos verdes que conozco tan bien.

—¿Crees que nos llevará tanto tiempo?

—Podría ser.

Me siento fatal. Tiene cosas mucho más importantes que hacer que ayudarme a recordar mi vida.

—Lo siento.

—¿Por qué?

Me encojo de hombros.

—Por ser un incordio otra vez.

—¿Otra vez? Nunca has dejado de serlo. —Spencer me guiña un ojo—. Venga, vámonos a Portland antes de que se haga de noche y volvamos al principio. —Se inclina hacia mí y me da un beso en la coronilla.

Doy un paso atrás y me vuelvo para esconder el rubor que siempre aparece en mi rostro cuando tiene un gesto ligeramente cariñoso.

—Vamos… La verdad nos espera.

—Repasemos los hechos.

Spencer y yo estamos sentados bajo uno de los árboles del campus de la universidad. Es el primer lugar al que he querido venir, porque recuerdo haberme sentado justo en este sitio el día de mi graduación y haber hablado con Isaac y Addy de lo que quería hacer en el futuro.

Incluso ese día, ya estaba segura de que no quería mudarme a Portland con Henry y de que mi sitio estaba en Rose Canyon.

Inclino la cabeza en dirección al sol y dejo que la calidez de los rayos de media mañana me bañe la piel.

—¿Podemos dejar de hablar de todo esto durante un minuto? —le pregunto.

La frustración por haber perdido la memoria me provoca dolor de cabeza. No he descubierto nada nuevo. Nada emocionante. Solo recuerdos de la universidad que no había perdido.

—No, estamos trabajando.

El pelo me hace cosquillas en los brazos cuando me vuelvo hacia él.

—No sabes divertirte.

—Sí que sé.

—No, no sabes… O, por lo menos, no sabías.

—Dado que no tienes ni idea de mi capacidad actual de divertirme, no puedes hablar.

Abro los ojos y le saco la lengua.

—¿Lo ves? No sabes.

Suspira.

—¿Quieres que te cuente lo divertido que soy?

—El hecho de que te hayas ofrecido a contarme lo divertido que eres me dice todo lo que debo saber. No eres divertido.

Se inclina hacia adelante.

—Sí que lo soy.

Ahora mismo me hace sentir muchas cosas, pero me tranquilizo, porque él no siente ninguna atracción hacia mí.

—Pues cuéntame.

—Eh… —Hace una pausa y desvía la mirada hacia el patio—. Joder, supongo que no lo soy.

Me río y vuelvo a recostarme.

—¿Lo ves? Spencer Cross, alérgico a la diversión, siempre serio y siempre rompiendo corazones.

—Puedes ponerlo en mi biografía.

Giro la cabeza hacia él y entrecierro los ojos para verle la cara.

—Por lo menos sabría que es verdad.

—Aquí también encontrarás verdades.

Supongo que tiene razón, pero me siento derrotada. No pensaba que entraríamos en Portland y de repente recordaría toda mi vida, pero sí esperaba que ocurriera. Quería volver a lo familiar y encontrar consuelo en lo desconocido.

—Pues ahí va la verdad: no recuerdo nada nuevo. Ya está. Eso es todo.

—Entonces no debemos perder tiempo aquí, tenemos que movernos y seguir trabajando, no quedarnos tumbados en el césped.

Me incorporo, a la defensiva.

—¿Y qué quieres que haga? ¿Mentirte y contarte que he recordado algo de repente? Ah, ya lo tengo. Después de ir a por café, bajaba por la calle y me encontré a alguien. Era alto, pero, por desgracia, no recuerdo cómo se llamaba ni qué aspecto tenía. O a lo mejor prefieres que te cuente la historia sobre cuando fui a ver a Henry para romper con él. Y, otra vez, sin detalles, porque no recuerdo nada aparte de lo que ya te conté.

—Brie.

—No, quieres que te diga algo que recuerdo, pues me lo inventaré.

—Detente, no te he pedido que hagas eso. —Spencer me interrumpe—. Solo quiero ayudarte a recordar.

—Yo también quiero —le confieso—. Lo quiero más de lo que nadie podría imaginar, e intento no sentir rencor por todo el que se niega a contarme algo.

—Pero, si te contáramos todo, ¿nos creerías? ¿Te facilitaría las cosas o solo te dejaría más confusa y frustrada? Si te dijera que dejaste el trabajo dos días antes del incidente y decidiste unirte al circo como artista de figuras de globo, ¿qué dirías?

Me quedo boquiabierta, pero después resoplo.

—Que estás loco.

—Pero ¿por qué? Te hemos dicho que es verdad.

Sacudo la cabeza.

—Nunca haría algo así.

—¿No? ¿Cómo lo sabes? No tienes ningún recuerdo de la persona que has sido en los últimos tres años, por eso es fundamental que no te contemos quién eres. O bien lo recordarás todo o bien crearás una vida nueva. —Spencer baja la libreta—. Brielle, yo sé mejor que nadie lo fugaces que son las cosas. Sé lo que se siente al perderlo todo. Sé lo que se siente cuando te dejan atrás y se olvidan de ti.

Por supuesto que lo sabe. Cuando era niño, su madre lo dejaba en nuestra casa, le prometía que volvería a la mañana siguiente y luego no se presentaba. Spencer oía a mi madre al teléfono, suplicándole a la suya que no lo hiciera, pero nada de lo que decía le importaba. Aunque él intentaba ocultarlo, veía lo triste que se ponía, y siempre intentaba animarlo. Su madre no dejaba de entrar y salir de su vida, y solo aparecía cuando le convenía. Cuando ser madre ya no le interesaba, dejaba a mis padres al cuidado de Spencer.

—Nunca se olvidaron de ti.

—Eso fue hace mucho tiempo —responde con desdén—. Solo trataba de que lo entendieras.

Puede que sea cierto, pero no dejaré que cambie de tema con tanta facilidad.

—Spencer. —Espero hasta que me mira—. Nunca te olvidaron. No las personas que te querían.

—Ya lo sé.

—Yo nunca te he olvidado —comento con suavidad.

Su mirada se posa sobre la mía, y la forma en que me mira hace que se me seque la garganta. Juraría que quiere besarme, lo cual es extraño, porque Spencer no me mira así, y nunca nos hemos besado… Bueno, no así.

Se aclara la garganta y rompe el hechizo.

—Tu familia me salvó la vida, y haría lo que fuera por vosotros.

Me coloco un mechón de pelo detrás de la oreja.

—Te lo agradecemos.

Spencer se pone en pie y me ofrece una mano.

—Venga, vamos a los apartamentos en los que vivías, al otro lado de la ciudad. A lo mejor encontramos algo.

Capítulo nueve

Brielle

Un montón de nada, eso es lo que hemos descubierto hoy. Estoy agotada, ya no puedo más. Dado que mi equipo de protección estaba en mitad del cambio de guardia cuando hemos vuelto, le he dicho a Emmett que se quedara, y eso nos ha llevado a llamar a Holden. Ahora toda la pandilla está aquí, menos mi hermano.

—¿Has visto a Addy? —le pregunta Holden a Emmett.

—Sí, la he ayudado a cargar el camión de la mudanza.

Holden suspira.

—Hoy le he preguntado cuándo volverá y me ha dicho que no lo sabe. Pensaba que cambiaría de opinión y se quedaría.

—Nosotros también queremos que tú te quedes —le replica Spencer.

Holden es un médico muy importante en Los Ángeles. Se mudó allí justo después de la universidad y solo viene a Rose Canyon de vez en cuando para visitar a su tía, que es el único pariente que le queda. Es el propietario de la clínica del pueblo y se ocupa de la mayoría de nuestros cuidados médicos, pero ha contratado personal para que la lleve. Cuando le contaron lo que nos había pasado a Isaac y a mí, volvió a casa esa misma noche y ha llevado mi caso desde entonces.

—Tengo que volver para ocuparme de mis pacientes.

—Y tienes que evitar a tu exmujer —añade Emmett con una sonrisa de suficiencia.

Él y Jenna eran *la* pareja ideal. Competían con Addison e Isaac en absolutamente todo. Jenna es deslumbrante y muy lista. Fundó una organización sin ánimo de lucro que ayuda a cientos de niños en situación de riesgo en Oregón. Ella y Holden se casaron en segundo de carrera, pero se divorciaron antes de que Holden empezara la especialización.

—A Jenna y a mí no nos supone ningún problema estar en la misma habitación.

Spencer ríe por la nariz.

—Claro, porque es algo que pasa muy a menudo.

—¿Y qué hay de ti? —Holden le da la vuelta a la tortilla—. ¿Qué tal tu vida amorosa? ¿Todavía sales con la modelo número cuarenta o ya has pasado a otra?

—Mi vida amorosa es perfecta —replica Spencer, y levanta la cerveza en un saludo de burla—. ¿Por qué no le preguntas a Brielle qué tal le ha ido el día, doctor Capullo?

Holden pone los ojos en blanco y se vuelve para mirarme.

—Perdona, Brie. Tendríamos que haberte preguntado. ¿Qué tal te ha ido el día?

—Ha sido una pérdida de tiempo —protesto, y reclino la cabeza sobre el sofá—. Tendría que haberme quedado aquí y revisado el correo.

Emmett coge una porción de *pizza* y se deja caer sobre una de las sillas.

—No puede haber ido tan mal.

—Oh, te lo aseguro. Hemos paseado por Portland durante lo que me han parecido horas y, aun así, no he recordado nada. Absolutamente nada.

Holden nos trae refrescos a todos y se sienta a mi lado.

—No es una ciencia exacta, Brie. Es imposible predecir cómo responderá tu mente.

—¿No es ese el objetivo de tu profesión?

Spencer y Emmett se echan a reír.

—Lo sería si fuera neurólogo —replica en voz baja—. Me ocupo de tu caso porque los médicos del pueblo son una panda de idiotas.

—¡Los contrataste tú! —señala Emmett.

—Pues sí, pero yo soy mejor. Me muero de ganas de volver a Los Ángeles.

—Sí, volver a Los Ángeles, donde todo es mejor, blablablá. —Spencer se inclina hacia atrás y apoya uno de los tobillos en la rodilla—. Podrías volver a casa y ayudar a la gente del pueblo; les vendría bien contar con tus conocimientos. Además, tu tía te necesita.

La conversación y las bromas me hacen sentir como en casa. Cuando era pequeña, estos chicos estaban siempre en mi casa, reían y se interrumpían los unos a los otros, o acababan las frases de los demás. Son parte de mi familia, y no me había dado cuenta de lo mucho que necesitaba estar rodeada de este ambiente hasta ahora. A pesar del dolor por la pérdida de mi hermano, en mi interior reina la calma.

La tensión que se aprecia en la espalda de Holden indica que Spencer ha tocado una fibra sensible, así que Emmett, con la mirada clavada en Spencer, decide intervenir.

—¿Tú también crees que la investigación de hoy con Brie ha sido una pérdida de tiempo?

—No, pienso que hemos descubierto más pistas de las que cree nuestra amiga pesimista —responde Spencer, que se encoge de hombros.

—¿Qué pistas? —le pregunto de inmediato.

—Algunas a las que no has prestado atención.

—¿Como por ejemplo…?

Spencer deja el plato en la mesa.

—Como por ejemplo tu lenguaje corporal. Has hecho cosas casi por inercia. Te has acordado de la contraseña de la tarjeta de fidelización de un restaurante que no llevará abierto más de un año. Te has parado delante del edificio en el que está el despacho de Henry a pesar de que no sabías que trabaja allí.

Abro mucho los ojos.

—¿Por qué no me has dicho nada?

—Acabo de hacerlo —contesta, como si fuera la respuesta más lógica del mundo.

Me viene la imagen de un edificio a la mente. La fachada era de ladrillo y se parecía más a una tienda que a un edificio de oficinas. Me he quedado allí delante un segundo, aunque no sabía muy bien por qué me había parado. Me ha dado la sensación de que ya había estado dentro, pero, por más que lo he intentado, no he sido capaz de descubrir por qué habría estado en un sitio así.

He querido entrar.

Emmett interviene:

—Cuidado, Spencer. Le estás dando demasiada información.

—No le ha dicho qué edificio era —responde Holden—. El hecho de que se haya parado justo delante es una señal de que conserva los recuerdos y no han quedado destrozados.

—Te prometo —añado, y miro a Emmett— que nadie me ha contado absolutamente nada. —Para mi desgracia.

—Brie, ¿puedes describir el edificio para saber si es el que Spencer cree?

Lo hago; describo el enorme ventanal de la parte delantera y el móvil de viento que hay en el lado izquierdo del toldo. Quizá no sea el edificio en el que trabaja Henry, pero hay algo en él que me ha resultado familiar, y eso podría significar algo.

Spencer sonríe.

—Es el mismo. Lo he notado por la forma en que has ladeado la cabeza y has movido la mano.

Holden asiente.

—¿Has mencionado un sitio en el que necesitaba un código?

—Sí, hemos comido en un restaurante con tarjeta de fidelización. —Se vuelve hacia mí—. No tenías ni idea de que es bastante nuevo, y has puesto el código sin más.

A pesar de lo mucho que me encantaría contarlo como una victoria, creo que se equivoca.

—Es la misma contraseña que utilizo para todo; hace años que la uso.

Se encoge de hombros.

—De todos modos, creo que es importante.

Tal vez, pero, en mi opinión, ha sido suerte. Aún hay cosas que desconozco, y espero recuperar los recuerdos más pronto que tarde.

—A ver, sabemos que Spencer vive aquí y que ahora mismo no trabaja, y que Holden sigue en Los Ángeles. Sin embargo, tú eres un misterio para mí, Em. Eres el *sheriff*, lo cual me resulta cómico, dado que recuerdo que fuiste tú quien se interpuso ante el *sheriff* Barley cuando intentó disolver una fiesta.

Emmett sonríe con suficiencia.

—No puedo confirmar ni negar esa historia.

—¡Yo sí! —interviene Spencer—. Lo hizo. Y también le pinchó los neumáticos para que pudiéramos escapar.

Emmett ríe por la nariz.

—Ese fuiste tú, capullo.

—En fin. —Spencer pone los ojos en blanco—. Su desafortunada juventud lo preparó para esto.

—Y… —Emmett arrastra la palabra— se me da bien.

—¿Cuánto hace que has vuelto? —le pregunto.

Se frota la frente, mira a Holden y después desvía la mirada hacia mí.

—Entra dentro de tu vacío mental.

Gruño.

—¿Cómo puede alterarme la memoria que seáis sinceros conmigo? No te pido que me cuentes toda la historia, ¡solo te he preguntado cuánto tiempo hace que has vuelto!

Me pongo en pie, y una oleada de ira me recorre todo el cuerpo. Esta situación es un asco. Estoy harta de sentirme como si estuviera al margen de mi propia vida.

Los tres intercambian una mirada y Spencer me pone una mano en el brazo.

—Intentamos contarte lo que podemos, y también asegurarnos de que ninguno de nosotros dé un paso en falso. Sobre todo Emmett, dado que lo llamarán para testificar cuando descubramos quién es el culpable de todo esto.

Emmett deja la cerveza en la mesa.

—Y por eso no debería estar aquí, tengo que ir con más cuidado.

—Em —le digo de inmediato—, no volveré a preguntarte. Por favor, no te vayas. Lo siento.

Esboza una sonrisa cálida.

—Lo sé, pero Spencer tiene razón. Nos llamarán para testificar, y no queremos darle ningún motivo al abogado de la defensa para que diga que hemos contaminado el testimonio. —Emmett me atrae hacia él para darme un abrazo y me planta un beso en una mejilla—. Te veré pronto.

Siento que se me cae el alma a los pies y que me envuelve una clase nueva de tristeza. Quiero recuperar mi vida.

Emmett se marcha, y me quedo mirando la puerta fijamente mientras las lágrimas me resbalan por las mejillas.

—Brielle —interviene Holden con suavidad, y me apoya una mano en el hombro—. No llores.

Me vuelvo hacia él y suelto una risa irónica.

—¿Por qué no? ¿Qué más tengo que perder? ¿No ha sido suficiente con Isaac? ¿Y con que Addison y Elodie también hayan tenido que irse? Volverás a Los Ángeles pronto. Y Emmett no puede estar conmigo por si lo llaman para testificar. —Miro a Spencer—. Y tú encontrarás un trabajo o una novia. ¿Es que no lo veis? ¡No me queda nada! Lo he perdido todo, y ni siquiera sé por qué.

Holden no me suelta ningún cliché ni ninguna promesa vacía de que todo irá bien. Solo me da un abrazo. Un minuto después, me agarra por los hombros y me separa de él.

—Sabes mucho más de lo que estás dispuesta a admitir, solo debes tener un poco de fe, ¿de acuerdo? No será fácil y, sí, te sentirás frustrada, pero no estás sola. Nunca lo has estado. —Me limpia las lágrimas de las mejillas y esboza una sonrisa amable.

No soporto que tenga razón. Soy ridícula, y debería parar ya, porque alterarme no ayudará a nadie.

—Es probable que tengas razón.

—Suelo tenerla.

—Y además eres un capullo arrogante —continúo con una sonrisa.

—Eso también es cierto. Sin embargo, en este caso, sé de lo que hablo. También tienes que cuidarte, Brie.

—Lo haré. —Asiento.

Emite un suspiro largo y da un paso atrás.

—Estoy agotado, y tengo que ir a ver cómo está mi tía. Nos vemos en la consulta de mañana. Spence, ¿te vienes conmigo?

Spencer me mira y después sacude la cabeza.

—Me quedo para ayudar a Brie a recogerlo todo.

—De acuerdo. —Holden coge el abrigo del respaldo de la silla y le estrecha la mano a Spencer—. Llámame mañana.

Después de un último abrazo rápido, Holden se marcha.

—Y entonces quedaron dos —digo, y me siento tímida de repente.

—Justo como al principio.

Exactamente como yo siempre había querido. Sacudo la cabeza para librarme de la idea y sonrío.

—Estoy agotada, gracias por ofrecerte a ayudarme a limpiarlo todo.

—Por supuesto. —Se aclara la garganta, y en un momento hemos tirado los platos de papel, los botellines y las cajas de *pizza* vacías en una bolsa de basura.

Hay una parte de mí que quiere recoger más despacio o poner una excusa para que se quede más tiempo, pero me digo a mí misma que es porque no quiero quedarme a solas con mis pensamientos.

Spencer se detiene en el umbral de la puerta con la bolsa de basura en una mano y la libreta en la otra.

—Puedo recogerte mañana para la consulta, si quieres.

Hasta la próxima valoración, en unos días, no me dejan conducir. Había pensado pedirle a Emmett que me llevara, pero prefiero ir con Spencer.

—¿Estás seguro?

—No me ofrecería si no lo estuviera.

—Sería genial. A lo mejor, cuando hayamos acabado, podemos indagar un poco más. También tenemos que revisar el apartamento.

—¿Por qué no nos tomamos el día libre mañana? —sugiere Spencer.

—¿Qué? ¿Por qué?

—Porque quizá necesites algo de tiempo después de la consulta. ¿Quién sabe qué pruebas te harán? —Se frota el rostro con una mano—. Lo mejor será que mañana tengas un día tranquilo.

Me cruzo de brazos y arqueo una ceja.

—¿Es lo que tú harías si estuvieras en mi lugar?

Ambos sabemos que no. Spencer es de lanzarse de lleno con todo lo que hace. Él no sabe reducir la marcha ni tampoco ir despacio. Por eso es tan bueno en lo que hace.

—No, pero me preocupas más que yo mismo.

—Te prometo que te avisaré si algo me parece demasiado.

—¿Como has hecho ahora mismo? —contraargumenta.

—Vale, me has pillado. Te prometo que lo haré a partir de ahora. Aunque te aseguro que estoy bien; lo único que ocurre es que el hecho de que se vaya tanta gente a veces hace que sienta que el mundo avanza mientras yo doy marcha atrás.

—Yo también me sentí así cuando todos los chicos fueron a la universidad y yo me tomé el primer semestre libre para buscar a mi madre. Todo el mundo iba un paso por delante. No dejaban de hablar de las residencias de estudiantes y de las clases mientras yo recorría refugios y la buscaba en las morgues.

—Siento mucho que al final no la encontraras.

Spencer desvía la mirada.

—Sí que lo hice, pero ocurrió hace más o menos un año.

Ay, no.

—Spencer… Lo siento…

—No lo sientas. Confía en mí; a juzgar por lo que vi, fue mejor así.

—¿Cómo lo llevaste? —le pregunto, y después me odio a mí misma por haberlo hecho. ¿Cómo iba a llevarlo? Aunque era una madre horrible, la quería—. Ha sido una pregunta desconsiderada y estúpida. Siento mucho tu pérdida, Spencer. De verdad. Nunca he soportado que la gente me dijera eso, pero ahora lo entiendo.

—¿El qué?

—Esa expresión: siento no poder curarte la herida del corazón. Siento que estés sufriendo y no pueda hacer nada para aliviar tu dolor. La gente me lo decía después de que muriera mi padre, y hasta que he perdido a Isaac no he entendido lo que querían decirme. Así que siento mucho tu pérdida y siento mucho que te doliera.

—Sí que me dolió durante un tiempo, pero después recordé que a todos nos espera el mismo final. Da igual el camino que tomemos, solo hay un resultado. El recorrido es lo que hace que la vida valga algo. Mi madre tomó sus propias decisiones, y yo tomé las mías. Su muerte hizo que me replanteara mi vida: dejé de preocuparme por las cosas que no hacía y empecé a dedicar toda mi energía a lo que sí hacía. —Cuanto más baja la voz, más se me comprime el pecho—. Tomé la decisión de darlo todo por lo que importa y dejar a un lado las medias tintas. Es todo o nada, así es como avanzamos.

Bajo la mirada a los pies y veo el charco que se ha formado en el suelo.

—¡Mierda!

—¿Qué? —Spencer desvía la mirada hacia la bolsa de basura, que gotea, y luego la saca al pasillo y la aleja de la puerta.

Voy a la cocina a toda prisa en busca de servilletas de papel o de algún trapo, pero no encuentro nada. Abro los armarios y los cajones hasta que doy con los paños de cocina. Cojo unos cuantos y algo se cae al suelo, pero lo ignoro y vuelvo corriendo hacia Spencer.

—Tengo que lavarme las manos —dice una vez que hemos limpiado el desastre.

Volvemos a la cocina y nos las lavamos. Entonces recuerdo el objeto que ha salido volando, echo un vistazo a mi alrededor y veo una caja negra en un rincón. La cojo y me pregunto qué narices hace una caja para joyas en un cajón de la cocina.

Spencer me mira.

—¿Qué es eso?

—No lo sé. Estaba en el cajón y se ha caído al coger los paños. —Levanto la tapa despacio y, cuando veo lo que hay dentro, se me cae el alma a los pies. Mi mirada se encuentra con la suya, y en mi mente se me arremolinan un millón de preguntas, pero solo consigo formular una:

—¿Por qué hay un anillo de compromiso en la cocina y quién me lo compró?

Capítulo diez

Spencer

Lo ha encontrado.

Mierda.

Ha encontrado el anillo.

Lo escondí allí preso del pánico porque sabía que en general no entra en la cocina para nada. Podría habérmelo llevado a casa. Podría haberlo guardado en el cajón de la mesita de noche, pero necesitaba que lo tuviera ella, aunque no supiera que existía.

Espero un segundo y rezo para que lo recuerde, pero, a juzgar por el pánico de su mirada, sé que no es así. Una vez más, tengo que fingir que sé lo mismo que ella al respecto y esperar que algo le recuerde lo que somos y lo que hemos compartido.

—No lo sé —le respondo, y deseo que me mire y lo recuerde todo. Que recuerde las lágrimas que le cayeron de sus ojos azules mientras sonreía y asentía, incapaz de pronunciar ninguna palabra.

Pero Brielle lo ha olvidado todo, y aquí estoy, rogando que, aunque no llegue a recordar nunca nuestro pasado, vuelva a enamorarse de mí.

—¿Estoy… prometida?

—Bueno, tienes un anillo, pero no sé si estás prometida.

Deja la caja en la encimera sin cerrarla y se queda mirando fijamente el diamante ovalado de tres quilates que se burla de mí desde ahí.

—Tengo un anillo. Un anillo muy muy bonito.

103

—Eso parece. A lo mejor lo robaste y por eso estuvieron a punto de matarte —intento bromear para mantener la compostura.

—Sí, estoy segura de que soy una ladrona de joyas.

—Emmett está justo enfrente si quieres que vaya a buscarlo para que confieses el crimen.

—Cierra el pico —espeta Brie, y se ríe un poco—. Spencer, creo que estoy prometida. —Hace una pausa y después coge el anillo—. Los condones, el puro… Y ahora el anillo. Es evidente que hay alguien en mi vida, y ahora me pregunto quién es y por qué no ha aparecido todavía. Si estuviera prometida con alguien que desaparece durante tanto tiempo, la preocupación me destrozaría.

Ese alguien está más que destrozado, está roto.

—A lo mejor hace lo que sabe que es mejor para ti.

—Pero ¿cómo? ¿Cómo es capaz de no venir a mí y decirme que estamos comprometidos?

Él se pregunta lo mismo. Toda nuestra relación ha sido un secreto durante los últimos nueve meses. Ninguno de nuestros amigos lo sabe, y por eso nadie, excepto yo, tiene que fingir lo contrario.

—No puedo responder a eso —le contesto con la única verdad que puedo decirle. No puedo contarle nada, y obligarme a mí mismo a tragarme mis palabras es una tortura.

—Ya sé que no puedes. Aunque supieras quién es, aunque dudo que lo sepas, no podrías contármelo.

—Bueno, es un misterio más que puedes añadir a la lista. ¿Has recordado algo al mirar el anillo?

Lo saca de la caja y lo observa fijamente mientras yo espero. Cuando se lo pone en el dedo, casi pierdo la cabeza.

Quiero gritarle, contarle que su prometido soy yo, y que me está matando. Aquella noche fue la mejor de nuestras vidas.

Espero, y rezo todo el tiempo por que se acuerde. Que recuerde las lágrimas y la felicidad que sintió la primera vez que se lo puso en el dedo.

No obstante, cuando me mira, en sus ojos solo hay tristeza.

—No.

Por mucho que Brielle odie toda esta situación, creo que es peor para mí. Cuando veo el anillo, recuerdo el vestido rosa que llevaba puesto la noche en que se lo pedí, cuando fuimos a cenar a la playa. Preparé un pícnic y la abracé mientras contemplábamos la puesta de sol. Sentí que, por fin, el mundo había cobrado sentido. Durante muchísimos años había buscado algo real y, cuando lo encontré, me lo arrebataron.

Cuando lo nuestro empezó, se suponía no era nada serio. Debería haber sabido que Brielle me robaría el corazón.

Al volver del último encargo, hace dos años, estaba jodido de la cabeza. Las cosas que había visto y que había pasado me destrozaron, pero ella me curó. Día tras día, encontró la forma de llegar hasta mí, de quererme, aunque yo creyera que no lo merecía.

Isaac y Addy intentaban formar una familia y yo, como mejor amigo y autonombrado tío, pensé que era tan buen momento como cualquier otro para volver a casa durante una temporada. Echaba de menos a mis amigos y, si soy sincero, también echaba de menos a Brielle. Nunca había entendido el motivo, porque Isaac era mi mejor amigo, pero quería verla.

Al principio no éramos nada, pero al final se convirtió en todo para mí.

Y ahora todo eso ha desaparecido. Todos los besos. Todas las caricias. Todos los putos recuerdos se han esfumado.

Se quita el anillo del dedo y lo deja otra vez en la caja.

—No quiero llevarlo.

«No quiero nada de esto».

—De acuerdo.

Me acerco a ella y cierro la caja. Estamos tan cerca que noto el calor que emana de su cuerpo. A veces creo que nota lo que siento, y ahora mismo quiero que se dé cuenta. Quiero que note lo mucho que anhelo estrecharla entre mis brazos y comérmela a besos, que sepa con cuánta desesperación quería sostenerla cuando se encontraba en esa cama de hospital.

Cuando preguntó por Henry, sentí que moría por dentro. La forma en que le sonrió me destrozó. Se acordaba de ellos dos, pero se había olvidado de nosotros.

—Me duele la cabeza.

Y yo daría lo que fuera porque ese fuera el único dolor que siento.

—Deberías tomarte la medicación y descansar —le sugiero, pues no sé qué más decirle.

—¿Cómo puedo descansar sabiendo todo esto? ¿Y dónde coño está? ¿Cómo es posible que no se haya dado cuenta de que he desaparecido de su vida? ¿Cómo puede parecerle bien no haber hablado conmigo durante semanas?

No le parece bien. Está hundido en una puta agonía.

—No sabes nada, Brie. Puede que esté lidiando con otras cosas y no lo sepa.

Se mordisquea el pulgar.

—A lo mejor no vive aquí. Quizá… quizá tengamos que mantenerlo en secreto y no puede venir. —Un destello de pánico le ilumina la mirada—. ¿Y si está casado? Por favor, dime que no estoy comprometida con un hombre casado. O, peor, ¿qué pasa si es él quien mató a mi hermano?

—Relájate. Si alguna de esas dos cosas resulta ser verdad, ya descubriremos cómo llevarlo.

Se aferra a mis antebrazos.

—No puedo ser esa clase de chica. No puedo robarle el marido a nadie. Y, si mi prometido mató a mi hermano, nunca me lo perdonaré.

—Tranquila, Brie. Harás lo correcto.

—Cada vez que obtenemos una pista y me emociono un poco, acabo con mil preguntas más sin respuesta. Es como si recibiera un golpe detrás de otro.

—Pues coge el bate y devuélvelos. Puedes seguir siendo la víctima en todo este asunto o puedes escoger contraatacar. —Me mira, con los ojos azules como platos—. La chica a la que conozco nunca daría marcha atrás. Se abriría camino a través de cualquier obstáculo y derribaría puertas hasta quedar satisfecha.

Brielle deja caer las manos.

—¿Y cómo lo hago? ¿Cómo peleo con los ojos vendados, Spencer? ¿Cómo me abro paso a través de la niebla espesa que me impide ver si voy en la dirección adecuada?

Se le quiebra la voz al final de la pregunta, y eso casi me lleva a contárselo todo, pero sé que no debo. Así que le digo lo único que puedo en este momento:

—Me das la mano —le respondo mientras entrelazo los dedos con los suyos, y disfruto del contacto—. Y no lo haces tú sola.

—Estás hecho mierda —comenta Holden en cuanto entro en el apartamento.

Le hago una peineta y me dirijo a la cocina a por una copa y hielo. Esta noche necesito un *whisky*.

—¿Cuánto tiempo te quedarás? —le pregunto mientras desenrosco el tapón de la botella.

—Unos días más. Tenía la esperanza de que Brielle estuviera mejor antes de irme, pero no puedo quedarme mucho más tiempo.

—Qué suerte la mía.

—Ni que lo digas —coincide Holden.

—Estaba siendo sarcástico.

—Ya lo sé, pero el sarcasmo también puede contener la verdad.

Pongo los ojos en blanco. Vuelve a la lectura mientras yo intento ahuyentar el dolor con alcohol, algo que, por cierto, no está funcionando. Ni el *whisky* ni nada me quitará el dolor que siento en el pecho, y ni siquiera puedo hablar del tema con nadie.

Uno de los acuerdos a los que llegamos Brielle y yo era no hablar con nadie de nuestra relación. Al principio, se trataba solo de sexo. No teníamos ninguna intención de empezar una relación seria, aunque fuimos unos estúpidos al pensar que eso era posible. Brielle nunca podría ser un ligue casual. Lo es todo.

Luego, preferimos no decir nada porque era algo reciente y no queríamos que provocara problemas si no funcionaba.

Después, era demasiado perfecto, demasiado bueno, y no queríamos que el mundo real se interpusiera y lo arruinara. Deseaba tenerla para mí solo un poquito más. Nos reíamos de que nadie lo hubiera descubierto. Disfrutábamos del consuelo que nos proporcionaba vivir en esa burbuja.

Como todas las burbujas, la nuestra estaba destinada a estallar, pero nos apetecía controlar cuándo ocurriría. Queríamos ser nosotros los que se lo contáramos a nadie antes de que estallara. Anhelaba que todo el mundo supiera lo mucho que la amaba. Le pedí matrimonio y decidimos dejar de ocultarnos, que no importaban mis anteriores relaciones, la aprobación o desaprobación de Isaac, la diferencia de edad ni el hecho de que todo el mundo creyera que Brielle y yo éramos más hermanos que otra cosa. Pensábamos contárselo todo a Isaac y Addison.

Ahora ya no tendremos esa oportunidad y, además, también puede que la haya perdido a ella.

Holden coge la botella y se sirve un par de dedos de licor.

—¿Estás bien?

—Sí.

—No lo parece.

—De verdad que sí.

—¿Ha pasado algo con Brielle cuando nos hemos ido?

Sí, pero no puedo contárselo. Quiero hacerlo, pero ¿cómo se lo puedo decir cuando ella no se acuerda de nada? No estaría bien. Tampoco me apetece oír su opinión sobre el tema.

No me cabe duda de que no se tomarán demasiado bien que les hayamos ocultado la relación durante casi un año.

Sin embargo, tengo que contarles lo del anillo y después mentirles sobre eso.

—Brielle está bien. Estaba un poco afectada porque ha encontrado un anillo de compromiso en un cajón.

Holden abre mucho los ojos.

—¿Qué?

—Sí.

—¿Y no recordaba nada?

—No.

Se reclina hacia atrás y hace girar el líquido de la copa durante un minuto.

—Pensaba que algo tan importante la ayudaría a desencadenar un recuerdo.

—Pues no.

—Vaya. —Hace una pausa—. ¿Y sabes quién es el tipo?

—¿Qué tipo?

Resopla.

—Pues el que le dio el anillo que no llevaba puesto. A lo mejor no aceptó.

No, sí aceptó. Dijo que sí tantas veces que le dolía la garganta. No lo llevaba puesto porque se suponía que nadie debía saberlo hasta unos días más tarde.

—Puede ser.

—Tío, eres el capullo más observador que conozco ¿y no tienes ni idea de con quién narices salía Brie?

—Tampoco es que la espiara.

—No, pero…

—Y parece que Addison y su madre tampoco sabían nada de eso, ¿a qué se debe?

Holden se frota la sien.

—Lo desconozco. Supongo que nadie sabe lo que esconden los demás, aunque es una locura. —Sacude la cabeza y a continuación posa la mirada en mí—. ¿Crees que es quien asesinó a Isaac? ¿A lo mejor Isaac se enteró, se enfrentó al tipo y por eso lo mató?

—Es posible —miento a mi mejor amigo—. Pero no tengo ni idea de quién mató a Isaac.

Lo más probable es que Isaac me hubiera matado a mí en cuanto se lo hubiera contado. Nadie era más protector con Brielle que él. Odiaba al novio que había tenido en el instituto y quería arrancarle la cabeza a Henry cada vez que lo veía.

—No, pero, si le dijo que sí, tienes que admitir que es muy probable que Isaac no se tomara demasiado bien la noticia, sobre todo si ella se lo había ocultado hasta entonces.

Sonrío.

—Ningún hombre sería lo suficientemente bueno para Brie… No en su opinión.

Holden se ríe.

—Me sentía mal por ella cuando éramos niños. ¿Te imaginas lo que habría tenido que soportar Elodie? Es una pena que no pueda saber lo que es.

—Nos tiene a nosotros, y ahora somos mucho más viejos y cínicos.

—No me digas. No lo sé, ser viejos y cínicos también tiene sus inconvenientes.

—¿Como qué?

—La vida. La familia. La idea de no tener nada más que un trabajo al que aferrarse. Tú ya lo entiendes —comenta Holden, que se encoge de hombros—. Te has tomado un tiempo para resolver tu vida.

Y mira hacia mí.

—No ha sido así exactamente, más bien no me ha quedado otra opción. No puedo escribir, Holden. He intentado escribir, ¿qué? ¿Cuarenta historias distintas? Me siento, miro fijamente la pantalla y espero que se me ocurran unas palabras que nunca aparecen. He intentado todos los trucos posibles, y nada. No me estoy tomando un tiempo, tengo un bloqueo de cojones.

Holden suspira por la nariz.

—Lo siento. Ya sé que no es lo mismo, y sé lo que se siente cuando ves que no progresas. No llevo demasiado bien la idea de marcharme, porque esperaba que Brielle hubiera avanzado un poco más cuando tuviera que irme. Cuanto más tiempo pasa, más me preocupa que no recupere la memoria o que recupere solo fragmentos. Me inquieta qué pasaría entonces; ya me entiendes.

—No, no te entiendo.

Se le escapa un suspiro largo y deja la copa en la mesita del café.

—Aunque se acuerde de lo que ocurrió, la defensa utilizará igualmente la pérdida de memoria contra ella. Y eso solo si conseguimos presentar el caso.

—Creo que por eso es todavía más difícil verla pasar por esto. ¿Aún intentan relacionar el ataque con los destrozos en su despacho?

—Sí, pero Emmett no ha abierto demasiado la boca.

Registraron el despacho de Brielle de arriba abajo, a juzgar por la información que he recibido esta mañana. Han esparcido los papeles por todas partes, registrado todas las carpetas y el disco duro del ordenador ha desaparecido. Sus compañeros de trabajo están intentando averiguar qué falta, pero es un desastre.

—Es una putada. Estoy preocupado por Brie, por Addison, por ti, por Emmett y por todos los demás.

Me vuelvo de golpe hacia él.

—¿Por qué narices estás preocupado por mí?

—Además de por el hecho de que estabas muy unido a Isaac y habías vuelto aquí sobre todo por él, por lo que hay entre tú y Brielle. Tienes que ir con cuidado.

—¿Con qué? —Empiezan a sudarme las palmas de las manos.

—No debes acercarte demasiado a ella. Siempre ha estado coladita por ti, y sería muy fácil que se encaprichara al estar así de vulnerable.

El hecho de que le preocupe que pueda ocurrir me da esperanzas. Es lo que quiero. Quiero que vuelva a mirarme así y, si no puedo recuperar lo que vivimos el año pasado, quiero pasar el próximo año conquistándola.

—¿Qué te hace pensar eso?

—Algo que me dijo Emmett.

Me gustaría que dejara de pedirme que consiga información. Conozco a Holden lo bastante para saber que una parte de él está disfrutando de lo lindo, pero me pone demasiado paranoico pensar en que él y Emmett sepan algo que no deberían. Preguntarle qué dijo Emmett sería caer de lleno en la trampa que cree que me ha preparado, así que lo dejo estar.

—A ti y a Emmett siempre os preocupan gilipolleces.

—Y tú siempre corres riesgos.

111

Decido dejar a un lado el tema de Brielle y señalo lo obvio.

—Es un requisito para ser bueno en mi trabajo.

—Oh, ¿y piensas volver a trabajar alguna vez?

Me froto el rostro con una mano.

—Eso intento.

—Sé sincero por un segundo, Spencer: siempre has querido lo que crees que no puedes tener. Y luego, una vez que lo consigues, porque siempre lo haces, te cansas de ello. Por eso vas a por todas esas modelos y actrices. Son como una misión. Y ahora has llegado a lo más alto en tu carrera profesional, y eso te asusta.

Todo lo que ha dicho es cierto. Estoy acojonado. Quiero escribir. Echo de menos ir a la caza de historias y la emoción de ganar un Pulitzer. Todo eso ha desaparecido.

Y también tiene razón en cuanto a las modelos; salía con ellas por eso, y también porque buscaban lo mismo que yo. Pero, cuando Brielle y yo dimos el paso, fue diferente. No le importaba mi éxito, simplemente me quería.

—Tú no eres el más indicado para hablar; tú y Emmett no sois mucho mejores. Los dos también salís huyendo, aunque yo soy más rápido.

—¿Cuándo he huido?

—¿Cuándo fue la última vez que te vimos el pelo por aquí? ¿Qué tal tu matrimonio? ¿Qué pasa con todas las cosas con las que evitas lidiar, Holden? —Estoy furioso, y me he pasado mucho de la raya, pero ya no me importa una mierda—. ¡Actúas como si quisiera estar así, pero no! Iba en la dirección correcta, lo estaba haciendo todo bien, y lo perdí.

A Holden se le hinchan las narinas durante un segundo y después sacude la cabeza.

—No vengo al pueblo porque veo la muerte de mis padres cada vez que lo hago. Perdí a Jenna porque no fui lo bastante hombre para luchar por ella y la dejé marchar sin siquiera pensármelo dos veces. No digo que sea mejor que tú, pero quiero que las personas de mi vida tengan más de lo que tengo yo.

—Yo también.

—Observo la vida que tenía Isaac y no lo entiendo. Estaba casado, tenía a Elodie, hacía lo que le gustaba. No tenía ingresos extra y, aun así, era el más feliz de todos, y mira lo que ocurrió. No corría riesgos y ninguno de nosotros se preocupaba por lo que sería de él. Tenía lo que necesitaba —comenta Holden, que alarga una mano hacia la copa.

Los dos nos quedamos callados mientras vaciamos las copas.

—Pues a lo mejor tendríamos que habernos preocupado más por él —señalo.

—Puede ser, pero nos habría dicho que nos calláramos y que ya tenía todo lo que necesitaba.

—Porque era un cabezota.

Holden se echa a reír.

—Sí. —Se hace el silencio durante un instante, y entonces suspira y añade—: para ser sincero, ya no sé cómo sentirme. Lidio con la muerte a diario, pero nunca pensé que nos ocurriría a uno de nosotros. No a él, ni tampoco de ese modo. Era el único que era feliz de verdad.

Yo era feliz. No, era más que feliz. Estaba eufórico, encantado, entusiasmado, exaltado, y todos los sinónimos de *feliz* que existan. Estaba tan enamorado del momento en el que me encontraba que ni siquiera vi el suelo cuando me estampé contra él.

Un nombre. Pronunció el puto nombre de otra persona, y creí que me habían arrancado el corazón del pecho. Henry.

Se había olvidado de todo lo que teníamos, de todos los planes que habíamos hecho, pero recordaba a Henry.

Por mucho que comprenda que no es culpa suya, me mató. Era como volver a tener quince años y estar esperando a que mi madre me recogiera…, solo una maldita vez, solo para ver cómo escogía a otra persona. A alguien a quien quería más que a su propio hijo.

Brielle nunca había sido así. Siempre me había escogido a mí.

No le respondo a Holden y, en lugar de eso, me quedo mirando fijamente la copa vacía. Él se pone en pie y me da una palmadita en el hombro.

113

—Me voy a dormir. Es tarde, y estar contigo es deprimente.

—Gracias.

—De nada. —Se dirige a la puerta de la habitación de invitados y se vuelve hacia mí—. Oye, lo de antes iba en serio. Lo que estás haciendo con Brie está muy bien, pero ten cuidado y aléjate si ves que se acerca demasiado. Lo último que necesitamos es que se enamore de ti. En realidad no nos preocupa que le correspondas, porque Dios sabe que nunca irías en serio con una mujer, pero ahora mismo ya tiene mucho con lo que lidiar.

Holden cierra la puerta y yo me sirvo otra copa de *whisky*.

—Sí, deberías preocuparte porque la quiero más que a mi propia vida.

Capítulo once

Brielle

Un dolor abrumador me ahoga y no puedo dejar de llorar. Hace una hora he llamado a mi hermano para contarle lo del anillo, que ahora mismo descansa sobre la encimera. He marcado su número como si siguiera con vida y, cuando ha saltado el buzón de voz, la verdad me ha golpeado con la fuerza de un camión. Se ha ido.

Nunca volveré a oír su voz. Nunca podré volver a contarle nada. Lo único que me queda es el pasado, y una parte de él se ha borrado de mi mente.

Así que hoy he decidido regodearme en el dolor.

Llaman a la puerta, pero me da igual. Me ahogo en la autocompasión, y pienso seguir así.

—¿Brie? —me llama la voz de Addison desde el otro lado de la puerta—. Sé que estás en casa. El equipo de seguridad te ha delatado, así que abre.

Me limpio la cara y me dirijo a la puerta. Cuando la abro, Addison me estrecha entre sus brazos de inmediato.

—He pensado que quizá lo necesitabas —comenta, y me abraza con más fuerza.

Pierdo el control todavía más, lloro y me aferro a la que probablemente sea la última persona a la que debería estar aferrándome, pero Addy es de la familia. Es mi hermana en todos los sentidos, y ahora mismo la necesito.

No nos movemos de la entrada y seguimos llorando abrazadas la una a la otra mientras ella me frota la espalda.

115

Tras unos minutos, nos separamos con los ojos rojos y las narices moqueando. Cojo unos cuantos pañuelos y le paso la caja, y después nos tomamos un minuto para recomponernos.

Entonces empezamos a reírnos.

No hace gracia. Nada tiene gracia ahora mismo, pero, aun así, parece que no tenemos otra opción.

La puerta del otro lado del rellano se abre de golpe y Emmett sale al pasillo.

—¿Estáis bien?

Nos reímos todavía más.

—Estamos bien.

—¿Qué es tan divertido? —Arquea una ceja.

Intento calmarme lo suficiente para responderle, pero las emociones son incontrolables, y siembran el caos en mi cuerpo.

—Isaac está muerto… Y lo he llamado… —Tengo que interrumpirme entre ataques de risa—. Y Addy se va mañana.

Addison se ríe por la nariz e inclina la cabeza hacia atrás.

—Ah, ¡y Brie no se acuerda de nada!

Me dejo caer al suelo de la risa y me balanceo de adelante hacia atrás.

—¡No me acuerdo de nada! —continúo, como si fuera el chiste más gracioso que he oído en mi vida—. ¡Y puede que esté prometida!

Emmett da un paso hacia atrás; parece un poco asustado. Mira a Spencer, que está parado en el umbral de la puerta, y comenta:

—Creo que han perdido la cabeza.

—¿De qué se ríen? —pregunta Spencer, que se acerca más a nosotras.

Addy se ríe tan fuerte que hace que Emmett se encoja.

—¡Pues de que nuestras vidas son horribles!

Spencer suspira profundamente y deja la libreta en la encimera, junto al anillo.

—Vuestras vidas no son horribles. Venga, arriba. —Me coge de una mano y me ayuda a levantarme antes de hacer lo mismo con Addy. Esta se limpia otra vez la cara y resopla.

—No tienes ni idea de por lo que estamos pasando. Ninguno de los dos la tenéis. Así que sí, puede que estemos perdiendo la cabeza, pero porque ya hemos perdido el corazón.

—Así es —la apoyo.

Emmett sacude la cabeza.

—No finjo que sé lo que sentís, pero nosotros también echamos de menos a Isaac. También era nuestro hermano. Es posible que no sea lo mismo, pero es igual de difícil lidiar con su pérdida.

Addison agacha la cabeza y asiente.

—Lo sé. Algunos días son más difíciles y, cuando he oído el móvil de Isaac, me he deprimido. Me ha dado la sensación de que a ella podría haberle pasado lo mismo. —Entonces me mira—. ¿Has dicho que a lo mejor estás prometida? ¿De qué narices hablas?

Miro a Spencer y después a Emmett. Aunque Addison no me ha dicho nada, al mismo tiempo me ha dado información. No sabe que estoy prometida, así que o soy una ladrona de joyas o no se lo había contado. Y ninguna de esas opciones me parece posible.

Voy hasta la encimera y se lo entrego.

—Lo encontré anoche.

Abre mucho los ojos.

—¿Dónde?

—En un cajón de la cocina, sorprendentemente.

Addison sacude la cabeza.

—¿Por qué…, quién te lo dio?

Spencer interviene antes de que yo pueda hacerlo.

—¿Sabes de dónde ha salido el anillo?

—No, juro por Dios que no tengo ni idea. Estoy muy confundida.

—Así que ¿no es un recuerdo del que nadie quiera contarme nada? —les pregunto.

—Estoy igual de perdida que tú.

No sé si eso debería alegrarme o entristecerme.

—Si estuviera comprometida con alguien, se lo habría dicho a Addy —explico—. Así que, sea lo que sea este anillo, no es mío.

Emmett se pone a caminar de un lado al otro.

—Y, entonces, ¿por qué lo tienes?

—A lo mejor Isaac se lo compró a Addy y yo se lo guardaba —sugiero.

Addison se ríe.

—No digas tonterías. Es imposible que mi marido hubiera podido permitirse algo así. Vivimos gracias al sueldo de profesor y a mis ingresos. No éramos pobres, pero no podíamos permitirnos un pedrusco así. Además, el anillo que llevo era de mi abuela.

Eso lo sabía.

—¿A lo mejor es de alguna amiga?

Los tres intercambian una mirada.

—Es poco probable —responde Emmett.

—Lo más seguro es que sea tuyo y lo hayas dejado ahí por algún motivo —comenta Spencer—. Si se lo guardaras a alguien, lo más seguro es que lo hubieras metido en un armario o en un joyero.

El teléfono del escritorio empieza a sonar mientras admiro el anillo precioso que llevo en el dedo. En la pantalla aparece el nombre de Isaac.

—Hola —respondo la llamada.

—¿Estás lista?

Me saco el anillo, lo dejo otra vez en la caja con cuidado y lo guardo en el cajón de abajo.

—El anillo estaba en mi despacho. —Levanto la mirada hacia Emmett.

—¿Qué?

Addison se aclara la garganta.

—No, estaba en la cocina.

Sacudo la cabeza.

—He recordado algo. Lo llevaba puesto en el trabajo. Ha sido un recuerdo muy breve, pero lo guardé en el escritorio. En el cajón de abajo a la derecha.

—¿Cuándo fue eso? —pregunta Spencer.

—No tengo ni idea. Solo... acabo de acordarme.

Emmett mira a Spencer.

—A lo mejor lo guardaba allí y eso es lo que buscaban.

—¿Y por qué lo dejaría en el trabajo por la noche? —pregunta Spencer—. Tendría más sentido que lo guardara en casa.

—O alguien lo sabía —responde Emmett sin rodeos—. Podría estar conectado a otro suceso.

—¿Qué otro suceso? —le pregunto.

Emmett gruñe antes de responder.

—Alguien ha registrado tu despacho. Estamos elaborando una lista de lo que falta, pero, dado que no tienes ayudante ni nada por el estilo, es difícil saberlo.

Emito un grito ahogado. Han registrado el despacho y nadie me lo había dicho. Me vuelvo hacia Spencer.

—¿Lo sabías?

—Sí.

—¿Y por qué no me lo has dicho?

—Se supone que no debo contarte nada que haya ocurrido en los últimos tres años o que esté relacionado con eso. Además, no quería disgustarte ni preocuparte.

—Sí —resoplo—, porque enterarse así es mucho mejor.

Emmett me pone una mano en el brazo.

—Lo estamos investigando, pero quizá esto es lo que buscaban en un principio. Spencer, tú estuviste allí el día anterior a que ocurriera, ¿te pareció que hubiera algo fuera de lo común?

Él sacude la cabeza.

—No.

Genial. No tengo nada de lo que preocuparme, excepto de que me han destrozado la oficina, de un anillo que a lo mejor buscaban y de un prometido misterioso que quizá tengo o quizá no. Todo esto hace que me duela el estómago. Si la persona que me regaló el anillo quiere recuperarlo con tanta desesperación, ¿quién me asegura que no lo buscará ahora en el apartamento?

—Si alguien se coló en mi oficina, ¿creéis que también han estado aquí? ¿Y si rebuscaron entre mis cosas? ¿Quién tenía acceso al apartamento?

—Estábamos todos aquí, Brie —responde Spencer—. Vinimos antes de que volvieras a casa para colocar todo el material de seguridad.

—¿Creéis que quienquiera que destrozara el despacho también estuvo aquí?

—Es posible, pero, si alguien hubiera encontrado el anillo, lo más seguro es que se lo hubiera llevado, no lo habría guardado en la cocina —responde Spencer antes de volverse hacia Emmett—. ¿Tú qué opinas?

Emmett se encoge de hombros.

—No es *imposible,* pero, teniendo en cuenta que no han destrozado nada, lo dudo. Si sale con alguien, es probable que tenga una copia de la llave, y puede que estuviera aquí antes de que nosotros llegáramos. No pudo entrar después, porque cambiamos las cerraduras y te han estado vigilando. Pero ¿para que se molestaría en venir hasta aquí y recuperar el anillo para luego esconderlo en un cajón? ¿Por qué no se lo llevaron al marcharse? Si el anillo estuviera en el despacho, no habría venido aquí. La verdad es que nos ayudaría mucho saber de cuándo es el recuerdo.

—Si tenemos en cuenta que no tenemos ni idea de con quién está prometida o cuándo le propusieron matrimonio, es imposible determinarlo —añade Spencer.

Se ponen a discutir diferentes escenarios, y desconecto.

Me da vueltas la cabeza. ¿Por qué mi supuesto prometido escondería el anillo? ¿No quería que yo supiera que existía? Tendría sentido, porque nadie puede contarme nada. Así que, si se ha enterado de lo que me pasa, sabe que no lo recuerdo. El hecho de que no llevara puesto el anillo sugiere que o no acepté o decidimos esperar para contárselo a los demás. Ambas opciones tienen sentido.

Madre mía, esta situación es tan complicada…

—¿Brie?

—¿Qué? —Me vuelvo hacia Addy.

—¿Nos escuchabas?

—He dejado de prestar atención —les confieso.

Emmett suelta una carcajada.

—Eres igual que siempre, una mocosa.

Le saco la lengua.

—En fin —continúa Addison—. Yo no sé nada. Pero, Spencer, a lo mejor puedes rastrear dónde se compró el anillo. Aunque tendrás que ocultárselo a Brie si lo encuentras. Lo siento, Brie.

Me encojo de hombros. A estas alturas, no tenía muchas esperanzas de que me lo contaran.

—Es genial que a lo mejor encontréis alguna conexión con el tipo con el que puede que esté comprometida, o no, y que puede que sepa qué nos pasó a mi hermano y a mí. ¿A qué chica no le gustaría creer que está prometida con alguien que mató a su hermano e intentó matarla a ella? Es la mejor fantasía del mundo.

Spencer me da un empujoncito.

—Relájate, podría no ser nada, pero debemos asegurarnos. Ahora mismo no tenemos motivos para creer que ambos sucesos estén relacionados.

—Ya.

Se produce una larga e incómoda pausa antes de que me pregunte:

—¿Sigue en pie lo de hoy? Si todavía quieres, he pensado que podríamos ir a dar una vuelta.

—Mi único plan era regodearme en la miseria, así que por supuesto. Iremos y seguiré sin recordar nada. Será divertido.

Spencer no reacciona como esperaba. En lugar de eso, esboza una sonrisa radiante.

—Genial.

Suspiro y me dirijo a Addy.

—Iré por la mañana para despedirme.

—Me aseguraré de no marcharme hasta entonces.

Nos abrazamos y Emmett y Addison se van. Cojo el bolso y me dirijo a la puerta.

—¿Listo?

—¿Para pasar todo el día contigo? Por supuesto.

Por lo menos alguien lo está.

Conducimos hasta la playa, lo cual me parece raro, porque no recuerdo que haya sido un lugar significativo en mi vida. En lugar de caminar hasta la arena, nos colocamos delante del coche y contemplamos las olas desde ahí.

—¿Qué hacemos aquí?

—Cuando éramos niños te gustaba la playa. —Se encoge de hombros.

Me río.

—Me gustaba que tú, Emmett y Holden os quitarais la camiseta. Eso era lo que me gustaba de la playa.

Spencer se lleva las manos al dobladillo de la camisa y, antes de que pueda añadir nada más, se la quita y la lanza al interior del coche por la ventanilla abierta.

—Ya está, ¿qué tal ahora?

Mantener la mirada fija en su cara es una misión imposible. No hay forma de que pueda quedarme aquí y no admirar al hombre que tengo delante. Es alto, tanto que bloquea el sol, que tiene justo detrás, y mi mirada se desplaza de su hermoso rostro a su magnífico torso. Las líneas profundas que le marcan la piel perfecta dibujan un mapa hasta el vientre, en el que resaltan unos abdominales marcados. Spencer ha envejecido de maravilla. Las yemas de mis dedos se mueren por tocarlo y recorrer los contornos de su cuerpo esbelto y fuerte.

Oh, me muero de ganas. Siempre he querido.

Puede que le haya dicho que los miraba a todos, pero en realidad solo lo veía a él.

Me sentaba en la toalla y lo observaba fijamente mientras me mordía el labio inferior.

Me aclaro la garganta y trato de ignorar el deseo que se acumula en mi interior.

—Igual que en los viejos tiempos —le respondo, con la esperanza de sonar indiferente. A juzgar por la sonrisa que esboza, no lo he conseguido.

—Bien. Pues bajemos y hablemos.

Spencer vuelve a inclinarse por la ventanilla y rezo en silencio.

«Por favor, vuelve a ponerte la camiseta».

No lo hace. En lugar de eso, coge la estúpida libreta y una bolsa.

—¿Qué llevas ahí?

—Comida —responde, y se encamina hacia el agua.

Puedo hacerlo. Puedo pasar tiempo con Spencer (un Spencer semidesnudo) y no devorarlo con los ojos. Será pan comido.

Con la espalda erguida y la mente decidida, me dirijo adonde se encuentra; está extendiendo una manta. Me hace un gesto para que me acomode y me siento sobre las piernas dobladas.

—Adelante —me dice.

—¿Qué quieres que haga? —le pregunto, desconcertada.

—En la universidad, te gustaba quedarte sentada y que el sol te bañara la cara. Puedes hacerlo ahora. Disfruta del momento, Brie.

Por mucho que me gustaría regodearme en la tristeza y sentirme mal por mí misma, la sugerencia es demasiado tentadora para ignorarla. Y aquí sentada, en la calidez de principios de verano, me doy cuenta de que es justo lo que necesito: sentir la brisa e impregnarme del calor, que no es tan sofocante como para impedirme respirar.

El calor del sol me recuerda que estoy viva y a salvo. El olor a sal me llena la nariz, y las gaviotas, que graznan a lo lejos, nos proporcionan una banda sonora que conozco muy bien. Me reclino sobre los codos y miro este paisaje, que ha sido una constante a lo largo de mi vida. Recuerdo los acantilados y las montañas que hay a lo lejos, cuyas cumbres estarán cubiertas de nieve pronto. Durante unos minutos, me permito fingir que mi vida volverá a la normalidad. Hay certezas irrefutables, como que el sol y la luna saldrán, así que me aferro a ello a pesar de que siento que nada está en el lugar que le corresponde.

—Gracias —le agradezco con los ojos cerrados.

—¿Por qué?

Desvío la mirada hacia él.

—Por ser como eres.

—Es la primera vez que una mujer me da las gracias por eso.

—Pues entonces has estado con las mujeres equivocadas.

Las comisuras de la boca se le curvan hacia arriba.

—Ah, ¿sí?

Dirijo la cabeza de nuevo en dirección a la luz del sol.

—Si no saben lo bueno que eres, entonces sí.

—A lo mejor no quiero que sepan lo bueno que soy, o a lo mejor tú estás como una cabra y no sabes lo terrible que soy.

Se me escapa una risita suave y me incorporo.

—Nunca has sido terrible.

—Creo que tienes una idea muy distorsionada de mí —comenta Spencer para menospreciarse.

No hay nada que me moleste más de él que esto. Siempre le recuerda a todo el mundo lo indigno que es. Los cumplidos le parecen dardos envenenados, y me gustaría que su madre siguiera viva para hacerla pedazos. Lo convenció de cosas deplorables.

—Sé que es lo que piensas, pero te equivocas. Siempre has sido especial. Tu madre se equivocaba, y no soporto que aún cargues con eso —le digo, y lo miro a los ojos porque quiero que me escuche.

Spencer se remueve.

—No sé de qué me hablas.

—Sí, sí que lo sabes. Aseguraste que nunca me mentirías, ¿verdad?

—Me refería a tus recuerdos.

—Pues deberías haber sido más específico, pero ahora ya es tarde. Ha quedado oficialmente reflejado en el acta como una promesa —le replico.

—¿Y qué hay de ti? —me pregunta—. ¿Me contarás todos tus secretos si te pregunto por ellos?

Suspiro.

—¿No es ese el objetivo de todo esto? Tengo que confiar en ti y contártelo todo si queremos averiguar la parte de mi vida que me falta.

—Sí, supongo que sí.

—Así que yo quiero lo mismo, y no hay nada que desee más que que me cuentes la verdad. ¿De verdad crees que eres un mal tipo o que no eres digno?

Spencer desvía la mirada hacia las olas y observa cómo chocan con la arena mientras considera la pregunta. Empiezo a dudar de que me responda, pero al final comenta:

—Todas las mujeres a las que he querido alguna vez se han olvidado de mí. Eso significa que no debo valer demasiado.

Muevo una mano antes de recobrar la compostura. Le apoyo la palma en la mejilla y espero hasta que me mira.

—Spencer, tu madre no se olvidó de ti, tan solo no era lo bastante fuerte para hacer lo correcto. Y, en cuanto a las demás mujeres a las que has querido y que se han olvidado de ti, bueno, son idiotas y no te merecen. No hay nadie como tú, y eso te hace inolvidable. Y nadie lo sabe mejor que yo, que he perdido la memoria.

Ríe por la nariz.

—Te lo agradezco.

—¿A quién has querido? —le pregunto, y al momento desearía no haberlo hecho—. Olvida lo que te he preguntado, no es asunto mío.

—Considéralo olvidado. Además, hemos venido a hablar de ti. —Me da un codazo.

—Sí, eso siempre es muy divertido.

—Así que tú y Henry…

Pestañeo, confundida, porque no entiendo por qué me pregunta por eso.

—¿Qué pasa con Henry?

—¿No crees que fuera él el que te regalara el anillo?

—¿Tú lo crees?

Sacude la cabeza.

—No, pero es él a quien recordaste y a quien querías a tu lado.

—Porque cuando desperté era como si fuera mi yo de hace tres años. Pero, para responder a tu pregunta, no, no creo que él me pidiera matrimonio. Si lo hubiera hecho, y ese fuera el anillo que me regaló, ni de coña se habría ido de mi vida sin pedirme que se lo devolviera. Además, lo que dijisteis tú y Emmett tiene sentido.

—¿Algo que ha dicho Emmett tiene sentido?

Sonrío.

—No ocurre muy a menudo. Ahora de verdad, las únicas dos opciones que tienen sentido son que yo lo pusiera allí o que lo hiciera el hombre que me lo dio.

Spencer se inclina sobre los codos.

—Tienes razón.

—¿Cómo resolvemos el acertijo, investigador de primera categoría Cross?

—Túmbate a mi lado —me pide.

—Ehhh, ¿por qué?

—Hazlo, Brie. —El tono de voz que emplea Spencer suena medio molesto pero también medio divertido.

Gruño, pero hago lo que me pide.

—Ahora quiero que mantengas los ojos cerrados.

Me vuelvo hacia él y abro los ojos de golpe.

—¿Por qué?

—Por Dios, eres exasperante.

—Y tú, muy enigmático.

—He viajado por todo el mundo y he lidiado con jefes de la mafia, políticos, miembros de la realeza y líderes terroristas que se han mostrado menos recelosos que tú.

—Lo dudo —le replico.

Me lanza una mirada asesina, aunque hay diversión en el gesto.

—Te prometo que no te haré daño, Brie. Cuando estuve en Argelia, entrevisté a una mujer, Yamina, a la que se la conocía por ser una curandera increíble. Gente de todo el país acudía a ella para que les curara los males. Se decía que tocaba a una persona que sufría y, en solo unos días, empezaba a recuperarse. Milagrosamente. Por supuesto, a mí me parecía una gilipollez.

—Por supuesto, porque eres la persona más pesimista que conozco. —Me río.

—Realista; hay una diferencia —me corrige Spencer—. Quería llegar al fondo de esa historia.

Extiendo una mano para insinuarle que, en ese caso, debería ir al grano. Emite un resoplido de irritación antes de continuar. Me encanta enervarlo.

—En fin, estuve allí unas semanas, listo para documentar los trucos que utilizaba. Estaba tan seguro de que podía desmentir lo que hacía que decidí quedarme un mes. A veces, recomendaba hierbas medicinales. Otras veces, un elixir que en una ocasión me dijo que no era más que agua con jengibre y otros ingredientes naturales. Sin embargo, la mayoría de las personas a las que tocaba no se curaban físicamente. Lo que hacía era abrirles la mente para que entendieran lo que estaba roto. Pasaba horas a su lado, los calmaba y centraba toda su atención en ellos. Yamina hacía que se sintieran comprendidos y les daba esperanza, y así los curaba a un nivel espiritual. Era la persona más paciente que he conocido en mi vida. No puedo explicarlo, porque aún hay partes de lo que hacía que no sé cómo eran posibles.

—Así que ¿quieres curarme el espíritu? —le pregunto para burlarme un poco de él.

—Ojalá pudiera. Joder, hasta pensé buscar a alguien como ella para llevarte.

—¿Ya no cura a la gente?

Spencer baja la mirada al patrón de la manta.

—Falleció hace cerca de un año.

—Pareces triste.

—Lo estoy. Era una mujer extraordinaria. La persona más intuitiva que he conocido. Nunca juzgaba a nadie de los que la visitaban. Tenía la capacidad increíble de querer a todo el mundo. Cuanto más roto estaba alguien, más lo compadecía.

No puedo evitar preguntar…

—¿Te curó a ti?

Esta vez, me mira a los ojos.

—Me ayudó a descubrir lo que me faltaba. Así que, en cierto modo, sí.

—¿Y qué te faltaba?

—El amor.

Capítulo doce

Spencer

Me balanceo en una cuerda muy inestable. Un paso en falso y la cagaré, y eso no puede ocurrir.

Pero estar aquí con ella, en el mismo sitio en el que le pedí matrimonio, es demasiado. La forma en que se le mueve el pelo con la brisa y en que la luz del sol le baña la piel hace que quiera atraerla hacia mis brazos y no soltarla jamás.

Parece que mis palabras han pillado desprevenida a Brie, que aparta la mirada.

—Así que ¿sales con alguien? —pregunta dubitativa.

—Hay alguien a quien quiero, sí.

No es mentira.

Esboza una sonrisa forzada.

—Qué bien, aunque espero que no sea la chica de la que te quejabas hace un instante.

En algunos momentos, como ahora mismo, estoy seguro de que también lo siente. El magnetismo y la historia que hay entre nosotros, a pesar de que no lo recuerde. El tono de su voz, que suena casi herido al pensar que quiero a otra persona, y la forma en que su mirada no se atreve a encontrarse con la mía porque intenta ocultar sus emociones.

Está ahí, bajo la niebla; solo tiene que abrirse paso.

Escojo las siguientes palabras con cuidado.

—¿Y si lo era?

—Entonces tendrás que olvidarte de ella y buscarte otra persona.

«Nunca. Nunca me olvidaré de ti».

—Eso es como si yo te dijera que lo único que tienes que hacer es recordar.

Brie se tumba de espaldas y cierra los ojos.

—Bueno, pues dejaré que hagas uno de tus trucos mentales a ver si funciona. Quién sabe, la próxima vez que abra los ojos puede que lo recuerde todo.

—Será mejor que no confiemos tanto en mí —respondo en voz baja.

Yamina trató a un hombre en el pueblo al que habían herido y que seguía luchando contra su pasado. Lo recordaba todo, y ese era justo el problema. Necesitaba olvidar, porque el dolor que sentía era demasiado para él. El accidente que le había arrebatado a su familia era tan doloroso que literalmente lo estaba matando.

Intentaré que Brielle haga la misma meditación que Yamina me enseñó, y rezaré para tener una pizca de su poder.

—Tienes que mantener los ojos cerrados todo el rato. Quiero que te relajes, que mantengas una respiración regular y que intentes no concentrarte en nada hasta que yo te lo diga.

—Sabes que iré a ver al amigo de Holden que sugirió Cora y que hace esto mismo, ¿verdad?

—El amigo de Holden no se dedica a la medicina holística, es psicólogo. Pero fingiremos que esto es para practicar. Ahora, cierra los ojos y relájate.

—¿Y en qué tengo que pensar?

—Deja que las ideas fluyan. Sean las que sean. Deja que entren y salgan, no te centres en ninguna.

Brielle exhala profundamente, relaja las manos, que tenía apretadas, y se acurruca más contra la almohada improvisada de arena que tiene debajo.

Me tomo un segundo para observarla y le miro fijamente el pelo, largo y rubio, abierto como un abanico a su alrededor. Haría lo que fuera por besarla o por sentir su cuerpo contra el mío, pero debo tener paciencia.

No es algo que se me dé especialmente bien.

—Respira hondo —la animo—. Inhala y exhala. Relájate y concéntrate en mi voz. —Confía en mí y hace lo que le pido. Me acerco más a ella, me tumbo de lado y le paso un dedo por el rostro—. Tranquila, solo respira.

Yamina siempre tocaba a los pacientes. Siempre los tranquilizaba así, de modo que puedo permitirme este pequeño gesto.

Pasan los minutos y continúo hablándole con suavidad y acariciándola. Brielle está tan relajada que quiero intentar forzarle un poco la memoria.

—Dime en qué piensas.

—Voy de un lado a otro —susurra.

—¿Qué ves ahora mismo?

—Un coche. Es rojo. —Reúno todo mi autocontrol para no presionarla más y dejar que hable—. Tiene dos puertas, y no tiene asiento trasero.

—Así que es pequeño.

—Sí, es muy pequeño. Es precioso, y quiero conducirlo.

—Vale, ¿algo más?

—Isaac está delante de él.

Isaac se compró un coche que Addison odiaba. Dijo que era poco práctico, y algo estúpido, pero él estaba entusiasmado. Siempre había querido un deportivo pequeño, así que fue como cumplir un sueño. Tres días después, Addy descubrió que estaba embarazada, así que él lo vendió una semana después..., a mí.

El coche se encuentra en mi garaje y solo lo conduzco en ocasiones especiales.

—¿Lo conduces, Brie?

—No, por lo menos no lo conducía en ese momento. Ni siquiera me deja entrar.

Y no la dejó. Estuvo enfadada con él una semana.

—¿Qué te dice?

—Que no soy lo bastante buena conductora. —Hay diversión en su tono de voz—. Addison también está muy cabreada. No deja de decir que tiene que devolverlo.

Entro en el recuerdo justo en ese momento. Espero y contengo la respiración. Cuando no dice nada, la animo a seguir.

—¿Y lo hace?

—No lo… sé.

—Lo estás haciendo muy bien —la animo, tan cerca de ella que noto el calor de su cuerpo. Le acerco una mano a la mejilla y la apoyo con suavidad. Se inclina hacia mi mano, y me invade la desesperación. Tengo tantas ganas de sentir sus labios contra los míos que creo morir—. ¿Qué pasa, Brie? —le pregunto; me obligo a hablar para evitar hacer lo que quiero.

Pero entonces acerca su rostro todavía más al mío. Compartimos el mismo aire, e inhalo su aliento. Está muy cerca, y la deseo muchísimo. Le acaricio la mejilla con el pulgar.

—Addy está disgustada —repite.

Cierro los ojos y me permito acercarme un poquito más mientras el corazón me martillea en el pecho. No puedo hacerlo. No puedo besarla. Ahora no, y menos así. Me aparto de ella mientras me odio a mí mismo por desearla tanto.

En cuanto lo hago, la calidez desaparece y una fría brisa me roza la piel. Justo en ese momento, Brielle abre los ojos de golpe y se incorpora.

—¡Ha desaparecido! ¡No! Ha desaparecido.

—¿El qué?

—¡Todo! —chilla, y me rodea con los brazos. La estrecho con fuerza y siento el pánico que emana de ella. Brielle rompe a llorar, y los sollozos hacen que le tiemble todo el cuerpo—. Ha desaparecido. No recuerdo nada más.

—No pasa nada, es normal.

Se aparta de mí, se pone en pie con dificultad y se rodea el cuerpo con los brazos.

—Sí que pasa, lo estaba viendo. Creo que era real, pero no lo sé.

—Sí que era real. Isaac se compró un coche rojo, no te dejó que lo condujeras y a Addy no le hizo gracia.

Una mezcla de alivio y dolor le cruza su mirada azul.

—Lo he recordado, y luego… se acabó. Quería acordarme de lo que ocurría a continuación, pero, fuera lo que fuera, ha desaparecido. Veía algo en los alrededores y después se ha… esfumado. ¿Por qué? ¿Por qué ha desaparecido? ¿Qué era lo que la mente no me dejaba ver?

A mí. Es lo que no recuerda. Los recuerdos que me incluyen a mí. Ha recordado algunos destellos diminutos, pero desaparecen en cuanto entro en escena.

Me pongo en pie, dejo a un lado mis propias frustraciones, y me dirijo a ella.

—Lo siento, Brie.

Sacude la cabeza.

—No, no lo entiendes. Henry me dijo algo, y no puedo dejar de pensar en ello.

Otra vez con el puto Henry. Henry, el capullo que siempre la ponía la última en su lista de prioridades. El tipo que tuvo una segunda oportunidad con la mujer más preciosa e increíble del mundo y la desperdició porque considera que el trabajo es lo primero. No me importa una puta mierda lo que ese cabrón le dijera.

La ira hace que me hierva la sangre, así que retrocedo.

—Me dijo que lo que sea que he olvidado es algo de lo que la mente intenta protegerme. Como si mi cabeza supiera que debo olvidarme de ello. Por eso creyó que a lo mejor era nuestra ruptura, lo cual resultó ser del todo incorrecto —continúa Brie.

El aire se me escapa de los pulmones como si me hubieran dado un puñetazo.

—¿De verdad crees que la persona a la que has olvidado es mala?

—¿Qué quieres que piense si está desaparecido en combate? No puedo descartar esa posibilidad, quiero decir, ni siquiera tengo ni idea de cuánto tiempo estuvimos juntos.

«Nueve meses».

—Tampoco sé si empezamos a salir después de que Henry y yo rompiéramos o si dejé las cosas con Henry por este nuevo hombre.

«No, no lo hiciste».

—No… No dejo de preguntarme si fue él quien me hizo esto. Si, cuando entró en mi vida, la arruinó.

«Yo nunca te haría daño».

No puedo decírselo. No puedo contarle nada. Por aquel entonces no estábamos juntos, y ni siquiera puedo corregirla.

—A lo mejor es cierto. —No sería la primera vez que una mujer me dice algo así. Mi madre me lo decía a diario. Aparecí yo y lo estropeé todo.

—Sé que todo esto te cabrea. Tienes toda la razón para estar preocupada, pero quiero que te tomes un segundo para asimilar lo que acaba de ocurrir.

Posa sus ojos azules sobre los míos.

—¿A qué te refieres?

—Te has acordado de algo. Has visto cosas, las has recordado y has sentido lo que ocurría. No ha sido como el sabor a puro o como encontrar un anillo. Ha sido un recuerdo *de verdad*.

Tengo que aferrarme a eso. Ha recordado algo, da igual el qué. Quizá no ha sido lo que yo quería, pero hacemos todo esto por ella.

Una lágrima le resbala por la mejilla y deja un rastro negro a su paso.

—Tan solo me gustaría que fuera el recuerdo correcto.

Capítulo trece

Brielle

—Te echaré muchísimo de menos —le digo a Addy cuando la abrazo otra vez.

—Volveré antes de que te des cuenta.

—No será lo bastante pronto. —Le doy un beso a Elodie en la frente una última vez y se la entrego a su madre.

En lo que va de día no he hecho más que ver películas. Si haber perdido la memoria tiene alguna ventaja, es esa. No tengo ni idea de qué he visto, así que tengo la oportunidad de verlo todo por primera vez, otra vez.

Addison se inclina hacia mí y me da un beso en la mejilla.

—No seas muy dura contigo misma. Lo conseguirás. Confío en ti.

—Lo intentaré.

—¿Tienes la consulta hoy?

Asiento.

—Sí. El amigo de Seattle de Holden es especialista en esta clase de traumas. Parece que ha conseguido que otras personas recuperen la memoria, así que tengo esperanzas.

—¿Te llevará Spencer?

—No, Emmett.

Addison sonríe y después se da la vuelta.

—¿Qué? —le pregunto.

—Nada.

—¿Cómo que nada?

—Me hace gracia que se lo hayas pedido a Emmett y no a Spencer.

No entiendo qué le hace tanta gracia.

—Tengo otros amigos.

—Sí, pero no estás loquita por los otros.

Fulmino a mi cuñada con la mirada.

—Será mejor que te pongas en marcha. Es un viaje bastante largo.

A Addy se le escapa una carcajada.

—Solo digo que siempre has sentido algo por él.

—Quizá, pero él nunca ha sentido nada por mí. Solo soy la chica que lo seguía a todas partes con ojos de corderito degollado. Tengo muy claro lo que piensa de mí.

—Lo entiendo. No quiero llevarte la contraria, pero tienes que admitir que es divertido.

Pongo los ojos en blanco.

—Se le llama instinto de supervivencia.

Addison coloca a Elodie en la sillita del coche y después se queda de pie junto al asiento del conductor.

—Isaac siempre bromeaba sobre que nunca encontrarías a nadie porque estabas enamorada de la idea de Spencer.

—Nunca me lo dijo.

—Porque lo amenacé con cortarle las pelotas si lo hacía. Lo mejor para él era fingir no saber nada de lo que sentías, porque nadie le parecía lo bastante bueno para ti.

—Se preocupaba demasiado.

—Siempre amaba con todo el corazón.

Tenía muchísima suerte de tenerlo como hermano.

—Pues sí, y tú eras la que más espacio ocupabas en él.

Esboza una sonrisa suave.

—Lo echo mucho de menos. Todos los sueños que teníamos juntos se han esfumado, y estar aquí se me hace muy duro.

—Irte a Pensilvania no hará que los sueños desaparezcan o cambien, Addy. Allí también lo echarás de menos.

—Lo sé, pero no lo veré mire donde mire. No hay ni un solo lugar en este pueblo que no me recuerde a él. Hace dos días estaba convencida de que lo había oído en la ducha, tarareando una de esas canciones que cantan los niños. Me puse muy contenta porque, durante una décima de segundo, estaba segura de que la pesadilla había terminado y él estaba aquí. Cuando me di cuenta de que solo me lo había imaginado, se me partió el corazón. No puedo hacerlo. Tengo que darme algo de tiempo para sobrellevar el duelo.

—Espero que puedas, de corazón.

—Yo también. Y, si no lo consigo, estaré de vuelta más pronto de lo que crees.

—¿Y volverás a casa aunque encuentres la paz que buscas? —le pregunto, medio en broma.

Addison sonríe.

—Este pueblo es mi hogar. Eres mi hermana y… —Addison mira a Elodie, en el asiento trasero—. Isaac habría querido que estuviéramos aquí.

Isaac habría querido que fuera feliz, sin importar el código postal en el que resida.

—¿Me prometes que me llamarás?

—Te lo prometo. ¿Y tú me prometes que acudirás a todas las citas médicas?

Me río.

—Sí, lo prometo.

—Bien. —Addison me abraza con fuerza y, cuando me suelta, ambas tenemos los ojos anegados en lágrimas.

—Te quiero.

—Siempre. —Es lo que diría Isaac. Nunca respondía «Y yo a ti» ni ninguna otra cosa.

La observo mientras se aleja con el coche y se me cae el alma a los pies. Sé que es lo que necesita, pero la echaré muchísimo de menos.

—Soy el doctor Girardo —se presenta el hombre alto y delgado que me ofrece una mano.

—Brielle, encantada de conocerlo.

—Lo mismo digo. Conozco al doctor James desde hace mucho tiempo, y me ha hablado detalladamente de su caso.

—Yo conozco a Holden desde que tenía ocho años —le comento con una sonrisa—. Espero que pueda ayudarme.

El doctor Girardo extiende la mano para indicarme que me siente.

—Bueno, lo intentaré. Todavía hay muchas cosas que no sabemos sobre el cerebro, y eso hace que las lesiones celebrarles resulten especialmente frustrantes.

—Ni que lo diga.

El hombre se ríe y cruza una pierna por encima de la rodilla.

—Podría aburrirla durante horas, pero no debemos centrarnos en eso. Sé que ha tenido que rememorarlo varias veces, pero ¿por qué no me explica lo último que recuerda?

No soporto tener que hacerlo otra vez, pero Holden hizo hincapié en que, si alguien podía ayudarme, sería él. Así que lo intento una vez más.

Tras lo que me parecen horas de conversación, exhalo profundamente y me reclino sobre el asiento.

El doctor Girardo sigue tomando notas y después baja la libreta.

—Quiero ser honesto con usted, Brielle: ha ido más allá de lo que sé que explicó la última vez.

Al escuchar eso, me animo.

—¿De verdad?

—Según los informes, el último recuerdo que tenía era el de mudarse a Rose Canyon unos seis meses después de graduarse. En nuestra charla, ha recordado la entrevista de trabajo del centro juvenil de Jenna y también ha mencionado haber comido con su hermano después.

Me quedo boquiabierta.

—¿De verdad? —Empiezo a repasar lo que le he contado. Estaba tan perdida en mis pensamientos que no me he dado cuenta de en qué momento he parado.

Pero ahí está.

Fui a la entrevista del centro juvenil del pueblo. Recuerdo que Jenna estaba allí con una mujer llamada Rachelle. Llevaba una camisa de un color naranja vivo y pantalones grises. Era acogedora y amable, y me recordó a un día soleado, por lo que pensé que la camisa que llevaba era la más apropiada. Irradiaba luz. Jenna me había dicho que era una supervisora excelente y que haríamos buenas migas.

—He recordado la entrevista —digo, más para mí misma que para él.

—Así es.

—Y quedé con Isaac en el colegio después —repito, como si no lo supiera ya.

El doctor Girardo sonríe.

—¿Se había acordado de ese suceso antes de hoy?

Sacudo la cabeza.

—Lo único que he recordado es que mi hermano se compró un coche que no me dejaba conducir. Seguramente ocurrió más o menos al mismo tiempo —musito.

—¿Por qué lo cree?

Levanto la mirada hacia él y lentamente curvo los labios en una sonrisa.

—Fuimos a comer con ese coche. Dijo que quería conducirlo una vez más antes de que se lo llevaran.

—Hábleme de ese recuerdo.

Le cuento lo del viaje a la playa y que Spencer me ayudó a relajarme lo suficiente para que mi mente se dejara llevar.

—Pero se esfumó de golpe. Como el agua que se escurre entre los dedos, una vez que cayó la última gota, también desapareció el recuerdo.

—¿Qué sentía durante el recuerdo? —Se frota la barbilla.

—No lo sé.

—Tómese un segundo para pensarlo. Intente volver a esa playa con Spencer. Piense en el calor del sol y en el sonido de las olas. ¿Qué sentía en ese momento que no estuviera relacionado con el recuerdo?

Empujo a un lado la parte del recuerdo y hago lo que me pide: trato de recordar las otras cosas que me rodeaban.

—Estaba calentita. Recuerdo sentir calor, y no solo del sol, sino de todo lo que me rodeaba.

—¿Y qué me dice de los olores?

—Olía a sal, sin duda, y a Spencer.

—¿Y a qué huele él? —me pregunta el doctor Girardo.

Sonrío.

—A luz del sol y aire fresco con un toque de cuero. Huele a seguridad.

—¿Y qué le transmite la seguridad?

—Esperanza y felicidad.

—Así que, cuando está con Spencer, ¿se siente segura y esperanzada?

Le lanzo una mirada rápida.

—No. Quiero decir, sí, pero no de ese modo.

—De acuerdo, lo entiendo. Es más un amigo en el que confía y en el que puede contar para que la escuche y nunca la juzgue. ¿Me equivoco?

—Todo lo que digamos aquí es confidencial, ¿verdad? —le pregunto. No quiero preocuparme por que Holden se entere de mi encaprichamiento ridículo.

El doctor Girardo se inclina hacia mí.

—Por ley, no puedo contar nada de lo que hablemos aquí a menos que usted me dé permiso para consultarlo con el doctor James.

Se me escapa un gruñido.

—No, sé que usted y Holden persiguen el mismo objetivo, pero, si pudiera dejar esa parte fuera de las notas oficiales, me haría un favor.

—Siente algo por Spencer —adivina.

—Desde que tenía trece años.

—¿Y es recíproco?

—No, ¡por Dios! —exclamo—. Él ni siquiera lo sabe. Bueno, estoy segura de que lo sabe; de hecho, creo que lo saben todos, pero me hacen creer que es un secreto.

Él sonríe.

—Sin embargo, a pesar de que siente por él algo más que amistad, ¿se encuentra lo bastante cómoda para pedirle ayuda y confía en él para que escarbe con usted en su pasado?

—No hay nadie en quien confíe más que en él.

—Vale, pues regresemos a la playa un momento. Ha dicho que estaba tumbada y sentía la calidez del sol y el calor de Spencer. Olía a sal y a él. Cuénteme lo que ocurrió justo antes de que la sacaran del recuerdo de golpe.

Cierro los ojos y vuelvo a ese momento. Oigo las olas al chocar con la orilla y el canto de dos pájaros por encima de mi cabeza. Estaba ahí, me reía mientras Addison informaba a Isaac de que no se quedarían el coche y, a continuación, fue como si me arrancaran el calor de golpe.

—No sé qué ocurrió, pero el recuerdo desapareció. Me sentí helada y sola y… todo se desvaneció.

—¿Le preguntó a Spencer?

—No, estaba demasiado disgustada. Me moría de ganas de conservar el recuerdo. Era feliz, y sentía que todo saldría bien, y de repente me sentí aterrada otra vez.

Hablamos un poco más mientras me sigue preguntando por el recuerdo y la playa. Respondo a todo tan a conciencia como puedo con la esperanza de que me explique cómo recordar más cosas de mi pasado.

Al doctor Girardo le suena la alarma y lanza un suspiro.

—Me encantaría seguir hablando, pero parece que se nos ha acabado el tiempo por hoy. Hemos abarcado mucho, y descansar es tan importante como trabajar. Me gustaría que llevara un diario de recuerdos o sueños que tenga, y los analizaremos en cada sesión. Además de eso, debería intentar meditar cada mañana. Una de las claves de su recuperación es cuidarse. Es como lo de ponerse la máscara de oxígeno a uno mismo antes que a un hijo; no puedes salvar a otra persona si no te salvas a ti mismo primero.

Asesinaré a Holden por esto.

—No necesito que me salven, lo que necesito es ser yo la que salve.

—Y es el objetivo hacia el que hemos dado un paso hoy, tanto si se lo parece como si no.

Tiene razón, no me parece que hoy hayamos conseguido nada. No he obtenido respuestas, solo he repasado todas las estupideces que ya sabíamos.

—No creo que tenga razón; no ha cambiado gran cosa desde que he entrado.

—Eso no es cierto.

—Aún no recuerdo quién mató a mi hermano y trató de matarme a mí.

El doctor asiente.

—No ha habido cambios en ese aspecto, pero sí que hemos aprendido mucho.

—¿Qué hemos aprendido? —le pregunto con frustración.

—Lo que busco en estas sesiones es un patrón o algo que nos indique qué pone en funcionamiento a su cerebro. En su caso, son el miedo y el consuelo. —Cuando no digo nada, continúa—: ¿Qué pensaría si le digo que ya nos hemos visto otras veces?

Se me aceleran el corazón y la respiración. ¿Qué? ¿Nos conocemos? ¿Por qué siempre me ocurre esto? Si nos conocemos, ¿cómo ha dejado que me sentara aquí y hablara con él sin mencionármelo?

—¿Brielle? —insiste—. Dígame exactamente cómo se siente. Descríbalo todo.

—Estoy enfadada. Estoy furiosa porque todo el mundo me oculta cosas. ¿Ya nos conocemos? ¿Desde cuándo?

—Eso son preguntas y no una respuesta a lo que le he preguntado. Dígame qué piensa y lo que sentiría.

Se me anegan los ojos de lágrimas por la frustración y lo escupo todo:

—Pues me sentiría dolida y triste. Ahora mismo, tengo frío y el corazón acelerado, y que no dejen de temblarme las manos no hace más que empeorarlo. Porque, si ya nos conocemos y no lo recuerdo, ¿quién dice que no paso a todas horas por delante de un montón de personas a las que conozco pero no recuerdo? Es aterrador.

Se inclina hacia adelante para mirarme a los ojos.

—Le aseguro que hasta hoy no nos habíamos visto nunca, y siento mucho haberla afligido, pero deje que le pregunte algo más. —Tras un segundo, asiento para darle permiso para que continúe—. Antes, cuando le he pedido que me hablara del recuerdo del coche de su hermano, ¿qué le ha pasado por la cabeza?

Levanto la mirada y me limpio la lágrima estúpida que me ha resbalado por la mejilla.

—No lo sé.

—Creo que sí que lo sabe, es lo mismo que sintió en la playa.

Me tiemblan los labios cuando la verdad me cae encima como un jarro de agua fría.

—Me he sentido segura.

—Sí, se ha sentido cómoda y segura. No se ahogaba en el miedo. Me gustaría que nos centráramos en ayudarla a controlarlo y, con un poco de suerte, puede ser un paso muy importante para que consiga recobrar la memoria.

—¿Cómo lo controlo? ¿Cómo me deshago de él?

Sonríe.

—Empiece por hacer una lista de las cosas que sepa que son verdad. Verdades concretas y absolutas. La repasaremos en la próxima sesión.

Capítulo catorce

Spencer

—Carta —pide Emmett, y le da unos golpecitos al fieltro verde.

—Te arruinarás —le advierte Holden.

—Lo que te arruinaré es el labio si no cierras el pico.

Es la última noche de Holden en el pueblo. Ha decidido volver a casa después de su reunión con el doctor Girardo, de la cual no nos ha contado nada.

—Deja que pierda, es su dinero —respondo, y le reparto la carta que me ha pedido.

Emmett maldice.

—Mierda, necesitaba un tres.

—Tienes que aprender a jugar —señala Holden—. No pides carta cuando necesitas un tres. Parece que no sepas contar.

—Sé contar el número de veces que me has irritado hoy.

—¿Sabes contar hasta tan alto? —Río por la nariz.

Emmett nos hace una peineta a los dos.

Echo un vistazo a la pantalla, que muestra una imagen en directo de la puerta de Brielle, y me pregunto si estará bien. Ha llegado a casa hará unas tres horas y todavía no ha salido.

He tenido la mente hecha un lío todo el día. No dejo de verla en esa playa, con el pelo rubio cayéndole en cascada por la espalda y el sol iluminándole su bonito rostro. Tengo grabados a fuego en la mente esos pantalones cortos y la camiseta de tirantes que le marcaban cada curva de su cuerpo perfecto. Quería estrecharla entre mis brazos y besarla hasta que no le quedara más remedio que acordarse de lo nuestro, pero no puedo hacerlo.

No, en lugar de eso, tengo que mirar fijamente la foto de mi cómoda y seguir su rostro con un dedo a través del cristal.

—¿Qué me dices de ti, Spence? —pregunta Emmett.

—¿Qué?

Holden se ríe.

—Ha dejado de sintonizarnos, como hacía mi exmujer.

—Hablando de tu ex —aprovecho la oportunidad—, ¿has visto a Jenna hoy?

Todos sabemos que sí. El despacho de Jenna está justo al lado del único local del pueblo en el que sirven comidas. Está allí todos los días a la misma hora, y resulta que es la misma hora en la que se ha reunido con el doctor Girardo.

—No me acuerdo.

Emmett se ríe entre dientes.

—Claro que no.

—Está muy guapa.

—Siempre lo ha sido, ese nunca ha sido el problema. —Pone cara de exasperación.

—¿Y cuál era el problema?

—No lo sé, a lo mejor que teníamos veinte años, éramos estúpidos y creíamos saber en qué nos metíamos, y después nos dimos cuenta de que no. Además, no es la única persona con la que he salido. No soy un monje.

No, pero no habla de las demás. Bueno, excepto de aquella chica con la que se enrolló cuando fue a ver a su tía. Fue una noche divertida.

Solo ha hablado de lo que pasó con Jenna una vez, y estaba como una cuba. Contó que ocurrió la semana antes de que se fuera a la facultad de medicina: llegó a casa de la biblioteca después de estudiar hasta las tres de la mañana y se la encontró con las maletas hechas. Por lo que comentó, ella le dijo que no era feliz y él la quería demasiado para ser el culpable de su infelicidad.

Así que se divorciaron y han tenido una relación cordial desde entonces.

Aunque todos sabemos que le ha costado mucho aceptar no haber sido suficiente para ella.

—Tienes casi cuarenta años y aún eres igual de estúpido —contribuyo amablemente.

Emmett levanta la copa.

—Eso es verdad. En fin, quería preguntaros si vendréis a la cena la semana que viene.

—¿La cena en la que te nombrarán Hombre del Año?

Es la mayor estupidez que se celebra en el pueblo. Os juro que tenemos premios para todo. En general gana el alcalde o algún concejal, porque son los que forman parte del comité. Es la primera vez que escogen a alguien de fuera de su hermandad.

Han nombrado HDA, como lo llaman, a Emmett Maxwell, y se supone que todos tenemos que ir a la ceremonia. No lo han hecho porque fuera la mejor opción, sino porque hace unos años Isaac armó un escándalo descomunal por que siempre nominaran y ganaran las mismas personas. Después de la pataleta, lo nominaron, no ganó y se puso como loco otra vez. Así que esta vez han nominado a Emmett. Nunca pensamos que ganaría, pero mira por dónde.

—Si tengo que ir… —respondo.

—¿Puedes traer a Brielle contigo?

Me vuelvo hacia él.

—¿Qué?

—A Brielle, la chica que vive justo enfrente y con la que pasas la mayor parte del tiempo. ¿Te suena de algo?

—Ya sé quién es, capullo. Te pregunto por qué quieres que la lleve yo.

Emmett gruñe.

—Alguien tiene que llevarla, y pensé que podría hacerlo yo, pero tengo que llegar unas horas antes para repasar la ceremonia.

Holden se echa a reír.

—¿Es que no basta con subirse al escenario y aceptar el premio?

—Al parecer —Emmett arrastra las palabras—, es más que eso. También tienen que darle el visto bueno al discurso —Se vuelve hacia mí—, que escribirás tú.

—Yo no pienso escribirlo —le respondo con rapidez.

Estoy roto. Soy un escritor galardonado incapaz de escribir.

—¿Qué quieres decir con eso? ¿Quién narices lo escribirá, si no?

—Pues deja que te dé una idea… tú.

Pone los ojos en blanco.

—Yo capturo a los malos y protejo a las viejecitas cuando cruzan la calle. No escribo discursos.

—Ahí lo tienes. —Holden le da una palmadita a Emmett en la espalda—. Acabas de escribirlo. Aunque no es que estés haciendo demasiado buen trabajo con lo de atrapar a los malos, dado que hay un asesino suelto por ahí. A lo mejor deberías omitir esa parte.

Río por la nariz y bajo la mirada hacia el teléfono, que vibra cuando recibo un mensaje.

Brielle: ¿Puedes hacer tu magia de detective con una tal Rachelle Turner?

Yo: ¿Por qué?

Brielle: Porque te lo he pedido y se supone que debes ayudarme, algo que no estás haciendo ahora mismo.

Sonrío al imaginarme la cara que ha puesto al escribir el mensaje.

Yo: ¿Se te ha estropeado el ordenador?

Lo que Brielle no sabe es que tengo acceso remoto a su ordenador, y sé que ya la ha buscado hará una hora.

Brielle: No, pero no sé ni por dónde empezar.

Esto la cabreará.

Yo: Por el principio.

Brielle: Eres un capullo.

Yo: Eso es cierto. Esta noche investigaré un poco.

Brielle: Gracias. He tenido un día duro, así que me voy a la cama. Me duele la cabeza.

Ojalá pudiera ir hasta allí y abrazarla toda la noche.

Yo: Espero que te mejores. Hablamos mañana.

Brielle: ¿Estás en casa?

Yo: No, he salido.

No quiero decirle que estoy justo al lado, ni que estoy aquí casi todos los días solo para estar cerca de ella si me necesita. Emmett cree que es porque quiero pasar tiempo con él, pero no es el caso.

Brielle: ¿Tienes una cita?

Yo: No creo que mis dos acompañantes sean demasiado atractivos.

Brielle: ¿Dos? Vaya.

Yo: Tampoco son mi tipo.

—¿Vas a jugar o estarás todo el rato enviándole mensajes a la tía con la que te acuestas ahora? —me pregunta Holden.
—No me acuesto con nadie.
Emmett se ríe.
—Ya, claro. A ti nunca te ha faltado una mujer entre bastidores.

Vale, hice todo lo que pude para labrarme una reputación equivocada sobre mi vida personal. Siempre estaba con alguna chica y nunca llevaba a la misma dos veces a nuestras quedadas. Más que nada porque quería algo fácil, y la idea de tener una relación me parecía agotador.

Tener relaciones superficiales era mucho más satisfactorio. La chica no creía que llegaríamos a nada más y a mí nunca me importaba una mierda lo que ella hiciera.

—Bueno, pues ahora sí.

Holden se frota la barbilla.

—Ahora que lo pienso, hace tiempo que no te veo con nadie.

Emmett frunce el ceño.

—Tiene razón, no te he visto con nadie desde que volviste al pueblo.

No desde que vi a Brielle después de que me publicaran el artículo sobre la guerra.

—He madurado —les respondo, con la esperanza de que dejen el tema a un lado.

Emmett, que también pasó una temporada en el servicio militar y vio tantas cosas como yo, responde:

—Creo que es otra cosa.

—Seguro que tú lo entiendes, Em.

Asiente, y es como si entre nosotros se estableciera una alianza.

Mi equipo pasó más de dieciocho meses infernales en el mismo país en el que estaba destinado él. Me concedieron un permiso para seguir a un equipo militar de élite con la condición de que no se me permitiría informar de lo que hacían, solo de lo que descubrían. Aun así, viví muchas situaciones similares a las que Emmett había vivido.

Él fue el motivo por el que solicité que me asignaran a ese destino. Acababa de terminar el entrenamiento en las fuerzas especiales y me atemorizaba tanto que no volviera a casa que me quitaba el sueño.

Si estaba allí…

Si estaba cerca, a lo mejor podía ayudar.

Era una locura, e Isaac era la única persona que sabía el verdadero motivo por el que fui.

En lugar de intentar disuadirme, me animó. Emmett es nuestro hermano, y no hay nada que no haría para proteger a los que quiero. Así que me preparé durante un año con el entrenamiento necesario, porque, si necesitaba rescate, el ejército no destinaría una misión de salvamento especial para mí, y me fui a la guerra.

Las cosas que vi… Nunca olvidaré los sonidos y los olores.

Con ese artículo gané un Pulitzer y, desde entonces, no he escrito ni una sola palabra.

¿Qué narices puedo escribir? Nada podría compararse con eso.

Vuelvo a la mesa y Emmett se sienta en la silla del crupier.

—Ya sabes que Holden siempre nos machaca.

Holden sonríe.

—Porque no respetáis mi intelecto superior.

—Puede que seas inteligente, pero eres un estúpido —comenta Emmett mientras reparte las cartas.

—Eso no tiene ningún sentido.

Emmett me mira.

—¿Tú sabes a qué me refiero?

—Sí, y estoy de acuerdo. Es el estúpido más inteligente que conozco.

Nos reímos y jugamos unas cuantas manos. Holden y yo batallamos y él gana dos de las cinco partidas. El problema es que Holden es incapaz de perder con dignidad.

—Juguemos un par de manos más —nos exige.

Emmett se inclina sobre el respaldo con una sonrisa de oreja a oreja.

—No lo hagas, Spence. Deja que pierda.

Justo cuando estoy a punto de decirle que se vaya a la mierda, se me ilumina la pantalla del móvil y veo que tengo unas veinte notificaciones del portátil de Brielle.

Spencer Cross.

Spencer Cross modelo.

Spencer Cross historial de relaciones.

¿Con quién sale Spencer Cross?

Spencer Cross artículo Pulitzer.

Última novia de Spencer Cross.

La lista sigue y sigue mientras indaga en mi historia, y no puedo evitar sentir una punzada de emoción al saber que me está buscando. Significa que piensa en mí, que no puede dormir y que le ha dado importancia a lo que sea que le preocupa. Aunque no sé qué encontrará, me da igual, porque eso significa que le importo. Y también que quiere saber si salgo con alguien.

—¿Spencer? ¿Estás listo para que te deje sin blanca?

Un poco subido después de leer las notificaciones, me vuelvo hacia Holden.

—Juguemos. Me vendría bien un poco de dinero extra.

—Buenos días —saludo a Brielle y le paso una taza de café.

—Pareces contento.

—Siempre estoy contento cuando he tenido una buena noche.

Le flaquea un poco la sonrisa, pero se recupera rápido.

—Me alegro de que lo pasaras bien con tus acompañantes.

Me río.

—Mis acompañantes fueron Emmett y Holden, y sí que me lo pasé muy bien llevándome todo su dinero.

Brielle parpadea con rapidez e inhala.

—¿Por qué no me lo dijiste? Soy… una tonta, lo siento.

—¿Te habría molestado que estuviera con dos chicas? —le pregunto para provocarla un poco.

—Por supuesto que no. Con quien salgas o lo que hagas no es asunto mío.

Contesta muy rápido, lo cual es una señal muy clara de que sí que le molesta. Bien. Quiero que lo haga. Quiero que la idea de que esté con otra mujer la ponga furiosa, porque ella es la única mujer con la que quiero estar.

—Y si te dijera que ha pasado un montón de tiempo desde…

Levanta una mano.

—De verdad, no es asunto mío.

Oh, Brielle, si no fuera un riesgo para el caso de la fiscalía, te lo contaría todo. Me dejaría caer de rodillas, te lo confesaría todo y te suplicaría que me quisieras de nuevo. Me arrancaría el corazón del pecho y se lo entregaría si con eso consiguiera que recuperara los recuerdos.

—De acuerdo —le respondo, y le doy un trago al café—. Emmett me ha pedido que te lleve a la ceremonia del Hombre del Año en unos días.

—Odio ese estúpido evento. —Exhala con fuerza.

—Todos lo odiamos.

—Isaac casi se meó encima cuando lo nominaron.

Me paro en seco, porque lo nominaron hace dos años.

—¿Lo nominaron?

—Sí —asiente—. No dejaba de decir que era un honor increíble y no paraba de hablar de lo que haría si ganara. Porque una plaza de aparcamiento privilegiada delante del ayuntamiento es un premio maravilloso. —Brie le da un sorbo a la bebida y después me mira fijamente—. ¿Qué?

No quiero señalarle que acaba de recordar algo nuevo, porque no quiero que me presiono para que le cuente más. Quiero que esté relajada, y a lo mejor así recuerda más cosas.

—Nada. Te he traído esto.

Brielle coge la carpeta con la información que me pidió sobre Rachelle Turner y el centro juvenil. La abre y se dirige al sofá para echarle una ojeada. He desenterrado algo de información que no encontraría en sus búsquedas sencillas, cosas como los registros financieros y los *holdings*.

—Vaya —exclama cuando llega a la página que detalla las ganancias de la empresa—. Les va muy bien.

—Tienen dos benefactores muy importantes.

—Pero desde hace poco —señala.

—Sí, parece que el segundo se incorporó hace más o menos un año.

—Cuando hice la entrevista, Jenna menciono que ella era benefactora.

Ya he deducido que la empresa que aparece en el extracto es la suya.

—Todo lo que he marcado en naranja es lo que deduje que era de la ONG de Jenna.

Revisamos los papeles y tomamos notas en los márgenes de las páginas. Y me encanta hacerlo. Por primera vez en más de tres años, siento emoción por investigar. Solía disfrutar mucho esta parte. Cada detalle puede llevarte a algo mayor, y la idea de encontrarlo me entusiasma.

Brielle deja el café y coge un bolígrafo para trazar círculos alrededor de dos cifras.

—Estas dos no son donaciones, y son cifras casi idénticas, solo hay una variación de unos centavos.

—Y las dos están justo por debajo de la cantidad que debes declarar al Gobierno.

Su mirada se encuentra con la mía.

—¿A qué te refieres?

—Es obligatorio informar de cualquier depósito que supere los diez mil dólares, pero entre estas dos donaciones solo hay ocho días de diferencia, así que lo más seguro es que no las consideraran sospechosas. Pero mira esto —señalo otra columna del extracto de la cuenta—. Retiraron dinero en seis ocasiones en un período de cuarenta y ocho horas. Y todas son cantidades lo bastante pequeñas para no llamar la atención.

—¿Y eso es importante? —pregunta Brie.

—Podría serlo.

—¿Y por qué investigaría yo los registros financieros de mi trabajo? ¿Cómo podría tener acceso a ellos?

—No lo sé.

—¿Hay algo ahí que explique la retirada de fondos?

—No, a esa clase de registros cuesta más acceder, pero ya estoy en ello.

Rebusco en otra pila y le entrego un papel. Es una lista de empleados que incluye las fechas de contratación y los ceses.

—¿Dónde lo has conseguido?

—Tengo mis fuentes, Brie, y no las revelo.

Pone los ojos en blanco.

—Vale, señor Misterioso. ¿Puedo deducir entonces que no provienen de mí?

—Sí, las he conseguido por otra persona.

—¿Y qué opinas? ¿Que a lo mejor noté alguna discrepancia y se lo conté a Rachelle?

—Es posible, pero ¿por qué no nos lo contaste a mí o a Emmet? ¿Por qué lo mantendrías todo en secreto? —Aunque entiendo que es un asunto del trabajo y contárselo a otras personas no sería lo normal, nosotros nos lo contábamos todo.

Hablábamos de todo. Me explicaba historias del compañero de trabajo que le tiraba los tejos constantemente o de los niños cuando hacían algo divertido. Lo que más me preocupa es que no me lo contara.

Se reclina sobre el sofá y sube las piernas para sentarse sobre ellas.

—No lo sé. Se lo habría contado a Isaac y seguramente él os lo habría contado a ti y a Emmett. Si hubiera ocurrido eso, entonces lo sabríais, y después yo habría hablado con mi jefa. Así que no tiene demasiado sentido.

Tiene una mente maravillosa.

—Creo que tienes razón. Si se lo hubieras contado a Isaac, él lo habría mencionado. Así que no tengo ni idea de qué significan estos depósitos y estas retiradas. No podemos sacar conclusiones precipitadas, solo seguir los hechos. De momento sabemos que se hicieron dos depósitos que parecen extraños. Seguiremos revisando, a ver si hay alguna cosa más que se salga de la norma.

Vuelve a centrarse en los papeles y sigue marcando cosas antes de entregármelos. Habría sido una periodista excelente.

Lo revisa todo de forma crítica y examina cosas que a la mayoría de las personas le parecerían sin importancia. Es impresionante.

—Mira. —La mirada de Brie se encuentra con la mía y me pasa el papel—. Estos depósitos y retiradas son más pequeños y hay más que antes, pero siguen el mismo patrón.

En efecto, tiene razón.

—¿Los has sumado?

Sacude la cabeza.

—Empieza a dolerme la cabeza.

—¿Por qué no te tomas un descanso mientras yo lo calculo? Tengo la sensación de que el total será una suma mucho mayor que las dos últimas.

—Es muchísimo dinero en el transcurso de un mes —coincide ella.

Subrayo y sumo las cifras. La cantidad es abrumadora.

—Son más de veinte mil dólares.

—¿Por qué no donar esa cantidad de golpe? Es una organización benéfica, ¿verdad?

—No es benéfica, la financia el pueblo.

Abre los ojos de par en par.

—Un momento, o sea que ¿se financia con fondos públicos?

—Sí, desde hace aproximadamente un año. —Le entrego el papeleo que detalla el traspaso. El pueblo quería ofrecerles un sitio a todos los niños de la zona.

—Pero reciben donaciones de veinte mil dólares casi cada mes. Si me hubiera enterado de que ocurría algo sospechoso, ¿crees que habría más información en mi despacho?

—Es lo que me pregunto, pero, si lo sabías, aquí no pone nada.

—¿Y tú no tienes ni idea de qué es todo esto? —me pregunta.

—Solo sé lo mismo que tú, te lo prometo. —Ojalá lo supiera, porque así por lo menos tendría una puta pista de lo que había en el papeleo desaparecido de su despacho—. Lo que sí

155

que he aprendido con el tiempo es que la gente hace todo lo posible por silenciar a los demás cuando se unen el dinero y la corrupción.

Incluso matar.

Capítulo quince

Brielle

No sé si alguna vez me he encontrado tan cómoda como ahora mismo. Siento que estoy rodeada de calidez y que podría dormir así para siempre.

Me acurruco más entre las sábanas, pero no consigo recordar cómo he llegado hasta aquí. Spencer y yo estábamos en el salón, hablando de que es posible que trabaje para un puñado de delincuentes, y de repente ha empezado a palpitarme la cabeza. Eso es todo.

Sin embargo, por una vez la amnesia no me agobia. Si es el comienzo de una migraña, no me apetece nada recordarla. No, prefiero quedarme aquí, en esta felicidad.

Dejo escapar un suspiro de satisfacción y oigo una risa por lo bajo que me hace abrir los ojos de golpe.

Cuando veo el origen del ruido, emito un grito ahogado.

—¡Spencer! ¡Madre mía! ¿Qué haces? ¿Qué hago encima de ti?

Lo primero en lo que me fijo es en que no estoy en mi cama. Estoy en el sofá… con Spencer.

Lo segundo es que el sol *no* está donde debería estar. El cielo es de color celeste, no azul oscuro con los tonos rosas y naranjas propios de la puesta del sol.

Y, en tercer lugar, he dormido durante mucho tiempo. En sus brazos.

A pesar de que he soñado con este momento desde que soy adolescente, no estoy tan feliz como me imaginaba que estaría. Si recordara cómo he llegado hasta aquí, a lo mejor lo estaría.

Uf.

—Te dolía la cabeza, así que tuviste que tumbarte y te quedaste como un tronco. No pasa nada.

—Sí, no pasa nada. No hay ningún problema. Todo está *perfectamente.*

—¿Y por qué me da la sensación de que no lo está? —me pregunta.

Apoyo la cabeza en las manos y gruño.

—¡Porque eres Spencer!

—Y tú Brielle.

—No, no lo entiendes… —Debería cerrar el pico.

—¿Qué?

Levanto el rostro y dejo caer las manos en un gesto de frustración.

—Eres *Spencer Cross.* He estado coladita por ti toda mi vida. Tan solo estoy… alucinando.

—¿Has estado o estás?

No pienso responderle.

—Lo que quiero decir es que estoy encima de ti.

Se ríe.

—¿Sabes que yo también estaba coladito por ti?

Abro los labios y respiro hondo. ¿Cómo? ¿Que él también lo estaba? Mentiroso.

—Me prometiste que nunca me mentirías.

—Y no lo he hecho.

—¿Estabas coladito por mí?

Asiente lentamente.

—Siempre he pensado que eres preciosa, inteligente, amable y divertida, a pesar de que a veces dices cosas muy ridículas.

Me sube el calor a las mejillas.

—No soy preciosa. —Me vuelvo, porque no quiero ver ningún sentimiento en esos ojos verdes. No. Preferiría enterrar la cabeza bajo tierra, muchas gracias.

Spencer me apoya un dedo en la barbilla y me ladea la cara para que lo mire.

—Lo eres. Eres preciosa y, más que eso, eres preciosa por dentro. Te prometo que estaba coladísimo por ti, y aún pienso que eres increíblemente preciosa. No me digas que no lo eres, Brielle, porque te demostraré que no es cierto.

Me cuesta respirar y siento que podría desmayarme. ¿Qué está pasando? Spencer me mira como si quisiera besarme, y, Dios, yo me muero de ganas de que lo haga.

Aunque solo sea esta vez. Aunque es probable que esté prometida a otra persona, me da igual. Es lo que quiero, porque de todas formas estoy casi segura de que estoy soñando.

Desvía la mirada hacia mis labios, y es lo único que necesito. Le apoyo una mano en la mejilla y le acaricio la barba incipiente de la mandíbula con las yemas de los dedos.

—Antes de que pierda el valor, tengo que preguntarte una cosa.

—Lo que sea —me responde con voz grave.

—¿Podrías…? —Me aclaro la garganta para intentar deshacerme de los nervios—. ¿Podrías besarme? No tienes que…

No llego a pronunciar el resto de la frase porque ha posado los labios sobre los míos. Spencer me sostiene el rostro con los dedos, con delicadeza y fuerza al mismo tiempo, para sujetarme donde quiere. Se separa de mí y frota su nariz contra la mía.

—Relájate y devuélveme el beso.

En cuanto nuestros labios se tocan de nuevo, estoy completamente perdida. Pero no por la pérdida de memoria, sino porque ha borrado mi vida entera con un solo beso. No me importa el pasado, porque lo único que quiero es el presente. Quiero su boca, su contacto y el calor de su cuerpo contra el mío.

Quiero ahogarme en el beso y no salir a la superficie a respirar nunca más.

Cuando me acaricia la lengua con la suya, podría morir. Spencer lo es todo a la vez. Es el sol y la lluvia, el fuego y el hielo, el miedo y la seguridad, y cada segundo con él me provoca una nueva oleada de sensaciones que me dejan sin aliento.

Gimo contra su boca y, a continuación, me mueve para que me siente a horcajadas sobre sus caderas. Incluso estando abajo, él lleva el control.

Aumenta la intensidad del beso, y entrelaza sus dedos en mi pelo mientras presiono mis labios contra los suyos. Es el beso más apasionado que he dado nunca.

Nuestras respiraciones se mezclan y exhalamos un aire que es tan suyo como mío.

Dios, si hubiera sabido que besaba así, a lo mejor lo habría intentado antes.

Me besa como si lo anhelara tanto como yo.

No sé cuánto tiempo dura, pero, cuando acaba, es demasiado pronto. Apoyo la frente contra la suya mientras lucho por respirar y él me acaricia la espalda de forma tranquilizadora.

—Brie… Yo… No lo sé.

Levanto la cabeza y le presiono un dedo contra los labios.

—Si lo estropeas diciendo algo parecido a que ha sido un error, no te lo perdonaré nunca.

Sonríe y me aparta la mano.

—No se me ocurriría ni en sueños.

—Pues yo sí que lo he soñado. Bueno, no lo de estropearlo…, lo del beso. Hace mucho tiempo que sueño con esto.

Spencer se remueve un poco, pero no me aparta de él.

—¿Y he estado a la altura de tus sueños?

—No. —Sacudo la cabeza.

Casi me río con la mirada de ofensa que me dirige, pero me contengo.

—¿No? —me pregunta.

—Lo has superado con creces.

—Eso ha sido cruel.

—Solo intentaba controlar un poco la situación —le explico.

Spencer me coloca una mano en una mejilla y me acaricia la piel suave de debajo del ojo con el pulgar.

—Y yo quiero que tengas el control, por eso quiero ayudarte. Sí, encontrar al asesino de Isaac es uno de los motivos, pero no el único. Quiero que recuperes lo que has perdido.

Se me acelera un poco el pulso mientras asimilo sus últimas palabras.

—¿Qué pasa si no quiero recuperar lo que he perdido?

—¿Por qué no querrías? —Entrecierra los ojos.

Pienso en la caja de terciopelo con el gigantesco diamante que tengo guardada en el cajón. En el hecho de que otro hombre, uno que es probable que no bese como Spencer, me lo regaló. En cómo, incluso semanas después del incidente, aún no lo recuerdo. No sé qué aspecto tiene, si lo veo a diario o si el hecho de que no esté presente en mi vida está relacionado con lo que me ocurrió. Es un tipo al que mi cabeza no quiere recordar.

Quizá estoy loca, pero es evidente que significa algo.

—¿Qué pasa si el futuro que puedo construir es mejor que lo que no recuerdo? ¿Qué pasa si lo que tenía no era lo adecuado y en algún lugar de mi mente tengo esa certeza? ¿No crees que lo he olvidado por algún motivo?

—No funciona así, Brie.

Me siento ridícula sentada así encima de él, de modo que me aparto, me coloco el pelo detrás de la oreja y me preparo para parecer una idiota mientras se lo explico.

—Lo sé, de verdad que lo sé, pero también me pregunto si mi mente quiere protegerme, no solo del tiroteo, sino del momento en que la cagué.

—¿Crees que hiciste algo para merecer esto?

No se lo he explicado bien.

—No, creo que el hombre con el que salía o con el que estaba prometida no era el indicado. Si lo fuera, estaría aquí. Además, Isaac era mi mejor amigo. Se lo contaba todo. Todo. ¿Cómo es posible que él y Addy no supieran nada del compromiso? ¡O que el tipo existía! Es como si pensara que estaba mal y por eso lo ocultaba.

—¿Cómo sabes que no se lo contaste a Isaac?

Pestañeo durante un momento, porque es cierto que no sé si lo hice.

—A lo mejor lo hice y le pedí que no se lo contara a nadie todavía. Quizá se alegraba por mí. O también es posible que él

161

y el tipo se odiaran, y ese fuera el motivo de todo esto. Nadie odiaba a Isaac, pero el instinto me dice que ambas cosas están relacionadas. A lo mejor estaba prometida con alguien del trabajo y descubrí que robaba a la empresa. Y se lo conté a Isaac. Si es lo que pasó, que es lo más probable, y mi prometido lo descubrió, eso lo explicaría todo: el ataque, que me registraran el despacho y por qué ha desaparecido. Quizá buscó la información que yo tenía y el anillo, porque todo apuntaba a él.

—Se queda sentado en silencio, me observa mientras ordeno mis pensamientos. Me vuelvo hacia él—. ¿Y sabes qué? Si quisiera tanto a ese hombre, no te habría besado. Porque ¿sabes cómo me he sentido ahora mismo?

—No.

Sonrío.

—Me he sentido muy feliz. Llena de esperanza por el futuro. Quiero encontrar al asesino de Isaac. Quiero saber que el responsable está entre rejas para que los de seguridad puedan irse a casa con sus familias o a su siguiente encargo. Por otro lado, no sé si lo quiero. ¿Y si puedo construir algo nuevo? ¿Y si encuentro a alguien que me deja sin respiración cuando me besa? —Spencer está muy callado, y me preocupa haber dicho demasiado o haberle hecho pensar que me refiero a él solo por habernos besado una vez—. No hablaba de ti —añado de inmediato—. No insinuaba…

Lanza un suspiro y se pone en pie.

—Quiero ayudarte a recordar, no dejar que olvides. —Se acerca y coge la sudadera y la libreta.

—¿Adónde vas? —le pregunto.

Durante un minuto muy largo permanece de espaldas y, cuando se da la vuelta, me dice:

—Todos tenemos cosas en nuestro pasado que preferiríamos olvidar. Yo lo sé mejor que nadie, pero escondernos de ellas no hará que desaparezcan. Aunque no las recuerdes, eso no significa que no ocurrieran. Así que tú decides si quieres mi ayuda para reconstruir tu vida o si prefieres empezar una nueva.

—Lo que quiero es divertirme y que no todo sea tan devastador.

Los ojos verdes de Spencer me estudian durante un momento.

—A lo mejor es ahí donde nos equivocamos.

—¿A qué te refieres?

—Quizá deberíamos hacer caso a los demás y darle a tu mente una oportunidad de respirar y no forzarla. A lo mejor no deberíamos investigar y, en cambio, deberíamos dejarte vivir. —Spencer da unos pasos y cruza la distancia que nos separa. Me aparta el pelo de la cara y me pasa el pulgar por una mejilla—. Quizá necesitas una cita.

Ay. Ay, Dios.

—¿Con quién?

Sonríe.

—Conmigo.

Voy a tener una cita.

Una cita con Spencer.

Después de haberlo besado. Estoy bien. No me he puesto para nada histérica.

Mentira.

Llevo unos pantalones cortos y una camiseta, que es lo que me ha pedido que me ponga para ir adonde sea que piensa llevarme. Por primera vez desde que pasó todo esto, siento un poco de alegría. Tendré una cita… con Spencer.

Me envía un mensaje y me acerco a la puerta a esperarlo.

—Hola —me saluda cuando llega.

—Hola.

—Son para ti. —Me entrega un ramo de flores.

—¿Flores? ¿Para una cita falsa? —Me las llevo a la nariz para ocultar que me he ruborizado. Henry nunca me regalaba flores, y me encanta que Spencer lo haya hecho.

—¿Quién dice que sea una cita falsa?

—Bueno, yo. No estamos saliendo.

—Vamos a tener una cita. De verdad. ¿Estás lista? —me pregunta.

—Deja que las ponga en agua. —Me dirijo a la cocina, lleno una jarra y meto las flores en ella. Vuelvo hacia él a toda prisa con una sonrisa—. Lista.

—Perfecto.

Me ofrece un brazo y se lo cojo.

—¿Adónde vamos?

—Es una sorpresa.

—Me encantaría que me lo dijeras. —Hago una pequeña mueca.

Me sonríe de oreja a oreja y el pelo oscuro le cubre los ojos durante un momento.

—Sé que últimamente vas un poco a ciegas, pero quiero que disfrutes de no saber lo que te espera.

—Eso es muy filosófico por tu parte.

Spencer se ríe.

—Soy un hombre muy misterioso, señorita Davis.

—No mucho.

—Ah, ¿no? —Ladea la cabeza.

—No, no eres muy misterioso. Te conozco tan bien como me conozco a mí misma.

—Bueno, si tenemos en cuenta que últimamente no te conoces demasiado a ti misma, creo que yo te conozco mejor que tú a mí.

—Ah, ¿sí?

—Pues sí.

Sacudo la cabeza con una sonrisa.

—Te lo tienes muy creído, eso tengo que reconocértelo.

—Estoy muy seguro de mí mismo; hay una gran diferencia.

—Vale, ¿qué te parece si apostamos? —lo reto.

—¿El qué?

—Que yo te conozco más que tú a mí, pero tiene que ser antes de la pérdida de memoria. Me refiero a las cosas de nuestro pasado que crees que no sé y viceversa.

164

—Vale, ¿qué quieres apostar? —me pregunta mientras abre la puerta del coche.

Me aferro a la parte superior de la puerta y le sonrío mientras apoyo la cabeza en ella.

—Si sé más que tú, tendrás que besarme otra vez.

—Es una buena forma de hacer que pierda. Además, es una cita, ¿no se supone que debo besarte al final de todos modos?

Se me escapa una risita.

—Vale, de acuerdo. Si gano yo, tienes que contarme algo de los últimos tres años que no sepa.

—¿Lo que sea?

—Lo que sea.

Podría tentar a la suerte e intentar que me cuente algo en concreto, pero, en realidad, mientras sea algo más de lo que ahora sé, ya estaré contenta.

—Y, si gano yo… —Spencer apoya las manos al lado de las mías—, tendrás que salir conmigo otra vez.

—¿No es habitual preguntar eso al final?

—A lo mejor me gustaría empezar la cita sabiendo que acabaré ganando.

Dios, estoy en un buen lío. Es como si todas las malditas fantasías que he tenido se hicieran realidad. Está coqueteando conmigo, habla de besarme y planea otra cita. Lo quiero todo. Me gustaría que esta fuera mi vida y no solo un día de diversión.

—No sé si es demasiado justo —le respondo, y me acerco un poquito más a él.

—¿Por qué?

—Porque ¿y si ahora quiero perder?

—Eso lo decides tú. ¿Qué es mejor, ganar o perder?

Levanto un hombro y me muerdo el labio inferior.

—Siempre es mejor ganar.

—Muy bien, pues tú primera. ¿Qué sabes de mí que yo crea que no sabe nadie?

No tiene ni idea de cuántos de sus trapos sucios conozco. No solo sé cosas que le he oído decir o que Isaac me contó en confianza, sino también cosas que vi cuando él pensaba que nadie lo miraba.

—Vale. Te gusta la *pizza* porque crees que cualquier cosa que tenga una base de pan es lo mejor del mundo. Te encantan los perros, pero no tienes ninguno porque tu trabajo requiere que viajes constantemente. Tu segundo nombre es Jesus, pero le dices a todo el mundo que es Jacob. Tienes seis tatuajes, incluido uno que no muchas personas han visto, pero un día te pillé después de la ducha y lo vi. Tu primer beso fue con la hermana mayor de Jenna, pero le mientes a todo el mundo y aseguras que fue con Marissa.

—¿Dónde has oído esto último?

Resoplo.

—Por favor. Isaac y tú no sabíais hablar en voz baja, y demasiado pronto aprendí a espiar a escondidas apoyando un vaso contra la pared.

—Mi primer beso fue con Marissa.

—No lo fue.

Spencer entrecierra los ojos.

—¿Qué más oíste?

—Ya te gustaría saberlo. —Sonrío de oreja a oreja. Me dejo caer en el asiento y cierro la puerta.

Estoy lista para el día de hoy. Es distinto a las últimas semanas, que han sido de un estrés constante. Estoy harta de citas médicas y de preocuparme por todo.

Spencer y yo nunca seremos nada, pero quizá, durante el día de hoy, puedo fingir que es real.

Entra en el coche y sacude la cabeza con una sonrisa.

—De acuerdo, eso ha sido una pasada.

—¿Crees que puedes hacerlo mejor? —le pregunto, y me vuelvo hacia él.

—Odias cualquier comida de color lila. No comes huevos porque las gallinas los cagan y, por lo tanto, crees que son mierda. Perdiste la virginidad en una fiesta en la nave industrial, que es donde vives ahora, con Kyler Smith, que al día siguiente tenía un ojo morado.

166

—¡Le pegaste tú! —intervengo.

—Y con mucho gusto. Vomitas si das un trago diminuto de tequila. Siempre dices que tu género musical favorito es el *country*, pero te sabes la letra de todas las canciones de rap. Oh, y… crees que en la casa en la que creciste hay fantasmas.

Pongo los ojos en blanco y río por la nariz.

—Por favor, todo el mundo sabe la mitad de lo que has dicho.

—¿Qué parte?

—Lo de mi virginidad acabó siendo un cotilleo del pueblo, así que no cuenta. Y… la comida lila es antinatural, algo que todo el mundo sabe que pienso. Declaro un empate.

—Así que ¿los dos conseguiremos lo que queremos al final de la cita?

Aprieto los labios en una línea muy fina.

—¿Una segunda cita, un beso y un recuerdo?

—¿Qué te parece? —Apoya un brazo en la consola central.

—Creo que tenemos que esperar a ver cómo va la cita.

Oh, lo quiero todo. Lo quiero todo y más, pero eso no significa que deba estirar un brazo y tomarlo sin más.

Él se ríe y se reclina en el asiento.

—¿Estás lista para la mejor cita de la historia?

Arqueo una ceja.

—¿La mejor? Eso es bastante arrogante, amigo mío.

—Estoy seguro de que cumpliré.

Me dejo caer contra el respaldo.

—Pues veamos si me conoces tan bien como yo a ti.

Capítulo dieciséis

Spencer

Conduzco hasta el parque en el que se celebrará el evento, pero estoy muy confundido. Se supone que debería haber una guerra de agua para adultos, atracciones y todo tipo de juegos. Sin embargo, a juzgar por la cantidad de monovolúmenes que hay en el aparcamiento, parece que un grupo de madres se ha adueñado del parque. Además, no veo que haya atracciones donde siempre las ponen durante la feria.

—¿Me has traído al parque? —me pregunta.

—Sí, para un evento muy importante.

—Vale. ¿Es un torneo de fútbol de críos o algo así?

Río por la nariz.

—De fútbol no, pero sí que es una especie de torneo.

—Estoy intrigada.

Adoro el destello de travesura que le recorre la mirada y le devuelvo la sonrisa.

—Venga, vamos a inscribirnos.

Salimos del coche y le doy una mano para demostrarle que sí que es una cita. Brielle levanta la mirada hacia mí con una sonrisa tímida.

Me doy cuenta de que no le he dicho lo preciosa que está, lo cual ya debería haber hecho. Lleva el largo pelo rubio recogido en una cola de caballo, una camiseta de color verde claro y pantalones cortos. Siempre está guapa, pero hoy está deslumbrante.

Llegamos a la mesa de la entrada, sonrío y me preparo para dejarla alucinada.

—Hola, queremos inscribirnos al evento —le digo a la mujer que hay sentada en una silla plegable de plástico.

—¿Queréis inscribiros? —repite antes de desviar la mirada hacia la mujer a su derecha.

—Sí, los dos.

La mujer vuelve a mirar a su amiga y después a mí.

—¿Los dos?

—Sí, nosotros dos. ¿Ha empezado el torneo? —Quizá nos lo hemos perdido. Ponía que era de cuatro a nueve. Me he asegurado de llegar al principio para ir a cenar a las seis. Después de eso, iremos a la playa, veremos la puesta de sol y espero darle el beso con el que me ha tentado.

—No, señor, pero… ¿dónde están sus hijos?

—¿Mis qué? —pregunto, demasiado alto.

Brielle suelta una risita. Genial, ahora cree que tengo un hijo secreto.

—Señora, hemos venido por el torneo y las atracciones. En el folleto ponía que empezaba a esta hora.

—Señor, ¿puede darse prisa? —pregunta un niño a mis espaldas—. No quiero perdérmelo.

Me doy la vuelta e intento no lanzarle una mirada asesina al grupo de chicos. Tendrán unos nueve años y llevan las narices pringosas de crema solar.

—Relajaos, me inscribo y después os tocará a vosotros.

El niño se ríe.

—Genial, ahora han llegado los viejos.

—Sí, mamá me ha dicho que era sin padres.

—No soy padre —digo, más para mí mismo que para los chicos.

Brielle vuelve a reírse y el niño gruñe.

—Este tío está tardando *la vida.*

Y ahora me tomaré todo el tiempo que necesite. Brielle interviene y sonríe a la mujer.

—Le agradeceríamos que nos diera el papeleo para que lo rellenemos; veo que los niños están muy emocionados.

La otra mujer se agacha para coger el formulario.

—De acuerdo, si insistís…

No entiendo por qué actúan de una forma tan extraña.

—¿Estamos en el sitio correcto? —le pregunto.

—No estoy segura, señor. ¿Ha dicho algo de un folleto?

—Sí, lo vi anunciado en Rose Canyon.

Rebusca en el bolso y saca un papel.

—¿Este es el folleto que vio?

Por el amor de Dios.

—Sí, el torneo de globos de agua y la feria. Ponía que era de… —Me inclino hacia adelante y señalo. Brielle estalla en carcajadas.

—¿Qué? —le pregunto.

—Oh, nada, señor «mejor planificador de citas del mundo».

Vuelvo a mirar el papel y me invade el temor. Los números no indican la hora…, sino las edades.

Tiene que ser una broma.

—¿Es para niños? —le pregunto, pero me niego a mirar a Brielle, que todavía se ríe.

La mujer más mayor se inclina hacia nosotros.

—Sí, es una feria para niños.

—Así que ¿no hay atracciones para adultos?

—No. —Sacude la cabeza.

Me gustaría que me tragara la tierra. Lo tenía todo planeado; se suponía que haríamos algo completamente diferente e inesperado. Tengo que arreglarlo como sea.

—¿Hay algo después? ¿Quizá después del cierre?

—Querido, es esto o nada.

Miro a Brie, que está de pie con una sonrisa de oreja a oreja en su hermoso rostro.

—Pues ya buscaremos otra cosa.

—Ah, no. Ya estamos aquí, y me has prometido una cita inolvidable.

—Espera un segundo, ¿quieres quedarte?

Asiente.

—¿Por qué no? Ya estamos aquí, y el folleto promete un día de diversión, así que… —Los niños que tenemos justo detrás vuelven a quejarse en voz más alta porque se lo están perdiendo—. Además, estamos retrasando la cola.

Me saldrá el tiro por la culata, lo sé. Me vuelvo hacia las mujeres de la mesa.

—Queremos inscribirnos a la guerra de globos de agua, por favor.

Brielle me agarra del brazo y me apoya la cabeza en el hombro.

—Y subirnos a algunas atracciones. Y mi acompañante les pagará la entrada a los chicos de detrás, por ser tan pacientes.

Cuando la oyen, los niños chocan los cinco y gritan.

—¡Gracias, señora!

—Un placer. ¿Sabéis una cosa…? —Brielle me suelta el brazo y se vuelve hacia ellos mientras pago una cantidad absurda de dinero por las atracciones y los globos de agua—. No me vendría mal algo de ayuda en mi equipo.

—¿Qué equipo? —le pregunto.

Brielle me mira y sonríe.

—No pensabas que iríamos juntos, ¿no?

—Ese es el objetivo de la cita.

Retrocede unos cuantos pasos hasta quedar detrás de los cuatro chicos.

—Bueno, pues deberías haberla planeado mejor, Spence. Aquí mis nuevos amigos y yo te daremos una paliza.

—¡Ya ves! —exclama el niño que me ha llamado viejo—. Te daremos una paliza, anciano.

—Será mejor que vayas con cuidado o te convertiré en mi primer objetivo.

Brie se agacha para ponerse a la altura de los niños.

—No os preocupéis, chicos, jugaba al sóftbol en el instituto.

—Siempre calentabas el banquillo —la corrijo.

—¿Y qué deporte practicabas tú? Ah, cierto, que no practicabas ninguno porque estabas demasiado ocupado haciendo… ¿qué era?

La quiero, joder. La quiero incluso más ahora mismo. Vuelve a ser la chica que recuerdo, todo ella ingenio y humor.

171

—Llevaba el club de periodismo.

A los niños se les escapa una risita.

—Eres un friki.

—Sí que lo es —coincide Brie.

—¿Sabéis que entrené con los marines?

Eso me hace ganarme un poco de respeto por parte de los críos.

—Hala, ¡qué pasada!

Asiento.

—¿Estás segura de que no quieres formar parte de mi equipo?

Brielle pone las manos en los hombros a dos de los críos.

—Búscate tu propio equipo, Cross. Los niños y yo tenemos que elaborar una estrategia.

La mujer de la mesa sonríe y les da una camiseta blanca a los niños.

—No tengo camisetas de adulto para vosotros, porque se suponía que el evento era solo para niños. —Le echa un vistazo a Brielle—. La XL de niños te vendrá bien. —Después se vuelve hacia mí con los labios fruncidos y un gesto pensativo en el rostro—. Podríamos sujetarte una en tu camiseta con imperdibles. Helena y yo íbamos a ser las capitanas, pero seguro que tú y tu novia lo hacéis mejor. Yo soy Sara, por cierto.

—Gracias, Sara. Yo soy Brielle, y él es Spencer —se presenta Brie mientras le coge la camiseta—. Estamos muy emocionados.

—Oh, nosotras también.

Seguro que sí. Les proporcionaremos una buena anécdota salga como salga.

Sara me entrega una camiseta de niño extragrande que no me llega ni a la mitad del pecho. Es como si me topara con un contratiempo tras otro.

Sara me sujeta la camiseta con imperdibles mientras Brielle hace el truco de magia de ponerse una camiseta antes de quitarse la otra. No tengo ni idea de cómo lo hace, pero es algo que definitivamente el género masculino no conseguiría en la vida. Después, esboza una sonrisa atrevida.

—Nos vemos en el otro bando, Cross.

—Sí, en el perdedor —le replico.

Me guiña un ojo y después dirige a todo su nuevo séquito hasta donde parece que los esperan unos cuantos amigos de los niños. Nos encaminamos adonde se encuentra mi equipo y..., bueno, estoy jodido.

Al parecer, es una batalla de niños contra niñas, y soy el líder de las niñas. No se me da demasiado bien adivinar las edades de los críos, pero supongo que son las hermanas pequeñas de los niñatos que están con Brie.

—Chicas, este es el capitán de vuestro equipo, el señor Cross. Os ayudará a intentar ganar —explica Sara.

Las saludo y una de las niñas levanta una mano.

—¿Qué?

—¿Puedo esconderme detrás de ti? No quiero que me den.

Por lo menos ya sé quién es el eslabón más débil del equipo.

—No es así como funciona, pero ya pensaremos en un plan.

La niña que tiene justo al lado también levanta una mano.

—Me llamo Mable, esta es Taylor, y no me gusta el agua. Mi mamá dice que tengo que bañarme porque lo dice la ley. No me gusta la ley.

—Vale, es bueno saberlo.

—¿Dónde están tus hijos? —me pregunta la primera niña, Taylor.

—No tengo —le respondo.

Un niño que al parecer no ha conseguido llegar a tiempo al otro bando me mira fijamente. Es el más mayor y seguramente mi mejor jugador. Creo.

—Así que ¿solo has venido para jugar?

—Estoy en una cita.

No sé por qué les he dado esa información. El niño frunce el ceño.

—Mi hermano mayor, Theo, dice que a las chicas tienes que llevarlas al cine.

—Theo tiene razón, pero intentaba hacer algo diferente. ¿Cómo te llamas?

—Matt.

—Bueno, Matt, pues bienvenido al equipo. ¿Sabes lanzar?

Sacude la cabeza.

—Si supiera, estaría en el otro equipo.

Ya.

—¿Y eres rápido?

—Sí.

—Vale, pues corre mucho.

Me vuelvo hacia la última niña.

—¿Y tú cómo te llamas?

Se balancea de un lado al otro y baja la mirada al suelo.

—Soy Penny.

—¿Y no te gusta mojarte, no sabes lanzar o te da miedo que te den? —le pregunto con la esperanza de tener por lo menos a una buena jugadora.

—No me gusta ninguna de esas cosas. Soy ridícula.

Me deja sin palabras.

—¿Por qué eres ridícula?

Se encoge de hombros.

—Es lo que dice mi profesora.

—Pues a tu profesora deberían despedirla —la informo.

De acuerdo, pues será una masacre y se burlarán de mí durante el resto de mi vida. Brielle le hablará a todo el mundo de la cita y no me dejarán olvidarla nunca. Así que voy a apañármelas con mi equipo y a trazar un plan que incluya esconderse mucho.

—¿La chica guapa del otro equipo es tu novia? —me pregunta Mable.

Es mi mundo.

—Es una buena amiga que me gusta mucho.

—Así que ¡es tu *novia*! —grita Mable—. ¿Por qué no vas con ella? ¿Le gusta Timmy? Es mi hermano, y me ha dicho que me dará en la cabeza con el globo.

Es como si estuviera en el octavo círculo del infierno.

—No dejaremos que ocurra, Mable. Tú señálanos a Timmy y nos aseguraremos de que sea el primer eliminado. —Espero que sea el niño bocazas que no deja de llamarme viejo.

Las dos mujeres entran en el campo y se detienen junto a los cuatro barriles enormes del centro. Una lleva megáfono y nos llama a todos.

—Bienvenidos al segundo torneo anual de guerra de globos para *niños*. Cada equipo dispone de cuatro barriles llenos de globos. Dos están aquí, uno está en el lado derecho del parque y el otro en el lado izquierdo. Algunos globos están llenos de agua limpia y otros de agua tintada. Si os dan con un globo de agua limpia, seguiréis jugando, pero, si os golpean con un globo de agua tintada, quedaréis eliminados. El objetivo del juego es capturar la bandera del otro equipo. Al fondo de uno de los barriles encontraréis un mapa que indica dónde está escondida vuestra bandera y dos pistas sobre la ubicación de la del otro equipo. Tenéis que vigilar vuestra bandera a toda costa mientras intentáis capturar la del otro equipo. ¿Queréis echarlo a cara o cruz?

Brielle sacude la cabeza.

—No hace falta. Que Spencer elija primero.

—No, lanza la moneda —respondo.

—No, os concedemos el lanzamiento.

Estoy a punto de cargármela al hombro y enseñarle lo que puede concederme. Sin embargo, Sara nos interrumpe.

—Spencer, ¿queréis ser el equipo verde o el rojo?

El que sea. Cuanto antes acabemos con esto, antes podré reconducir la cita. Miro a Mable.

—¿Tú qué opinas?

—¡Verde!

—Pues el verde.

—Brielle, tu equipo será el de color rojo.

—¿Estáis listos?

—Oh, estamos más que listos, ¿verdad, chicos? —Brielle sonríe. Todos gritan para confirmarlo.

Sara me mira.

—¿Estáis listos?

—Estamos listos, ¿verdad, chicas?

Silencio. Me vuelvo hacia ellas.

—Estamos listos, ¿verdad?

Taylor se encoge de hombros.

—¿Podemos comer algodón de azúcar?

—Cuando ganemos —le respondo.

—No ganaréis —replica el niño que me ha molestado desde que hemos llegado.

—¿Te llamas Timmy? —le pregunto; voy a lo seguro.

—Sí, ¿por qué?

—Por saberlo. —Sonrío de oreja a oreja. Sin duda, será mi primer objetivo. Entonces recuerdo que el crío debe de tener unos nueve o diez años, y aquí estoy yo, pensando en acabar con él. Estoy perdiendo la maldita cabeza.

Brielle se acerca a mí con paso tranquilo.

—¿Quieres cambiar la apuesta?

Ni de coña, no quiero. Literalmente soy yo contra todo su equipo, y, aun así, mi boca estúpida dice lo contrario.

—¿Qué has pensado?

—Creo que podemos dejar que decida el ganador…, después de la victoria. Sin condiciones.

—No aceptaré eso. —Está loca si cree que seré tan tonto. Seguro que me haría hacer alguna gilipollez en la plaza del pueblo. Ni de coña. Conozco muy bien a esta mujer, y es una salvaje.

—¿Tienes miedo?

Casi muerdo el anzuelo, pero me limito a sonreír.

—No, no hace falta que tenga miedo, porque perderás, Davis.

Ella sonríe.

—Lo dudo, Cross. Además, si estuvieras tan seguro de ti mismo, aceptarías la apuesta.

Me acerco más a ella, que inclina la cabeza hacia arriba para mirarme.

—Estoy segurísimo.

Me apoya una mano en el pecho, encima del martilleo del corazón.

—¿De qué?

—De que esta es la mejor cita que has tenido nunca.

Ríe con suavidad.

—¿Quieres decir con eso que la cita está a punto de terminar?

—Ni por asomo. —Me inclino hacia ella, y me olvido de que estamos en el campo de juego y nos observan dos equipos de niños—. Pienso alargarla todo lo que pueda.

—Me gusta la idea —me responde con suavidad, y se pone ligeramente de puntillas. Me resultaría muy fácil besarla.

Pero, entonces, los mocosos empiezan a gritar:

—Uf, ¡besará al viejo!

Brielle se ríe, se deja caer sobre los talones otra vez y retrocede.

—Que gane el mejor.

Después, antes de que llegue al barril, suena la bocina y vuelan hacia mí diez globos de agua.

Que comience el juego.

Capítulo diecisiete

Brielle

Han pasado quince minutos y aún intentamos idear un plan para conseguir el mapa y encontrar la bandera del otro equipo. Mi único objetivo era eliminar a Spencer. El resto de los niños han sido daños colaterales. Mi equipo está de acuerdo con el plan, pero Spencer es bueno, hay que concedérselo.

Se agacha, esquiva y rueda para buscar cobijo.

Le damos unas cuantas veces, pero con globos de agua limpia.

El equipo de Spencer ha utilizado nuestro error de centrarnos solo en él para conseguir el mapa antes que nosotros. En cuanto lo han encontrado, se han desperdigado y están o bien escondidos o de camino a nuestra bandera. Me vuelvo hacia Timmy.

—Necesitamos el mapa. Tenemos que conseguir la bandera antes que ellos.

—¡Voy a por ella!

—Espera —le respondo, porque sé que echar a correr no es la mejor idea—. Tenemos que hacerlo bien.

Darius echa a correr igualmente, y lo eliminan mientras rebusca en el barril, porque Spencer es como un francotirador, y no deja de lanzarle globos hasta que al final lo golpea con uno de agua tintada.

Timmy, Brian, Kendrick, Saint y yo nos reagrupamos detrás de un arbusto.

—Vale, chicos, solo hay una forma de salir de esta. —Todos se vuelven a mirarme—. Tenemos que eliminar a Spencer, ya. No podemos dejar que juegue mucho más rato.

—Ya lo sabemos. —Timmy parece irritado—. Mi hermana no sabe lanzar, y lo más seguro es que las otras niñas estén jugando a que los globos son muñecas.

Todos los niños asienten para darle la razón. Brian es el siguiente en hablar.

—Necesitamos un plan mejor.

—Bueno, pues ¿a quién se le ocurre uno? —les pregunto.

Saint es el que ha estado más callado, y espero que diga lo que piensa. Me he dado cuenta de que sabe lo que deberíamos hacer; solo necesita que lo escuchen. Lo miro.

—¿Alguna sugerencia?

—Podríamos rodearlo.

Reacciono de forma algo exagerada y suelto un grito ahogado.

—Qué buena idea, deberíamos hacerlo.

Timmy, que es el líder de la manada, se lo plantea durante un segundo.

—¿Cómo?

Una vez más, le doy la oportunidad a Saint de que diseñe el plan.

—Uno de nosotros debe sacrificarse por el equipo.

Quiero reírme, pero me contengo.

—Yo lo haré —me ofrezco voluntaria.

—Pero tú eres la capitana. —Kendrick parece horrorizado.

Le sonrío.

—Creo que tenéis una buena oportunidad, Saint os guiará a todos hasta la victoria. Yo echaré a correr hacia el barril mientras vosotros hacéis lo que él diga.

Hacemos una piña y planeamos adónde se dirigirá cada uno. Espero que Spencer se apiade un poco de mí, dado que parece que vuelve a tener nueve años y que quiere ganar, y se centre en ellos.

Con el plan definido, chocamos los puños y gritan antes de echar a correr en varias direcciones. Me pongo en pie y corro hacia el barril. Necesitamos el mapa, y no caeré sin luchar. Spencer les grita a las niñas que se pongan a cubierto y los niños empiezan a lanzar globos en todas direcciones con la esperanza de golpear a alguien entre la vegetación.

Durante unos segundos, no me alcanza ningún globo. Después, oigo a Spencer gritar:

—¡A por ella!

Bueno, pues parece que no se apiadará de mí. Aligero la marcha y corro en zigzag y siguiendo patrones extraños para evitar que me alcancen. Llego hasta el barril y me agacho para utilizarlo como cobijo.

Brian me llama.

—¡Yo te cubro, Brie!

Asiento una vez, me pongo en pie y empiezo a escarbar lo más rápido y hondo que puedo para encontrar el mapa. Estallan globos a mi alrededor y uno choca contra mi espalda y me la empapa.

—¡Me han dado!

—¡Es limpia! —me responde Brian.

Rozo el fondo del plástico con los dedos y busco el mapa a tientas. Una vez que lo agarro, me aparto con rapidez y me oculto detrás del barril.

—¡Lo tengo, chicos! —los informo.

Me responden todos excepto Timmy. Espero que eso signifique que ha encontrado el escondite de Spencer.

Brian se arrastra hasta mí a gatas.

—¿Dónde está la bandera?

Le echo otro vistazo al mapa y busco con un dedo el punto en el que estamos y el parque. Un globo de agua me golpea el codo.

—Cuidado —le advierto, y se agacha justo cuando tres globos sobrevuelan en arco nuestras cabezas.

Entonces veo el punto en el que se encuentra la bandera.

—Está en los columpios.

Los dos nos volvemos hacia allí y nos fijamos en que tendremos que correr a través del campo abierto.

—¿Y la suya? —me pregunta.

Leo las pistas y sonrío.

—En la casa del árbol que tenemos justo detrás. Esto es lo que haremos: llenaré la bolsa de globos y echaré a correr, lanzaré todos los globos que pueda para distraerlos mientras tú vas hacia la casa del árbol. Allí es donde estará Spencer. Cuando seas su objetivo, volveré y llenaré las otras bolsas. Cuéntaselo a los otros si los ves.

Todos tenemos una bolsa pequeña en la que caben unos diez globos de agua. Si consiguiera la de nuestro compañero de equipo caído, tendría ventaja.

Brian sonríe de oreja a oreja cuando nos separamos. Protejo la carrera de Brian hacia el objetivo, y parece una escena a cámara lenta de una película. Corre muy rápido y no lo rozan ni una sola vez.

Veo que Darius nos observa desde el lateral y le silbo. Cuando me mira, le digo, medio en susurros medio a gritos:

—¡Pásame la bolsa!

Corre hacia mí con una sonrisa y me la entrega.

—Gracias.

Mientras se aleja, me fijo en que Kendrick está escondido detrás del otro barril.

—¡Un buen compañero de equipo nunca abandona a uno de sus hombres! —Es la excusa que esgrime por haberse quedado atrás, y yo le sonrío.

—Gracias por cubrirme las espaldas. Necesito que vigiles la bandera, ¿crees que podrás hacerlo?

—Cuenta conmigo. —Empieza a correr y después se da la vuelta—. ¿Dónde está?

—En los columpios, si te escondes en la parte exterior del parque, podrás protegerla sin que te vean.

—La protegeré —me promete Kendrick.

Meto tantos globos como puedo en las bolsas y después utilizo la parte inferior de la camiseta para almacenar más. Cuando ya no puedo llevar ninguno más, me dirijo a la casa del árbol, que parece demasiado tranquila. Me agacho para asegurarme de no haber pasado nada por alto.

¿Dónde está?

Brian sale de los arbustos y no recorre más que unos pasos antes de que le lluevan globos de todas direcciones. Uno de agua tintada le golpea la espalda y un timbre anuncia que ha sido eliminado.

Mierda.

Debo tener paciencia, y espero que los otros chicos también la tengan.

No obstante, Timmy no tiene ni pizca de autocontrol y echa a correr. Una vez más, llueven globos de todas partes. Aquí es donde están las niñas. Spencer es inteligente; las ha escondido y les ha dicho que lancen. Esta vez el niño consigue acercarse más, pero él también lanza globos, y debe de haber alcanzado a alguna de las niñas.

—¡Timmy! ¡Me has eliminado! —protesta la niña.

A continuación, otra de las niñas sale de su escondite.

—Yo también estoy eliminada, odio el agua.

El agua no estaba tintada, pero, al parecer, le ha bastado con la salpicadura.

—¡Taylor! Tú no estás eliminada —sisea Spencer, y yo sonrío de oreja a oreja porque acaba de desvelar su posición.

Entonces la primera niña mira a Timmy y se echa a reír.

—¡Tú también estás eliminado! ¡Te he dado!

Timmy se mira la mancha verde de la camiseta y parece ofendido.

—¡Mable!

El orgullo que le recorre el rostro a la niña es suficiente para hacerme sonreír, a pesar de que ha eliminado a uno de mis compañeros de equipo. Me encanta lo feliz que se ha puesto.

Sin embargo, ahora solo quedamos Kendrick, Saint y yo, y Kendrick ha desaparecido.

Me acerco por detrás y capto un destello de su camiseta blanca. Oh, está acabado.

Dejo los globos delante de mí para poder cogerlos con facilidad y busco la mejor manera de llegar hasta él. No hay mucho espacio, pero lo intentaré. Lanzo dos globos uno tras otro y me agacho.

Doy en el blanco porque lo oigo maldecir.

—¿Dónde estás, Davis?

Sonrío. No se lo diré nunca. Me desplazo un poco a la derecha, me aseguro de tenerlo a tiro y después lanzo un par más.

—¡Ha estado cerca, cariño! —me grita—. ¿Por qué no sales para que sea una pelea justa?

Pongo los ojos en blanco. Sí, claro.

Cojo dos globos más, lista para volver a lanzar, y lo oigo reírse.

—¡Te veo, nena!

Maldita sea.

Es todo o nada. Lanzo los globos con rapidez, cojo más y me lleno otra vez la camiseta. Solo me quedan cuatro globos. Voy a por todas. Echo a correr mientras se los lanzo y él hace lo mismo. Cuando lo hago, oigo que a Spencer se le escapa un largo grito.

—¡No!

Lanzo otro, que le golpea directo en el pecho, y es rojo.

—¡Estás acabado! —le grito con la voz rebosante de alegría.

Entonces un globo me da de lleno y me moja entera de agua verde.

—¡Tú también! —Se echa a reír.

Y en ese momento Saint irrumpe en la explanada.

—¡Hemos ganado!

Y ahí está, sujetando la bandera por encima de la cabeza con la camiseta impoluta.

Spencer se acerca a mí con una sonrisa.

—Buen trabajo.

Me lanzo a sus brazos entre risas y planto mi boca sobre la suya. Sí, lo ha planeado todo muy bien, y ha sido lo más divertido que he hecho en…, bueno, desde que recuerdo.

El resto de la cita es un borrón. Después de la guerra de globos, fuimos a la feria y nos reímos mientras los niños narraban la guerra de agua más épica del mundo. Timmy y Spencer se las arreglaron para encontrar un interés en común cuando Spencer le reveló el amor profundo que sentía por una saga de libros.

Hablaron sobre la posibilidad de nacer siendo un dios y tener poderes. Yo no entendía nada, pero me gustó que Timmy se refiriera a él por su nombre en lugar de llamarlo «el viejo».

Yo flotaba. Nos hemos cogido de la mano e incluso nos hemos subido a una atracción juntos. Bueno, eran los autos de choque, y a Spencer le rozaban las rodillas contra el pecho, pero ha sido divertido y les hemos prometido a los niños que volveremos el próximo año para la revancha. Nos han asegurado que los equipos serán mucho más numerosos porque traerán a todos sus conocidos.

Hemos cenado empanadas de una furgoneta de comida rápida a dos pueblos del nuestro, y han sido las mejores que he probado nunca.

Ahora estamos llegando a mi apartamento y la alegría del día parece que se queda atrás. No quiero que acabe. Quiero más diversión como la de hoy. No quiero preocuparme por asesinos ni por un prometido misterioso que puede llamar a mi puerta en cualquier momento. Quiero vivir todos los días como el de hoy.

Miro a Spencer, con esa barba espesa y el pelo oscuro por el que quiero pasarle los dedos, y suspiro.

—¿A qué ha venido eso?

—Me lo he pasado genial.

—Ya te lo he dicho —responde con una sonrisa de suficiencia.

—Sí, y ha sido increíble ver algo de tu entrenamiento militar en persona.

—Creo que gran parte del adiestramiento consistía en una especie de juego de atrapa a la bandera gigante, solo que utilizábamos bolas de *paintball,* que dolían de la hostia cuando te daban.

Sonrío.

—Gracias por este día.

—De nada.

—Me da pena que se acabe —admito, y le echo un vistazo al coche que hay justo enfrente del nuestro—. Solo con verlo, me acuerdo de que mi vida no es como un divertido juego de atrapa la bandera.

Mira el coche y levanta dos dedos a modo de saludo.

—Quinn es un buen tipo.

—¿Han estado con nosotros todo el día? —le pregunto.

—Sí.

—No… Ni siquiera los he visto.

—Así es como debe ser. —Spencer se encoge de hombros—. Siempre estarán cerca por si los necesitas, aunque estés conmigo.

Me reclino sobre el asiento y me quedo mirando el cielo oscuro.

—¿En qué momento se ha vuelto así mi vida? Nunca pensé que tendría que lidiar con algo así.

Me aprieta una mano.

—Llegaremos al fondo del asunto.

—Era uno de los motivos por los que suspiraba. —Suelto una carcajada.

—¿Cómo?

—Por primera vez desde que empezó todo esto, he sido muy feliz. He tenido la oportunidad de salir y divertirme. No hemos hablado de mis recuerdos ni del pasado. Estábamos en el presente, viviendo el momento. Me imaginaba que la cita podía ser…, bueno, que podía ser el preludio de algo más, y me entristece que haya terminado. Me preocupa que, cuando recupere todos los recuerdos, no quiera la vida que he vivido hasta ahora.

Spencer se remueve en el asiento para poder cogerme también la otra mano.

—Las citas y la diversión no tienen por qué terminar… Estoy… Quiero que volvamos a salir. Te lo pregunto: ¿quieres volver a salir conmigo?

Las comisuras de los labios se me curvan hacia arriba y asiento de inmediato.

—Por supuesto, pero ¿no te preocupa todo lo demás?

—Solo me preocupa esto. Tú y yo. —Spencer sube la mano a mi mejilla y la apoya con suavidad—. Y ahora quiero cumplir mi promesa.

Me hago la tonta.

—¿Qué promesa?

—Te daré un beso de buenas noches.

Me besa, y es un beso dulce y lento y perfecto. Es el beso que anhelaba, con el que siempre había soñado y que nunca olvidaré.

Capítulo dieciocho

Brielle

—Sí, Addy, es completamente seguro —la tranquilizo con las mismas palabras que he usado con mi madre hace una hora.

—Tan solo… me preocupo.

—Se supone que deberías preocuparte menos desde que te fuiste.

—Bueno, pues es evidente que no lo he conseguido.

Suspiro.

—¿Qué tal está Elodie?

—Bien. Se lo pasa genial jugando con la familia de Devney, tiene un montón de sobrinos y sobrinas. ¡Y ya intenta gatear!

—¡Oh! Ojalá pudiera verlo.

—Lo grabaré en vídeo —me promete Addy.

—¿Estás a gusto en la casa para invitados? —le pregunto.

—No es una casa para invitados. —Se ríe—. Es una casa enorme. Cuando la vi por primera vez, me quedé superconfundida, porque es increíble. Me preocupaba mucho no encajar, pero sus cuñadas son increíbles y estamos bien aquí. Ellie, Brenna y Sydney siempre se pasan o nos invitan a cenar, y son… amables. El marido de Brenna falleció hace unos años, así que está bien tener a alguien que entiende lo que se siente al ser viuda.

No soporto que tenga que pronunciar esa palabra.

—Me alegro mucho de que te vaya tan bien.

—Es genial, lo necesitaba de verdad.

—¿Cuánto tiempo crees que te quedarás?

Suspira.

—No lo sé. Los Arrowood me han dicho que puedo quedarme el tiempo que quiera y, como Sean está en Florida para el comienzo de la temporada, así Devney tampoco se queda sola.

Tenía la horrible sensación de que Addy tardaría mucho más tiempo en volver.

—Te echo de menos.

—Yo también a ti. De verdad que sí, pero me ha ido muy bien marcharme. Te prometo que volveré para el cumpleaños de Elodie.

Cuatro meses. Fantástico.

—Falta mucho.

—Ya, pero es la fecha límite que me he puesto a mí misma. He podido ir a comprar sin que nadie me parara para llorar por Isaac. Puedo llevar a Elodie a dar un paseo sin que recibamos miradas de pena. Me ha permitido llevar el duelo yo sola.

—Lo entiendo, de verdad.

—No es que no quiera estar allí para apoyarte ni… nada por el estilo. Tan solo no quiero revivirlo todo una y otra vez.

—Te prometo que lo entiendo.

Yo tampoco querría. Es un pueblo pequeño e intrusivo, a pesar de que todos tienen buenas intenciones. Addison no podía estar sola, porque todo el mundo quería ayudarla.

—Cuéntame las novedades.

Me planteo contarle mi teoría sobre la conexión del ataque con el centro juvenil. No dejo de pensar en que el asesinato de Isaac y el centro están relacionados. El rastro de dinero no tiene sentido, alguien se coló en mi despacho, y no estoy segura de qué sabía o de si compartí lo que me preocupaba con él. Si lo hice, no se habría quedado de brazos cruzados. Así que a lo mejor ella tiene la respuesta.

En lugar de contarle nada de eso, decido tomar otro camino.

—Me enrollé con Spencer y tuvimos una cita.

—¿Que hiciste *qué?* —chilla.

Hago una mueca.

—Ehh, nos besamos… Un beso de verdad.

Se ríe.

—Es una broma, ¿no? Spencer, ¿nuestro Spencer?

—El mismo.

—Eso es…, bueno, no lo sé —dice, pero percibo una sonrisa en su voz—. Es un poco sorprendente, pero, al mismo tiempo, es perfecto para ti. Siempre habéis estado muy unidos, y se preocupa por ti, todo el mundo lo ve.

—Sí, pero más como una hermana que como… una novia.

—Bueno, no sé qué decirte, dado que os habéis enrollado. ¡Y salido!

—Solo hemos salido una vez, pero me ha pedido que salga con él otra vez. Aunque es raro besarlo, bueno…, no raro en el mal sentido. Es raro porque cuando nos besamos es como si no pudiéramos parar, como si no tuviéramos otra opción que besarnos.

A Addison se le escapa una risita.

—Tú y Spencer. Vaya. Pero ¿qué pasa con lo del anillo? ¿Qué pasa con tu prometido?

—¿Qué pasa con él? Nadie sabe quién es y no se ha puesto en contacto conmigo. ¿Sabes algo que no me hayas contado?

—No, no sé quién es, te lo prometo. —Las palabras de Addison suenan sinceras—. Ojalá lo supiera, porque, si fuera el caso, no tendría que repasar todas las personas con las que te he visto alguna vez para tratar de descubrir quién es. No saberlo es muy molesto.

—Ah, ¿te molesta no tener toda la información? —le replico.

—Lo siento.

Suspiro.

—No pasa nada, lo entiendo. Todo sea por el bien común. Tan solo… ¿cómo podía querer a alguien que me amaba tanto para regalarme un pedrusco, pero no haber hablado de él con nadie? ¿Cómo podría querer a un hombre y besar a otro sin dudar? No dejo de preguntármelo, porque no sé cómo seguiré adelante después de haber besado a Spencer y saber cómo es un beso así.

—¿Fue un buen beso?

—Fue muy *muy* bueno.

—Me lo imagino —responde Addy.

—Ah, ¿sí?

—¡Pues claro! Spencer es un donjuán, siempre ha sido de pavonearse. Cuando teníamos diez años estaba coladita por él, ¿lo sabías? Me parecía muy guay, hasta que un día un niño se metió conmigo, Isaac lo tiró al suelo, y después de eso… me enamoré.

—Siempre fue el protector. —Sonrío.

—Y por eso creo que murió intentando protegerte.

—Yo también lo creo.

Addy se aclara la garganta.

—Y, aunque así fuera, no sería culpa tuya, Brielle. De ninguna manera. Emmett me llamó ayer y me dijo que tenían una pista, así que, si sale bien, a lo mejor tu testimonio ya no será una parte crucial del caso.

—¿Una pista? —le pregunto con un atisbo de esperanza.

—No te emociones demasiado, las cuatro pistas anteriores no llevaron a ninguna parte.

Qué deprimente.

—Nadie me ha contado nada.

—¿De verdad querrías saberlo? De todas formas, hasta que recuperes la memoria del todo, sería un poco absurdo. No puedes identificar al atacante y, ahora que he aprendido todo lo que hay que saber sobre esta clase de casos, sé que nada avanza rápido y que hay más pistas que no llegan a ninguna parte que soplos que den resultado. Pero volvamos a lo de tu lío con Spencer.

Pongo los ojos en blanco.

—Llegará en unos diez minutos, así que preferiría no hablar más de eso.

—¿La cena de la entrega de premios es la segunda cita?

—Creo que no, o, por lo menos, no lo era cuando lo planeamos. Spencer tiene que llevarme porque todavía no puedo conducir, y porque todo el mundo está paranoico con que vaya sola por ahí.

—Y con toda la razón.

Sí, sí.

—Tengo el botón del pánico.

—¿El qué?

Supongo que no lo había mencionado porque es algo reciente.

—Hace unos días, le tocó vigilarme a la mujer del propietario de la empresa de seguridad. Es increíble, por cierto. Creo que es una espía, o quizá una asesina a sueldo, no estoy segura. En fin, Charlie y yo empezamos a hablar, y me dio un botón del pánico que se parece más a un llavero que a otra cosa. Me dijo que, si alguna vez creo que estoy en peligro o que podría estarlo, lo único que tengo que hacer es pulsarlo. Me sacarán de allí y me llevarán a un lugar seguro, en el que me encerrarán como mínimo doce horas mientras el equipo lo investiga para asegurarse de que estoy a salvo, sobre todo con el cerebro tan destrozado como lo tengo.

—Ya lo tenías así antes —bromea Addy.

—En fin, estoy mucho mejor ahora que lo tengo, lo cual me lleva de nuevo al principio: no sé si es una cita.

—Pues llamémoslo cita igualmente.

—Mejor no.

—Vale, pero es una cita. ¿Qué te pondrás?

Nos enzarzamos en una discusión sobre mi atuendo, que al fin aprueba, y después lanza un suspiro de nostalgia.

—Deberías ponerte los pendientes de diamantes.

—No me gusta ponérmelos.

Fueron un regalo de mi padre cuando cumplí los dieciséis y, cada vez que me los pongo, se me saltan las lágrimas.

—Vale, pues ponte la gargantilla de oro que cae por la espalda. Ah, y eres como quince centímetros más baja que Spencer, así que ponte esos tacones de diez centímetros tan monos.

No es mala idea. Llevo un vestido de color verde pálido que se me ajusta en los mejores sitios. Y lo que quita el hipo es la espalda descubierta, abierta hasta justo encima del trasero. Me encanta ese vestido, me lo compré para una boda a la que asistí justo después de la graduación.

Los zapatos no me apasionan, pero la altura me ayudará.

—Antes de una hora los pies ya me estarán matando.

—Para presumir hay que sufrir, hermanita.

Cojo el collar, me lo pongo y el metal frío se desliza por mi espalda. Es una de esas joyas perfectas, es sutil, pero al mismo tiempo es toda una declaración.

Cierro el cajón y me fijo en la caja del anillo. No lo miro desde hace días. Los primeros días después de encontrarlo, cogía la caja con la esperanza de recuperar el recuerdo del momento en que me lo dieron por primera vez. La abro y veo que el diamante impresionante está a salvo en su sitio.

—¡Hola! ¡Tierra llamando a Brie!

Cierro la caja y sacudo la cabeza.

—Lo siento, ya me lo he puesto.

—Bien. ¿Me enviarás una foto?

—Claro, ahora te la mando. —Me río.

—Perfecto. Gracias por llamarme, lo necesitaba.

—¿El qué?

—La charla, ha sido como… en los viejos tiempos.

Sonrío.

—Sí, tienes razón.

—Diviértete esta noche, y no te preocupes tanto. Eres increíble, y todo el mundo te adora. Y asegúrate de enrollarte con Spencer y de que sea tan increíble como la otra vez.

Me río.

—Eres una mala influencia.

—Oye, es lo que hacen las hermanas.

Me suena el móvil; es un mensaje de Spencer para avisarme de que está subiendo.

—Tengo que colgar, ya está aquí.

—¡Toma malas decisiones! —me grita, y después cuelga.

Suspiro. Puedo hacerlo.

Estoy increíblemente nerviosa por lo de esta noche, porque todos los habitantes del pueblo estarán ahí. Estaré rodeada de gente que me conoce y de algunas personas a las que no recuerdo haber conocido. Más que eso, lo que me preocupa es que el asesino esté allí y que yo no lo sepa. Mirar a la gente a la cara y preguntarte si alguna de esas personas mató a tu hermano e intentó matarte a ti es horrible. Por suerte, los de seguridad me acompañarán todo el tiempo, así que me siento un poco mejor. En realidad, todos son bastante guais.

Charlie me ha avisado esta mañana de que vendrá a la cena con su marido, Mark, pero que se quedarán en el fondo. Al parecer, les es más fácil pasar desapercibidos si fingen que son asistentes al evento que si actúan como mi seguridad privada, y Quinn, mientras, se quedará a vigilar el apartamento.

Quinn Miller llegó de Virginia Beach anoche, cuando lo conocí. Está casado y tiene un hijo del que me enseñó un montón de fotos. Un niño superadorable. Él y Charlie serán mi equipo de seguridad esta semana, y la semana que viene rotarán con alguien más.

Todas las mañanas les llevo café y, antes de irme a la cama, enciendo y apago las luces del salón para que sepan que me voy a dormir.

Me dirijo a la puerta, me aliso el vestido contra el cuerpo y me reviso el pelo en el espejo de la entrada.

Llama una vez y, como soy un manojo de nervios, abro la puerta de golpe, incapaz de contenerme.

—Hola —balbuceo, más que estupefacta.

Madre mía. Lleva un esmoquin negro con solapas de seda y la tela se le ajusta al cuerpo. Cada centímetro de él hace que se me haga la boca agua. Sus anchos hombros tapan la luz que tiene justo detrás, y yo podría derretirme aquí mismo. Sus ojos verdes parecen brillar todavía más esta noche, y su pelo tiene un aspecto húmedo, como si se lo hubiera despeinado con los dedos. Está impresionante.

Espero a que diga algo, pero Spencer no abre la boca. En su lugar, parece que sus ojos evalúan muy lentamente el satén verde que me cubre el cuerpo, con un escote que imita al de la espalda y que cae lo justo para dejar al descubierto la curva de mis pechos. Me he rizado el pelo en ondas largas y me he maquillado lo mejor que he podido tras mirar algunos tutoriales por Internet. Me he pasado un poco, pero creo que estoy *sexy*.

—¿Spencer? —le pregunto, y de repente me siento incómoda y tímida—. ¿Estoy bien así?

Sus ojos se encuentran con los míos y nos quedamos mirándonos unos segundos. Veo el momento en que pierde el control; entra en la habitación y cierra la puerta de una patada. Retrocedo un paso, pero al momento está encima de mí, me empuja hasta que la espalda me choca con la pared y me atrapa con su cuerpo. Agradezco haberme puesto los tacones, porque estamos casi a la misma altura y veo cómo el deseo brilla en su mirada. Se me para el corazón y luego me late el doble de rápido. Me va a besar, y me muero de ganas.

—No debería hacerlo.

—Sí que deberías —replico. Sacude la cabeza y frota su nariz contra la mía—. Quiero... Por favor, dime que quieres que te bese.

Lo deseo más que nada en el mundo. Le subo la mano derecha del pecho al cuello y se lo rodeo con ella.

—Quiero que me beses.

Chocamos como dos imanes que se atraen. Su boca toma la mía en un beso ardiente que es infinitamente mejor que el último. No nos contenemos, no es tierno ni lento. Este beso no es más que anhelo y deseo desesperados. Me derrito contra él como si necesitara su calor, que contrasta con el frío que siento en la espalda. La lengua le sabe a menta e inhalo su colonia, el olor a almizcle que lo caracteriza.

Separa su boca de la mía y desliza los labios y la lengua por mi cuello y mi hombro.

—Spencer —gimo su nombre cuando hace el recorrido en dirección inversa y me muerde la oreja de forma juguetona.

—Me dejas sin respiración. —Su voz grave no es más que un gruñido—. Eres preciosa, y te deseo muchísimo.

Decido que las lesiones cerebrales no son tan malas. Si hacen que el hombre al que has anhelado toda tu vida te desee, entonces me parece muy bien estar así.

—No… No sé qué está pasando —le digo, siempre tan elocuente.

—¿A qué te refieres? —Me mira fijamente a los ojos, y eso hace que me cueste todavía más formular frases coherentes.

—Esto. Tú. Besándome y… lo que sea esto. Ya no me importa. ¿Me convierte eso en una mala persona?

Ese es el quid de mi confusión. Spencer nunca ha mostrado ningún interés por mí. O, por lo menos, no que yo recuerde. Así que ¿por qué ahora? ¿Es por la muerte de Isaac? ¿Hay algo que no recuerdo?

Spencer da un paso hacia atrás y siento de inmediato su falta de calor. Soy una idiota. Tendría que haber mantenido la boca cerrada y limitarme a disfrutar de los besos.

—Quería besarte, y no he tenido en cuenta toda la situación. ¡Joder! —Se pasa una mano por su pelo castaño—. Soy un cabrón.

—¿Por besarme?

—¡Sí!

—Pues siéntete libre de hacerlo otra vez, por favor —le respondo mientras me recoloco los pechos donde deberían estar—. Además, ya nos besamos hace unas noches y no nos importó.

Spencer baja la mirada de mi rostro a mi pecho.

—¿A qué te refieres?

—Me gustó. Quiero que suceda otra vez, y otra, y otra. Entiendo que hemos pasado por mucho y que es una idea malísima, pero me da igual.

Abre los labios y después los cierra. Me doy cuenta de que esto lo ha confundido.

—¿Quieres… que te bese otra vez?

—Sí. Bueno, si no recuerdo al tío con el que quizá estoy prometida o quizá no, no lo estoy engañando, ¿verdad?

Spencer suspira.

—¿Y si lo quieres? —habla en voz baja, pero oigo la pregunta como si la hubiera gritado—. ¿Qué pasa si es el hombre con quien sueñas, Brielle? ¿Qué pasa si está tan enamorado de ti que se está muriendo por dentro? ¿Qué pasa si…?

—¿Y si no hay nadie? Joder, si existe, ¿dónde cojones está? Han pasado semanas, y ningún hombre misterioso ha venido a buscarme. Si me quiere tantísimo, ¿por qué no está aquí? Por lo que sabemos, él es quien mató a Isaac y quien intentó matarme, y por eso no ha aparecido. Podemos hacernos un millón de preguntas y siempre acabaremos aquí. —Doy un paso hacia él y le apoyo una mano en el pecho—. Aquí y ahora no hay otro hombre. Solo estamos tú y yo, y quiero que me beses. Quiero besarte. Quiero que tú seas el hombre, Spencer, ¿no lo ves? Eres quien quiero que esté aquí y ahora. Cuando estoy contigo, me siento a salvo y feliz —pronuncio la última parte en un suspiro.

—Se supone que deberías estar a salvo conmigo.

Lo dice como si sentirse a salvo y estarlo fueran dos cosas distintas, lo que hace que me detenga.

—¿Es que no estoy a salvo contigo?

Spencer me acaricia una mejilla con un dedo y me aparta un mechón de pelo suelto hacia atrás.

—No, ahora mismo no.

Aprieto el cuerpo un poco más contra el suyo, ansiosa por sentir su calidez.

—Nunca me he sentido tan a salvo como cuando estás conmigo.

—Pues no deberías.

—A lo mejor no.

Se oye un portazo en el rellano y nos separamos de un salto. El corazón empieza a latirme a mil por hora, como cada vez que se oye un ruido fuerte y repentino.

—Brie. —Tiene la voz cargada de preocupación.

—Estoy bien, estoy bien. —Lo estoy. Estoy bien y a salvo. Spencer nunca dejaría que me hicieran daño. Solo estoy algo asustadiza. Mientras se me estabilizan los latidos del corazón doy un paso hacia él, porque no quiero dar la conversación por finalizada—. Lo digo en serio, Spencer.

—Sé que lo haces, pero no sabes todo lo que está pasando.

Doy otro paso hacia él.

—Pues cuéntamelo. Por favor, cuéntamelo para que lo sepa.

Apoya la frente contra la mía antes de posar sus labios en ella. Spencer exhala por la nariz.

—Quiero hacerlo, pero no puedo.

Se oye otro portazo, pero esta vez no me sobresalto. Ahora mismo, me siento tranquila y segura. Está justo aquí, mirándome, y trato de encontrar una explicación al motivo por el que me siento así cuando estoy con él. Un segundo después, llaman a la puerta e interrumpen el momento, pero no me alejo de él hasta que la persona que hay al otro lado de la puerta vuelve a llamar.

Esbozo mi mejor sonrisa, abro la puerta y me encuentro a Charlie con un hombre vestido de traje.

—Genial, todavía estás aquí —dice Charlie, que parece una supermodelo—. Este es mi marido, Mark Dixon.

El hombre extiende una mano y se la estrecho.

—Soy Brielle.

—Es un placer conocerte —responde, y después se fija en Spencer—. ¡Cross! ¿Quién me iba a decir que podías dejar de parecer un saco de estiércol?

Spencer se ríe y se acerca a él. Se estrechan la mano y se dan uno de esos abrazos tan masculinos que incluye un montón de palmadas en la espalda.

—Me alegro de verte, Crepúsculo. Ha pasado mucho tiempo.

—Bueno, cuando me he enterado de que escoltábamos a alguien a petición tuya, he pensado que tenía que venir a ver qué pasa en este… puto pueblucho aburrido.

Se ríen y después Spencer se vuelve hacia mí.

—Brie se las ha apañado para ser la protagonista del único problema que ha habido en Rose Canyon.

Me encojo de hombros.

—Culpable, supongo.

—Creo que las mujeres más guapas son las que atraen los problemas. —Charlie sonríe.

—Ella lo sabe bien —comenta Mark con una sonrisa de suficiencia—. Encuentra problemas donde no los hay. Me parece que los crea ella solo para divertirse.

—Sí, porque tú eres todo un ejemplo de la vida santa —lo regaña.

Mark se acerca a ella y le rodea la espalda con un brazo.

—Soy divino.

Ella pone los ojos en blanco y vuelve a centrar su atención en mí.

—En fin, nos íbamos ya, y no os hemos visto salir del apartamento, así que queríamos comprobar cómo va todo y asegurarnos de que estamos todos en sintonía para esta noche.

—No creo que pase nada en la ceremonia del Hombre del Año, la verdad.

Hasta cierto punto, entiendo por qué necesito un equipo de seguridad, pero, si tiene que ocurrir algo, me gustaría que sucediera ya. Han pasado más de tres semanas, y nada.

—A veces los sitios en los que creemos estar a salvo son los más peligrosos —explica Mark.

Spencer y yo intercambiamos una mirada y después aparto los ojos de él. Acabo de decirle que con él me siento segura, y él me ha advertido de que no debería. Charlie da un paso al frente.

—¿Ha pasado algo?

—No, ¿por qué?

Esboza una sonrisa suave.

—Por nada, pero, si alguien se pone en contacto contigo y consigue saltarse los dispositivos de seguridad, tienes que decírnoslo.

—Lo haría, pero no he recibido ninguna llamada ni mensaje extraño. Y nadie me ha seguido ni me ha amenazado.

—Bien. —Mark asiente una vez—. Veamos de qué va todo esto del Hombre del Año.

Charlie desvía la mirada hacia mí.

—Comprueba que llevas las llaves.

Claro, llevo el botón del pánico en una de las anillas. Las cojo, las guardo en el bolso y me dirijo a la puerta. Antes de llegar, Spencer me rodea una muñeca con los dedos y me hace frenar en seco.

—¿Qué?

—¿Estamos... bien?

Esta pregunta tiene demasiadas posibles respuestas.

—¿Nos lo pasaremos bien esta noche?

—Eso espero.

—¿Has escondido estratégicamente globos de agua? —le pregunto con una sonrisa.

—Ya me gustaría. —Sonríe y yo ladeo la cabeza.

—Pues espero que hoy tengas mejores técnicas de evasión.

—Así que ¿tú sí que has escondido algunos? —pregunta Spencer.

Me inclino hacia él y le rozo una oreja con los labios.

—Tendrás que esperar para averiguarlo.

Le doy un beso en la mejilla y se le escapa una carcajada.

—Dios, me encantas... Me encanta pasar tiempo contigo.

Me ofrece un brazo, tan caballeroso como siempre, y me aferro a él. Cerramos y nos dirigimos a la entrada principal, donde nos esperan Charlie y Mark.

—Os seguiremos con nuestro coche —explica ella.

Spencer me apoya una mano en la espalda y me guía hasta donde ha aparcado. Cuando llegamos a la acera, me paro en seco. Pestañeo para contener las lágrimas que amenazan con escapar.

El coche deportivo rojo del recuerdo está justo delante. El que Isaac compró y que Addison lo obligó a vender. Me vuelvo hacia Spencer.

—¿Lo tienes tú?

—Me lo vendió a mí, y me hizo prometer que lo mantendría a salvo de tu cuñada.

Siento que mi mundo está del revés.

—¿Es tuyo?

—Sí.

Vale. Así que él es el comprador.

—¿Desde cuándo?

Se encoge de hombros.

—No hace mucho.

—¿Desde cuándo?

—Brielle, quiero responderte, pero ambos sabemos que estas preguntas nos llevan por un camino muy peligroso.

—Me dijiste que no me mentirías —repito sus palabras.

—Exactamente, es mejor si evitamos hablar de datos muy específicos, ¿de acuerdo? Además, ¿de verdad importa cuánto tiempo hace que lo tengo? Podría haberlo comprado hace dos días y no cambiaría nada.

—¿Alguna vez lo he conducido?

Se le escapa una risita suave.

—Isaac nunca te dejó conducirlo, pero puede que recibieras una respuesta diferente si me lo preguntaras a mí.

—¿Y bien? ¿Puedo?

Se echa a reír.

—Te prometo que te dejaré llevarlo.

—¿Cuándo?

—Cuando los médicos te den el visto bueno para conducir.

Resoplo.

—Está bien.

Spencer se inclina hacia mí y me da un beso en la sien.

—Tenemos tiempo, cielo. Solo debes tener paciencia.

Es muy fácil que lo diga alguien que tiene tantísimo tiempo.

—Ambos sabemos que el tiempo no está asegurado. Para ninguno de nosotros.

—No, no lo está, pero ahora mismo no te dejan conducir, y quién sabe qué pasará a medida que recuperes los recuerdos.

Echo la cabeza hacia atrás.

—¿Qué quieres decir?

—Nada.

Es evidente que sí que quería decir algo.

—¿Has descubierto algo?

—No, no debería haber dicho eso. —Le echa un vistazo al reloj—. Llegaremos tarde. Venga, vamos a beber gratis y a ver cómo Emmett se pone en ridículo él solo.

Tomo la mano que me ofrece y dejo que me guíe hasta el coche mientras mis ganas de descubrir qué oculta no hacen más que aumentar.

Capítulo diecinueve

Spencer

—Algún día te tocará a ti, Spence —dice Emmett mientras me da unas palmaditas en la espalda—. ¿Quién iba a decirme que lo conseguiría?

Me pregunto cuántos chupitos se ha tomado, porque hace unos días recibir el premio no le parecía para tanto, y ahora está al borde de las lágrimas.

—Tío, es un premio de Rose Canyon, y tu oponente era el hijo del alcalde, que se cayó en una zanja con el *quad* porque intentó conducirlo con el casco del revés. No había muchos ganadores entre los que escoger.

Sacude la cabeza y echa mano a la bebida.

—Soy un ganador.

—Eres un caso.

—Echo de menos a mi amigo —comenta, y echa un vistazo a su alrededor—. Echo de menos…, bueno, a todos.

Emmett fue quien estuvo al lado de Addison y Elodie antes de que la madre de Addison llegara al pueblo. Ver a Addison desmoronarse y saber que no podía ayudarla mientras él también lloraba la pérdida no le resultó nada fácil.

En cierto modo, yo entendía cómo se sentía Addy, pero, mientras Emmett la ayudaba, yo centré toda mi energía en Brielle. A una parte de mí no le entraba en la cabeza que Isaac estuviera muerto, porque no podía lidiar con nada más excepto con el hecho de que casi me habían arrebatado también mi mundo entero.

—Todos lo echamos de menos —le respondo, y alzo la copa—. Por Isaac.

—Por Isaac, que era el hombre del año todos los años.

Chocamos las copas y echo un vistazo a la sala en busca de Brielle.

Hasta ahora, los habitantes del pueblo han seguido las reglas. Las personas a las que conoció durante los últimos tres años se han quedado al margen para evitar hacer algo que la incomode. Está sentada con Jenna, y esboza una sonrisa relajada a pesar de que la noche ha sido de todo menos eso.

—Está guapa —comenta Emmett.

Al parecer, no he disimulado tan bien.

—Pues sí.

—¿Os lleváis bien?

Me vuelvo hacia él.

—¿Por qué no íbamos a llevarnos bien?

—Solo era curiosidad.

Emmett nunca pregunta por curiosidad. Es listo y observador. Hace seis meses que volvió al pueblo y ha estado ocupado con el nuevo trabajo, la mudanza y reconstruyendo su vida, y ese es el único motivo por el que he conseguido salir con Brie delante de sus narices sin que se diera cuenta.

Isaac era fácil de engañar.

Y es algo de lo que ahora me arrepiento.

—Sí, estamos bien.

Emmett deja la copa en la barra.

—Spence, eres como un hermano para mí y te conozco bastante bien. Sé que pasa algo.

—Déjalo —le advierto.

—Lo haría, pero evitar que desestimen el caso de Isaac forma parte de mi trabajo.

—¿Y crees que a mí no me preocupa lo mismo?

Emmett le sonríe a alguien que pasa por nuestro lado y después se vuelve hacia mí.

—No he dicho eso, pero vivo justo enfrente y me informan de lo que ocurre todos los días. Tengo acceso a los mismos registros que tú y, por si no te acuerdas, también veo sus mensajes.

Utilizo un truco que aprendí hace muchos años para ocultar mis emociones, pero me invade el pánico. Finjo una carcajada y le doy unas palmaditas en el hombro.

—Tú y yo sabemos la verdad.

Emmett no comparte mi risa falsa.

—Sí, Spence, sabemos cuál es, y yo te digo que, si la cagas, nunca lo superará. Isaac era su hermano, y lo quería.

Y a mí también me quiere. Sea lo que sea lo que Emmett cree que sabe, no tiene ni idea. No he hecho nada que ponga el caso en peligro.

—No le he contado nada.

—No, pero respondes a preguntas cuando no deberías. Mira, me da la impresión de que hay muchas cosas que no sé. Si había algo entre Brie y tú, y me parece que sí, estás con el agua al cuello, hermano.

No me apetece tener esta conversación.

—No quiero hablar más de esto.

—Vale, pero una última advertencia: si le cuentas más cosas, al final tendrás que tomar una decisión.

Yergo la espalda ante la amenaza implícita.

—¿Qué quieres decir, Emmett?

—No puedes recordarle cosas, no puedes contarle nada.

—No lo hago.

—Me dijo que eras la única persona que responde directamente a las preguntas que hace.

Le prometí que no le mentiría.

—No le mentiré. Es Brielle, merece más que eso. Si no fuera la única testigo del asesinato de su hermano, se lo habríamos contado todo y le habríamos mostrado la vida que tenía.

Trato de contener la ira, pero Emmett me conoce demasiado bien y sabe lo que callo.

—Spencer, o rompes el contacto con ella hasta que esto acabe o sigues mintiéndole y dejas que todo fluya. Si tengo razón y eres tú el que le dio el anillo… —Suspira hondo y se frota el rostro con una mano—, algo de lo que hablaremos cuando no estemos en una sala con otras doscientas personas, entonces tienes que hacer lo correcto. —Se bebe el vaso de un trago, lo deja en la barra y me apoya una mano en el hombro—. No creo que quieras romper el contacto con ella del todo, pero, si sigues en tus trece, no te dejaré entrar en el edificio.

Emmett se aleja, lo que me deja estupefacto. Romper el contacto no es una opción, preferiría mentirle antes que abandonarla…, que abandonar lo nuestro. Cuando lo recuerde todo, entonces, ¿qué? ¿Cómo le explicaría que tuve que irme porque no era lo bastante fuerte para hacer lo que debía? No puedo. No puedo hacerle lo mismo que me han hecho a mí una y otra vez.

Me encamino hacia ella y Jax, uno de sus compañeros de trabajo, me detiene.

—Hola, Spencer.

—Jax.

Jax es bastante nuevo en el pueblo. Se mudó hace aproximadamente un año y nadie me ha contado nada malo de él, pero me da mala espina, aunque no puedo explicar por qué. Una noche, Brie y yo estábamos cenando en mi apartamento y mencionó que siempre le pedía salir. Quería que la aconsejara sobre cómo rechazarlo fácilmente.

Al parecer, no captó la indirecta, porque hasta el incidente le regalaba flores una vez a la semana.

—¿Cómo está? —me pregunta Jax.

—Ha mejorado.

—¿Aún no recuerda nada?

Sacudo la cabeza.

—No, nada todavía. ¿Habéis descubierto ya quién se coló en su despacho?

Entonces le toca a él sacudir la cabeza.

—No, es muy raro. Las cámaras del exterior también estaban desconectadas, así que no tenemos nada.

Ya lo sabía, pero tenía curiosidad por comprobar qué diría.

—¿Ha mencionado Brielle a alguien del centro?

—No.

—Qué pena, no dejo de querer hablar con ella, ¿sabes? Teníamos una especie de conexión.

Casi me río en su cara. No había conexión. Ninguna.

—Bueno, ya conoces las reglas.

—Sí, las reglas. —Asiente—. No deja de mirar hacia aquí; espero que me recuerde. Me gustaría hablar con ella. Además, quiero ayudarla a volver al trabajo. Todo el mundo la echa de menos, sobre todo los niños. Mira, una de las pequeñas del centro está hecha polvo. Brielle se llevaba muy bien con Dianna, que tiene unos ocho años. Ayudó muchísimo a su familia, y no dejan de preguntarme si pueden verla. Sé que adoraba a los niños y ¿a lo mejor verlos la ayudaría?

Brielle quiere a esos niños más que a nada en el mundo. Pretendía darles el apoyo y el ánimo que necesitan para alcanzar su máximo potencial. Todo lo que hacía era para ayudarlos, incluso aunque no fuera lo mejor para ella. Aceptó que le recortaran el sueldo hace unos meses para financiar las horas extra de un programa extraescolar con ese dinero.

Imagino que hay muchas más familias que la echan de menos.

—No creo que sea buena idea.

—Ya, les he dicho que todavía no le aconsejan visitas, pero todo el mundo quiere ayudarla. Todos la echamos de menos y deseamos que vuelva a la normalidad.

—Todos deseamos lo mismo —le replico.

Jax se yergue un poco, y el aire a nuestro alrededor cambia. Todo cambia cuando está cerca. Me vuelvo, y Brielle está justo al lado, con su vaso de agua.

—Hola.

—Brie.

Ella se vuelve hacia Jax y entrecierra ligeramente los ojos.

—Soy Brielle —se presenta, y le extiende una mano—. Estoy segura de que nos conocemos, pero no me acuerdo, así que agradezco que finjas por mi bien.

Jax asiente unas cuantas veces.

—Es un placer conocerte —le responde con suavidad—. Soy Jax.

Brielle abre mucho los ojos y da un paso atrás.

—¿Jax? Nos… Yo…

Siento su ansiedad como si fuera mía y me aproximo más a ella.

—¿Brielle? ¿Te encuentras bien?

—Sí, estoy bien. —Pestañea un par de veces y asiente. Le cambia el tono de voz y percibo felicidad en él—. Te recuerdo. Eres Jax. Trabajamos… ¿Creo que trabajamos juntos? Tú… ¿Tenías una canción? ¿O algo parecido? Creo.

Jax me mira y después desvía la mirada hacia Brie. Intervengo para asegurarme de que el muy idiota no diga nada.

—¿Qué es lo que recuerdas?

Posa sus ojos azul oscuro sobre los míos.

—Una canción sobre Jax y las habichuelas mágicas. Quizá no es él, pero recuerdo que era una tontería.

—¿Jack y las habichuelas mágicas? —le pregunto.

—No, era una parodia, y recuerdo que los niños y yo nos reíamos mucho.

No parece un recuerdo completo, pero es algo, que ya es mucho mejor que nada.

—¿Tengo razón? —le pregunta al chico. Jax sonríe.

—Sí, la escribí yo, y se la cantábamos a los niños.

La amenaza de Emmett sobre lo que pasaría si le contaba algo que no recordaba por sí misma me resuena en la mente.

—¿Es lo único que recuerdas?

Asiente.

—Es solo un fragmento, lo sé, no lo recuerdo todo, pero… es algo.

—Es algo.

Me vuelvo hacia Jax.

—Por favor, discúlpanos un momento.

Brielle desvía la mirada hacia él, se despide con la mano y después se vuelve hacia mí.

—Eso ha sido de mala educación.

—Quizá, pero nunca me ha caído bien ese tío.

—¿Estás celoso? —Brielle arquea una ceja.

—No. —Sí.

—He recordado la canción. La he recordado, y tenía razón.

—Así es. —La hago detenerse en el centro de la pista de baile y extiendo una mano hacia ella—. ¿Bailas conmigo?

Echa un vistazo a su alrededor.

—Es un poco difícil negarme, ya que me has traído hasta aquí y me has ofrecido la mano.

—¿Quieres negarte? —le pregunto justo cuando empieza a sonar la música.

—No, no quiero.

—Bien. —Le sonrío.

La última vez que bailamos fue dos noches antes del tiroteo. Estábamos en su apartamento, llevaba el anillo a salvo en el dedo y bailamos. No necesitamos música, tan solo nos mecíamos como si nos supiéramos todos los pasos y el ritmo en perfecta armonía.

Brielle me pasa los dedos por el vello de la nuca.

—Tienes el pelo largo.

—No he tenido tiempo de cortármelo.

—A veces me siento rara —comenta distraídamente—. No sé nada de tu vida durante los últimos tres años, no sé dónde has estado ni lo que has hecho aparte de lo que encontré en Internet.

—¿Me has buscado en Google? —Sonrío con suficiencia.

—No te lo tengas tan creído.

—No me lo tengo creído.

—Anda que no —me regaña.

—Vale, un poco.

Brielle sonríe.

—Solo quiero recuperar la memoria.

Yo también. Yo también, joder.

Brie suspira.

—¿Me explicarás por qué me has apartado de Jax?

Porque está enamorado de ti y no puede tenerte.

El otro motivo es porque, mientras hablaba con él, me han saltado todas las alarmas. Algo en su postura, en la forma de estructurar sus preguntas, me ha inquietado. Siempre ha estado colado por ella, pero hay algo en mi instinto que no consigue tranquilizarse. No deja de mirarla fijamente, como si esperara algo, y no me gusta.

—¿Qué más recuerdas de él?

La giro para ocultarla de su línea de visión.

—¿Por qué no me contestas a la pregunta?

Resoplo.

—Porque no me dejan.

Brielle vuelve la cabeza.

—Lo sé, pero… da igual. No recuerdo mucho de él, solo el nombre y la canción. Tenía la esperanza de… —Se interrumpe y se mordisquea el labio inferior.

—¿De qué?

Me mira con los ojos llenos de tristeza.

—Pensaba que esta noche vería a alguien o algo que me ayudaría a despejar la niebla. Es la razón por la que accedí a venir a esta ridícula cena.

—Yo esperaba lo mismo.

—Es una lástima que no haya funcionado. ¿Sabes una cosa? Hay días en los que desearía no recordar nada de mi pasado.

Abro los ojos como platos ante su confesión.

—¿Por qué?

—Porque así no me dolería tanto. No sabría lo increíble que era Isaac ni lo contenta que estaba cuando conseguí el trabajo al que ahora mismo no puedo dedicarme. No habría recordado a Henry ni me preocuparía quién me regaló el anillo misterioso. Podría empezar de cero. Podría construir una vida nueva sin que el pasado se cerniera sobre mí como si estuviera a punto de caer en cualquier momento. Y los destellos de recuerdos son lo peor. Son como cuando abres los ojos a la luz del sol y tienes que cerrar los párpados de golpe porque te deslumbras.

—Pues la próxima vez no los cierres, vuelve la cabeza y mírame a mí. Yo te protegeré del sol para que puedas seguir mirando.

La tristeza que le cubría su bonita mirada ha desaparecido, pero ha quedado algo más. Algo parecido al asombro y, Dios, daría lo que fuera para que siguiera ahí.

—Spencer, ¿podemos irnos?

—¿Adónde?

—Adonde sea. Solo quiero hablar, y tú eres la única persona que me hace sentir normal.

Por el rabillo del ojo veo que Emmett nos observa de brazos cruzados. No me importa nada más que ella. Me ha pedido algo, y nunca le negaré nada que me pida. Le contaría un millón de mentiras y después le suplicaría que me perdonara antes que alejarme de ella.

—Claro, vámonos.

Hace una noche preciosa. El cielo está despejado y el destello de las estrellas ofrece la promesa de deseos. Le envuelvo los hombros a Brie con mi abrigo y nos apoyamos en la barandilla de la terraza para contemplar el lago.

—¿Te acuerdas de aquella noche de febrero en la que Isaac saltó al lago? —me pregunta con una carcajada.

—Estaba muy cabreado por haber perdido la apuesta.

Brielle vuelve la cabeza con una sonrisa.

—Decir que estaba muy cabreado es quedarse corto.

—Igual que decir que pasó frío.

—Eso también. Aún no me creo que no lo dejaras salirse con la suya.

No se lo habría permitido ni de broma. Apostó a que yo no podía estar tres días sin decir que no. Bueno, pues lo conseguí, y tuvo que pagar por ello. Sabe Dios que yo pagué por todas las estupideces a las que accedí.

—¿Tú lo habrías hecho?

Sacude la cabeza.

—Ni de broma, igual que no te dejé salirte con la tuya cuando perdiste la apuesta contra mí.

—¿Cuál de ellas?

—¿Acaso importa? —me pregunta. No, supongo que no. Me alegra haberlas perdido todas últimamente—. ¿Te das cuenta de que en el grupo tenemos un problema con las apuestas?

—No son más que tonterías.

Se pasa los dedos por la cadena dorada que le cuelga del cuello.

—Algunas lo son. Otras son mucho más… personales.

—¿Como los besos y las citas?

—Como los besos y las citas. —Brielle suspira, y el pelo rubio le cae en cascada por la espalda cuando levanta la mirada hacia el cielo estrellado—. Aunque agradecí que me escribieras la redacción de inglés. Esa sí que valió la pena.

—Me había olvidado de eso.

—Saqué un sobresaliente —me recuerda.

—Pues claro que lo sacaste, o, bueno, que lo saqué.

Brie sonríe de oreja a oreja y desvía la mirada hacia el agua oscura.

—Sabes, aquí di mi primer beso. Fue horrible.

—Isaac le dio un puñetazo al chico.

Brie se queda boquiabierta.

—¿Por eso dejó de hablarme?

—Seguramente. Les contaba a otros críos en el cine que te había metido la lengua hasta la garganta y que te habías puesto a llorar. Me acerqué a él, lo agarré por la chaqueta y lo amenacé. Pero, antes de que le diera un puñetazo, Isaac hizo los honores.

Recuerdo haberme cabreado mucho por no haberle pegado yo. Esos niñatos se merecían una paliza por las gilipolleces que decían sobre ella y sus amigas.

—¡No tenía ni idea de que habíais sido vosotros!

—¿Ves? Hay cosas que sí puedo contarte.

—Eso no cuenta como el recuerdo que se supone que tienes que contarme.

—Lo sé, porque no es un recuerdo tuyo, sino un recordatorio de las malas decisiones que tomas con los hombres.

Brie se vuelve hacia mí.

—¿Y tú te incluyes en esa afirmación?

—¿Ahora soy uno de tus hombres?

Se encoge de hombros.

—Podrías serlo.

—¿Y qué tengo que hacer para que se me considere apto para el puesto?

—Primero tendrás que rellenar una solicitud, escribir una lista de recomendaciones y a lo mejor una redacción sobre por qué debería considerarte para el puesto.

Me inclino hacia ella.

—Tengo una razón muy buena que te gustará oír.

—Ah, ¿sí? ¿Cuál?

Tenemos las caras muy cerca, tanto que noto la calidez de su respiración en los labios.

—Soy muy muy bueno en la cama.

—Pues sí que es una buena razón —coincide—. Lo tendré en cuenta.

Me separo de ella y noto que el aire frío se cuela entre nosotros.

—Hazlo.

Sonríe, inhala y se envuelve todavía más con mi chaqueta. Después, se le abren mucho los ojos en un gesto de conmoción y los labios le tiemblan.

—¿Qué ocurre?

—Ese olor a puro…

Joder, joder. Soy un maldito idiota. Me he fumado un puro con Emmett cuando he llegado, el que siempre fumamos en ocasiones especiales. Un puro de los que recuerda haber saboreado, y uno del cual guarda el anillo en esa caja. Debería haberlo pensado. Debería haberme imaginado que sería un detonante. O tal vez Emmett tiene razón y lo único que quiero es que esta pesadilla acabe, así que hago cosas para presionarla. Soy un egoísta, porque echo de menos a *mi* Brielle. Echo de menos su amor, su contacto y todo lo que tenemos.

Se lleva las solapas de la chaqueta a la nariz y las olisquea otra vez. Su mirada se encuentra con la mía mientras espera una respuesta.

Calmo mi voz y finjo no tener ni idea de qué habla.

—Emmett y yo nos hemos fumado uno al llegar, ¿por qué?

—Huele igual. —Da un paso hacia mí—. Es el mismo olor y…

Veo el conflicto en su mirada, la disputa de emociones entre querer preguntarme más y saber que no puedo contárselo.

211

—¿El puro? —le pregunto.

Brie asiente.

—Sí, es el mismo sabor que noté en la lengua, ¿por qué?

Me encojo de hombros, como si no tuviera importancia, a pesar de que sí que la tiene.

—Los hemos comprado en la tienda del pueblo. Solo venden dos marcas.

Es otra mentira. Los puros son de Cuba, y sin duda no los venden en Oregón. Un amigo me regaló una caja cuando volvió de La Habana. La última vez que los fumamos fue cuando nació Elodie, que fue la primera noche en que Brielle y yo hicimos el amor.

—Claro, tiene sentido… Por supuesto. Tan solo pensaba que tal vez…

—¿Pensabas que a lo mejor el recuerdo era sobre mí?

Brielle, con el cuerpo rígido, desvía la mirada hacia el lago y se le escapa un suspiro profundo. Aumenta la tensión entre nosotros, y no sé qué es lo que nos hará estallar al final.

Sea lo que sea lo que sopesara, al final se decide, y sus ojos azules se encuentran con los míos, sin vacilación.

—Eso esperaba. No dejo de esperarlo y de querer saberlo, y necesito preguntártelo…: ¿me compraste tú el anillo de compromiso?

Capítulo veinte

Brielle

Me siento una estúpida. Sumamente ridícula, pero sí. Quiero que sea verdad. Quiero creer, aunque solo sea un minuto, que este patito feo se convirtió en cisne y consiguió al príncipe. Él siempre ha sido la luz que he buscado en la oscuridad.

He elegido las palabras con cuidado para asegurarme de expresarlo de forma que, con un poco de suerte, haga que responda a la pregunta para la que quiero respuestas. No puedo seguir esperando que lo que quiero ahora sea lo que tenía en el pasado, que lo que siento por él se deba a que mi corazón le pertenece. Es una locura, y necesito saber la verdad, por lo que me alegro de que Spencer no me mienta.

Intento prepararme para la respuesta.

Sonríe y sacude la cabeza.

—No, no fui yo.

Quiero llorar.

El olor del puro es tan fuerte y tan similar al olor del primer recuerdo… Y supongo que quería relacionarlo con él.

En lugar de dejar que se me escapen las lágrimas, me obligo a reír con suavidad.

—Ya imaginaba que no, habría sido una locura que estuviéramos juntos y nadie lo supiera.

—Ni de coña lo habríamos conseguido.

No, supongo que no. Spencer nunca le habría mentido a Isaac. Addy lo habría sabido, y se sorprendió mucho cuando encontré el anillo.

Pero, oh, cómo me gustaría…

Por muy de locos que parezca, no lo es. Spencer es la única persona de este mundo que siempre he creído que sería mi igual en todos los sentidos. Es con quien quiero hablar todas las mañanas y el hombre en el que pienso cuando me voy a dormir. Nunca he dejado de pensar en él, pero esta nueva versión de él no tiene sentido.

Por ejemplo, ¿por qué me besa así? ¿Cómo puede hacer que me olvide de todo el dolor y me haga sonreír cuando nunca hemos tenido esa clase de conexión? ¿Por qué noto su mirada posada sobre mí en todo momento? He luchado contra mí misma, he intentado con todas mis fuerzas restarle importancia, pero no dejo de pensar que hay algo entre nosotros.

—¿Hemos sido algo más?

—¿Por qué lo preguntas?

—Porque ¿qué habría cambiado en el último mes? ¿Por qué me verías de forma diferente de repente?

Spencer apoya la espalda en la barandilla y clava la mirada en la fiesta.

—Siempre te he visto de forma diferente, pero no era el momento indicado.

—¿Y ahora de pronto lo es? ¿Después de lo de Isaac? No tiene sentido.

—No lo sé… —admite.

El viento sopla con fuerza y me aprieto la chaqueta todavía más. Spencer se acerca a mí y me frota los brazos. Levanto la mirada hacia sus ojos verdes, deseando entenderlo.

—Me resulta muy difícil saber qué es la realidad y qué un sueño.

Me mira fijamente.

—¿A qué te refieres?

No le he contado nada a Spencer, pero ayer le hablé al doctor Girardo de mis sueños vívidos. Me despierto segurísima de que lo que he soñado ha sido un recuerdo. Tengo las manos de Spencer sobre el cuerpo, veo su sonrisa como en el sueño. Es como si todos mis sentidos estuvieran absortos en el sueño, y me he despertado más de una vez jadeando y deseándolo.

El doctor Girardo y yo desciframos el que tuve ayer, y señaló que los sucesos del sueño no estaban en orden. En un momento estoy besando a Spencer y al siguiente nos peleamos. Ambos creemos que podría ser un recuerdo sobre otra persona a la que he reemplazado por Spencer. Me comentó que, a menos que ocurra mientras estoy despierta, está de acuerdo con mi valoración: es una mezcla de sueños, recuerdos y sucesos, pero no queda claro qué es qué.

—Sueño contigo —le respondo. Deja de mover las manos, pero no me suelta—. Sueño que estamos juntos en la playa, como hace unas semanas. Sueño que cenamos en mi apartamento o que te escabulles por la mañana. Me despierto muy segura de que es real, pero creo que solo es porque deseo que lo sea. —Se le ha acelerado la respiración, y lo miro a los ojos mientras añado—: Dímelo, ¿es un recuerdo o un sueño?

—Puede ser el futuro —responde. Me sube las manos por los brazos hasta el cuello y me sostiene el rostro.

Se inclina hacia mí, y será la primera vez que me bese en público. Hay cientos de personas justo al otro lado del cristal. Cierro los ojos, lista para que pose sus labios sobre los míos.

—¡Brielle! ¡Brie! —me llama Charlie, y Spencer se aparta de mí un segundo antes de que ella doble la esquina—. ¡Aquí estás! Te he buscado por todas partes. Qué curioso verte también por aquí, Spencer.

—Charlie —la saluda él, y después se aclara la garganta—. Hemos salido a tomar el aire.

Charlie se ríe.

—Claro que sí. No soy idiota. Os habéis dado cuenta de que el establecimiento tiene muchísimas ventanas, ¿verdad?

—No íbamos...

—No me importa lo que hagáis, solo he salido a deteneros antes de que todo el mundo os viera besándoos. Todos sabemos cómo reacciona la gente ante ciertas cosas. Así que ya podéis reír de la desternillante broma que acabo de contaros. —Ninguno de los dos lo hacemos, así que arquea las cejas—. Venga.

Spencer y yo sonreímos y después fingimos una risa.

—De acuerdo.

—Ahora, Spencer, entra a por el bolso de Brielle porque la pobre tiene dolor de cabeza. Lo mejor es que la lleves a casa.

Este asiente y se larga.

—¿Tan malo es? —le pregunto, nerviosa.

—No, solo hemos tenido que calmar un poco a Emmett. Gruño.

—¿Y por qué se ha cabreado?

Charlie arquea una ceja.

—Cielo, no recuerdas una parte importante de tu vida, y todo el mundo intenta proteger tu testimonio. A Emmett ya le han dicho que está en desventaja porque no hay pruebas que apunten a un sospechoso. Tienen todas las esperanzas puestas en ti; no quiere darle ningún tipo de munición a la defensa.

—¿Y qué tiene que ver eso con Spencer?

Esboza una sonrisa suave, pero hay un poco de desaprobación en ella.

—No es la mejor imagen, no cuando a la fiscal del distrito ya no le parece bien que Spencer te ayude. El protocolo habitual sería que trabajaras con el doctor Girardo.

—Yo le he pedido que me ayude.

—Y no estás legalmente obligada a hacer lo que establece el protocolo, pero tienes a un equipo de personas que quiere protegerte, y también obtener justicia para alguien a quien todos queríais. Además, Emmett ha estado en la guerra y ha visto muchas cosas traumáticas. Ha visto morir a gente a la que quería, y eso nunca es fácil, pero, cuando sales de la mentalidad de la guerra, no esperas ver cómo disparan a un amigo en casa. Creo que todos están preocupados.

—No hay nadie que desee más atrapar al asesino de mi hermano que yo. —Y, justo después de decirlo, me siento molesta conmigo misma, porque no dejo de obligar a la gente a responder preguntas a las que sé que no pueden responder.

Como si me leyera el pensamiento, Charlie me dedica una sonrisa leve.

—Lo sé. Vuelve al apartamento, relájate y deja que el pueblo celebre. Mañana todo estará bien. Y lleva siempre las llaves contigo. Si hubiera ocurrido algo aquí fuera, no nos habrían alertado hasta que fuera demasiado tarde. Deberías llevar el botón del pánico a todas partes.

Tiene razón.

—Lo siento.

—No lo sientas. El objetivo es protegerte; deja que nos encarguemos nosotros. No tenemos ni idea de si el asesino sigue aquí, y queremos que siempre estés protegida, pase lo que pase.

—Vale.

Spencer sale con mi bolso.

—Lo siento, tenía que… hablar con un amigo.

Charlie sonríe con suficiencia.

—Y supongo que ese amigo tenía algún consejito que darte.

—Tú siempre tan observadora, Charlie.

La mujer se vuelve hacia mí.

—Sí, hay que ser muy observadora para darse cuenta de eso.

—¿Estás lista? —me pregunta Spencer.

Me aferro a su brazo y caminamos hasta el coche sin mediar palabra.

El trayecto de vuelta a casa no dura más de nueve minutos, pero, gracias al silencio incómodo del coche, me parece que ha pasado un año. Trato sin cesar de averiguar qué decir, pero nada me sirve. Charlie tiene razón. No estoy bien. Me faltan muchos recuerdos, y tengo que acordarme de todo. No puedo iniciar una relación, ni siquiera si esta es la que he deseado toda la vida, mientras estoy así.

Rota.

Dañada.

Asustada.

Spencer ya ha tenido que soportar actitudes similares de otras mujeres de su vida. Existe la posibilidad de que recupere la memoria y recuerde al hombre al que quizá amaba. Y, entonces, ¿qué? Si recuerdo lo feliz que era y quiero recuperarlo, a Spencer de nuevo lo abandonará una mujer.

Luego pienso en el otro hombre que quizá existe, ¿qué pasa con él? No sé quién es ni por qué no ha intentado encontrarme todavía, aunque, por lo que sé, tiene un muy buen motivo para estar ausente. ¿Sería justo para él que persiguiera lo que sea que estoy empezando con Spencer?

Para nada.

Aparca el coche y ninguno de los dos nos movemos, casi como si supiéramos que la noche ha dado un giro.

Debería decir algo. Quiero hacerlo, pero no puedo.

—No sé qué haremos a partir de ahora. —La voz de Spencer retumba en el silencio.

—Yo tampoco lo sé.

—Sé lo que quiero. Sé lo que deseo.

—Lo que queremos y deseamos no siempre es lo correcto, y eso es lo que importa —le digo, pero algo en estas palabras me inquieta. Como si ya las hubiera oído antes. Como si… ya lo supiera.

La mirada de Spencer se encuentra con la mía en la oscuridad. La única luz que ilumina el espacio es la luna a sus espaldas.

—¿Qué?

—¿Qué? —repito la pregunta.

—¿Qué acabas de decir?

Dios, ¿y si lo estoy citando a él? Empiezo a preguntarme si fue así, porque suena a algo que él diría.

—Lo he oído antes.

—¿Cuándo? —espeta las palabras como una bala, rápido y con fuerza.

—No lo sé. Solo… lo he dicho, y después me ha dado la sensación de que me sonaba de algo.

Se vuelve y mira a la carretera.

—Me estoy esforzando mucho por hacer lo correcto, lo que ambos sabemos que tenemos que hacer. No podemos seguir con este baile, Brie. Nunca debería haber permitido que pasara.

—¿Qué baile? ¿Es que no lo ves? Yo ni siquiera me sé los pasos.

—¡Esa es la cuestión! Nunca debería haber dejado que pasara. Tú eres… Y yo… Isaac se merece más. Se merecía mucho más de lo que estoy haciendo ahora mismo.

—¿De qué hablas, Spencer?

—Nunca debería haberte besado. No debería pensar en ti, soñar contigo ni buscar motivos para estar cerca de ti. Nunca debería haberte hecho promesas sobre recuerdos o besos o citas. Así no. No cuando tienes que lidiar con todo esto. No cuando perdí a mi mejor amigo hace un mes, joder. No cuando sé…

—¿Qué sabes?

No me responde; sale del coche, lo rodea para llegar hasta mi lado y abre la puerta de un tirón.

Ya he tenido bastante. De todo. Me niego a moverme. Me cruzo de brazos y me quedo en el coche, muy consciente de que parezco una idiota.

—Sal del coche, Brie.

—No hasta que hayamos terminado de hablar.

Spencer suspira profundamente.

—Ya hemos terminado.

—No, tú has terminado. Tú lo has decidido, pero yo no estoy de acuerdo.

—Sal del maldito coche.

Lo único que sé con seguridad es que, pase lo que pase, estoy a salvo. Él nunca me haría daño. A lo mejor le gustaría estrangularme ahora mismo, pero se moriría antes de hacerle daño a alguien a quien quiere.

—Puedes volver a entrar en el coche o… —Meto la mano en el bolso y saco las llaves— puedes entrar en casa si quieres y esperar hasta que decida que estoy lista.

Se le escapa una carcajada.

—¿Estás de coña?

—No lo estoy. Tú ya has acabado de hablar, pero yo quiero que me cuentes qué ha pasado entre que casi me has besado en la fiesta de los premios y ahora.

Se inclina hacia el interior del coche y, en un primer momento, pienso que me sacará a la fuerza, pero me arranca las llaves de la mano y se dirige a la casa.

—¿Quinn? ¿Puedes vigilarla?

Oigo el sonido de un búho como respuesta.

—¡Gracias! —responde Spencer, y levanta una mano.

Uf. Este hombre... De verdad me dejará sola en el coche, de noche y sin las llaves. ¡Mierda! Se ha llevado el botón del pánico. Ahora soy yo la que lo estrangularé.

Salgo del coche, cierro de un portazo con la esperanza de romper el espejo o algo por el estilo y oigo el pitido de la cerradura tras dar el primer paso hacia él.

—¡Spencer! —le grito, consciente de que el muy imbécil me oye perfectamente—. ¡Te mataré!

Corro hacia el edificio a toda prisa mientras mascullo todas las formas en que tomaré represalias. Abro la puerta del apartamento de un empujón, dispuesta a desatar la ira del infierno, pero me espera en el vestíbulo, y veo algo en sus ojos que me hace detenerme en seco.

La atracción innegable que hay entre nosotros me llama, y no puedo respirar. Lo deseo. Estoy enfadada y confundida y todo lo demás, pero, por encima de todo, siento desesperación por el hombre que tengo delante.

Lanzo el bolso al suelo y recorro la distancia a zancadas al mismo tiempo que él se acerca a mí. Nos abrazamos y nuestras bocas se encuentran. Es demasiado y no suficiente al mismo tiempo. Necesito sentir el contacto de su piel, sentir su sabor, inhalarlo para sentirme de nuevo completa.

Spencer aumenta la intensidad del beso y desliza su lengua cálida contra la mía. Me recorre la espalda con las manos antes de bajarme la cremallera, y yo empiezo a desabrocharle la camisa. Me da igual que nada tenga sentido, porque no es necesario que lo tenga. Es Spencer, y es lo que necesito.

—Dime que pare, Brielle —me suplica.

—Nunca.

No le doy la oportunidad de que me pida nada más; lo beso con más ganas y le bajo la chaqueta y la camisa por los hombros de un tirón mientras admiro las dimensiones y la fuerza de su cuerpo. Pensamos demasiado, y estoy cansada de hacerlo.

No me quita el vestido, solo me lo deja abierto y extiende los dedos por mi espalda desnuda, y me acerca más a él.

Me aparto de él con la intención de introducir las manos entre nosotros, con miedo a que el momento acabe.

—Relájate, cariño —me dice Spencer entre jadeos—. ¿Qué quieres que haga? ¿Qué quieres, Brie?

Cuando estoy a punto de responderle, noto una punzada de dolor en la cabeza. Me aparto de él de golpe y él me suelta. El dolor es tan abrumador y agudo que no oigo nada. Cierro los ojos para luchar contra la agonía, y después desaparece. Se ha aligerado la niebla y veo partes de algo.

Hace calor, el sol todavía no ha salido del todo, pero el calor es constante. Isaac y yo estamos en un aparcamiento y hablamos y bromeamos sobre algo. Oigo su voz y lo veo sonreír mientras salimos del coche.

—No —me digo a mí misma, y probablemente también en voz alta—. No puedo.

—¿Qué quieres que haga? —me pregunta Isaac—. ¿Brie?

—Deja que me ocupe yo —le respondo.

Después, todo está borroso otra vez.

Lucho por quedarme en el recuerdo, por ver una cara o recordar un nombre, pero no consigo parar las náuseas ni la ansiedad que me inunda el pecho. Es importante. Es un recuerdo, y lo necesito.

—¡Brielle! —me grita Spencer, pero lo ignoro y me obligo a quedarme en el recuerdo, sin importar lo doloroso que sea.

Me dejo caer al suelo y me sujeto la cabeza entre las manos para taparme los oídos. Mi hermano rodea el coche e intenta llegar hasta mí. Hay un hombre. Grita, pero no entiendo qué dice. Tiene el rostro difuminado por la luz del sol y, cuanto más intento verlo, más aumenta el brillo. Se oyen más gritos. Más voces graves, y la súplica de Isaac cuando el otro hombre saca una pistola. El destello del sol se refleja en el cañón mientras lo mueven de izquierda a derecha. Doy un paso hacia el desconocido, pero Isaac me agarra por una muñeca y me llama por mi nombre. Intenta ponerse delante de mí. El dolor de cabeza aumenta, y lucho por ver más, por alcanzar a Isaac, pero después no queda nada.

Me tiembla el cuerpo y tengo las mejillas surcadas de lágrimas. El dolor de haber visto el rostro de Isaac en esos destellos es demasiado. Estaba ahí, pero no he conseguido ver lo que más necesitaba. Ni siquiera sé en qué aparcamiento estábamos.

Vuelvo en mí despacio y otras palabras se hacen nítidas.

—Por favor, cariño, dime algo. —A Spencer le tiembla la voz y habla casi en un susurro. Sus brazos son los tornillos que mantienen todos mis pedazos rotos unidos.

—¡La he visto! ¡La he… visto! —chillo mientras Spencer me mece en sus brazos.

—Dime qué has visto. —Se le quiebra la voz y noto que su miedo se entremezcla con el mío.

—La pistola. He visto la pistola. Lo he visto agarrarme y llamarme.

—¿Has visto quién fue?

—No —sollozo—. No he podido.

—No pasa nada, Brielle. No te preocupes. Estás a salvo, y no pasa nada.

Pero sí que pasa. He estado muy cerca. He visto un recuerdo, el más importante, pero no me he acordado de todo.

Spencer me rodea con los brazos, y lo único que veo es el rostro de Isaac. El miedo y la preocupación mientras se acercaba a mí. Oigo su voz, su determinación por no dejar que nada me haga daño. Quería llegar hasta él, decirle que corriera y se salvara, que viviera por Addy y Elodie. Recuerdo el pánico que

222

sentí al pensar en no volver a ver a la gente a la que quería, en que moriríamos los dos.

Me golpea otra oleada de dolor. Levanto la vista para mirarlo a los ojos y las lágrimas me impiden verlo bien.

—Ayúdame a olvidar —le suplico.

—Brie...

Sacudo la cabeza. No quiero que me rechace ni sentir nada más aparte de seguridad. Le poso una mano en la nuca y atraigo sus labios hacia los míos.

—Por favor, ayúdame a olvidar. Quítame el dolor.

O puede que me ahogue en él.

Capítulo veintiuno

Spencer

Ha fundido su boca con la mía para evitar que me niegue.

Si soy sincero conmigo mismo, podría pararla si quisiera.

Pero no quiero.

No quiero pararla, ni quiero parar esto. Quiero perderme en sus caricias. La quiero tantísimo que me desgarra por dentro.

Emmett me ha cantado las cuarenta antes de que nos fuéramos, me ha dicho que teníamos que hablar muy seriamente, y muy pronto. Se ha fijado en la forma en que la miro, en cosas que pensaba que había ocultado, pero no tiene ni idea de que Brielle es lo primero en años que me ha hecho sentir vivo y merecedor de amor.

Nunca me ha visto solo como un hombre con un premio y un buen sueldo. Ve las grietas y las partes rotas que hay en mí, y me quiere aún más por ellas.

Ahora es ella la que está rota, y quizá no se me permite ayudarla a recomponerse como ella hizo conmigo, pero esto sí que puedo hacerlo. Puedo darle lo que me pide, que es algo que los dos necesitamos, y después iré derechito al infierno.

Me apoya sus pequeñas manos en el pecho y me empuja hacia el suelo. Caigo de espaldas y se me pone encima.

—Brie —le susurro, para pedirle más y que pare al mismo tiempo.

—Nada de hablar. Por favor. No…

Enredo una mano en su pelo y agarro los mechones rubios y sedosos con los dedos. Atraigo su boca de nuevo hacia la mía y gime. Dejo que nos guíe ella para darle el control que sé que quiere.

A mí me ocurrió lo mismo cuando volví del último encargo. Ya no sabía quién era ni cómo procesar lo que había visto, y necesitaba algo… y a alguien que me devolviera ese control. Fue ella. Y, ahora, yo haré lo mismo.

La beso con más intensidad y la muevo un poco para sentir el calor de su centro. Cuando la levanto y rozo el punto en el que sé que me necesita, gime.

—Spencer. —Brielle pronuncia mi nombre con suavidad.

La agarro por las caderas y me apoya las manos en el pecho, de modo que está sentada como una maldita reina encima de mí. Tiene la mirada posada sobre la mía y el color zafiro de sus ojos se vuelve líquido por el deseo. Le subo un poco el dobladillo del vestido y le acaricio la piel suave con los dedos.

—Sea lo que sea lo que quieras, te lo daré —le prometo.

—A ti, te quiero a ti.

Eso no tiene que pedírmelo. Soy suyo y siempre lo seré. La amo con todo mi ser. Nunca le negaré nada, y no me importan las consecuencias.

—Pues toma lo que quieras —le insisto.

Se remueve para subirme la camiseta interior y le suelto las caderas el tiempo suficiente para quitármela. No importa que hayamos hecho el amor cientos de veces, porque, ahora mismo, es como si fuera de nuevo la primera vez.

Recuerdo la sorpresa que sentimos los dos. Cómo lo deseábamos y, al mismo tiempo, nos preocupaba. Se suponía que nunca debía pasar nada entre Brielle y yo. No estábamos predestinados. No, éramos amigos que nos convertimos en mucho más.

Le coloco el pelo rubio detrás de la oreja.

—¿Eso es todo? —le pregunto. Sacude la cabeza mientras se mordisquea el labio—. ¿No? ¿Qué más?

Brielle esboza una sonrisa coqueta y después se inclina hasta que estamos cara a cara y su pelo crea un velo a nuestro alrededor. Posa sus labios sobre los míos mientras desliza las

225

manos desde mis hombros por los brazos hasta entrelazar nuestros dedos.

Estoy a su merced. Como lo estoy desde hace muchísimo tiempo.

Demasiado pronto, se incorpora y se deja caer a mi lado.

—Quítate los pantalones —me ordena.

—¿Y tú? Estaré desnudo y tú aún llevarás el vestido.

Se pone en pie y yo hago lo mismo. Me desabrocho el cinturón, el botón y después bajo la cremallera. No le doy exactamente lo que pide todavía. Quiero verla, necesito verla. He echado de menos esto: la actitud juguetona que compartimos, la confianza que tenemos, el descaro con el que nos tratamos.

—No te los has quitado —me replica Brielle.

Los pantalones me cuelgan de las caderas, pero no me muevo para quitármelos.

—Pues no.

—¿Por qué no?

—Porque creo… —le digo con la voz grave y ronca tras dar un paso hacia ella—. Creo que necesito algo de ayuda.

—Ah, ¿sí? —pregunta Brie con una sonrisa radiante.

—Eso creo. ¿Crees que podrías…? —Deslizo un dedo desde su garganta hasta su escote sin apenas tocarla.

—¿Si podría qué?

Le tiembla la voz, y yo disfruto de la sensación. Me acerco más a ella y le rozo la oreja con los labios.

—¿Ayudarme a quitármelos?

Sus manos están ahí un segundo después, y me introduce el pulgar en el dobladillo de los calzoncillos. Después, ya no hay prendas que me separen de ella, solo el aire frío.

Brielle da un paso atrás y me recorre la piel con la mirada poco a poco, hasta llegar al pene.

—¿Te gusta lo que ves? —le pregunto.

—Muchísimo.

—Ahora quítate el vestido —le ordeno. Sube los dedos hasta los tirantes, pero cambio de opinión—. Para. —Me mira a los ojos al instante—. Quiero hacerlo yo —le explico—.

Deja que te desnude, que te quite la ropa y contemple cada centímetro de ti.

—Spencer.

Oír mi nombre en sus labios es el paraíso.

—Voy a hacer que olvides todo lo que hay en este mundo excepto a mí, ¿entendido? —Asiente—. Bien.

Porque si esto es lo único que pasará entre nosotros a partir de ahora, haré que valga la pena.

Capítulo veintidós

Brielle

Me tiemblan las piernas, pero tenso los músculos para que no lo note. Spencer se acerca a mí como si fuera su presa. Es fuerte, *sexy* y, aunque pensaba que yo llevaba el control, es evidente que ya no.

Es lo que necesito.

No quiero pensar más. Quiero sentir y perderme en él, porque, de todos modos, él es lo único que me mantiene a flote.

Me apoya los pulgares en la clavícula y me acaricia durante unos segundos.

—¿Estás nerviosa, cariño?

—No. —Es mentira, pero no quiero que pare. Estoy nerviosa, pero no por el hecho de estar con él. Me preocupa parecerle insuficiente. No soy como las modelos a las que está acostumbrado. Mi cuerpo está muy lejos de ser perfecto. Tengo bultos y cicatrices. Tengo estrías en las caderas desde el verano del primer año de instituto, cuando aumenté cinco centímetros. No soy perfecta. Tengo defectos.

—Nosotros no nos mentimos —responde, y repite la promesa que siempre compartimos.

Me desliza la tira del hombro derecho con una mano, y se me acelera el corazón.

—No estoy… nerviosa. Solo quiero ser lo bastante buena, quiero que te guste lo que veas.

Eso hace que se detenga y me sujete el rostro con ternura.

—Eres perfecta, ¿me oyes? Soy yo el que no es lo bastante bueno para ti, Brielle. Eres Eva, y yo he entrado en el jardín cuando no debería haberlo hecho. Estoy listo para talar todo el árbol porque sé que la tentación no es la manzana, sino tú. No lo ves, pero soy yo quien no merece este momento.

—Si soy Eva, deberías saber que no quiero la manzana; te quiero a ti. Quiero la serpiente y el pecado y la promesa de futuro.

Spencer me acaricia los labios con el pulgar.

—Quiero la manzana y, si solo puedo probarla esta noche, pues que Dios me ayude, porque nunca volveré a ser el mismo.

Lo agarro por las muñecas para sujetarlo igual que él me sujeta a mí.

—Pues acepta lo que te ofrezco y ya nos preocuparemos del resto después.

Apoya su frente contra la mía y cierra los ojos. Me da un beso suave y yo le rodeo el cuello con los brazos, después, me coge en brazos y me lleva hasta el dormitorio. Spencer me deja en el suelo, delante de la cama.

Sin decir nada, desliza los tirantes por mis brazos y deja que el vestido caiga al suelo.

Doy un paso para apartarme de él con los tacones todavía puestos. Me inclina la barbilla hacia arriba.

—Ni siquiera tengo que mirarte para saber lo deslumbrante que eres. Me gusta cada parte de ti, cada peca, cada cicatriz; en cada imperfección que ves, yo veo belleza.

Creo que me he derretido un poquito.

Me pongo de puntillas y lo beso, porque no hay palabras que puedan compararse con lo que me ha dicho. Me devuelve el beso mientras me empuja hacia la cama, me desabrocha el sujetador sin tirantes y lo lanza a un lado.

—Quiero que estés completamente desnuda, Brielle.

Me bajo la ropa interior y me remuevo para quitármela y cumplir lo que desea.

Spencer me agarra por los muslos, me levanta en brazos y me tumba en la cama. Se queda de pie, mirándome con la erección en plena potencia. Resisto la tentación de taparme, pero, aunque quisiera, no podría negar el deseo que veo en sus ojos. Está hambriento y yo soy el menú.

Menos mal.

—La próxima vez, quiero que te dejes los zapatos puestos. Pero hoy… —Me quita uno de los tacones y me da un beso en el tobillo— quiero que estés cómoda. —Me saca el otro y me acaricia el gemelo con el pulgar en dirección ascendente. Podría morir de placer. Me deja caer la pierna y se acerca a mí a gatas—. He pensado en este momento durante semanas —confiesa—. Te he imaginado desnuda ante mí, esperando a que te haga mía, a que te ame, a que te dé tanto placer que no puedas hacer nada más que aceptarlo. ¿Te apetece, amor?

Asiento.

—Muchísimo.

—Siéntate contra el cabecero —me ordena. Cuando hago lo que me pide, sonríe—. Quiero que mires. Quiero que lo veas todo. Aquí no hay oscuridad, solo luz.

Quiero llorar. El corazón me late con mucha fuerza porque me lo está dando todo. No solo sexo, para el cual estoy completamente lista, sino también la oportunidad de evitar lo que me obsesiona. A todos mis recuerdos los rodea una neblina negra, pero, en este momento, no habrá neblina y no tendré que luchar para desprenderme de ella. Me está dando la oportunidad de verlo todo.

Me separa las rodillas y me besa el interior del gemelo, después la rodilla y luego el muslo. Me lame la piel sensible antes de soplar con suavidad. Después asciende poco a poco, y se asegura de que lo mire en todo momento. Si no estuviera apoyada en el cabecero, el primer movimiento de su lengua habría hecho que me derritiera contra la cama.

Gimo su nombre y le entierro los dedos en el pelo para evitar que se mueva. Spencer me lame y traza círculos en mi clítoris con diversos niveles de presión. Me vuelve loca de placer, y soy incapaz de hacer nada más que dejar que asuma el control de mi cuerpo. Madre mía, observarlo es excitante. Cuando sus ojos verdes se posan sobre los míos, siento que podría correrme en ese mismo momento. La intensidad de su mirada me vuelve loca.

Inclina la cabeza de un lado al otro, me lame y me chupa, y mueve la lengua en círculos. No podré soportarlo mucho más. La intimidad de este momento es demasiado, y hace que me sienta de maravilla.

—Estoy muy cerca —murmuro—. Muy cerca.

—Déjate llevar, yo estaré aquí para mantenerte de una pieza.

Me introduce un dedo mientras su boca no deja de moverse, chuparme y lamerme el clítoris con más intensidad. Quiero dejarme llevar, desmoronarme en sus brazos, porque es lo que siempre he deseado. Que sea él quien me sostenga.

El clímax se acerca, y me tiemblan las piernas. No puedo resistirme, no *quiero* resistirme, así que me dejo caer en picado. Me golpea una oleada de placer tras otra, que se llevan con ellas la tristeza y la ansiedad y me dejan en carne viva y saciada.

Me tira de las caderas para que me tumbe sobre la cama y se sitúa sobre mí.

—Estás preciosa cuando te corres.

—Tú haces que me sienta preciosa.

—Mírame, Brielle. —Vuelvo la cabeza hacia él—. Quiero hacerte el amor, pero necesito que me digas que esto es lo que deseas.

Qué tontería. Es todo lo que quiero, es mi fantasía haciéndose realidad.

—Más que nada en el mundo.

Alarga un brazo hasta el cajón de la izquierda, coge un condón y se lo pone. Cuando vuelve a estar encima de mí, empuja hacia adelante solo un poco. No quiero esperar. No quiero que dude. Le rodeo la cintura con las piernas y levanto las caderas.

—Spencer, ahora.

Se introduce hasta el fondo en una embestida. Los dos lanzamos un grito ahogado, y me aprieto alrededor de su cuerpo. Es increíble. Nunca me habría imaginado que encajaría tan perfectamente en mi interior, como si estuviera hecho para mí.

—Madre mía —murmura—. Joder, es... es...

—Perfecto —termino su frase.

Toma mi boca en un beso ardiente, y ya no hay palabras, porque marca un ritmo que no deja espacio para hablar. Lo único que se oye son nuestros jadeos y el roce de una piel con la otra. El sudor le perla la frente, y veo cómo se contiene, porque quiere que esto dure para siempre.

Le empujo el pecho, pues quiero recuperar el mando, quiero ser yo la que haga que pierda el control. Se deja caer de espaldas y me arrastra con él. Ahora estoy encima y me deslizo sobre su polla. Le apoyo las manos en el pecho y me muevo despacio. La fricción en el clítoris hace que vuelva a acercarme al orgasmo.

Spencer me clava los dedos en las caderas para urgirme a cabalgarlo un poco más rápido. Cuando me muevo al ritmo que desea, me agarra los pechos. Sus dedos expertos me tocan justo como necesito, los amasa antes de pellizcarme y tirar de los pezones de forma juguetona.

—Por favor —consigo pronunciar—. No pares.

—Sé que estás cerca. Noto cómo tu coño estrecho y cálido me aprieta la polla. Quieres correrte otra vez, tu cuerpo lo sabe…

—Sí —gimo.

Se mueve para introducir un dedo entre nuestros cuerpos y me masajea de nuevo el clítoris. Es increíble y doloroso a partes iguales. Estoy agotada y abrumada. Es demasiado. No puedo hacerlo otra vez, pero Spencer está decidido.

—Sigue, Brielle. Eres libre de hacer lo que quieras, soy todo tuyo. Toma el control, cariño. Toma lo que necesites.

Grito, incapaz de contenerme cuando me golpea el segundo orgasmo. Me derrumbo hacia adelante, pero ahí está para sujetarme contra él. Levanta las caderas para follarme desde abajo y después gruñe mi nombre contra mi pelo mientras se corre dentro de mí.

Me tumbo sobre su pecho, incapaz de moverme aunque quisiera, y no quiero. Ha sido lo más increíble que he experimentado nunca.

Me aparta el pelo a un lado y me da un beso en la nariz.

—¿Estás bien?

—¿Eh?

Se ríe.

—Me lo tomaré como un sí.

—Ajá.

Al parecer, a partir de ahora solo podré expresarme con sonidos.

Spencer me acaricia la espalda con los dedos.

—Tengo que limpiarme.

—Ehh.

No quiero moverme, quiero quedarme así para siempre.

Ríe de nuevo y después me aparta a un lado. Me dejo caer, porque mis extremidades se niegan a cooperar. Cierro los ojos durante un segundo para asimilar todo lo que ha pasado, pero no consigo pensar demasiado porque, de repente, todo está oscuro y tranquilo.

Lo primero en lo que me fijo es en que hace calor. Mucho calor. Como si hubiera apagado el aire y dejado las ventanas abiertas al calor del verano.

Después me doy cuenta de que estoy desnuda.

Estoy desnuda porque me acosté con alguien. Fue increíble. Un sexo superimpresionante con Spencer.

La noche anterior, el baile, el recuerdo y las horas increíbles que vinieron después estuvieron dominadas por Spencer Cross.

Caí rendida, pero supongo que me arropó y luego me abrazó. No me he pasado toda la noche soñando ni me he despertado diez veces. He dormido del tirón, y ahora sé que es porque él estaba conmigo y ha mantenido los demonios a raya.

—Buenos días —me saluda al oído con voz ronca.

Sonrío y me vuelvo a mirarlo.

—Buenos días.

—¿Has dormido?

—Sí, ¿y tú?

—Como un bebé —responde, y me aparta el pelo hacia atrás—. ¿Estás bien?

—¿Lo dices por lo que pasó anoche?

Se le curvan las comisuras de los labios.

—Sí.

—¿Qué parte? ¿El sexo o el recuerdo?

—Las dos.

Emito un suspiro leve y me encojo de hombros.

—Estoy procesándolo todo. Aún estoy un poco abrumada por el recuerdo, pero también muy decidida. Y, en cuanto a nosotros, estoy feliz y aterrada a partes iguales.

—No quiero que tengas miedo.

—Lo que más miedo me da es que no vuelva a pasar. Que recupere la memoria y no recuerde nada de lo que deseo ahora mismo. —Hago una pausa y espero a que me diga algo que me dé confianza, porque no dejo de abrirme a él, pero no sé cómo se siente. Cuando no dice nada, insisto—: Por favor, di algo.

—No sé muy bien qué decir.

Eso no me sirve, quiero responder.

—De acuerdo.

—Yo también lo estoy procesando. —Spencer sacude la cabeza—. Eso es todo. Tenemos que ir paso a paso.

—Ya… Lo entiendo, tienes razón.

Soy una estúpida. Intento salir de la cama, pero se aferra a mí.

—Brie, detente. Me refiero a que no te presionaré. No te pediré que me prometas ni concedas nada hasta que recuerdes tu pasado. Lo de anoche fue increíble, la parte del sexo.

Suelto el aire que había contenido hasta entonces.

—Vale, tienes razón. Quiero llamar al doctor Girardo y para saber si puede recibirme. Me dijo que, cuando el cerebro recuerda algún destello, lo mejor es que vaya a verlo lo más pronto posible. A lo mejor puede ayudarme a sacar algo más.

—Llámalo e iremos ahora mismo. —Sale de la cama y me tomo un segundo para admirarle el cuerpo.

Dios, gracias.

Me pilla mirándolo y desvío la mirada. Me arden las mejillas mientras salgo de la cama. Llamo al doctor Girardo y me cita en su despacho en treinta minutos, así que Spencer y yo nos damos una ducha rápida y nos vestimos, e intento no reírme por el hecho de que tenga que volver a ponerse el esmoquin.

Sí, será muy incómodo, pero no tenemos tiempo de ir a su casa para que se cambie.

Salimos del apartamento cogidos de la mano y vemos que Emmett, que también lleva aún el traje de la noche anterior, camina hacia nosotros.

Se para en seco.

Nos detenemos.

Mira a Spencer.

—¿Has pasado la noche aquí?

—No es asunto tuyo —le replica Spencer.

A Emmett se le hinchan las narinas y sacude la cabeza.

—No puedo creerme que pongas en riesgo el caso de tu mejor amigo, que te importen una mierda Isaac, Addy y Elodie y que seas incapaz de hacer lo correcto. ¿Crees que esto está bien? Lo arriesgarás todo, ¿y por qué?

Ahogo un grito.

—Emmett, para. ¿Qué narices te ocurre?

Se vuelve hacia mí.

—Eres la única testigo, Brielle, y Spencer sabe que lo que hace podría poner en riesgo tu testimonio. Hemos seguido cuatro pistas y todas y cada una de ellas han caído en saco roto. Hemos revisado cada ángulo, cada cámara, cada prueba, y no hemos encontrado nada. Así que, si por un momento creen que tus recuerdos no son reales, se acabó.

Spencer me suelta la mano y da un paso hacia Emmett.

—No tienes que añadirle más presión de la que ya tiene. Todo el mundo sabe lo que ocurre, pero Isaac está muerto. Quería a su hermana y nunca habría querido que sufriera, ni siquiera por él.

Se me llenan los ojos de lágrimas al verlos pelear.

—Parad ya —les grito—. Spencer se quedó conmigo anoche porque lo necesitaba. Me quedé destrozada después de lo último que recordé. Tenía miedo, y quiso estar ahí para mí. Lo que decidamos hacer no depende de ti, Em. Depende de mí y de él. Sé que no es lo mejor para el caso, pero yo no solo soy el caso. También tengo que lidiar con mi propia vida, y no puedo hacerlo si estoy en una burbuja. —Me vuelvo hacia Spencer—. Es tu mejor amigo, y también está de luto. Todos lo estamos. Los dos tenéis que entenderlo y no comportaros como lo hacéis.

Emmett se frota la cara.

—Lo único que quiero es resolverlo.

—Ya lo sé. Todos queremos saber la verdad, pero no podéis saltar todo el tiempo a la yugular del otro.

—¿Has dicho que has recordado algo? —pregunta Emmett, aunque aún no es capaz de mirar a Spencer. Los hombres son unos cabezotas.

—Sí, vi el asesinato, pero no recuerdo la cara del que lo cometió. El recuerdo estaba borroso, pero… Me afectó. Aún me afecta.

Me impactó. Estaba ahí. Lo vi todo y nada al mismo tiempo. Tenía muchísimo miedo, sentí cómo el corazón me latía a mil por hora cuando levantaron la pistola. El dolor cuando me golpearon el cráneo con la culata. El sonido del disparo.

Me tiemblan las manos como si estuviera ocurriendo ahora mismo. Spencer se pone delante de Emmett.

—Ya ha pasado por mucho, no necesita que nos comportemos como unos capullos.

—Lo sé, tienes razón. —Emmett se acerca a mí—. Brie, lo siento muchísimo.

—No pasa nada, sé que lo haces con buena intención. Vamos a ver al psicólogo, pero te contaré más cuando volvamos, ¿vale?

—Por supuesto.

Spencer me pone una mano en la espalda y nos dirigimos al coche. Antes de encender el motor y salir del aparcamiento, se vuelve hacia mí.

—Tiene razón, ¿sabes?

—¿Sobre qué?

—Por ti, lo arriesgaría todo.

Capítulo veintitrés

Brielle

—Es un placer conocerlo —le dice el doctor Girardo a Spencer—. Brielle me ha contado que ha sido indispensable durante las últimas semanas.

—¿Yo?

Sonríe.

—Sí, si se fija, ha recuperado la mayoría de los recuerdos cuando usted estaba cerca.

Spencer me mira y me encojo de hombros.

—Dice que es porque me siento a salvo a tu lado, cosa que ya sabes.

—Sí, pero…

—Es algo bueno —comenta el doctor Girardo mientras nos acompaña a la consulta—. Me encantaría que más pacientes que experimentan una pérdida de memoria tuvieran algo o a alguien que los ayudara a recordar.

Alargo un brazo y cojo a Spencer de la mano.

—Es algo bueno.

—Bueno, si puedo ser de ayuda, todos queremos lo mismo para ella.

El doctor Girardo asiente.

—Sí, y hoy la sesión será algo diferente. Me gustaría probar un tipo de hipnosis y meditación. Empezaremos con una meditación profunda para que se relaje y concentre. Después, intentaré hipnotizarla. Como el recuerdo es tan reciente, es posible que nos resulte mucho más fácil sacarlo a flote. Por supuesto, esto no garantiza nada, pero ha funcionado en el pasado, y creo que sería una buena candidata.

Spencer me aprieta más la mano.

—No tienes que hacerlo.

No, no tengo que hacerlo, pero ya estoy cansada. Quiero saber quién mató a mi hermano. Quiero poder vivir mi maldita vida. Si me acuerdo de esto, quizá me sirva para explicar todo lo demás.

—Quiero hacerlo —le respondo. Me vuelvo hacia el doctor Girardo—. Necesito respuestas, y estoy harta de esos episodios que no puedo controlar.

—Es probable que no consigamos controlarlo, Brie.

—No, pero vale la pena intentarlo.

El doctor Girardo me señala el sillón con una mano.

—Spencer, le pediré que espere ahí. Es importante que no hable a menos que se lo indique. Quiero advertirles a los dos de que hay posibilidades de que salga mal: puede sentir pánico, quizá le duela la cabeza o vea un recuerdo falso que le parezca real. También es posible que se maree o adormezca. ¿Seguro que quiere hacerlo?

—¿A qué se refiere con recuerdos falsos?

Eso es justamente lo que no quiero que pase.

—Es posible que su mente mezcle recuerdos y cree otros falsos. Así que lo que diga durante la hipnosis podría no ser preciso. Intentamos que su mente trabaje con usted para dispersar la niebla que describe y a veces pueden unirse varias cosas.

Suspiro. No quiero recuerdos falsos; quiero recuperar los que tenía. Quiero la verdad.

—¿Y cómo sabremos si son falsos?

Me observa con la mirada cargada de compasión.

—No lo sabremos hasta que recupere más recuerdos.

Spencer se pone en pie y se acerca a mí.

—¿Y esto no afectará al motivo por el que la protegemos?

—¿Se refiere al caso? —pregunta.

—Sí.

El doctor Girardo esboza una sonrisa leve.

—Todo proviene de usted. No la guiaremos, así que no perjudicaremos al caso. O, por lo menos, eso es lo que diría si me llamaran a testificar. Lo que hacemos es permitir al cerebro avanzar sin miedo.

Siempre y cuando no suponga un riesgo para el caso, entonces no veo el problema.

—De acuerdo, creo que deberíamos hacerlo. Quiero intentarlo.

Spencer me sujeta las manos entre las suyas y después me besa los nudillos.

—Estaré justo aquí, no me iré.

—Lo sé. —Y es la verdad, no me abandonará. Nunca lo ha hecho.

Se inclina hacia mí y me da un beso en la frente antes de alejarse.

—Póngase cómoda. Puede tumbarse si quiere.

Hago justo eso, porque es la postura más cómoda para mí, y empezamos. No tardo demasiado en acostumbrarme al ritmo de respiración lento que me enseña a utilizar durante la meditación. Cuando estoy relajada, empieza a hablar. Poco a poco, me dirige verbalmente por una serie de imágenes mentales hasta que me centro en ellas por completo y acabo en el asiento del copiloto de un coche mientras el sol ilumina el horizonte con un nuevo día.

—¿Ve eso? —Se produce un cambio en el tono del doctor Girardo.

Echo un vistazo a mi alrededor.

—¿El qué?

—El aparcamiento. ¿Ve dónde se encuentra? —Miro a mi alrededor y veo a Isaac. Nos reímos mientras salimos del coche.

—Está aquí —le digo.

—¿Dónde es «aquí»?

Estoy justo en el margen del recuerdo y lo observo todo desde fuera. Veo mi sonrisa, radiante y despreocupada, mientras mi hermano habla. Salgo del coche y levanto la mirada hacia el cartel del edificio.

—Rosie's.

—¿Y qué hace ahí?

—Queríamos un café. Quería contarle algo importante.

—Muy bien. ¿Quién más está por ahí?

—Solo Isaac. Es temprano y no hay nadie más.

—¿Y qué ocurre ahora? —me pregunta el doctor Girardo.

—Nos… hemos parado. Está en la puerta y yo acabo de salir, pero alguien me ha llamado por mi nombre.

—Céntrese en su rostro, Brielle. Céntrese en dispersar la niebla —me anima el doctor Girardo—. Está a salvo. Dígame qué ve.

—Isaac me pide que me quede donde estoy —le explico. Avanzo, pero de nuevo no hay nada—. No veo…

Se me acelera la respiración y el sudor me perla la frente. Tengo miedo. Sé que esto es malo, y no le veo la cara. Está ahí, y nos matará.

—Puedes hacerlo, Brie, estoy aquí. —Oigo la voz grave de Spencer en el oído—. Nadie puede hacerte daño, nadie puede acercarse. Yo te protegeré.

De inmediato me relajo un poco y la niebla se dispersa. Pero ya no estoy en el aparcamiento con Isaac.

—Puedo… La niebla ha desaparecido.

—¿Qué ves? —me pregunta Spencer.

—A ti.

—¿Dónde estamos?

Sonrío, porque reconozco la escena que tengo delante. Él y yo en el apartamento, igual que anoche. Me rodea con los brazos y me sujeta contra él. Spencer tiene el pelo un poco más corto que ahora.

—Sonreímos.

—¿Es feliz? —interviene la voz del doctor.

—Lo soy. Siento un aleteo en el pecho. Spencer me sonríe mientras me coge de la mano y me dirige al dormitorio. —Es igual que anoche, pero…—. Esta vez no llevamos traje ni vestido.

—¿Qué llevan?

—Vaqueros. Los dos llevamos vaqueros. —Qué raro, ¿por qué nos dirigíamos a mi dormitorio?

—Muy bien, Brie, ¿ve algo más?

La escena cambia otra vez y revivo la noche anterior.

—Es diferente… Esto es de anoche —respondo.

—Descríbame la escena.

—Tengo a Spencer encima y está buscando un condón en el cajón.

Todo cambia una vez más y, de repente, vuelvo a estar en el aparcamiento. Esta vez, hemos empezado a chillar.

—¡Tiene un arma, Isaac! ¡Por favor! —le grito, y el pánico hace que el corazón me lata tan rápido que debe de estar destrozándome el pecho—. ¡No lo hagas! ¡No!

—Estás bien, cariño, aquí no hay nadie. Solo dime qué ves —me suplica Spencer, y me apoya las manos en los hombros—. ¿Qué ves?

—Me apunta con el arma, pero Isaac intenta llegar hasta mí desde el asiento del conductor. Le pido que se quede donde está, sé que puedo ocuparme yo. Tengo que ocuparme yo. —Fuerzo más la vista para intentar ver quién es. Lo conozco—. Su voz… La he oído antes.

—¿Cómo es? —pregunta el doctor Girardo.

—Enfadada. Está muy enfadado. Dice que no tengo derecho. —Isaac intenta moverse hacia mí otra vez—. Le grita a Isaac que se quede donde está.

El hombre aparta de mí la pistola y se vuelve hacia Isaac. Le ordena que se quede donde está o me matará. Cada vez grita más.

—¿Puede describir la voz? —me pregunta el médico.

—Es grave. La conozco, he hablado con él muchas veces.

El doctor Girardo vuelve a intervenir:

—Quédese en la escena, Brielle. Lo está haciendo muy bien. Respire profundamente tres veces y describa lo que pasa a continuación.

Hago lo que me pide y dejo que el ejercicio de respiración me calme. Pero, cuando vuelvo a la escena, todo ha desaparecido. No queda nada. No hay sonidos ni voces. Solo oscuridad.

De repente, siento que me sacuden.

—Brielle, ¡despierta! ¡Maldita sea, otra vez no! ¡Despierta!

Abro los ojos y ahí está Spencer, con la respiración acelerada y la mirada cargada de un pánico evidente.

—¿Qué ha pasado?

Exhala hondo y me aferra contra su pecho.

—Madre mía. Estaba… Joder. Estás bien.

Me aparto de él de un empujón, avergonzada.

—Estoy bien, ¿qué ha pasado?

El doctor Girardo se aclara la garganta.

—Se ha desmayado, ha costado mucho despertarla.

—Oh. —No recuerdo nada excepto que el recuerdo ha desaparecido—. Ha desaparecido todo —les explico.

Asiente.

—Su cerebro todavía se está recuperando del trauma de la lesión. Quizá hemos forzado demasiado.

—No, lo necesitaba. Conozco… conozco esa voz, y la oí no hace mucho. —Me vuelvo hacia Spencer—. La oímos los dos.

Mueve la mirada del doctor a mí.

—¿Quién era?

Me tiembla la voz.

—Jax.

Capítulo veinticuatro

Spencer

Estoy en la ducha y dejo que el agua me resbale por la cara mientras trato de aceptar lo que ha dicho.

Jax.

La voz que oyó antes de que asesinaran a su hermano fue la de Jax.

El doctor Girardo me ha apartado a un lado antes de que nos fuéramos y me ha explicado que eso no significa que él sea el asesino. Que es probable que haya unido dos recuerdos, algo que ya sabemos que ha ocurrido otras veces.

Como cuando nos ha recordado haciendo el amor y juntos en su apartamento, mezclando un recuerdo con otro.

Aun así, eso no significa que no lo investigue más.

Inclino la cabeza hacia atrás una vez más, con la esperanza de que el agua me borre la ira antes de volver con Brie. No lo hace, así que me rindo y salgo a por ella de todos modos.

Una vez vestido, salgo al salón y la encuentro sentada en el suelo con todos los papeles de la investigación repartidos a su alrededor.

—¿Qué buscas?

Brie da un respingo al oír mi voz y después sonríe.

—La respuesta tiene que estar aquí.

—¿En los extractos bancarios?

Asiente.

—Me he acordado de Jax. Cuando lo vimos en la fiesta, me pareció importante por algo. Así que imagino que me sentí así por uno o dos motivos.

—¿Y cuáles son esos motivos? —le pregunto, aunque creo que puedo adivinar lo que dirá.

—Es el tío del anillo misterioso y el asesino.

Bueno, por lo menos se equivoca en uno de los dos.

—¿Y por qué revisas los extractos bancarios? —le pregunto tras agacharme junto a ella.

—Me dijiste que tenemos que empezar por el principio. A lo mejor, el principio es mi trabajo. Solo recuerdo mi vida hasta que me contrataron en el centro juvenil. Allí conocí a Jax, empecé a salir con él y descubrí lo que sea que fuera ilegal. Seguro que tenía documentos en el despacho. Y él sabía que el anillo era la clave, así que lo buscó, pero lo tenía yo en casa. Todo encaja. Es el asesino, y aquí encontraré las respuestas. Jax está involucrado, ahora solo tengo que demostrarlo.

Quiero agarrarla por los hombros y contarle lo mucho que se equivoca, confesarle que soy yo de quien está enamorada. Jax no se merece respirar el mismo aire que ella, y que Dios lo pille confesado si fue él el que le hizo daño y mató a Isaac. No habrá escondite que le permita ocultarse de mí.

Aprieto la mandíbula y cuento hasta cinco antes de responderle.

—¿Qué has encontrado en los extractos?

No hay nada, lo sé porque los he revisado hasta la última coma. Lo he buscado todo, he intentado rastrear el dinero, y todo lleva a un callejón sin salida. Hasta Mark hizo que uno de sus informáticos revisara las transferencias electrónicas, pero no encontró nada sospechoso. Ahora están investigando de otro modo, pero a quienquiera que esté detrás de todo esto se le da muy bien borrar su rastro. Por lo menos sabemos que nada conduce hasta Jax, pero, aun así, les he mandado todo lo de hoy antes de meterme en la ducha.

Charlie hablará con sus contactos para ver si puede sacar algo de información y los chicos de la empresa de seguridad Cole harán lo mismo.

—Todavía no he encontrado nada.

—Deberías descansar —le sugiero, y recojo los papeles—. Has tenido un día difícil.

Me quita la carpeta de las manos.

—Estoy bien, tengo que ocuparme de esto.

—No, no tienes que hacerlo… Lo hemos revisado cientos de veces. No hay nada.

—¿Y si nos hemos saltado algo?

—No lo hemos hecho.

Se pone en pie y se dirige al otro extremo de la habitación.

—¿No crees que sea Jax?

—No sé qué pensar.

—¿Por qué lo descartas? ¿Por qué no crees que sea el tipo con el que salía? Me fijé en la forma en que me miraba: o salíamos o le gusto. ¿Qué te confunde tanto? —me pregunta Brie con la voz cargada de frustración.

Le oculto tantísimas cosas que resulta abrumador.

—No puedo responderte a eso.

—¿No puedes o no quieres?

—¿Es que hay alguna diferencia? —le replico.

—Que no quieras es muy distinto.

Me acerco a ella, también con la frustración en aumento. No es una situación fácil; es lo peor por lo que he tenido que pasar en mi vida. Le entregué mi puto corazón, y no se acuerda de mí. He estado a su lado mientras pensaba que salía con Henry y ahora ¿cree que Jax es su prometido? Jax, el puto idiota al que no le hacía ni caso.

No, estoy hasta las narices, joder.

Estoy desesperado por que vea la verdad que tiene delante. La quiero. La quiero muchísimo, y me muero por estar con ella. Por tenerla, acariciarla, quererla y, aun así, es incapaz de volver a mí.

El corazón me late a mil por hora mientras me acerco más a ella.

—No puedo, Brielle. Quiero hacerlo, quiero contártelo todo. Me gustaría contarte toda la puta verdad, pero no puedo. Esto no es fácil para nadie, a ninguno nos gusta esto. Nadie quiere ocultarte nada, pero nos dijeron que no podíamos contarte la verdad. Así que aquí estoy, haciéndolo lo mejor que puedo para cumplir la promesa que te hice y también para asegurarme de no fastidiarlo todo. Da igual lo que le dijera a Emmett, ¡tiene derecho a estar cabreado! La cagaré, y ¿luego qué? ¿Qué pasará cuando me odies?

Baja la mirada.

—Y yo hago todo lo que puedo por entenderlo. Solo que... ¡Joder, lo sé! Sé lo que me dice mi corazón. Tú y el doctor Girardo me dijisteis que, cuando consiguiera descifrarlo, lo vería todo con más claridad. Bueno, pues ya lo veo todo más claro. El asesino forma parte de todo esto. Forma parte de mi vida, y creo que tiene algo que ver con mi trabajo. Recuerdo a las personas y las cosas que importan.

—¿Tu corazón te dice que estás enamorada de Jax?

Sacude la cabeza.

—¡No lo sé! Sé que es importante; es lo que tiene más sentido.

No tiene ningún puto sentido, y no puedo contenerme.

—¿Por qué? ¿Solo porque te miró ya significa que estás enamorada de él y que es el asesino? Estás tan desesperada por creer que el asesino es el hombre que te regaló el anillo que buscas respuestas donde no las hay.

—¡Eso no lo sabes!

—¡Y tú tampoco! ¡No tienes ninguna prueba de que Jax forme parte de tu vida de ninguna forma! Lo único que quiero es que... —Me contengo. Iba a decírselo, pero no puedo.

—¿Qué?

Me mira fijamente con sus grandes ojos azules, y quiero arrodillarme a sus pies.

—Nada.

—No, ¿qué es lo que quieres? ¿Qué estamos haciendo?

No respondo, porque no me queda nada. Aunque se lo explique, no tendrá sentido para ella. Los dos queremos ganar, pero no estamos en el mismo terreno de juego.

—No llevas vaqueros —observa Brielle en voz baja.

246

¿Sufre otro ataque?

—¿Qué? —le pregunto.

Se lleva una mano a la boca y después la deja caer.

—No te has puesto vaqueros ni una sola vez en el último mes.

—Vale, no sé adónde quieres llegar.

¿Vaqueros? ¿Qué quiere…? Joder.

—Nos he recordado en mi apartamento, pero no así. Íbamos con vaqueros, yo llevaba el pelo recogido en una coleta y el abrigo de invierno. Me cogías de la mano y nos reíamos mientras me llevabas a la habitación. Te juro que… No lo sé. No tiene sentido, porque no somos pareja.

Se acuerda de cuando decidimos que éramos pareja y no solo estábamos tonteando. Yo lo recuerdo todo y, una vez más, tengo que hacer que crea que se equivoca porque no confía en sus recuerdos.

—El doctor ya te ha dicho que tu cerebro podía enseñarte recuerdos falsos.

—¿Nos acostamos alguna vez antes de lo de anoche?

Me lo pregunta a mí, y odio cada puto segundo de este momento.

—No.

—Entonces, ¿por qué no dejas de aparecerte en mis sueños? ¿Por qué te deseo tanto?

—Porque siempre has estado colada por mí.

Da un paso atrás.

—Pues claro, creo que tenías razón —admite con voz temblorosa.

—¿Sobre qué?

—Creo que ha sido demasiado para un solo día. ¿Puedes llevarme a casa? —Es lo último que quiero hacer, pero asiento—. De acuerdo. Yo… ¿puedo ir al baño?

—Es la segunda puerta a la derecha —le explico.

Me mira con los ojos llenos de lágrimas, pero no deja que las vea caer. Se da la vuelta y se aleja de mí, y hace que me sienta peor de lo que me he sentido nunca.

Le envío un mensaje a Emmett y después dejo caer el teléfono, pues no me importa una mierda lo que me responda.

Yo: Se acabó mentir. Sea lo que sea lo que crees que sabes sobre nosotros, no lo sabes todo. No puedo seguir con esto y no lo haré. Que le den al puto caso. Encuentra al asesino sin la ayuda de Brielle. Se lo contaré todo.

Me dejo caer en el sofá, entierro la cabeza en las manos e intento descubrir cómo contarle la verdad sobre nosotros sin estropearlo todo.

Capítulo veinticinco

Brielle

No dejo de pensar que Spencer miente. Me aseguró que no lo haría, y le creo, pero la forma en que se ha comportado desde que hicimos el amor ha hecho que la sospecha arraigue en mí.

Salgo del baño en silencio y me dirijo a su habitación, atraída por el espacio.

Envuelvo el pomo con los dedos y me golpea un recuerdo.

Spencer me quita la ropa y lanza las prendas por la habitación con una sonrisa.

—Te quiero desnuda.

—Seguro que sí.

—Te follaré hasta que no puedas caminar. —Me agarra del trasero y me atrae hacia él.

—No puedo esperar.

—Pues deberías.

Se me escapa una risita cuando me lanza a la cama y después abro los brazos y sonrío de oreja a oreja.

—Estoy esperando.

El recuerdo desaparece y es reemplazado por otro.

—No quiero contárselo. —Estoy desnuda y envuelta en una sábana.

—*En algún momento tendremos que hacerlo* —*me responde Spencer mientras se mete en la cama conmigo. Me acurruco a su lado al momento y apoyo la cabeza en su pecho.*

No quiero contárselo a Isaac ni a nadie, estoy feliz así. La burbuja que hemos creado es perfecta y, cuando explote, tendremos que lidiar con la opinión de todo el mundo. Somos felices así y, aunque nunca lleguemos a nada más, quiero mantener estos momentos alejados del mundo exterior.

Suspiro y apoyo la barbilla en una mano.

—*No, no hace falta. Somos adultos, y lo que hagamos no es asunto de nadie.*

—*No puedes querer esto, Brie. No eres un rollo de una noche cualquiera.*

—*Ah, ¿no?* —*lo reto*—. *Porque eso es lo que soy.*

Los ojos verdes de Spencer se clavan en mí.

—*Nunca podrías ser una cualquiera para mí.*

—*Pero nunca podremos ser nada más.*

—*¿Por qué no?*

Apoyo de nuevo la cabeza en su pecho y disfruto de la sensación que eso me produce.

—*Porque me enamoraría de ti y después me romperías el corazón.*

Él se echa a reír.

—*Tienes razón, lo haría.*

Vuelvo al presente de golpe. Miro la cama fijamente y recuerdo lo suaves que eran las sábanas contra mi piel. He estado con él. Muchas veces. He dormido en esta cama… con él. La de anoche no fue la primera vez, y me ha mentido.

Me adentro más en la habitación con la esperanza de recordar más cosas. Echo un vistazo a mi alrededor, no muy segura de si lo que he visto ocurrió de verdad. Debería salir, hablar con él, darle la oportunidad de que me cuente la verdad, pero necesito pruebas de que lo que he visto es real.

En lugar de ser sensata, decido abrir un cajón, luego otro, y entonces, justo cuando empiezo a creer que soy una idiota, encuentro una foto enmarcada. Es una foto de los dos: me rodea con los brazos y me sonríe, y yo le acaricio una mejilla con una mano…, en la que llevo puesto un anillo de diamantes. El de la cajita. El que me aseguró que no me había dado él.

El que me dijo, con rotundidad, que no me había regalado. Pero sí que lo hizo.

Como si la niebla se hubiera escapado de mi mente y me rodeara en la vida real, salgo al salón y me detengo cuando lo veo sentado en el sofá. Se pone en pie.

—¿Brie? ¿Te encuentras bien?

Sacudo la cabeza.

—Me has mentido.

—¿Qué?

—Me has mentido. Lo recuerdo. —Se acerca a mí, pero levanto una mano—. Has roto todas las malditas promesas que me has hecho. Me aseguraste que no me mentirías nunca, y todo lo que me has dicho ha sido exactamente eso… un montón de gilipolleces.

—No, no todo.

Me echo a reír.

—No, solo resulta que estábamos juntos y, al parecer, prometidos. —Le lanzo el marco de fotos y lo atrapa al vuelo antes de que caiga al suelo.

—Brielle, deja que te lo explique.

—¿Explicarme qué? ¿Que eres un mentiroso? Explícame por qué, cuando te pregunté, literalmente, si habías sido tú el que me había regalado el anillo, si habíamos estado juntos, me respondiste que no.

—¡No tenía más remedio!

—No, podías haber elegido contarme la verdad, pero decidiste mentirme.

Siento que todo mi mundo se derrumba. Todo lo que creía que sabía está desapareciendo ante mis ojos. ¿Qué es real? Spencer ha sido mi constante y la única persona en la que creía que podía confiar para que me contara la verdad, pero decidió ocultarme nuestro pasado. Ahora no tengo ni idea de cuál es mi realidad.

Spencer resopla.

—Sí, he tenido que escoger entre dejar que lo recordaras por ti misma, aunque sabía que este sería el resultado, o contártelo, y seguramente fastidiar la posibilidad de que pudieras testificar contra la persona que asesinó a tu hermano. He tenido que quedarme al margen y ver cómo hablabas de Henry, el pedazo de cabrón que ni siquiera fue capaz de acompañarte el día del funeral a pesar de que intentaba volver contigo. He tenido que ver cómo te convencías de que salías con Jax. Decidí pasar contigo todo el tiempo que pudiera y darte lo que necesitaras. Y he tenido que escucharte decir que querías olvidar al hombre que te había regalado el anillo porque debía ser el culpable de todo lo malo que ha pasado en tu vida.

Estoy comprometida con Spencer.

Spencer, que siempre fue un sueño inalcanzable.

Spencer, con el que pensé que estaba construyendo un futuro.

Spencer, que me dijo que nunca me mentiría.

Spencer, que me contó verdades que otros me negaron.

Spencer, que es el mayor mentiroso de todos.

Así que ¿sobre qué más me miente?

—¿Y cómo sé que eso no es verdad?

Pestañea y abre mucho los ojos.

—¿Qué?

—Ya me has oído. ¿Cómo sé que no tienes la culpa de todo lo malo que hay en mi vida? ¿Cómo quieres que entienda todo lo que está pasando?

—¿De verdad crees que lo que intentas olvidar es a mí?

—No lo sé. ¿Cómo querría pasar el resto de mi vida con alguien que, hace tan solo unas horas, me ha mirado a los ojos y me ha mentido?

—Porque nunca planeé hacerlo, nunca he querido hacerlo.

—Pero ¡lo has hecho! —le grito cuando mi ira resurge de nuevo. Me vuelvo y me alejo de él. Cuando está cerca de mí, soy incapaz de pensar con claridad. Tengo un nudo en el estómago que crece y me impide respirar.

—¿Cómo has podido hacerlo?

—¿El qué?

Le arranco el marco de fotos de la mano.

—¡Esto! ¿Cómo puedes quererme y hacerme algo así? ¿Cómo sé qué es real?

Spencer da dos pasos hacia mí y yo retrocedo. Se detiene y levanta ambas manos al aire.

—¿Tienes miedo de mí?

Nunca pensé que podría ocurrir, pero ahora mismo todo me aterra, incluso él. No hay nada real a lo que pueda aferrarme. No conservo ni un solo recuerdo concreto de lo que he vivido en los últimos tres años. Nada me parece verdad, porque no confío en que mis recuerdos sean reales. Siento que vivo en un espejo roto que refleja imágenes distorsionadas y hechas añicos, y que me corto cada vez que me muevo.

—¿Acaso estábamos juntos cuando todo esto ocurrió?

—Por supuesto que sí.

Sacudo la cabeza.

—Me lo dices como si debiera saberlo, pero Henry me mintió al respecto, así que no actúes como si estuviera loca por preguntártelo.

Habla en voz baja, y se me acelera el corazón cuando baja las manos.

—Empezamos solo como… no lo sé. Estábamos de acuerdo en que solo era sexo, que nos habíamos dejado llevar por la atracción. Se suponía que sería solo una noche, pero no había la más mínima posibilidad de que lo dejara estar, no después de descubrir lo increíbles que éramos juntos.

No quiero escuchar lo que dice, pero debo hacerlo.

—¿Y después qué?

Spencer permanece quieto como una estatua mientras responde a mis preguntas.

—Nos enamoramos. Ninguno de los dos lo planeó, y por eso no se lo contamos a nadie.

No tiene sentido.

—¿Por qué? ¿Por qué lo mantendríamos en secreto?

Se aparta el pelo espeso hacia atrás.

—El motivo cambiaba cada vez que hablábamos del tema. Argüíamos todas las excusas posibles. Al principio era solo sexo, así que no tenía sentido contárselo a nadie. Nos parecía divertido y emocionante mantenerlo en secreto.

—No parece algo que yo haría, Spencer. Nunca le ocultaría a Isaac algo tan serio como estar comprometida, sobre todo con su mejor amigo. ¿Es eso lo que ocurrió? ¿Se enteró?

—Isaac nunca lo supo. No lo sabía nadie.

No, eso no es cierto. A mi hermano no le habría mentido. Siempre era honesta con él.

—No te creo.

—Y, entonces, ¿qué crees? ¿Que lo sabía y por eso murió?

El corazón me late a mil por hora cuando todo empieza a tener sentido. Siempre he creído que su muerte estaba relacionada conmigo, que algo que yo sabía o dije desencadenó los sucesos que llevaron a su muerte. Siempre he tenido el horrible presentimiento de que todo estaba relacionado con el hombre que me regaló el anillo, pero no sabía que había estado a mi lado todo este tiempo.

Spencer está entrenado para matar. Él mismo me contó que había estado en la escuela naval y que en ocasiones tuvo que protegerse.

Creer que quizá fue él no es una suposición descabellada. Puede que estuviera enfadado con Isaac o conmigo.

—Creo que, llegados a este punto, todo es posible.

De nuevo se acerca a mí, y mi cuerpo empieza a temblar. Ay, Dios. No puedo respirar.

—¿Qué quieres decir con eso?

—Quiero decir que… no puedo… No… —Soy incapaz de hablar. Siento una presión en el pecho y el pánico se apodera de mis pensamientos.

—Brielle, relájate.

—¡No pienso relajarme! La única certeza desde el principio es que alguien asesinó a mi hermano e intentó matarme a mí. Ya he dicho que creía que había sido el hombre que formaba parte de mi vida. Que el hecho de que rebuscaran en mi despacho, el anillo y las pruebas documentales, que me diste tú, estaban relacionados. ¿Y ahora descubro que tú eres esa persona?

—¿Crees que sería capaz de matar a mi mejor amigo? ¿Que te haría daño? ¿Que registré tu despacho? ¿Por qué razón haría todo eso? ¿Estás de coña? ¡Te quiero! ¡Moriría por ti! He estado contigo cada maldito día para asegurarme de que te sintieras segura y estuvieras a salvo. ¡Joder! ¡No puedes creerlo de verdad!

Todo lo que dice tiene mucho sentido, y es exactamente lo que diría alguien que no quisiera que lo descubrieran. No hay testigos, excepto yo. Así que, ¿qué mejor manera de enterarse del momento en que recordara lo que había ocurrido que estar conmigo cada día?

Los dos nos miramos fijamente y después encoge los hombros.

—Brielle, necesito que me escuches. No quería mentirte. Tenía dos opciones: o hacía lo que debía para proteger el caso que intentan preparar o me alejaba de ti. Y era incapaz de hacerlo, no podía… No podía hacerlo.

—No me creo nada que salga de tu boca. No… no lo recuerdo todo. No… no tengo ni idea de qué es real.

—Mira la foto —me responde—. Mira tu sonrisa. Llevas el anillo porque, cuando te pedí que te casaras conmigo, me dijiste que sí, Brielle.

—Pero esa no es nuestra realidad ahora mismo.

—¿Por qué? ¿Es que no me quieres? ¿Es que no te morías por estar conmigo? ¿No te sentías a salvo en mis brazos y en todos los sentidos?

Sacudo la cabeza.

—¡No lo entiendes, Spencer! Me sentía segura porque sabía que eras la única persona en quien podía confiar. Podía ser yo misma, hablar de mis miedos y abrir mi corazón, y sentirme protegida. Ahora tengo un millón de preguntas, y no puedo hacértelas a ti porque no sé si me responderás con sinceridad. ¿Cómo confiaré en ti?

Se deja caer delante de mí y me sujeta las manos.

—Te lo contaré todo, no me dejaré ni un detalle si es lo que necesitas.

Hace semanas que se lo pido, y ahora tengo la oportunidad.

—Vale. ¿Cuánto hace que salimos?

—Empezamos nueve meses antes del asesinato.

—¿Y cuándo nos prometimos?

—Tres días antes.

Pestañeo.

—¿Nos comprometimos tres días antes de que me pegaran con la pistola y dispararan a mi hermano? —Aparto las manos, más segura que nunca de que tengo razón.

—Sí, aún no se lo habíamos contado a nadie. Nadie tenía ni puta idea de que salíamos. Es posible que tu vecina nos pillara una semana antes, pero eso es todo. Coincidimos en que se lo contaríamos a Isaac antes que a nadie.

Oír su nombre es como un golpe bajo directo al pecho. Isaac nunca lo supo. Le mentí durante nueve meses y, al parecer, creí que estaba bien. Nunca me lo perdonaré.

—No me extraña que mi mente quisiera protegerme.

Spencer se estremece.

—¿A qué te refieres?

—Por eso me olvidé, porque sabía que estaba mal.

—No, te olvidaste porque un maníaco te atacó. —Se pone de pie—. Eras feliz. Tú y yo... éramos felices, joder. No hacíamos nada malo.

—¡Somos unos mentirosos! Nunca se lo contamos a mi hermano, lo mantuvimos en secreto. Addy, mi madre, Emmett... Se lo ocultamos a todos, ¿y para qué? Si no estaba mal, ¿por qué teníamos que ocultarlo?

—¡Porque nos amamos! —Me agarra por los hombros—. No queríamos que nada nos lo arrebatara.

—Bueno, pues nos lo han arrebatado. Se acabó.

Estaba comprometida con el hombre que intentó matarme.

Después me acuerdo del hombre que lanzaba los globos de agua. Del que bailó conmigo, me abrazó, me protegió.

256

¿Cuál de los dos es el verdadero?

Estoy perdiendo la puta cabeza. Me he vuelto loca e irracional, soy incapaz de distinguir la verdad de la mentira. No sé si lo que he visto en la otra habitación es otro recuerdo mezclado o si estoy enloqueciendo. Me da la sensación de que las personas de la fotografía son desconocidos que vivían una vida completamente separada de la mía. No tengo ni idea de quién es esa chica, pero sé que no soy yo.

—No digas eso. —El pánico invade la voz de Spencer—. No digas que se acabó.

No puedo hacerlo.

Las lágrimas me resbalan por las mejillas, y lo único que quiero es estar sola y sentirme otra vez a salvo.

Ojalá no hubiera recordado nada.

Cuando aprieto más fuerte el jersey contra mi cuerpo, me da la sensación de que las llaves que llevo en el bolsillo se han vuelto más pesadas. Tengo que salir de aquí.

Se acerca más a mí, pero yo ya he empezado a retroceder hacia la puerta.

—Para. Para, por favor. Me estás ahogando y no puedo respirar.

La mirada que me lanza me deja sin aliento. El dolor que le cruza el rostro me deja claro que lo he herido.

Tengo que irme. Necesito… Tengo que… No puedo… Es demasiado. Se me nubla la vista, y sé que estoy a punto de perder el control y tener un ataque de pánico. O eso o me estoy muriendo.

Solo hay una forma de salir de aquí.

Meto una mano en el bolsillo y aprieto el botón. Sé que el equipo al que han contratado para garantizar mi seguridad cruzará la puerta en un instante.

Y, exactamente como me prometieron, unos segundos después, fuerzan la puerta y me sacan de ahí, lejos del hombre en el que creía confiar y del que pensé que me había enamorado, incluso después de haberme olvidado de nuestro pasado.

Capítulo veintiséis

Spencer

—Ya conoces las reglas, tío. —Quinn me empuja el pecho cuando intento entrar en el edificio de Brielle.

Para. Para, por favor. Me estás ahogando y no puedo respirar.

—¡Tengo que hablar con ella!

Para. Para, por favor. Me estás ahogando y no puedo respirar.

—No puedes.

Para. Para, por favor. Me estás ahogando y no puedo respirar.

Una y otra vez, como un disco rayado que se atasca y me obliga a empezar de cero.

Me ahogo. Me ahogo, Spencer. Me has quitado todo lo que necesito. Aunque estas son palabras de mi madre. Las dijo la última vez que la vi, justo después de que el cabrón con el que salía se hubiera ido porque ella tenía un crío. No le gustaban los críos.

A ninguno de sus novios.

Así que me abandonó.

Para. Para, por favor. Me estás ahogando y no puedo respirar.

No dejaré que se marche. Ya no soy un crío asustado. Lucharé para que vea que no la ahogo, que pelearé contra la marea por los dos para que no nos hundamos.

—Está confundida —le digo, y siento que mi frustración aumenta. Ha pulsado el puto botón del pánico. La he aterrorizado. Yo. El hombre que haría lo que fuera por ella. Respiro hondo y lo intento de nuevo—. Solo deja que hable con ella, podéis estar todos presentes.

—Spencer, lo entiendo. Yo también he estado en tu lugar.

—Ah, ¿sí? —Me gustaría pegarle solo por el hecho de que finja que entiende el infierno por el que estoy pasando—. ¿Te ha ocurrido esto?, ¿has querido hablar con la mujer a la que quieres, pero ha perdido la puta cabeza y cree que eres el causante de su dolor?

Asiente.

—Sí, claro que sí. Mi historia con Ashton tampoco ha sido pan comido. Hemos tenido que resolver muchas gilipolleces y muchos contratiempos. Lo único que te diré es que, si ha utilizado el botón, es porque necesita espacio. Concédeselo.

—Espacio es lo último que necesita. Se ha convencido a sí misma de que yo podría ser el que asesinó a Isaac y el que intentó matarla.

Quinn da un paso adelante y me obliga a retroceder.

—Lo siento, hermano. Sé que quieres hablar con ella e intentar solucionarlo, pero no subirás. Si Brielle cree que está en peligro, las únicas personas en las que confiará será en las de su equipo de seguridad y, pase lo que pase, no la traicionaremos.

—Yo soy el que contrató al equipo —le replico con los dientes apretados.

—Pues con más motivos tienes que honrar los términos de su protección. Piensa en lo que pasaría si te dejara subir: le demostraría que nada de lo que le hemos prometido es cierto y, por lo que me cuentas, ya está cuestionándoselo todo.

Es surrealista. Lo último que quiero es darle tiempo para que se convenza todavía más de que algo de lo que ha dicho es cierto. Madre mía, la he cagado pero bien. Debería habérselo contado todo en cuanto abrió los ojos. Tendría que haberle dado las respuestas que necesitaba cuando me las pidió.

Me dejo caer sobre los talones.

—¿Cómo puedo arreglarlo? —le pregunto.

—Puedes hacer lo que te he dicho y dejar que se calme lo suficiente para que vea que nada de lo que se dice a sí misma tiene sentido. O puedes hacer lo que creo que deberías haber hecho desde el principio.

Levanto la mirada.

—¿El qué?

—Encontrar al puto asesino. Eres Spencer Cross. Eres el hombre que descubrió el paradero de Aaron cuanto todo el mundo, incluso nuestro equipo, creía que había muerto. Encontraste a aquel grupo terrorista clandestino y lo destapaste. No me creo ni por un segundo que no hayas sido capaz de encontrar una sola pista que te lleve al asesino.

Si cree que no lo he intentado ya, entonces es un idiota.

—No he encontrado nada.

—Pues a lo mejor no has investigado como debes.

Sacudo la cabeza.

—No sé a qué te refieres con eso.

—Me refiero a que estás pensando con el corazón. Mira, no tienes que convencerme de que no has sido tú. Ni de coña fuiste tú el que le hizo eso a su hermano. No eres un asesino a sangre fría, y todos vemos que la quieres.

—Ella no.

—Sí que lo ve, pero está dolida, y, cuando las mujeres están dolidas, se vuelven un poco locas. Confía en mí, estoy casado con una chica de Jersey que, además, es italiana y pelirroja. Nadie puede estar más loca que ella; dejaría a Brielle en ridículo.

Exhalo con fuerza.

—Brielle no es así, es una persona racional, y no es de perder los estribos.

—Eso era antes de que le arrebataran su vida anterior. Intentas encontrarle el sentido a una situación que no lo tiene. No confía en su propia mente, imagínate lo que es eso. Yo lo he sufrido. Cuando me secuestraron, no sabía ni qué hora era. No sabía si era de día o de noche. Sentía que todo era un día muy largo, pero por lo menos sabía cómo era mi vida. Si me hubieran quitado eso, no sé qué habría pasado conmigo.

Tiene razón. Sé que la tiene, pero, aun así, quiero hablar con ella.

—¿Cuándo podré verla? —le pregunto.

—El protocolo indica que tienes que esperar por lo menos doce horas, pero, si Charlie no cree que esté lista, puede negarle las visitas durante al menos veinticuatro.

No puedo esperar tanto, perderé la cabeza.

—Eso no me sirve.

—A nosotros nos da igual. Vete a casa, Spence. O, mejor, ve a utilizar el don natural que te concedieron e investiga este caso, pero no como el hombre que casi pierde a la mujer a la que ama, sino como ese periodista que investiga lo que la policía ha pasado por alto. Tienes doce horas para demostrarle algo, no las desperdicies.

Mi casa está hecha un desastre. Hay papeles por todas partes y la puerta principal está astillada y no cierra bien.

Pero no me importa si alguien me ha robado todo lo que tengo. Pueden llevárselo todo, porque he perdido lo único que me importa.

Empiezo a recoger los papeles, pero al final me frustro tanto que los tiro de nuevo al suelo.

Que le jodan.

Que le den a la persona que me la arrebató y que ha vuelto a hacerlo.

Entonces veo la foto en el suelo, con una grieta en el cristal, justo en el medio. La guardaba a buen recaudo, escondida en un cajón, y solo la sacaba cuando estaba solo y seguro de que no la vería.

Ya la echo de menos.

Echo de menos su voz y su sonrisa. Echo de menos la forma en que pronuncia mi nombre o me mira. Echo de menos estar cerca de ella.

Todo eso ha desaparecido. Se ha esfumado.

No, ni siquiera se ha ido. Tenía tanto miedo de estar cerca de mí que se la han llevado.

Recojo el marco de fotos y lo lanzo contra la pared tan fuerte como puedo. Se rompe todavía más, el cristal se esparce por todas partes y el marco se rompe por las juntas.

Bien. Así me siento por dentro.

Mientras miro a mi alrededor, oigo las palabras de Quinn en la mente. Si pudiera demostrarle que no soy el asesino, a lo mejor encontraríamos la manera de que lo nuestro funcionara. Quizá puedo demostrarle que lo único sobre lo que nunca le he mentido es lo mucho que me importa.

Podría devolverle su pasado si le enseñara la verdad. No veo otra manera de arreglar lo que se ha roto entre nosotros. Brielle necesita saber, sin la más mínima duda, que lo que hay entre nosotros es real y perfecto.

Eso significa que tengo muy poco tiempo para hacer mi trabajo.

Entro en la habitación en la que no he entrado desde hace muchísimo tiempo: mi despacho. Me siento tras el escritorio, paso las palmas de las manos por la madera fría, que no he tocado en meses, y después abro el portátil.

—Necesito ayuda —declaro a la habitación, y después observo la foto en la que aparecemos Isaac, Holden, Emmett y yo en la boda de Isaac—. Necesito que me ayudes, Isaac. Ayúdame a ver y a hacerla feliz.

Mientras sobrevuelo el teclado con las manos, hago exactamente lo que le aconsejé a Brielle que hiciera: vuelvo al principio, y escribo por primera vez en un año.

Capítulo veintisiete

Brielle

Por fin he dejado de llorar. He tardado más de una hora en calmarme lo suficiente para contarle a Charlie lo sucedido. Mientras hablaba, ella ha permanecido sentada y me ha escuchado sin juzgarme.

—Has hecho lo correcto —me repite por quincuagésima vez.

—¿De verdad?

—¿Tenías miedo?

Asiento.

—Entonces, sí. Has utilizado el botón exactamente para lo que se debe usar. Estabas aterrada, algo que todos notamos, y nuestro trabajo era llevarte a una ubicación segura.

—¿Y no puede venir aquí? —le pregunto de nuevo.

—No, nadie puede hasta que estés lista —me asegura Charlie.

Es una locura. Temo al hombre al que nunca pensé que temería. Nada en mi vida está bien, y daría cualquier cosa por que fuera una pesadilla. Así todo acabaría cuando despertara.

Pero esta es mi vida ahora, y esto no terminará hasta que recupere la memoria y sepa qué es real y qué no.

Siento que tengo un agujero enorme donde debería tener el corazón, y la sola idea de quedarme en el pueblo un segundo más hace que quiera salir de mi propia piel.

—Quiero ir con mi madre —suelto.

—¿Quieres irte?

—Has dicho que necesito un lugar seguro, ¿no?

—Sí, pero…

—Bueno, pues mi madre está en California, y es evidente que ella no es la asesina. No puedo quedarme aquí, no es seguro, y no puedo… Ahora mismo no puedo estar en el mismo pueblo que él.

Me sujeta una mano entre las suyas.

—Estamos aquí para protegerte, Brie. El equipo está en alerta máxima y nadie cruzaré esa puerta, ¿de acuerdo? *Estás* a salvo.

—¿Y qué pasa cuando acabe la alerta máxima? ¿Qué pasará entonces? Sé que sonará muy inmaduro, lo sé, pero quiero ir con mi madre. Quiero estar con alguien que sé que me quiere hasta la médula. Yo… Pensaba que… Pensaba que ya lo estaba. Lo necesito, ¿vale?

Si Addy estuviera aquí, me habría bastado con ella, pero se ha marchado. Mi madre está lo bastante cerca para llegar ahí en unas pocas horas, y necesito que ella me explique qué narices pasa con mi vida.

—Vale, lo prepararemos todo ahora mismo. Yo no puedo viajar contigo porque tengo que volver a Virginia, pero Quinn estará contigo en todo momento, y también mandaré a Jackson, el dueño. Nos ocuparemos de ello.

Se me escapa un sollozo de alivio y tristeza al darme cuenta de que no me ha dicho que estoy loca. Charlie me da un abrazo rápido antes de apartarse.

—Ve a hacer la maleta para estar preparada para irte cuando lo tengamos todo listo. Solo tardaremos una hora o dos.

Me pongo en pie y me limpio las mejillas.

—¿Lo sabrá Spencer?

Charlie esboza una sonrisa triste.

—No, a menos que tú quieras que lo sepa.

Una parte de mí quiere pedirle que lo llame, que lo deje entrar para hablar con él. La otra parte no confía en ser capaz de hacerlo; tengo los sentimientos demasiado a flor de piel para lidiar con él. Me convencerá de que nada de lo que creo es cierto o yo me convenceré a mí misma de que me miente.

Ahora mismo no estoy segura de creerme la verdad ni aunque me enseñaran pruebas de vídeo. A pesar de que el corazón me dice que ni de coña nos haría daño a mí o a Isaac, la cabeza no está de acuerdo.

—No le digas nada hasta que hayamos salido.

—Eso está hecho.

En menos de dos horas, el equipo de seguridad Cole está listo para partir. Quinn me acompañará durante todo el camino, lo que, para Charlie, es más que suficiente, y Jackson se reunirá con nosotros en casa de mi madre.

Ella y Mark me cogen las maletas y, cuando llegamos a la puerta, se me cae el alma a los pies. Emmet está allí, su mirada rebosa confusión. Charlie me aprieta los hombros.

—No tienes que...

—No pasa nada —le respondo, y me acerco a él. Le rodeo el cuello con los brazos y me estruja contra él—. Lo siento.

—Lo sé.

—Debo irme.

—También lo sé —responde mientras me estrecha un poco más.

Cuando me suelta, las lágrimas vuelven con más intensidad.

—¿Irás a verlo?

Asiente.

—¿Me explicas qué ha pasado para que salgas huyendo?

—No puedo seguir viviendo en un sitio en el que nada tiene sentido. Hasta que lo tenga, lo mejor es que me vaya con la única persona que es una constante en mi vida.

Emmett aprieta los labios en una línea muy fina.

—Te avisaré si descubrimos algo.

—Y yo te avisaré si recupero la memoria y puedo daros alguna respuesta.

Me guiña un ojo y me vuelvo hacia Charlie. Me acompañan por el pasillo y hasta el coche. Allí, me da un abrazo de oso y retrocede.

—Gracias —le digo antes de meterme en el coche.

—Cuídate, Brielle. Llámame si necesitas cualquier cosa.

265

Quinn se ríe por la nariz.

—Ni siquiera trabajas para la empresa y haces más que tú marido, que es el propietario de la mitad.

Ella pone los ojos en blanco.

—Ahora ya sé por qué Ashton te eligió para esta misión.

El hombre entra en el coche entre risas.

—¿Lista?

Desvío la mirada hacia el apartamento, el edificio que hace menos de veinticuatro horas me parecía tan distinto. Estaba feliz, y esperaba a Spencer con un vestido precioso. Tenía muchas esperanzas en nuestro futuro, y ahora no veo más que oscuridad.

Me vuelvo hacia él.

—Sí, estoy lista.

Me pongo los auriculares y cierro los ojos, reacia a ver cómo se esfuma todo, y me quedo dormida mientras escucho una canción que trata sobre perder al amor de tu vida.

Estamos a unas cuatro horas de casa de mi madre, y Quinn me mira por décima vez.

Desde que cambié de ubicación, el equipo ha tenido que reajustarse por completo, y Jackson se reunirá con nosotros a las afueras de la ciudad. Me siento mal y estúpida, pero también sé que es la única opción con la que puedo lidiar ahora mismo. Con cada kilómetro que recorremos, mi corazón y mi cabeza se calman un poco más. Necesitaba esta distancia. Necesitaba salir de allí.

—Puedes decirlo —suelto, porque sé de sobra que se muere por darme su opinión.

—¿Decir qué?

—Lo que sea que estés pensando.

—No me pagan para pensar —responde, y se centra en la carretera.

—Eres su amigo.

266

—Sí.

—Y...

Se encoge de hombros.

—Hace mucho tiempo que aprendí que lo mejor para todos es que no intente entender a las mujeres.

Me fijo en el anillo de boda que lleva en la mano izquierda y sacudo la cabeza.

—¿Y tu mujer está de acuerdo con eso?

Quinn sonríe.

—Mi mujer fue quien me enseñó la lección.

—En general no soy así —le explico—. Suelo ser la racional, pero ahora mismo siento que no controlo nada de lo que ocurre en mi vida.

—¿Crees que los demás lo controlamos? —me pregunta.

—Me gustaría pensar que ahora mismo tú controlas.

Quinn asiente lentamente.

—Pues lo usaremos como ejemplo. Estoy conduciendo. Tengo el control del vehículo, pero no controlo nada más. No controlo si alguien decide cambiar de carril ni tampoco puedo parar a un animal que se meta en la carretera. La vida es igual. Entiendo la necesidad de planificar, dado que es literalmente para lo que me han entrenado, pero, incluso en los planes mejor elaborados, tener el control no es más que tener la capacidad de adaptarse. Si no lo hacemos, morimos.

Giro la cabeza a un lado.

—Yo siento que me estoy muriendo.

—Eso te ocurre porque intentas controlar lo imposible.

—Entonces se supone que debo dejar que todo suceda, y después ¿qué...?

Me echa un vistazo y vuelve a fijar la mirada en la carretera.

—¿Qué otra opción tienes? No puedes obligarte a recuperar la memoria.

—No, pero tampoco puedo aceptar que me mientan. No cuando no sé la verdad.

—Y él te ha mentido...

—Sí.

Quinn frunce los labios y resopla con fuerza por la nariz.

—Es un asco para todos vosotros. Mis amigos y yo hemos sufrido mucho durante nuestra vida. Hemos perdido a gente a la que queríamos, nos han hecho daño emocionalmente y a algunos físicamente. Y no pudimos controlar ninguna de esas situaciones. Mi mujer y yo…, bueno, pasamos por un infierno, en el sentido figurado. No creía que pudiéramos salir de eso. Yo necesitaba que ella me diera motivos para querer vivir, y ella se había recluido y deseaba morirse para aliviar el dolor. Cuando pensé que ya lo habíamos superado, cogió un avión y me dejó para irse a California.

Pestañeo al ver las similitudes con mi historia.

—¿Y luego qué? ¿Fuiste tras ella?

Sacude la cabeza.

—No lo hice.

—¿Por qué no?

Quinn entra en una gasolinera, aparca y me mira.

—¿Es lo que quieres, Brie? ¿Quieres que nos esté siguiendo en su coche a unos kilómetros de distancia?

Se me cierra la garganta y entro en pánico. No consigo hablar, así que muevo la cabeza levemente.

—No sé qué hará, pero, si es como yo, no te perseguirá. No porque no lo desee o porque no te quiera más que a nada en el mundo. Y te prometo que daría su vida si con eso consiguiera que tú fueras feliz. Por eso sé que te esperará.

Esas estúpidas lágrimas amenazan con volver cuando afirma que Spencer me quiere. Lo sabe y lo cree, a pesar de que yo no logro entenderlo.

—¿Cómo lo sabes?

Se inclina hacia mí con una sonrisa pícara.

—Me pagan por ser observador. —A continuación, señala a través del parabrisas un coche aparcado frente a los surtidores—. Ese es Jackson. Voy a informarlo de todo. Quiero que te quedes aquí dentro, cierres las puertas y solo las abras si digo la palabra *fresa*.

—¿Fresa?

—Así es como llamo a mi mujer en italiano. Son rojas, dulces y se pudren si las ignoras durante demasiado tiempo. Como todas las mujeres.

Me río y después cierro la puerta tal como me ha explicado que debo hacer.

Capítulo veintiocho

Spencer

Todavía no he dormido nada. No puedo. Mi mente está atrapada en un bucle mientras intento descifrar el caso.

Hay algo que no encaja.

Sé que Brielle cree que el dinero lo conecta todo, pero de momento todo lo que he comprobado parece ser legal.

He sido un idiota por no haberlo investigado antes.

Abro el documento y reviso lo primero que he escrito en un año. Mi mente funciona mejor cuando analizo una historia, así que esta será la historia: ella. Brielle Davis, una chica preciosa y brillante cuya vida fue alterada por una única persona.

Mientras escribo, la historia se vuelve real. Cada palabra añade información a la imagen de Brielle e Isaac esa mañana. A juzgar por las cámaras de seguridad del vecino, la recogió a las 6:06. Conducía él, porque el coche de Brielle estaba en el taller para un cambio de frenos. Yo me había ofrecido a llevarla, pero ella insistió en que dejáramos las cosas como estaban hasta que hablara con él sobre lo nuestro. Teníamos un plan. En tres días, íbamos a cenar a casa de Isaac. Se pronosticaba que ganaría el partido ese día, y no se nos ocurrió mejor ocasión que esa, y, si perdía, pensamos que por lo menos suavizaríamos el golpe.

Ojalá no hubiéramos esperado. Isaac debería haber sabido lo mucho que quería a su hermana y, pase lo que pase, siempre me arrepentiré de no habérselo contado.

Sigo escribiendo el desarrollo del día. Cómo cogieron la calle First y giraron a la izquierda en la avenida Maple. Al pasar por el centro, vieron los carteles que anunciaban el gran partido del viernes. El equipo era el motivo por el que Isaac había querido ir al colegio tan temprano. Le encantaba diseñar estrategias, y ser entrenador había sido su fuente principal de orgullo y alegría hasta que nació su hija.

Casi veo el sol en la distancia, asomando por encima de las montañas, los tonos azul celeste y amarillo del cielo ahuyentando los azul oscuro.

Muevo los dedos a toda velocidad mientras escribo a un ritmo desacostumbrado desde hace mucho tiempo, pero, cuanto más escribo, más real se vuelve. Aparcaron delante de la cafetería unos nueve minutos después, probablemente mientras se reían de alguna estupidez que Isaac había dicho. Siempre contaba chistes terribles, y Brielle siempre le dejaba claro lo tontos que le parecían. O quizá hablaban de algo adorable que Elodie hubiera hecho esa mañana antes de que recogiera a su hermana.

Cuando me reclino en el asiento y me dispongo a revisarlo otra vez, llaman a la puerta del despacho.

Levanto la cabeza y veo a Emmett de pie en el umbral.

—¿Cómo has entrado?

—Tengo la llave —responde, y me la enseña.

—Ya. —Todos tenemos las llaves de casa de los demás. Es lo que hacen las familias. Desvío la mirada hacia el portátil y después de nuevo hacia él—. Tengo que trabajar.

Entra en la habitación.

—Estás escribiendo.

—Así es.

—¿Sobre qué?

—¿Tú qué crees? —replico.

Emmett se apoya en la pared y se cruza de brazos.

—He venido a asegurarme de que estés bien. He pensado que quizá te vendría bien un amigo… y una copa. Además, me ha llamado Holden y, al parecer, volverá.

Se acabó la escritura. Cierro el portátil y suspiro.

—¿Por qué vuelve?

—Su tía no se encuentra demasiado bien, así que se mudará a final de mes para cuidar de ella. Aunque, en realidad, no he venido por eso.

—Ya me lo imaginaba. —Para contarme esto, Emmett me habría enviado un mensaje—. ¿Te has enterado de lo de Brie?

Emmett asiente.

—Sí. ¿Estás bien?

—No, pero sé que lo arreglaré. Hablaremos en… —Bajo la mirada al reloj. Por el amor de Dios, son las ocho de la mañana. Llevo desde primera hora de ayer revisando cada soplo, indicio y pista—. Unas horas. Tengo que terminar esto y ver qué descubro.

—¿Qué has descubierto por ahora? —me pregunta, y recorre el despacho con la mirada.

Si ayer la casa ya estaba hecha un desastre, lo de hoy no puede compararse con nada. He pegado en la pared del fondo una línea temporal con fotos, flechas y varios hechos que necesitaba tener presentes. La he observado durante horas mientras intentaba encontrarle el sentido a todo esto.

Levantarme después de haber permanecido sentado durante vete a saber cuánto tiempo me recuerda que ya no tengo veinte años, así que me estiro mientras me dirijo a la pared. Emmett me sigue y le explico la información que he averiguado.

—¿Qué pasa con este tipo? —Señala a Jax—. Parece totalmente inofensivo.

—Es lo que no acabo de entender. Cuando Brie…, cuando fuimos a ver al doctor ayer, dijo que había identificado su voz como la del asesino.

—¿Y a nadie se le ha ocurrido mencionármelo?

—Ha sido un día un poco complicado.

Emmett asiente.

—Ya, continúa.

—El caso es que el doctor Girardo no cree que el recuerdo sea real. Hizo hincapié en que no lo era, pero no explicó por qué lo pensaba.

—No conocerá a Jax, ¿verdad?

Sacudo la cabeza.

—Lo dudo. A menos que lo haya conocido en algún momento de las últimas semanas.

Emmett sigue recorriendo la cronología que he elaborado.

—¿Es un registro de las personas que fueron al hospital?

—Sí, todas las visitas que entraron y salieron.

Arquea una ceja.

—¿Y cómo lo has conseguido?

—No te lo he robado a ti. —Resoplo—. Tengo un contacto en el hospital.

Emmett niega con la cabeza.

—No quiero saberlo.

No, no quiere.

—De todos modos, ninguno de los de la lista parece tener conexión con la agresión ni tampoco con el registro del despacho.

—Es lo único que no está claro. ¿Están relacionados los dos sucesos y, si lo están, qué buscaba la persona que se coló en el despacho? Pensaba que el anillo era la clave.

—Ella también.

—Pero nos equivocábamos, dado que se lo diste tú.

Suspiro.

—La documentación que le robaron es la clave, pero no sabemos qué guardaba en la oficina.

Emmett asiente.

—¿Y qué más crees?

—Creo que debemos valorar la posibilidad de que los dos sucesos estén conectados, lo que significa que ella era el objetivo.

Emmett se sienta en la silla que tengo justo delante del escritorio.

—¿Por qué?

—Todo conduce hasta Brielle, no hasta Isaac. Desde su muerte, nadie ha tocado nada que le perteneciera. La casa está vacía y no hemos visto actividad dentro. Si todo hubiera ocurrido por él, por algo que supiera o tuviera, se habría producido algún movimiento.

—Es lo más probable; además, registraron el despacho de Brielle.

—Vio el asesinato, pero no la cara del asesino. Oyó la voz, sabe que es de un hombre, pero después afirmó que era Jax, que tiene una voz más femenina. O, por lo menos, mucho más aguda que las nuestras.

—¿Crees que fue una mujer?

—Lo dudo. Es más probable que estuviera tan desesperada por escuchar la voz del asesino que su mente mezcló la voz de Jax en la escena. Se lo encontró en la cena de la entrega de premios, y lo conocía, pero no lo recordaba. Y, por la posición del cuerpo de Isaac, creemos que se abalanzó sobre el tirador. Puede que intentara neutralizarlo, y todos hemos dado por sentado que era un hombre.

Es una de las primeras cosas en las que todos estuvimos de acuerdo. La potencia del golpe y el ángulo en el que la golpearon sugieren que el agresor era un hombre. Además, Isaac jugó de defensa desde los seis años hasta que se graduó. Si había alguien que pudiera derribar a otra persona a la fuerza, era él.

—Es posible, las pruebas sugieren que era un hombre. También tenemos la grabación que muestra a alguien metiéndose en un coche, y la complexión encaja con la de un hombre.

—Estoy de acuerdo, pero, llegados a este punto, no descartaré nada.

—Vale, ¿qué más has pensado? —me pregunta Emmett.

—Esto tenemos que investigarlo a fondo.

Emmett se inclina hacia mí para echar un vistazo al vídeo.

—¿De dónde lo has sacado?

—Después de horas revisando grabaciones que me ha conseguido una fuente, he encontrado una de Brielle discutiendo con alguien fuera del despacho dos semanas antes del incidente. Era tarde, y la grabación se ve muy borrosa, pero parece muy disgustada. Sujetaba a un niño por el hombro e intentaba esconderlo tras ella mientras discutía con quien deduzco que debe de ser uno de los padres del crío.

—¿Y mencionó algo de esto antes del tiroteo? —me pregunta.

—No.

Hablábamos de cómo nos había ido el día, de su trabajo, de mi falta de él y de todo lo demás, pero nunca mencionó un altercado en el trabajo. La fecha indica que ocurrió una noche en que no nos vimos, pero siempre hablábamos.

Cada día.

—Bueno, admito que has llegado mucho más lejos que nosotros.

—Tengo la motivación necesaria, y recursos a los que tú no puedes acceder. Por no mencionar que me importan una mierda la ley y el caso de la fiscalía.

Emmett asiente lentamente.

—Ya, pero… aun así.

Me encojo de hombros.

—Es la mejor respuesta que se me ha ocurrido. O, por lo menos, es una pista que no lleva directamente a un callejón sin salida. También te da un posible sospechoso; solo tienes que encontrar quién es ese tipo.

—Haces que suene fácil. —Emmett arquea una ceja.

—Lo sé.

Ya me he pasado horas examinando esa perspectiva: lo más sencillo es identificar al objetivo.

—Vale, pero ¿y si al final resulta que el objetivo era Isaac?

Me pellizco el puente de la nariz, porque estoy desesperado por volver al trabajo.

—Si lo de Brielle y el vídeo no lleva a ninguna parte, empezaré de cero otra vez y lo reexaminaré todo como si Isaac hubiera sido el objetivo, pero me guiaré por mi instinto y por lo que me dicen las pruebas que tengo.

Asiente lentamente.

—No te alejas demasiado de mi teoría, aunque no se me ocurre nadie del pueblo que pudiera ir tras alguno de los dos. Joder, no dejaban de hablar de hacerle una estatua a Isaac si ganaban el campeonato estatal. Y Brie, bueno, es un maldito ángel. Trabaja con todos esos niños y dedica tiempo y dinero a que los programas de apoyo funcionen. ¿Quién narices la odiaría?

—Eso es lo que tengo que averiguar. Quienquiera que sea la persona de la confrontación del vídeo es el sospechoso número uno. Cuando se me permita hablar con ella en unas horas, se lo explicaré todo. Podremos hablar, trazar un plan, y... —No termino la frase, porque todo me suena ridículo—. Soy un idiota, nada de esto le importa.

Emmett me lanza una mirada de confusión.

—¿No crees que le importe capturar al asesino de su hermano?

Miro al techo y emito un suspiro profundo.

—Pues claro que le importa, pero eso no solucionará lo nuestro. Podría identificar al asesino y hacer que lo arrestaran y, aun así, ella aún sentiría que la traicioné.

—¿Por eso estaba disgustada?

—Sí, después de que te enviara el mensaje, se acordó de todo. La quiero, Emmett. Sabes que proponerle matrimonio, ofrecerle todo el puto corazón siendo como soy, no fue fácil para mí. No puedo perderla. No sería capaz de vivir sin ella, y... en el fondo sabe que la quiero. Cuando haya pasado el tiempo necesario, iré con ella y le suplicaré que me deje explicárselo.

—No puedes.

—¿Qué quieres decir con que no puedo?

Se pone en pie y levanta las manos antes de dejarlas caer de nuevo.

—No puedes hablar con ella.

—He seguido las reglas; he esperado veinticuatro horas.

—No me refiero a eso.

Miro fijamente a mi mejor amigo y me invade una sensación de pavor.

—Explícate.

Solo consigo pronunciar una palabra, porque ya sé lo que me dirá. No hace falta que me expongan los hechos para entender el resultado, pero, aun así, una parte estúpida de mí, un atisbo de esperanza en mi corazón destrozado, quiere creer lo contrario.

Brielle no haría algo así.

No se iría.

No me dejaría aquí. No nos dejaría atrás, ni a mí ni a lo nuestro.

No a propósito ni por decisión propia.

Brielle no se parece en nada a ella. No es como mi madre. No es egoísta, ni busca algo que nunca tendrá. No busca algo mejor. No busca a alguien que no la ahogue.

Emmett me mira con los ojos rebosantes de empatía y pronuncia las tres palabras que me rompen en pedazos.

—Se ha ido.

Capítulo veintinueve

Brielle

—Brie, cariño. —Mamá vuelve a llamar a la puerta—. Sal y habla conmigo, por favor.

Ha tardado mucho más de lo esperado. Me ha dejado tres horas a solas para ordenar mis pensamientos. La he oído caminar de un lado al otro detrás de la puerta, pero no ha llamado hasta ahora.

Tampoco la culpo; me he presentado en la puerta de su casa con Quinn y Jackson. Después de que les haya dejado echar un vistazo (a regañadientes), he pasado y me he quedado bloqueada.

Las lágrimas se me han secado cuando hemos entrado en California. Las horas de silencio del coche han acabado con mis ganas de pelear.

Aun así, necesitaba relajarme. Abro la puerta y suspira.

—Ay, gracias a Dios. Me estaba planteando pedirle a alguno de los chicos que derribara la puerta de una patada.

—No he cerrado con llave.

—Bueno, eso no lo sabía.

Suspiro.

—Supongo que querrás respuestas.

—Sería un buen comienzo.

—¿Dentro o fuera? —le pregunto, y ella sonríe. Papá siempre nos lo preguntaba cuando tenía algo importante que contarnos, y siempre escogíamos hablar fuera. El aire fresco tiene algo que hace que las malas noticias no parezcan tan… malas.

—Fuera. —Salimos al porche trasero. Es un espacio pequeño, pero lo ha aprovechado bien y ha hecho que sea acogedor. Nos sentamos y estira un brazo para cogerme de la mano.

—Habla conmigo, Brie.

Y entonces se lo explico. Se lo cuento todo, desde lo de la playa hasta el beso, la entrega de premios y que me acosté con él. Casi se me olvida que estoy hablando con mi madre y Spencer es como un hijo para ella, pero he venido hasta aquí para contarle la verdad, y no merece menos por mi parte.

Mamá, que yo siempre había pensado que no sabía lo que era el silencio, se queda sentada sin decir nada.

Y yo continúo, le cuento lo de los recuerdos y las mentiras. Le cuento mis teorías respecto al asesino de Isaac y que todo conduce a mí. Absolutamente todo.

Cuando al fin llego a lo que me ha llevado a meterme en el coche y conducir diez horas hasta ella, me interrumpe.

—Son muchas cosas que asimilar, mi niña.

Eso es quedarse corta. Ni siquiera he llegado a la parte en la que se me fue la cabeza y pulsé el botón del pánico.

—Todavía hay más —le explico.

Se sienta de nuevo.

—Vale, cuéntamelo todo para que intente encontrarle el sentido.

Le explico el resto. La pelea. El hecho de que no confíe ni en mi propia mente ni en mi propio corazón. Le cuento la expresión que tenía Spencer cuando he pulsado el botón y lo destrozado que se ha quedado. Lo suelto todo, y es mucho más catártico de lo que imaginé.

Mi madre, por muy loca que esté, me quiere, y no se callará nada. Ella me ayudará a entender.

—Vaya —responde al fin.

—Sí.

Tiene sus ojos marrones anegados en lágrimas.

—¿Estás comprometida con Spencer?

—Lo estaba, supongo.

—Estoy contenta y triste al mismo tiempo.

—¿Por qué? —le pregunto.

—Porque durante mucho tiempo tu padre y yo hablamos de lo que haríamos cuando tú y Spencer al fin os dierais cuenta. Él sabía que ese chico estaba hecho para ti. Lo volvía loco, y recuerdo que hubo una época en que no quería que Spencer se quedara en casa por eso.

No lo sabía. Mamá esboza una sonrisa triste.

—Aunque nunca habríamos abandonado a ese chico. No solo porque su madre ya lo hizo lo suficiente, sino porque lo queríamos. Isaac lo quería, y tú también. Era parte de nuestra familia. Pasaba de nuestra casa a la de Emmet y a la de Holden, pero todos intentábamos quererlo con ferocidad, porque siempre sentía lo contrario.

—Ya lo suponía. Recuerdo que le montamos una fiesta de cumpleaños porque su madre no vino a recogerlo. Estaba muy cabreado aquel día.

—Ocurría a menudo. Sin embargo, eso no impidió que tu padre dejara de preocuparse por que tu relación con él cambiaría algún día.

—No lo entiendo.

—El amor debe nutrirse. —Me estrecha una mano entre las suyas—. Tienes que plantar la semilla y rezar para que brote. Después, tienes que cuidar de él como quien cuida a una planta. Lo riegas, le das luz, le hablas y le recuerdas lo especial que es. Si tienes suerte, la semilla echa buenas raíces por cómo la trataste al principio. Plantaste esa semilla cuando solo eras una niña, y vi a Spencer hacer lo mismo.

Eso no tiene sentido. Vale, yo sí que lo hice. Era una adolescente y pensaba que era el hombre más increíble del mundo.

—Spencer nunca plantó esa semilla.

Ella se ríe.

—Sí que lo hizo. Ocurrió cuando te fuiste a la universidad y pasasteis la noche juntos en la nave en la que vives ahora.

—¿Lo sabías? —La miro con asombro.

—Pues claro que lo sabía. Vi cómo te miraba al día siguiente; era como si hubiera salido a coger aire después de que lo lanzaran al agua. Plantó la semilla, y los dos la habéis nutrido a vuestra manera.

—Y ahora se ha marchitado —le digo, pues así me siento por dentro.

—¿Por qué?

—Porque me ha mentido. La ha dejado secarse y morir.

Mi madre, que nunca ha sido de morderse la lengua, se burla de mí.

—No seas ridícula, *todos* te hemos mentido.

—Sí, pero sabía que lo hacíais.

Mamá se reclina en el asiento.

—¿Y pensaste que él no formaba parte de la decisión unánime? Ya imagino que fue duro, e incluso entiendo por qué sentiste ese pánico. Es como si de repente hubieran derribado los cimientos de todo lo que creías que estabas construyendo. Pero ¿ahora qué? ¿Lo castigarás a él y a ti misma? ¿Has huido y pasarás el resto de tus días en mi casa cuando ambas sabemos que no quieres estar aquí, si tenemos en cuenta que en general solo tardamos dos días en empezar a discutir?

—A veces tres. —Sonrío.

—Sí. —Mamá ríe—. A veces tres. A lo que me refiero es que, por lo que parece, has vuelto a enamorarte de Spencer Cross. No recuerdas vuestro apasionado romance, que acabó con un anillo, y, aun así, lo has escogido a él. No a Henry, que volvió cuando pensabas que seguías con él. Ni tampoco al hombre misterioso con el que creías que estabas prometida. —Me una la mano en la mejilla—. Tú, mi niña, has encontrado esa clase de amor que otros solo pueden soñar con obtener. En el que conoces a la persona incluso cuando no te conoces a ti misma. Depende de ti decidir si lo nutrirás o dejarás que se marchite. Y, seamos sinceras, nunca has creído de verdad que él asesinara a tu hermano, solo tenías miedo.

Me doy la vuelta y veo que el móvil brilla en la oscuridad.

Paso un dedo encima del botón para escuchar el mensaje de voz que me ha dejado Spencer. Sé que lo que diga me romperá el corazón.

Mamá tiene razón. Lo quiero. No solo por el pasado que tenemos, sino también por lo que significa para mí ahora, así que estoy muy disgustada por haber huido. Pero sentía que no tenía otra opción. No sabía qué era real, y sigo sin saberlo, pero sé que lo quiero. Tenía miedo, y me preocupaba que no fuera real y lo perdiera.

Clavo la mirada en el techo y trato de reunir el valor para escucharlo.

Si él ha sido lo bastante fuerte para dejarme un mensaje, entonces yo puedo ser lo bastante valiente para escuchar lo que tiene que decirme.

Su voz cálida llena la habitación y tengo que contener las lágrimas.

—Brielle, he dudado mucho si hacer esto o no. No pensaba llamarte. Te oigo alto y claro: no confías en mí y necesitas espacio. No te suplicaré que vuelvas; solo quería decirte un par de cosas. En primer lugar, he pagado el equipo de seguridad durante los próximos seis meses, así que no tienes que preocuparte por si estás en peligro. Espero que eso te dé tranquilidad. En segundo lugar, he estado trabajando estos últimos dos días para intentar darte otra cosa, algo que creo que necesitas, pero me voy de Rose Canyon…, bueno, ahora. No sé cuánto tiempo tardaré en reunir la información que necesito, pero quiero que sepas que siento haberte mentido. Siento haberte hecho daño.

»Sobre todo quería decirte que te quiero, Brielle. Te quiero tantísimo que quería morirme cuando pensé que te había perdido. Cuando Emmett me llamó y me contó lo de Isaac, pensé que había tocado fondo. Pero después me contó que habías sufrido una lesión en la cabeza y no sabían si sobrevivirías, y sentí un miedo que no pensé que fuera posible sentir. Mientras conducía hasta el hospital, desesperado por verte, le supliqué a Dios que te salvara. Ofrecí mi corazón y mi vida a cambio de la tuya.

»Quise contarle lo nuestro a todo el mundo, pero no podía hacerte eso, así que me callé. Cuando despertaste y preguntaste por Henry, sentí que me arrancaban el corazón del pecho. Y te recuperé, pero no sabías lo nuestro. No recordabas nuestra primera cita ni nuestro primer beso, ni tampoco cuando te propuse matrimonio. Me he pasado toda la vida buscando algo por lo que mereciera la pena luchar, y tú habías estado delante de mí todo el tiempo. Me has salvado, Brielle, aunque no recuerdes haberlo hecho. Me dijiste que te ahogabas, y es lo último que quiero. Así que te daré espacio. Solo quería que supieras que, aunque me haya ido, todo lo que hago es por ti. Siempre te querré. Siempre.

Cuando el mensaje de voz acaba, me aferro el móvil contra el pecho y lloro con más fuerza. Se marcha de Rose Canyon y no tengo ni idea de si algún día lo recuperaré.

Cierro los ojos y, como un rayo, un recuerdo me golpea tan fuerte que, si no estuviera ya tumbada, me habría caído de espaldas.

—*Te quiero* —*me suelta Spencer mientras cenamos en el suelo de mi apartamento.*

Así, sin más.

Sin previo aviso. Sin ni siquiera una pista.

Casi me atraganto con los fideos Lo Mein cuando le digo:

—*¿Qué?*

—*Que te quiero.*

Dejo los palillos con cuidado, trago y lo intento de nuevo.

—*¿Me quieres?*

—*Sí. Mucho, en realidad. Te quiero más de lo que nunca imaginé que se podía querer a alguien.*

Me pregunto si es posible sufrir una conmoción por una declaración de amor. Porque, si es así, estoy segura de que es lo que me está pasando.

No es que no crea que lo dice en serio. Han pasado seis meses y cada vez insiste más en que seamos pareja, una de verdad, de las que tiene citas de verdad y no se esconde de todo el mundo como si estuviéramos haciendo algo malo.

Y no lo es.

Pero me gusta estar así. Me gusta la intimidad. Me gusta que nadie sepa ni le importe lo que hacemos. Me gusta tener a Spencer para mí sola.

Se inclina hacia mí y me coloca el pelo detrás de la oreja.

—Di algo, Brielle.

Ah, sí. Tengo que... hablar.

—Ya sabes que te quiero.

—Lo sé.

Sonrío.

—Bien.

—Bien. —Spencer se ríe.

Empiezo a darle vueltas a algo en mi mente. Siento una curiosidad que no debería sentir, pero que está ahí de todos modos.

—¿A cuántas mujeres se lo has dicho? —le pregunto mientras deseo que responda y, a la vez, que no lo haga.

No es asunto mío. Yo he querido a otro hombre antes, pero lo que sentía por Henry no está a la altura de lo mucho que amo a Spencer. Con él, no tengo miedo. Me conoce, me quiere y me acepta... con todos mis defectos.

—A ninguna.

Se me cae el palillo otra vez.

—¿A ninguna?

—Nunca he querido a ninguna mujer antes que a ti. Nunca me he permitido querer a nadie porque nadie merecía ese nivel de confianza. Pero tú sí. Tú lo mereces todo, y te quiero, Brielle Davis. Te quiero, y que Dios me ayude, porque eres muy difícil de llevar.

Spencer tiene treinta y ocho años. Ha salido con una multitud de mujeres, y me ha dejado sin habla. ¿Cómo es posible que no haya querido a nadie más? Pero Spencer y yo nunca nos mentimos. Hemos construido toda nuestra relación sobre esa base y, si me dice que nunca ha querido a nadie más, es cierto.

Y me siento mal por todas las mujeres que han tenido a este hombre, pero nunca han descubierto lo que se siente cuando te quiere. Porque... es glorioso.

Aparto la comida a un lado, camino a gatas hasta él y después le sujeto su precioso rostro entre las manos.

—Te he amado desde antes de saber lo que era el amor. He soñado contigo desde que sé lo que son los sueños. Eres el aire que respiro. El latido de mi corazón. Te quiero tanto que no puedo ni pensar en la idea de perderte.

—No me perderás, Brielle. Aunque te vayas, siempre estaré aquí. Te lo advierto ya, me casaré contigo. Serás mía de todas las formas posibles.

«¡Sí!», me gustaría gritarle. Lo quiero más que a nada en el mundo, pero creo que de todos modos siempre he sido suya. Solo esperaba que él quisiera ser mío.

Nuestros labios se funden en el beso más dulce y puro que ha existido nunca.

—Creo que a lo mejor tienes razón.

—¿Sobre qué? —me pregunta mientras me aparta el pelo de la cara.

—Creo que ha llegado el momento de que se lo contemos a la gente. Ya no quiero seguir amándote en la oscuridad.

—Oh, cariño, nunca hemos estado en la oscuridad. Tú eres la luz, a pesar de que te he mantenido en las sombras.

Apoyo mi frente en la suya.

—Entonces, ¿planeamos cómo contárselo a Isaac y Addy?

—Sí, pero ahora no. Ahora mismo quiero que hagamos el amor. —Me besa—. Toda. La. Noche.

Las lágrimas me resbalan por las mejillas cuando mi corazón siente de nuevo lo que sentí en aquel momento. Lo amo. Siempre lo he amado, y él me ama a mí. Tanto que estaba dispuesto a hacer lo que fuera para ayudarme, incluso si eso le causaba dolor a él.

Y ahora se ha ido.

¿Qué he hecho?

Capítulo treinta

Brielle

Tras una noche cargada de arrepentimientos, he decidido venir al único sitio que siempre me ha reconfortado: la playa.

Ha sido una caminata, pero Quinn no se ha quejado en ningún momento. Ahora paseo por la orilla y el agua me lame los dedos de los pies antes de volver al mar.

A veces siento que mi memoria es así. Se acerca hasta la orilla, lista para tocar tierra, y después retrocede.

He llamado al doctor Girardo esta mañana, y la sesión ha sido muy dura para mí. Lucho sin cesar contra fragmentos de realidad mezclados con sueños y no dejo de tener *flashbacks* que me parecen muy reales. Hemos hablado de cómo distinguirlos, y me ha ayudado a darme cuenta de que, cuando concentro todos los sentidos, el recuerdo es eso: un recuerdo. En cambio, cuando solo lo veo desde fuera o no siento nada, lo más seguro es que sea un fragmento de recuerdo o varios de ellos mezclados.

Eso significa que lo que recordé anoche fue real.

Que lo que vi el día en que entré en la habitación de Spencer fue real.

Me paro, inclino la cabeza hacia la luz del sol y cierro los ojos. Se está tan tranquilo aquí y, por un momento, creo que todo saldrá bien. El sol volverá a salir, la marea bajará y todo lo que he roto podrá repararse.

Cuando me doy la vuelta, suena un estallido muy fuerte y me dejo caer en la arena. Me llevo las manos a la cabeza y lucho por respirar.

—Supongo que vamos a tomar un café, ¿verdad? —le pregunto a mi hermano cuando aparca delante de la cafetería RosieBeans.

Isaac sonríe.

—Pensaba que nunca me invitarías.

No lo he hecho, pero conozco lo suficiente a mi hermano para no contradecirlo. Además, me ha recogido temprano para llevarme al trabajo, así que lo mínimo que puedo hacer es pagarle un café. Es muy raro lo mucho que ha cambiado todo en los últimos días.

Estoy prometida.

Me casaré con un hombre increíble, y no se lo he contado al mejor hombre que conozco.

Mañana es el gran día. Spencer me recogerá, iremos a cenar con ellos y se lo contaremos. Después, informaremos al resto de la gente cercana que no lo sabe. Realmente espero que vaya bien. No quiero que se líen a puñetazos, aunque supongo que, llegados a este punto, nos lo mereceríamos.

Isaac me habla de una jugada que quiere probar mientras nos dirigimos al capó del coche, y entonces alguien empieza a gritarnos.

—¡Te mataré! —grita Bill Waugh, que se dirige a nosotros hecho una fiera.

Ay, madre. Parece furioso, por lo que es evidente que su mujer le ha contado mi visita de ayer.

—Entra en el coche, Isaac. —Me giro hacia él, e intento volver yo también. El hombre está como una cabra; tenemos que largarnos de aquí.

Isaac mira a Bill, que ha empezado a correr hacia nosotros, y luego a mí.

—¿Brie?

—¡Date prisa! —le insisto.

Bill aseguró que me mataría si contaba mis preocupaciones. Como trabajadora social, es mi labor hacerlo. La ley es muy clara: si soy testigo de indicios de abuso infantil, tengo que denunciarlo. Anoche informé a la mujer de Bill de que lo haría y le dije que, si ella y Myles necesitaban cobijo, vinieran a mi despacho hoy.

Antes de que llegue a la puerta, Bill me agarra por los brazos y me arrastra hacia atrás. Miro fijamente a Isaac e intento mantener la calma.

—Maldita zorra, ¿crees que puedes arrebatarme a mi familia? ¿Creías que te dejaría que te salieras con la tuya? ¿Crees que puedes hacer algo así? —me ruge Bill al oído.

Intento que me suelte los brazos, pero aprieta con más fuerza. Me hace tanto daño que quiero llorar, pero me contengo.

—Tranquilo, tío —interviene Isaac mientras rodea el coche desde el capó—. Suéltala y así podremos solucionarlo.

—¿Has rellenado los papeles? —me pregunta Bill.

—Sí, esta mañana —le miento. Quiero que piense que ya está hecho. Matarme no le servirá de nada si cree que es demasiado tarde para detenerme.

No obstante, él no lo ve así.

Me empuja hacia atrás y me golpea la cabeza contra la chapa del coche. Veo estrellas y todo me da vueltas, y, cuando me desplomo al suelo, la cabeza me rebota contra el pavimento. Mantengo los ojos abiertos por pura fuerza de voluntad.

Entonces lo veo. La luz del sol centellea en el cañón de metal de la pistola cuando se la saca de la chaqueta. Bill me matará.

Isaac debe de haberse movido, porque el arma lo apunta a él. No. No. No puede ser. No puede matarlo. No cuando todo es culpa mía, no cuando soy yo la que lo ha provocado.

—Quédate donde estás u os mataré a los dos, joder.

No puedo permitir que muera.

Tengo que salvar a Isaac.

Me obligo a incorporarme y me apunta otra vez con la pistola.

—No quieres hacerlo —le digo, y rezo por no arrastrar las palabras—. Por favor, vete al coche y lárgate. Nada cambiará.

—¡Todo ha cambiado! ¡Me los quitarás! ¡Me quitarás a mi familia, zorra estúpida! Y ahora yo te quitaré a la tuya.

Cuando me vuelvo hacia mi hermano, tengo las mejillas cubiertas de ardientes lágrimas. Me pongo de pie; tengo que interponerme, tengo que protegerlo. Tiene a Elodie y a Addison. Puede contarle a Spencer lo que ha pasado. Puede hacérselo entender y *ayudarlo a superarlo. No puedo ser responsable de la muerte de mi hermano.*

No lo seré.

—¡Brie! —*me grita Isaac. El suelo se tambalea bajo mis pies, y no tengo ni idea de dónde es arriba y dónde abajo.*

—*No lo he rellenado* —*trato de decirle*—. *En el despacho.*

—¡Eres una puta mentirosa! —*ruge Bill, y algo me golpea la nuca con fuerza.*

La oscuridad se cierne sobre mí y me lleva al olvido. Floto hasta que escucho el estruendo de un disparo, seguido del ruido de algo al caer a mi lado. En ese momento, en las profundidades de mi ser, sé que ha disparado a Isaac, y espero no volver a despertar.

—¡Brielle! —Quinn me sujeta por los hombros y me sacude con suavidad—. ¡Brielle, estás bien! Solo ha sido el petardeo de un coche.

Sacudo la cabeza.

—Lo he visto, lo he visto todo. —Me obligo a pronunciar las palabras entre jadeos—. He visto al que disparó a mi hermano. Llévame a Rose Canyon, ¡ahora mismo!

—¿Te vas? —me pregunta mamá mientras guardo las cosas en la maleta a toda velocidad.

—Tengo que volver.

—¿Por Spencer?

—Por todo. Me he acordado, mamá. Me he acordado de todo. Tengo que volver.

Me ayuda a meter la ropa en la maleta.

—¿Te has acordado?

—Lo he visto todo. He recordado los ruidos, el aire, el frío, el sol, y la pistola. Sé quién fue y por qué iba a por mí. Tengo que… Tengo que irme.

—Cuéntamelo —me pide.

Y eso hago. Hablo tan rápido que me trabo con mis propias palabras, pero consigo contárselo todo. El corazón me late a mil por hora mientras hablo del rostro de Isaac y del sonido de su voz cuando intentaba llegar hasta mí. Recuerdo todos los detalles. Todo lo que vi, oí, sentí y olí. La mente no me juega una mala pasada ni ha cambiado los detalles. Es lo que ocurrió, y tengo que volver a casa.

—¿Y qué hay de tu seguridad? —pregunta mamá.

Les echo un vistazo a los dos hombres fornidos que me esperan en un rincón.

—No dejarán que me pase nada.

Nunca he estado en peligro, porque Spencer no lo permitiría. Se ha asegurado de que haya alguien conmigo en todo momento. Mi protección siempre ha sido su prioridad.

Quinn gruñe y Jackson solo sonríe.

—Se ha acordado, y confía en nosotros —le comenta a Quinn.

—Eso parece.

—¿Crees que podremos estar presentes cuando arregle la otra parte? —le pregunta Jackson.

—Seguramente no, siempre nos perdemos la parte divertida.

Jackson ríe por la nariz.

—Es injusto, lo cual es lo habitual.

Los ignoro mientras cierro la cremallera de la maleta.

—¿Y bien? —les pregunto con impaciencia—. ¿Habéis hecho la maleta?

Quinn sonríe con sorna.

—Oh, ¿estás lista para otro viaje de más de diez horas, corazón? Este será más divertido que el otro, dado que estás impaciente por otros motivos. Sí, ya lo he guardado todo. Siempre lo dejo todo en la maleta cuando estoy en una misión.

—Antes me caías bien; ahora ya no.

Quinn se encoge de hombros.

—Estoy acostumbrado a no caerles bien a las mujeres.

Jackson se acerca a nosotros.

—¿Estás segura de que quieres volver? Podemos ocuparnos nosotros a partir de ahora.

—Segurísima.

Mi madre lo mira.

—No puedo perderla. Ahora que recuerda quién asesinó a Isaac e intentó matarla, está en peligro.

—Sí, pero haremos todo lo que podamos por protegerla —le promete él.

A mí eso me da igual, solo quiero volver a casa y arreglarlo todo. Quiero asegurarme de que Myles esté a salvo de su padre, hacer que arresten a Bill, y luego quiero encontrar al hombre al que amo y suplicarle que me perdone.

Fui una estúpida al pensar que podía hacernos daño a mí o a Isaac. Él no. Nunca lo habría hecho.

Mamá me rodea con los brazos y me estrecha con fuerza.

—Siento mucho que hayas tenido que pasar por todo esto, Brielle. Ojalá pudiera habértelo ahorrado. —Se aparta de mí—. Eres fuerte y valiente. Intentaste ayudar a ese pequeño y salvar a tu hermano al mismo tiempo. Nada de lo que ha ocurrido es culpa tuya, y solo quiero que seas feliz, ¿de acuerdo?

Asiento.

—Solo tienes una oportunidad para vivir, no la desperdicies.

Le doy otro abrazo, agradecida de que hayamos compartido este momento. A continuación, cojo la maleta y nos dirigimos al coche.

—Ya he llamado a Emmett y ahora mismo le está llevando la información a la fiscal del distrito. Mientras tanto, han enviado a un equipo para asegurarse de que Myles y su madre están a salvo. Si pueden, efectuarán el arresto antes de que llegues al pueblo —me explica Jackson.

—¿Y qué pasa con Spencer?

—Spencer Cross no está indefenso, Brielle —intenta tranquilizarme Quinn—. Lo han entrenado los mejores y, tanto si ha utilizado esas habilidades últimamente como si no, es algo que no se olvida. Si te soy sincero, me siento mal por el estúpido que intente ir a por él.

—No puede parar las balas. Ese hombre mató a mi hermano y me habría matado a mí. Lo más seguro es que creyera que ya estaba muerta, y por eso no me disparó. Quiso arrebatarme todo cuanto pudiera, y ¿qué mejor manera de hacerlo que ir a por el hombre que ha pasado conmigo cada día del último mes?

Quiero llorar y gritar y volar hasta él. Nunca tendría que haberme marchado. Si le pasa algo, nunca me lo perdonaré. Estaba furiosa y dolida, y lo alejé de mí, lo acusé de algo inimaginable y me largué, como todas las mujeres que lo han abandonado antes que yo.

No me extraña que se largara del pueblo.

—Lo encontraremos —me responde Jackson con la voz cargada de confianza—. Mira, cuando a un hombre le hacen daño, necesita tiempo para lamerse las heridas. Lo más seguro es que se haya ido de excursión a la montaña, a algún lugar perdido y sin cobertura. O que esté borracho en Las Vegas. Una de dos.

Pongo los ojos en blancos.

—Mezclar a ese hombre y Las Vegas es una mala idea.

—Ir a Las Vegas es una mala idea para cualquier hombre —responde Quinn con una carcajada.

—Bueno, en la despedida de soltero de Isaac, los cuatro se metieron en un montón de problemas. Spencer perdió miles de dólares. Addison estuvo a punto de cancelar la boda cuando descubrió todo el dinero que se había gastado Isaac. Holden se lio con una mujer en el baño, que lo dejó allí cuando perdió el conocimiento, y Emmett pasó la noche en el capó del coche porque había perdido las llaves. Confía en mí; odia Las Vegas, y juró que no volvería a ir nunca más. —Además, es donde iba la madre de Spencer cada vez que quería alejarse de él y encontrarse a sí misma.

Spencer solo volvería allí por pura desesperación.

—Allí donde esté, lo encontraremos y nos aseguraremos de que él también se sienta seguro. Deja que nos ocupemos nosotros, Brielle, tú solo céntrate en preparar el discurso de disculpa. —Jackson me aprieta un brazo y da un paso atrás—. Miller, acuérdate de ponerme al día.

Quinn asiente.

—Me pondré en contacto contigo cada dos horas.

El coche arranca a toda velocidad y me preparo para el viaje más largo de la historia.

Capítulo treinta y uno

Spencer

Ha sido una semana de callejones sin salida. Sé que forma parte de mi trabajo, pero estoy desesperado. Le he llevado el vídeo del altercado a un experto en imágenes y ha conseguido mejorar la calidad de la imagen, pero la cara del hombre aún es demasiado oscura para identificarlo.

Está intentando recrearla digitalmente, pero se tarda por lo menos un día en hacerlo.

Lo único que he descubierto de momento es a qué chico protegía. Si consiguiera hablar con él, quizá podría decirme con quién estaba tan disgustada Brielle.

Mientras vuelvo al pueblo, veo el cartel del parque al que fuimos hace unas semanas. Soy incapaz de resistir la tentación, así que tomo esa salida.

Observo los columpios en los que estaba escondida su bandera y la zona de hierba en la que se encontraban los barriles de globos. Salgo del coche y me dirijo a los columpios, y entonces alguien grita mi nombre.

—¡Eh, mira, Timmy! ¡Es Spencer!

Genial. Me apetece tanto que los niños me incordien como que me peguen un tiro en la cabeza. Me vuelvo y, en efecto, los compañeros de equipo de Brielle se acercan a mí; Timmy lleva una pelota de fútbol bajo el brazo.

—Hola, chicos.

—Hola, tío. ¿Has vuelto para que te pateemos otra vez el culo?

—Esta vez no.

El otro niño, creo que se llamaba Saint, se acerca más a mí.

—¿Estás bien? No tienes buena pinta.

Me obligo a sonreír.

—Estoy bien.

Seguro que tengo un aspecto horrible. No he dormido. Apenas puedo comer. No me he afeitado en cinco días y he vivido en el coche mientras buscaba respuestas.

—¿Dónde está Brielle?

Se ha ido. Joder. Se ha largado, Saint.

—No estoy seguro, se ha ido de viaje.

—¿La has hecho enfadar? —Brian da un paso al frente.

—¿Por qué dices eso?

—Porque parece que lo has hecho —responde Timmy.

No quiero ni preguntarle a qué se refiere.

—Está bien.

O al menos eso creo. Cuando llamé a Quinn hace cinco días, me informó de que no podía contarme nada sobre Brielle, ni su paradero ni nada que tuviera que ver con su situación. No obstante, sí que me explicó que él estaba bien, que la amiga con la que se encontraba estaba triste y que se quedaría en la costa, con la madre de esa amiga. Básicamente, todo lo que se suponía que no debía saber. Después, se acabó.

Corté todo contacto con el exterior e hice lo único que podía hacer: centrarme en encontrar al hombre del vídeo.

—Bueno, pues tú no tienes buena pinta. Estás hecho un desastre.

—Y me alegro mucho de haber venido a que me deis vuestra opinión —les replico, irritado con ellos.

Timmy le da un codazo a Brian.

—Está claro que le ha hecho algo.

—Que no le he hecho nada.

Bueno, sí, pero no se lo contaré a un puñado de niños de diez años. Saint asiente lentamente.

—Sí que lo ha hecho. Y Brielle es la mejor.

—Sí que lo es. Para ser una chica —añade Timmy—. ¿Qué le has hecho?

—Que no le he hecho nada —gruño.

—¿Y por qué no está contigo? —me pregunta Brian.

—Porque se ha ido de viaje.

—¿Sin ti? Mi madre se fue de viaje sin mi padre una vez y ahora vive en Tucson —señala Brian—. ¿Brielle también se ha ido a Tucson?

Que alguien acabe con mi sufrimiento.

—No, no está en Tucson.

—A lo mejor está en Las Vegas —interviene Saint—. Escuché a mi padre decir que todas las chicas se van a Las Vegas.

—Tu padre se equivoca —le hago saber.

—Mi padre asegura que lo sabe todo —añade Timmy.

Como si la conversación pudiera volverse todavía más ridícula, Brian llama a otro crío para que se acerque.

—¡Oye, Kendrick, ven aquí! Spencer ha hecho enfadar a Brielle y ahora ella está en Las Vegas o Tucson.

Juro que empezaré a gritarles a los niños en unos dos segundos.

—No está en Las Vegas ni en Tucson.

—Bueno, pues no está aquí, y tú sí, así que no lo sabes. —Timmy se encoge de hombros. Kendrick se acerca corriendo a nosotros.

—Tío, queremos mucho a Brielle.

—Yo también.

—Pues entonces deberías casarte con ella —comenta Brian—. A las chicas les gusta.

—¿Y lo sabes por tu infinita experiencia? —le pregunto.

—Tengo novia —me responde, y señala los columpios—. Ayer me trajo dos refrescos al cole.

—Los cimientos de tu relación son duros como una roca, Brian. Estoy impresionado.

El niño sonríe de oreja a oreja.

—No puede resistirse.

Kendrick, Timmy y Saint se ríen e imitan el sonido de una arcada. Los niños me recuerdan tanto a mi grupo de amigos que hasta me duele. Emmett fue el primero de los cuatro en enamorarse e, irónicamente, fue de Addison. Ella le sonrió, y se enamoró a primera vista. La chica que todos queríamos: era lista, guapa y llevaba galletas al colegio todos los días. ¿Qué más podía querer un grupito de niños tontos? Pero ella amaba a Isaac, y Emmett, como buen amigo que era, decidió que no merecía la pena pelearse por ninguna chica. Aunque, cuando Isaac y Addy empezaron a salir, nos metimos mucho con él. Sobre todo porque estábamos celosos.

Sonrío y le aprieto un hombro a Brian.

—No dejes escapar a esa novia tuya, da igual lo que digan tus amigos. Las mujeres hacen que el mundo sea un lugar mejor.

Él sonríe.

—Y te traen refrescos a escondidas.

—Eso también.

—Y, entonces, ¿por qué has dejado escapar a Brielle? —interviene Timmy.

—Yo no quería —admito.

—Pues recupérala —me aconseja Kendrick—. Dile que lo sientes y regálale flores. Mi padre siempre le compra flores a mi madre. Me dijo que la caga mucho, pero que las mujeres son difíciles y eso es algo que tengo que aprender pronto.

—En eso tu padre tiene razón —murmuro en voz baja, y añado—: Lo arreglaré, solo necesito algo de tiempo.

Se oye un silbato, y los chicos levantan la cabeza como perros de la pradera al oírlo.

—¡Tenemos que irnos! ¡Es el entrenador!

—Que os divirtáis —les respondo, y me despido con una mano cuando echan a correr.

Lo arreglaré.

Solo tengo que volver a casa y descubrir quién es el hombre de la grabación.

En lugar de volver directamente a casa, ducharme e intentar arreglarme, me dirijo al centro juvenil. Rachelle y Jax me explican que el chico de la cinta es Myles Eastwood. Su padre, Bill Waugh, es un imbécil. De acuerdo con su expediente, se parece mucho a los hombres que le gustaban a mi madre. Constantemente anda entrando y saliendo de la cárcel, no consigue conservar un empleo y le gusta intimidar a los demás.

Llamo a Emmett, pero no me contesta, así que me dirijo a la comisaría.

—El *sheriff* Maxwell está ocupado —me explica la agente de policía de la recepción.

—Dile que Spencer Cross ha venido a hablar con él.

Pone los ojos en blanco, pero se levanta y va a buscarlo. Se me acelera el corazón. Sé quién es el asesino. Tengo pruebas y un nombre. Pase lo que pase con Brie, podemos solucionarlo.

Emmett sale y me hace un gesto con una mano para indicarme que pase.

En cuanto la puerta del despacho se cierra detrás de mí, me espeta:

—¿Dónde coño has estado?

—Siguiendo la pista que encontré —le explico. Después, le dejo la carpeta justo delante—. Esta es la información que he recabado. Tiene todo lo que ya viste en mi casa y un par de piezas más del puzle.

—No lo necesito.

—¿A qué cojones te refieres con que no lo necesitas? —le pregunto.

—Pues a eso, que no lo necesito, pero gracias por pasarte. Tengo que ir al juzgado.

—Te he dado la mejor pista para resolver el caso.

Se encoge de hombros.

—Ya tengo esa pista de la que hablas, pero gracias.

—Emmett, te mataré —le advierto.

—Spencer, inténtalo si quieres.

Siento que vuelvo a tener dieciséis años, cuando le di un puñetazo a Emmett en la cara porque no me escuchaba cuando le hablaba de la chica que me gustaba. Intenta moverse, pero me pongo en pie y le bloqueo la salida.

—¿Qué te pasa? ¿Llevas meses trabajando en este caso y, cuando hago todo el maldito trabajo por ti, me ignoras?

—No, no te ignoro. Pero he quedado con alguien en dos minutos y ya llego tarde.

—No. Tienes que echarle un vistazo a la información de la carpeta. —Doy un paso hacia él y pone los ojos en blanco.

—Vete a casa y espera mi llamada. Para entonces ya tendré noticias.

Entrecierro los ojos mientras trato de descifrar qué es lo que no me ha contado.

—¿Tienes que ir al juzgado?

—Sí.

—Y no necesitas la información de la carpeta. ¿Por qué?

—Porque no. Ahora mismo no puedo responderte a nada más, y tengo que irme. ¿Lo entiendes?

Sabe algo. Ha descubierto la información él mismo.

—¿Por qué no quieres contarme nada?

—Porque no se me permite. Apártate de mi camino y haz lo que te digo por una vez en tu vida.

Doy un paso atrás.

—Pues me iré a casa.

—No estaría mal que te ducharas y trataras de parecer humano otra vez —me sugiere antes de salir.

Cojo la carpeta y salgo tras él, y lo observo mientras entra en el coche patrulla. Tengo la corazonada de que pedirá una orden o algo similar a la fiscal.

El trayecto hasta casa se me hace el doble de largo de lo habitual. Entro al acceso de la casa, salgo del coche de un salto y me dirijo a toda prisa hacia la puerta de entrada, pero se me sube el corazón a la garganta cuando llego.

Brielle está sentada en el escalón de entrada. Se rodea las piernas con los brazos y, en cuanto me ve, se pone en pie.

Nos miramos, paralizados, y, cuando veo que le tiembla el labio inferior, consigo por fin hablar:

—¿Brielle?

—Spencer —responde, y después se lanza a mis brazos. Su cuerpo choca contra el mío, y la agarro.

Me entierra la cara en el cuello y me atrae más a ella. Se le escapa un sollozo suave mientras le tiembla todo el cuerpo.

—Te necesito.

—Estoy aquí. Dios, estoy aquí. —Me aferro a ella más fuerte que nunca. No tiene ni idea de lo que ha significado para mí estar lejos de ella—. ¿Qué pasa? ¿Por qué has venido? ¿Por qué lloras?

Se separa de mí con sus ojos azules llenos de lágrimas.

—He sido una estúpida, lo siento mucho. No debería haberte abandonado de ese modo. Nunca… Lo recuerdo todo. Recuerdo los besos y cuánto me quieres. Nos recuerdo haciendo el amor, y cuando me pediste que me casara contigo. Recuerdo cuando hablamos de contárselo a Isaac, y… recuerdo el final. Me he acordado de toda nuestra historia. —Me acaricia la cara sin afeitar con las manos y sonríe—. No fui capaz de olvidarla por completo y, a pesar de eso, no dejé de quererte. Te deseaba, quería que fueras tú, y por eso estaba tan disgustada.

No es culpa suya, nada de lo que ha ocurrido lo es. No lo ha provocado ella, y me gustaría haber tomado otras decisiones. No puedo retroceder en el tiempo, pero sí que puedo asegurarme de que nuestro futuro lo tenga todo.

—No, nena. Soy yo el que se equivocó; nunca debería haber accedido a mentirte. Debería habértelo contado todo desde el principio.

—Ese es el problema, que nunca lo habría creído. Lo siento muchísimo.

—¿Recuerdas que te quiero? —le pregunto para asegurarme de haberlo oído todo bien.

—Sí.

Brielle se pone de puntillas justo cuando yo me agacho, y nuestros labios se encuentran. Me sube las manos por el pecho y después me enreda los dedos en el pelo. Es todo. Es justo lo que quería, y lo que creía que había perdido para siempre.

Pensaba que le había hecho tanto daño, que había traicionado su confianza tan irrevocablemente que nunca más sería mía.

La beso con más intensidad para que note todo lo que siento. El amor, la felicidad, el deseo de darle todo lo que quiera.

Demasiado rápido para mi gusto, se deja caer sobre los talones y los dos luchamos por recuperar la respiración.

—He recordado el tiroteo y quién es el responsable.

—¿Se lo has contado a Emmett?

—Sí, tengo que hablar con la fiscal del distrito en una hora, pero necesitaba verte. Necesitaba solucionar las cosas.

—Que estés aquí ya las soluciona. —Y yo tenía razón sobre Emmett, por eso se marchaba—. ¿Dónde está Quinn?

—Ahí. —Señala la silla del porche.

—Como si no estuviera —responde Quinn—. Solo me alegro de haber sido testigo de esto. Ha llorado mucho estos últimos días, y es agradable verla sonreír.

Es la mejor sensación del mundo.

—Brie, ahora que has recuperado la memoria, no estás a salvo.

—Tú no dejarás que nadie me haga daño. —Oír la seguridad de su voz es demasiado para mí, porque estos últimos días han sido agónicos. La he echado tanto de menos que sentía que toda mi vida estaba patas arriba.

—No, pero, aun así, no deberíamos arriesgarnos. Además, quiero que me lo cuentes todo. —La acompaño hasta las escaleras y Quinn se pone en pie y me hace un gesto con la cabeza para indicar que tiene información que darme—. ¿Me dejas que hable con Quinn un segundo para que me cuente lo que tiene que explicarme?

—Claro.

En cuanto entra en la casa, Quinn se acerca a mí.

—Mira, ya sé que sabes quién fue. Si no lo supieras, le habrías pedido el nombre en cuanto te ha dicho que ha recuperado la memoria. Me ha dicho el nombre y lo que pasó, pero no me ha dado una buena descripción. ¿Podrías…?

—Te traigo la carpeta en un segundo.

—En cuanto supimos el nombre empezamos a indagar, pero no se lo ha visto en semanas. Me parece un poco raro que a nadie del pueblo le haya hecho sospechar que desapareciera. Tiene pinta de ser un sitio en el que todos se conocen —señala.

—Se mudaron unas semanas antes del tiroteo, así que no creo que hayan estado aquí el tiempo suficiente para que la gente note su ausencia. Aun así, el hecho de que hayan desaparecido es alarmante. No tengo ni idea de adónde han ido. El centro juvenil ha estado muy ocupado tras perder a Brie, y el pueblo ha tenido que lidiar con el duelo por la pérdida de Isaac, de modo que seguramente les ha parecido el mejor momento para desaparecer.

Se rasca la nunca.

—¿Crees que encontró lo que sea que estuviera buscando en el despacho y huyó?

—¿No es lo que habrías hecho tú si fueras él? Lo encontraremos —le prometo. No solo me arrebató a mi mejor amigo, sino que casi me quitó también a la mujer que amo.

Como he asegurado, no dejaré ni un solo rincón por revisar. Lo encontraré, y pagará por lo que hizo.

Nos acercamos al coche y cojo la carpeta con la información y la memoria USB que contiene el vídeo.

—Esto es lo que tengo.

—¿Lo ves? —Quinn sonríe con suficiencia—. Sabía que harías algo de utilidad mientras estabas triste por haber perdido a tu chica. Lo llevaré a los del equipo y a ver qué se les ocurre.

Esbozo una sonrisa leve y le doy una palmadita en el hombro.

—Gracias, tío. Ahora necesitaré por lo menos tres horas con Brielle… Sin interrupciones.

Él se ríe.

—Haz lo que tengas que hacer, tengo que trabajar. Pero cierra la puerta con llave.

—Lo haré.

Entro en la casa, pero Brie no está en el salón. Así que la recorro, reviso las habitaciones y, al final, la encuentro en el despacho.

El bloc de notas en el que empecé la historia está encima del escritorio. Lo está leyendo, y no se da cuenta de que la observo.

Cuando pasa a la segunda página la interrumpo, porque no quiero que continúe. Las cosas se pusieron un poco serias cuando escribí sobre el botón del pánico.

—¿Sabes que es de mala educación leer la historia de alguien sin su permiso? —le pregunto medio en broma. Vuelve la cabeza de inmediato.

—Ay, Dios. Lo siento… —Hace una pausa—. No, en realidad no lo siento. No eres alguien cualquiera, eres, o eras, mi prometido. Y… trata de mí.

—Lo soy —la corrijo—. Soy tu prometido y tú eres mi mundo entero, joder. —Entro en la habitación, y se muerde el labio inferior—. ¿Hasta dónde has llegado?

Brielle desvía la mirada hacia el papel y después otra vez hacia mí.

—A la parte en que te pones a hablar de lo que sabes de verdad en lugar de contar lo mucho que me quieres.

Le acaricio los labios con el pulgar.

—Toda la historia es una carta de amor para ti.

—Entonces deberías dejar que la lea.

—Quizá, pero ahora mismo preferiría besarte.

—A mí también me gustaría. —Brielle sonríe.

Así que hago lo que me pide la dama y la beso. Estar con ella, besarla, me parece irreal, porque no estaba seguro de si podría hacerlo nunca más.

Interrumpo el beso y la miro fijamente.

—¿Por qué has vuelto?

—Por ti. Por nosotros. Porque necesitaba solucionar las cosas. No ha sido solo por los recuerdos —me asegura—. Ya pensaba volver antes de eso. Creo que sabía que volvería en cuanto me fui, tan solo… necesitaba irme. Tenía mucho miedo y estaba muy cansada de sentir en todo momento que estaba loca. Siento haberte hecho daño. Sé que te dejé y te dije que me ahogabas.

Nunca sabrá lo mucho que me golpearon esas palabras. Mi madre me lo decía constantemente, que era un peso en los tobillos que la hundía.

—Mi madre me lo decía cada vez que me dejaba con quien estuviera dispuesto a quedarse conmigo esa semana.

—Se equivocaba, y yo también. Era yo la que me ahogaba, y me negué a agarrarme al salvavidas que me ofrecías. No fue por ti, Spencer.

—Gracias por decírmelo.

—Lo digo de corazón.

Y la creo. Brielle no es maliciosa ni egoísta como lo era mi madre.

—Así que ¿lo recuerdas todo? —le pregunto.

—Sí. —Da un paso atrás y se pasa los dedos por el pelo rubio—. No me has preguntado por el asesino.

—¿Quieres contármelo?

Se ríe y sacude la cabeza.

—Ya sabes que no fue Jax, ¿cómo lo descubriste?

—He pasado los últimos días investigando, que es lo que debería haber hecho en cuanto ocurrió el incidente. Debería haber hecho todo lo posible por ayudarte.

—Creo que has hecho exactamente lo que debías; tenía que acordarme por mí misma. ¿Cómo lo has averiguado?

El único motivo por el que todos le ocultamos la verdad era para atrapar al asesino y asegurarnos de que pagara por lo que hizo. Por eso no le contaré nada más.

—No quiero ocultarte nada, Brie. He aprendido la lección, pero creo que deberíamos hacer todo lo posible para asegurarnos de que admitan a juicio la información que tenemos. Lo mejor es que sepas lo mínimo posible. Las autoridades ya tienen la información que he recabado y, cuando se lo hayas contado todo a la fiscal, podremos hablar del tema. ¿Te parece bien? —No tengo ni idea de cuáles son las reglas, y preferiría no dar un paso en falso.

—Por eso he ido a ver a Emmett primero. Le di mi declaración, y estoy esperando el siguiente paso.

Me lo imaginaba. Por eso no necesitaba la carpeta e iba a reunirse con la fiscal.

—¿Cuánto tiempo tenemos? —le pregunto.

Baja la mirada al reloj.

—Una hora, más o menos. ¿Por qué?

—Porque me encantaría hacerte el amor.

La mirada azul de Brielle parece volverse líquida cuando sonríe.

—A mí también me gustaría.

Capítulo treinta y dos

Brielle

Haber recuperado la memoria hace que dirigirnos a su habitación sea una experiencia diferente. Me siento expectante, pero ahora hay mucho más. Los sentimientos que tenía antes, los que me hacían creer que estaba loca, se han amplificado. Es como si nuestro amor se hubiera duplicado.

Tira de mí por el pasillo y se detiene cuando entramos en su habitación.

—Te quiero —me dice Spencer con voz ronca al volverse hacia mí.

—Y yo a ti.

—No, Brielle, te quiero más que a nada en el mundo. He querido decírtelo muchísimas veces desde que despertaste.

Le aparto los mechones demasiado largos de la cara.

—Te quiero, Spencer Cross. Te he querido toda mi vida, y nunca dejaré de hacerlo.

—Te daré el mundo entero.

Sonrío al oírlo.

—Solo te necesito a ti.

—A mí ya me tienes, mi amor.

Se inclina hacia mí y me besa con ternura, y dejamos que las emociones fluya entre nosotros. Cuando lo abandoné, una parte de mí se rompió, y ahora me siento otra vez completa. Él hace que me sienta así.

El beso empieza lento y dulce, pero al momento se vuelve rápido y fogoso. Me lleva las manos a los pechos y aprieta con suavidad.

—Necesito que te desnudes —me murmura contra los labios—. Necesito tocarte, saborearte, hacerte mía.

Siempre he sido solo suya. Me quita la camiseta con un movimiento rápido, y después le siguen el sujetador y los pantalones.

Le agarro la ropa porque quiero que haga lo mismo.

—Deja que te vea. Deja que vuelva a memorizarte.

No me he olvidado de su cuerpo, pero quiero sentirlo de nuevo.

Spencer y yo caemos a la cama, desnudos y expuestos el uno al otro. Me coge una mano y la acerca a su pene.

—Acaríciame —me ordena.

Muevo la mano de arriba abajo y noto que se endurece contra la palma de mi mano.

—¿Y ahora qué? —le pregunto.

—Bésame.

Me entierra una mano en el pelo y me sujeta contra él mientras no dejo de acariciarlo. Aumento la presión y la velocidad. Lo deseo muchísimo. Quiero saborearlo, volverlo loco, recordarle lo increíbles que somos y que podemos ser juntos.

Me aparto de él y luego lo empujo para que se tumbe de espaldas en la cama.

—Quiero más.

Sonríe, se pasa las manos por detrás de la cabeza y queda totalmente expuesto a mí.

—Soy todo tuyo.

—Ah, ¿sí?

—Siempre.

Me muerdo el labio inferior y le guiño un ojo.

—Bueno, pues, dado que puedo hacer contigo lo que quiera, creo que ahora me gustaría chuparte la polla.

—Adoro tu maldita boquita.

—Bien. —Le paso la lengua por la punta y luego la llevo hasta el fondo. La última vez que estuvimos juntos no pude hacerlo porque se centró en mí. Ahora me toca a mí llevar el control y otorgarle el placer que se merece.

Muevo la cabeza de arriba abajo y me introduzco su polla tan hondo como puedo. A Spencer se le acelera la respiración cuando trato de ir más rápido.

—Joder, Brielle, no puedo más. —Me aprieta el pelo con más fuerza y yo bajo más despacio y le paso la lengua por el miembro—. Por favor, cariño, todavía no. Joder, todavía no.

Se mueve tan deprisa que no me da tiempo de hacer nada más que soltar un gritito y tira de mí hacia arriba. Me sitúa sobre su cara y esboza una sonrisa traviesa.

—Agárrate al cabezal, Brielle.

Cuando me levanta el trasero, no me queda más opción que hacer lo que me pide.

—Buena chica, agárrate, a ver si consigo hacerte suplicar.

Me tira de las caderas hacia abajo, y dejo caer la cabeza hacia atrás cuando me pasa la lengua por el clítoris. Spencer mueve la cara de un lado al otro y me pasa la lengua por los sitios correctos. El sudor perla mi frente cuando siento el orgasmo cada vez más cerca. Ya lo sentía cerca solo por complacerlo a él, y su boca me está llevando al borde de un modo vergonzosamente rápido.

Me tiemblan las piernas cuando me acaricia el centro con los pulgares. Gime cuando cierro los muslos contra su rostro y trato de contenerme con todas mis fuerzas.

Mueve de nuevo el pulgar, presiona y traza círculos mientras me lame el clítoris.

—Spencer, no aguanto más —le advierto—. Estoy a punto. —Lo hace otra vez y después desplaza el pulgar hacia atrás y me separa las nalgas. Se me escapa un grito ahogado cuando me bordea el agujero con el dedo—. Ay, madre —gimo más alto. Lo introduce ligeramente, y las sensaciones son demasiado para mí. Me desmorono, incapaz de contenerme.

Me agarra el culo para sujetarme mientras exprime hasta la última gota de placer de mi cuerpo. Es probable que lo esté asfixiando, pero me he roto en pedazos y él es lo único que me mantiene de una pieza.

Spencer me endereza las piernas y me dejo caer sobre la cama.

—Ha sido… —jadeo.

—Solo el principio. —No se lo piensa antes de colocarse entre mis muslos y presionarme la entrada lo justo para provocarme—. Te quiero así, no quiero que haya nada entre nosotros. Quiero hacerte el amor sin barreras.

—¿Y si… y si me quedo embarazada? —le pregunto.

—¿Te gustaría? ¿Tener un bebé? ¿Una familia… conmigo?

Duda antes de pronunciar la última pregunta, y se me rompe el corazón. Todo el mundo se ha olvidado siempre de Spencer, incluso yo. Cuando me propuso matrimonio, me dijo que quería una vida, una familia, un futuro lleno de todo lo que deseara. Ser madre, tener mi propia familia, es algo que anhelo.

Le sonrío, pero lo veo borroso por culpa de las lágrimas.

—Lo quiero todo contigo. Siempre lo he querido.

—Si pasa…

—Pues pasa. —Poso mis labios sobre los suyos—. Te quiero, Spencer Cross, y te necesito ahora mismo. Sin nada que se interponga entre nosotros.

Se desliza en mi interior y llena todas las grietas que me ha dejado el pasado. Me siento completa, y no quiero que acabe nunca.

Estar aquí tumbada con él, envueltos en las sábanas y con la luz del sol bañándonos a través de la ventana, es como volver al recuerdo que tuve, pero mejor. Es real e increíble, y me siento segura.

Después recuerdo que un loco anda suelto por ahí.

—¿Crees que Emmett lo habrá encontrado?

—Si no lo ha hecho, lo hará Quinn.

Al oír eso, levanto la cabeza.

—¿Quinn?

—Sí, lo investigará por su cuenta.

No sé por qué me sorprende escuchar eso, pero así es.

—¿Cuándo has enviado a Quinn a investigar?

—Cuando he sabido que te desnudaría y te haría gritar. He pensado que querrías privacidad. Además, no iba a perderte de vista, así que no podía investigarlo yo mismo.

—Quiero decir… Has hecho lo correcto, pero me sorprende que te haya parecido bien dejar marchar al tirador entrenado que me vigilaba.

Se echa a reír.

—Cariño, yo también soy un tirador entrenado. Estás igual de a salvo conmigo que con Quinn.

Me encojo de hombros y ladeo la cabeza.

—¿Estás seguro? Quinn nunca se distrae así conmigo.

—Más le vale que no.

—Solo digo que ¿estás seguro de que estoy a salvo?

—Brielle, lucharía hasta mi último aliento para mantenerte a salvo. No se te acercará nadie. El equipo está cerca por si acaso, pero aquí, en mi casa, estás a salvo.

Lo creo, solo quiero ser cautelosa.

—¿Nadie ha visto a Bill ni a su familia?

Spencer suspira.

—No.

—¿Y nadie del centro ha comprobado que Myles esté bien?

Me acaricia la espalda de arriba abajo con los dedos.

—No que yo sepa.

Me incorporo y me llevo la sábana conmigo.

—¡Tenemos que encontrarlos! Les hará daño. No recuerdo todo lo que ponía en los documentos, pero sé que le pegaba a Sonya. Y Myles también tenía moratones. Siempre me hablaba de su padre y de las cosas que le hacía a alguien o a algo… No lo sé. Era muy malo y… No podemos quedarnos aquí sin hacer nada mientras el niño esté en peligro.

—Brie, no irás a…

Pero ya me he levantado de la cama.

—Quiero ayudar a encontrar a ese chico. Es una víctima inocente. Nunca rellené los papeles, así que ¡lleva con él más de un mes sin que nadie sepa el peligro que supone! —Tengo que ayudar a ese niño.

—Brielle, detente. No lo encontrarás.

—No puedo quedarme aquí sin hacer nada.

—No he dicho que lo hagas —repone Spencer, exasperado—. Sé que quieres ayudarlo, todos queremos eso. Ahora mismo un equipo entero de marines cualificados y todo el departamento de policía lo están buscando, por no hablar de todos los habitantes del pueblo, que se mantienen alerta por si aparece algún miembro de la familia. Así que ¿puedo disfrutar por un segundo de que mi chica esté de vuelta?

Sacudo la cabeza mientras me subo los pantalones.

—Te quiero, y seré tuya para siempre, pero sabes que no puedo ignorarlo.

Se deja caer sobre la almohada y gruñe mientras se cubre la cara.

—Estoy enamorado de una chiflada.

Me río y me inclino hacia él para besarlo.

—Levántate, tenemos que ocuparnos del papeleo.

Spencer me agarra por una muñeca e impide que coja la camiseta.

—Quiero rellenar otro tipo de papeleo.

—¿Qué?

—Quiero que nos casemos. —Clava sus ojos verdes en los míos—. Quiero casarme contigo. Quiero poder hacer todo lo que no podía hacer cuando estabas en el hospital. Quiero que te pongas el anillo en el dedo y ponerte otro y casarme contigo delante de nuestros amigos y de tu familia.

Me pongo de rodillas para estar a la misma altura que él.

—Me parece bien.

—Lo digo en serio, Brie. No quiero esperar. No quiero esconderme más.

—Lo sé.

—Vale. Deja que me ponga los pantalones y vamos a rellenar el papeleo que quiero.

Sale de la cama y le sonrío a su trasero perfecto cuando pasa por mi lado.

—Y dicen que el romance ha muerto.

Capítulo treinta y tres

Brielle

—¿Me has traído otra vez al parque? —le pregunto a Spencer con una ceja arqueada.

—Tenía que enseñarles a los niños que lo he arreglado.

—¿El qué?

—Lo nuestro.

Me echo a reír.

—¿Y cómo saben los chicos que rompimos?

Se encoge de hombros.

—Puede que volviera aquí y me los encontrara. Me dijeron que tenía un aspecto horrible y que debía haberla cagado.

Vaya, es lo más adorable que he oído nunca.

—¿Y ahora quieres presumir de mí?

—Exactamente. Espero que estén aquí hoy…

—¡Eh, es Brielle! —Kendrick se acerca a nosotros corriendo—. Has vuelto.

—¡Pues sí! ¡Hola, chicos!

—Oh, ha venido con él —comenta Timmy cuando se fija en Spencer.

Me río, porque me parece desternillante lo poco que les gusta. Spencer gruñe en voz baja.

—Sí, ha venido conmigo. La he traído yo.

—Me debes veinte pavos —le dice Saint a Timmy.

—¿Apostaste que sería incapaz de solucionarlo? —pregunta Spencer.

—Pues sí, pensaba que sería más lista.

Río por la nariz e intento ocultar que me ha hecho mucha gracia.

—Bueno, aunque ha sido muy divertido, tenemos que irnos. Me alegro de haberos visto a todos.

—Adiós —se despiden, y se marchan a la carrera.

Entrelazo un brazo con el de Spencer y recorremos el camino del parque.

—Esto es muy bonito.

—¿El qué?

—Nuestro parque —le comento mientras paseamos sin prisa. Quizá está un poco apartado, pero ahora es nuestro. La cita que tuvimos aquí hizo que viera a Spencer de otra manera. Aquel día no se trató del pasado, sino de lo que teníamos en ese momento.

—Es nuestro.

—Eso creo.

—A lo mejor podríamos hacer una donación o algo en nombre de Isaac.

La sugerencia me hace sonreír, y levanto la mirada hacia él.

—Me encantaría, podríamos poner un balancín o algo por el estilo.

—¿Un balancín? —Se ríe.

—¿No te acuerdas?

Spencer sonríe.

—Supongo que no.

—Cuando tenía unos seis años, me llevabais al parque y me hacíais volar en el balancín. Yo me agarraba con todas mis fuerzas, pero me daba un culetazo cada vez que alguno de vosotros se bajaba de un salto y me hacía caer en picado.

—¿En picado?

—Tenía seis años, es lo que me parecía entonces.

—No me sorprende que te hiciéramos eso. El hermano de Emmett nos hacía muchas putadas de críos, así que a nosotros nos encantaba hacer lo mismo contigo.

Sacudo la cabeza antes de apoyársela en el hombro.

—Qué suerte tengo.

313

—Pues yo creo que sí.

Suspiro hondo y disfruto de la calidez y de la luz del sol.

—¿Spencer?

—Dime, mi amor.

—¿Podemos ir al cementerio? —le pregunto—. Me gustaría contarle a Isaac lo nuestro.

Spencer se detiene y me estrecha entre sus brazos.

—Por supuesto.

La tumba se ve reciente y todavía no le han puesto la lápida, pero eso no importa. Hay una placa con una bandera y, en el suelo, alrededor del poste, hay varios objetos que le ha dejado la gente.

Hay una carta del equipo de fútbol del instituto, un chupete que seguramente es de Elodie y un montón de flores y fotos. Me agacho y cojo una que ha tenido que dejarle Spencer, Emmett o Holden.

—La traje yo —me explica Spencer—. Llegué a casa después de pasar todo el día contigo y lo echaba de menos. Quería contárselo todo y, aun así, cuando llegué aquí no me salían las palabras.

La culpabilidad que siento por la muerte de mi hermano parece infinita. No había venido al cementerio. No he hecho lo suficiente para que mi cuñada se quedara en el pueblo. Ni todas esas cosas que Isaac habría hecho si hubiera muerto yo aquel día.

—Yo tampoco sé si sabría qué decirle —le respondo a Spencer.

—¿Crees que necesita que le digamos algo?

Me encojo de hombros, dejo la fotografía y cojo un cisne de origami. Hay algo en él que me llama la atención.

—¿Lo has hecho tú? —me pregunta Spencer.

Desvío la mirada hacia él.

—¿Yo?

—Sí, te encanta la papiroflexia. Todavía tengo la estrella que hiciste con mis últimas notas.

—Me había olvidado… Bueno, sé que me encantaba el origami, incluso de niña, pero no recordaba que aún lo hacía. —Le doy la vuelta al papel—. No es mío, no he venido desde que lo enterraron.

—¿Sabes quién más podría haberlo hecho?

Me viene a la mente una imagen de los niños conmigo en el centro juvenil un día en que se fue la luz. Escribí una nota en un papel y lo doblé. Los niños se lo pasaron muy bien intentando desdoblarlo y volver a doblarlo para que la palabra quedara en el exterior. A partir de ese momento, nos enviábamos notas así cuando queríamos meternos con Jax.

Le cuento la historia a Spencer y se ríe.

—Es tu propio código, pues.

—Podría haberlo sido.

—Ojalá hubiéramos hecho eso con Isaac. Podríamos haberle contado que estábamos juntos en código y así lo hubiera sabido desde el principio —señala Spencer.

Dejo el cisne donde estaba y le doy la mano.

—No dejo de pensar en que debía saberlo. Isaac era demasiado inteligente.

—Si lo sabía, nunca lo dijo.

—Recuerdo que estaba muy preocupada por él justo antes de que me golpearan la cabeza.

—¿Quieres hablar de lo que pasó?

Me dejo caer sobre la hierba fría, toco la tierra y le cuento lo que recuerdo. Esta vez es mucho más difícil que cuando se lo conté a Emmett. Explicarle a Spencer lo que dijimos y ver el rostro de Isaac con tanta claridad sabiendo que está aquí conmigo es casi imposible. Me resbalan las lágrimas por las mejillas mientras relato el miedo que sentí, no solo por mí misma, sino también por Isaac.

—Sabía que me protegería. Incluso en ese momento, mientras le suplicaba que no lo hiciera.

—Pues claro que lo hizo. Isaac nunca huía de nada, y no habría huido de un tipo que amenazaba a su hermana.

—Y fíjate de qué le sirvió. —Miro a Spencer a los ojos—. ¿Merece la pena que Elodie crezca sin el amor del padre más maravilloso que podría haber tenido nunca? ¿Y qué me dices de Addison, que perdió a su marido?

—¿Y crees que no valía la pena salvarte a ti? —me pregunta Spencer—. ¿Qué habría hecho yo, Brie? ¿Vivir en un mundo en el que jamás podría volver a tocarte? —Me limpia una lágrima con un dedo—. ¿Qué habríamos hecho los demás? Ninguno de los dos merecíais lo que os pasó, pero tu hermano nunca se lo habría perdonado si no hubiera tratado de impedirlo.

A lo mejor es cierto, pero yo no tengo una hija que sentirá la pérdida. Elodie es por la que más sufro.

—Me gustaría que todo hubiera ocurrido de otra manera —comento, y dibujo unas marcas en la tierra mientras miro su nombre fijamente—. Te lo habría contado, Isaac. Nunca deberíamos habértelo ocultado. Siento muchísimo no haber confiado en ti ni en nosotros. —Spencer me aprieta un hombro—. Será una conversación unidireccional, pero espero que, al final, me envíes alguna señal. Spencer y yo estamos juntos. Llevamos un tiempo…, casi un año. Te lo hemos ocultado, y sé que probablemente te sientas traicionado, y lo siento muchísimo. No era nuestra intención hacerte daño al mantenerlo en secreto. Para serte sincera, solo necesitábamos un tiempo para nosotros solos, sin que nadie nos juzgara ni nos diera su opinión. Y luego nos enamoramos. Muchísimo. La forma en que tú miras a Addison es cómo Spencer me mira a mí.

Me vuelvo hacia él, se agacha y me planta un beso en la sien. Cuando me invade la emoción y las palabras me salen entrecortadas, Spencer toma el relevo.

—Haría lo que fuera por tu hermana, y quiero que sepas que siempre seré bueno con ella. La protegeré. Estaré a su lado para apoyarla. Nunca la traicionaré ni le haré nada por lo que me patearías el trasero. Siempre has tenido más fe en mí que yo mismo, y por eso sé que puedo prometértelo.

Me recompongo.

—Te quiero, Isaac. Espero que te alegres por nosotros y nos perdones por no habértelo contado.

—No nos lo echaría en cara. —Spencer baja la mirada hacia la tumba—. O, por lo menos, no durante mucho tiempo.

Sonrío, porque imagino que se habría cabreado, pero después habría cambiado de opinión y lo habría aceptado.

—Creo que le habría encantado vernos felices a los dos.

—Estoy de acuerdo.

Nos ponemos en pie, me rodea con los brazos por la espalda y se me escapan un par de lágrimas. Le repito a mi hermano que lo echo de menos y le pido que me perdone.

A Spencer le vibra el móvil y me suelta.

—Es Quinn.

—Contesta, yo me quedo aquí —le digo.

—No te muevas.

—No lo haré.

Me acerco otra vez al altar improvisado de Isaac y me fijo en un balón de fútbol de peluche y en la copia de una carta de una universidad, pero el cisne me llama más la atención. Me agacho y lo recojo, y observo los pequeños pliegues de las alas que les enseñé a hacer a los niños. Lo despliego con cuidado y ahí, en el centro de la página, hay una nota:

POR FAVOR, AYUDA. NOS MATARÁ SI NO VIENES SOLA.
MYLES

Al final de la página hay una dirección. Es un hotel de Portland.

Spencer vuelve hacia mí a paso lento.

—La pista se ha enfriado. Viene hacia aquí; quiere que nos quedemos en tu apartamento.

Me guardo la nota en el bolsillo y me obligo a sonreír.

—Me parece bien.

Spencer me da la mano y me guía hasta el coche mientras yo trato de idear la forma de escabullirme para salvar al niño sin que mi equipo de seguridad se dé cuenta.

Capítulo treinta y cuatro

Spencer

La aprieto más contra mi pecho y suspiro al notar el roce de su piel desnuda contra la mía. Anoche fue increíble. Hicimos el amor no sé cuántas veces, y se ha puesto de nuevo el puto anillo en el dedo.

Brielle se da la vuelta para ponerse frente a mí.

—Buenos días.

—Lo son.

—Sí, y tienes que despertarte, porque Holden y Emmett llegarán enseguida. Además, tenemos que hacer una videollamada con Addison.

Después de ponerle el anillo de compromiso, Brielle insistió en que no se lo ocultáramos a nadie más. Emmett y Addison lo saben todo, pero le seguiré el juego. Lo que ella no sabe es que Addison volverá a casa en tres días, que es cuando celebraremos la fiesta de compromiso. Les he enviado un correo electrónico a todos mientras dormía para pedirles que vengan. No bromeaba cuando le dije que no pensaba esperar más.

—Por lo menos deberíamos ponernos la ropa interior. —Brie sonríe—. Estoy segura de que Holden y Emmett nos lo agradecerían.

Gruño y me dejo caer de espaldas.

—Si es necesario...

Sale de la cama y se pone una bata. Me gustaban las vistas que tenía cuando no la llevaba puesta, pero, al mirar el reloj, decido ponerme en marcha. Emmett es muy respetuoso con la puntualidad y nunca llega tarde, así que tenemos tres minutos antes de que llame a la puerta.

—¿Has pedido que traigan comida? —me pregunta Brie desde el baño.

—No.

—Pues probablemente no habrá nada.

—Seguro que no, pero ¿de verdad les daremos de comer? Quizá no se vayan nunca.

Brie asoma la cabeza.

—Sí, seremos amables con ellos y dejaremos que nos hagan las preguntas que quieran. Después, tienes que llevarme a Portland de compras.

Esto es nuevo.

—¿Cuándo he accedido a llevarte?

—No lo has hecho, pero tienes que llevarme. —Sonríe.

Yo también tengo algo que hacer allí, así que, egoístamente, no rechazaré su petición.

—¿Adónde quieres ir de compras?

—No lo sé todavía, pero quizá podríamos pasar la noche allí —me sugiere.

—¿Quieres pasar la noche en Portland? —Odia esa ciudad a muerte. No es propio de Brielle.

—Depende de lo tarde que se nos haga. ¿Puedes encender la cafetera? Alguien me ha tenido despierta casi toda la noche.

Me pongo la sudadera y me dirijo a la cocina con una sonrisa engreída. Pues claro que la he tenido despierta casi toda la noche. Después de encender la cafetera, cojo el móvil y echo un vistazo rápido a los correos. Tengo uno de mi editor, que me pregunta si me pondré a trabajar de nuevo algún día, uno de Jackson en el que me dice que todavía no saben nada del paradero de Bill y uno de Addison en el que me especifica los detalles del vuelo.

No sé cuánto tiempo se quedará, pero sé que no será permanente. Viene para asistir a la fiesta, pero me dejó bastante claro que todavía no está preparada para volver definitivamente.

A pesar de que estamos bastante seguros de que Addison y Elodie no están en peligro, ya que el objetivo era Brielle, la hemos informado de que Bill es sospechoso. Pero, como todavía no tenemos ni idea de dónde está, le hemos dado su foto al equipo de seguridad de Addison en Sugarloaf por si aparece.

Brie sale de la habitación justo cuando alguien llama a la puerta, y suspiro.

—Bueno, allá vamos.

Abro la puerta y entran mis dos mejores amigos. Nos damos los abrazos habituales, y los dos le dan un beso a Brie en la mejilla.

—Tienes mucho mejor aspecto —señala Holden.

—Me encuentro mejor —le explica Brie.

Me acerco a ella, le rodeo la cintura con un brazo y los miro.

—Os hemos pedido que vengáis para contaros que estamos prometidos. Ya lo estábamos antes, de hecho. Yo soy el que le compró el anillo, y Brielle es mi prometida.

Ella me da un manotazo en el pecho.

—¿En serio?

—Ya te lo he dicho, no esperaremos más. No perderemos el tiempo de cháchara cuando tenemos cosas que hacer. Así que ya lo sabéis.

Brie emite un suspiro profundo y se acerca a ellos.

—Isaac no lo sabía y... es una de las cosas de las que más me arrepiento de ese día, así que queríamos que lo supierais.

Emmett mira a Spencer.

—Yo ya lo sabía.

—Sí, pero ahora ya lo sabes como nosotros queríamos que lo supieras. —Miro a Holden, que no se ha movido del sitio—. Lo siento, tío, me había olvidado de que tú no sabías nada de todo esto.

—¿Ya estabais juntos antes? —nos pregunta.

—Sí.

—¿Y no me lo contasteis?

—No se lo contamos a nadie, y no podía decírtelo antes de que lo recordara todo. Es que... no podía.

Holden centra la atención en Brie.

—¿Estás segura de que te gusta este idiota?

Ella le sonríe.

—Lo amo, siempre lo he hecho.

—Sí, supongo que es verdad. Me alegro mucho por los dos. Prometidos…, vaya.

Emmett resopla por la nariz.

—En serio, se lo podríais haber contado a todo el mundo un poquito antes de pasar por el altar.

Brielle vuelve a mi lado y me abraza por la cintura.

—Lo mantuvimos en secreto por un buen motivo; espero que lo entendáis.

Emmett se encoge de hombros.

—No me corresponde a mí entender cómo funciona su mente. Es un desastre, y no fingiré lo contrario. Me alegro de que el prometido misterioso no sea un pringado… Bueno, no del todo.

Le hago una peineta. Holden se aclara la garganta.

—¿Por qué dejaste el anillo en la cocina en vez de llevártelo? Supongo que lo pusiste ahí cuando tú y Em vinisteis a limpiar antes de que le dieran el alta.

—Sabía dónde lo guardaba cuando no lo llevaba puesto, así que lo cambié de sitio.

—¿Y por qué no te lo llevaste? —pregunta Holden.

—No podía, no podía quitárselo sin más, era como rendirme y perderla otra vez. Así que lo puse donde pensé que nunca lo encontraría.

Brie me estrecha más entre sus brazos.

—Nunca me perdiste, Spencer, ni siquiera cuando estaba perdida.

Bajo la mirada hacia la preciosa mujer a la que amo.

—Quizá no, pero en cierto modo te habías ido. El anillo era la única prueba de que fuiste mía. No se lo dijimos a nadie, y… esperaba que, si lo veías, el anillo hiciera que recordaras algo.

—Siempre quise que fueras tú. —Se pone de puntillas.

Holden finge tener arcadas.

—En serio, podríais apiadaros un poco de nosotros.

Emmett suspira.

—Por mucho que me encantaría quedarme aquí y comprobar que estáis tan enamorados que da asco, tengo que volver a la comisaría.

—¿Habéis encontrado algo? —le pregunto.

—No, y, aunque lo hubiéramos hecho, tampoco podría contaros nada. Supongo que has enviado a los de Cole a que investiguen y tampoco han encontrado nada.

—Sí, y no. —No vale la pena negarlo. Si lo encuentran y no lo mato yo mismo, será un milagro. Debería rezar por que Emmett lo encuentre antes que yo.

Se acerca a nosotros.

—Ten cuidado, por favor. Sé que estás cualificado, pero no eres policía, así que intenta no destrozar pruebas y joderle el caso a la fiscalía, ¿vale? No solo queremos que Brielle esté a salvo, también queremos que se haga justicia a Isaac.

—No perderé los papeles, Maxwell. Tú céntrate en hacer tu trabajo y ya te avisaré si descubrimos algo.

Sacude la cabeza.

—Ya. Me voy a trabajar. Spencer, enhorabuena por haber convencido, no sé cómo, a una de las mujeres más maravillosas que conocemos de que vales la pena. Brielle, te deseo muchísima suerte, porque estás con un hombre muy terco.

Brie hace un amago de sonreír, pero percibo algo de vacilación en el gesto.

—¿Estás bien? —le pregunto.

—Sí. —Se vuelve hacia Emmett con una sonrisa amplia y auténtica—. Puede que sea un capullo, pero lo quiero de todos modos.

Le estrecha la mano a Holden, pero, cuando alarga una mano hacia el pomo de la puerta, lo llamo.

—Oye, Emmett.

—¿Qué?

—¿Te acuerdas de nuestro acuerdo? —le pregunto.

—No…

Holden se ríe entre dientes.

—Padrino…

Cuando teníamos dieciocho años, bromeábamos con Isaac sobre su boda, porque ya había hablado con Addison del tema. Fue una tontería, pero pactamos quién sería el padrino de boda de cada uno de nosotros. Yo fui el padrino de Isaac. Isaac fue el de Holden. Holden será el de Emmett y Emmett será el mío. El motivo por el que Emmett me escogió a mí fue porque no quería ser el padrino de nadie, y pensó que yo nunca me casaría.

—¡Joder! —exclama Emmett cuando se da la vuelta—. Venga ya…

—Accediste a ello.

—¡Que lo haga Holden! Lo hará mejor.

—No, lo harás tú, y quiero una despedida de soltero de la hostia.

Gruñe y después abre la puerta.

—La tendrás cuando arregle todo esto.

La videollamada con Addison fue genial. Ya lo sabía, porque tuve que contárselo, pero se puso contentísima; ella y Brielle estuvieron llorando todo el rato.

Mujeres.

Ahora estamos de compras en Portland y no paro de recibir actualizaciones de Quinn. Al parecer, él también está en la zona, y quiere que estemos alerta. Dice que ha seguido un rastro que es posible que ubique a Bill en Portland.

Para sorpresa de nadie, estoy listo para largarme de aquí de una puta vez.

Quiero que esté a salvo en el apartamento, no deambulando por las calles, donde puede ocurrir cualquier cosa.

—Esta tienda me gusta —me comenta, y señala la *boutique* de la esquina.

Tampoco me hace gracia que estemos a una manzana de…

—¿Brielle?

Henry.

—Hola, Henry. ¿Qué… qué tal estás? —le pregunta, y se acerca a él.

—Muy bien. Venía a por un café, y me ha parecido que eras tú. —Se vuelve hacia mí—. Spencer, me alegro de verte.

El sentimiento no es mutuo.

—Hola, Henry.

—¿Qué hacéis en Portland? —nos pregunta.

—Estamos de compras. Brielle necesita un vestido para una fiesta. Vamos a anunciar algo muy importante para nosotros.

Ella abre mucho los ojos, pero me da igual. Tuve que ver cómo el muy capullo la besaba.

—Ah, ¿sí?

Brielle sonríe.

—He recuperado la memoria.

—Me alegro muchísimo. De verdad.

Estoy seguro de que no. Tenía la esperanza de que volviera con él, aunque no puedo culparlo por ello. Es perfecta, y yo querría lo mismo.

—Gracias. Spencer y yo estábamos juntos antes del incidente y…

Henry le mira la mano.

—¿Es el prometido?

—Lo es. —Le sonríe con suavidad.

—Lo soy.

Pasa la mirada del uno al otro.

—Vaya, lo siento mucho. Imagino que no fue nada fácil para ti cuando despertó.

—No, no lo fue.

—Ya, yo… Me alegro mucho por vosotros —repite Henry—. Deseo que tengas todo lo que quieres, de verdad.

Brielle le pone una mano en el brazo.

—Gracias, los dos lo apreciamos mucho.

—Sí —añado, porque parece que tengo que coincidir con ella en ese aspecto.

—Debo irme, tengo una reunión en veinte minutos y necesito un café. Me alegro de haberos visto.

—Adiós —le respondo, y doy la conversación por finalizada.

Tengo la sensación de que algo no va bien, y quiero que salgamos de aquí y de Portland de inmediato.

En cuanto se ha ido, los ojos azules de la mujer a la que quiero, que suelen mirarme con suavidad y dulzura, se vuelven furiosos hacia mí.

—Has sido un capullo.

—Volvamos al coche y me regañas todo el camino de vuelta a Rose Canyon si quieres.

—Spencer, lo digo en serio. Henry no ha hecho nada malo, y has sido un imbécil con él.

—¿Qué más da?

Me importa una mierda cómo he tratado al imbécil de su ex, pero parece que la ha disgustado más de lo que soy capaz se comprender. Brielle sacude la cabeza y refunfuña.

—Ha sido perfectamente amable.

—También mintió, te besó, no se presentó al funeral de Isaac y es un jodido capullo, así que siento no haber sido amable con él. La próxima vez, cuando no estemos en pleno centro de la ciudad, seré más simpático.

—¿Qué tiene que ver que estemos en Portland con que seas amable? —pregunta Brielle, y echa un vistazo a nuestro alrededor.

—Quiero que nos vayamos.

—Y yo quiero que me cuentes qué me ocultas.

Esta mujer acabará conmigo.

—Quinn también está en Portland, ¿vale? Está aquí, y creo que deberíamos irnos a casa.

Brielle frunce los labios y se cruza de brazos.

—No.

—¿No?

—No —me repite—. No pienso vivir así. ¿Cuántas semanas he pasado sintiéndome insegura? Todavía no me he comprado el vestido para la fiesta, y entraré a la tienda.

Madre mía. Cuento hasta cinco, cosa que no me sirve demasiado para calmar la frustración, y vuelvo a empezar.

Brielle aprovecha esos segundos para decidir que no se quedará esperando y se aleja de mí a zancadas. La sigo como el perrito faldero enamorado que soy y paso los tres siguientes minutos intentando averiguar qué decir para solucionarlo. Me alegra que no esté asustada, pero todo esto no me gusta nada.

—Me probaré estos —me informa. Después me da un beso en una mejilla—. Te quiero.

Y así, sin más, todo mi enfado se disipa.

—Yo también te quiero.

—Bien. Ahora espérame aquí y saldré cuando esté lista.

Me siento en un sofá acolchado de color rosa y espero.

Y espero.

Y espero.

No parecía que hubiera cogido tantas...

Me levanto de golpe y camino a zancadas hacia los probadores, ignorando los gritos de la mujer del mostrador. Abro la puerta del probador de golpe y espero que Brielle me reprenda por hacer estupideces.

Pero no está ahí.

El probador está vacío.

Las prendas que iba a probarse cuelgan de las perchas, pero no hay nadie para ponérselas.

—¡Brielle! —grito, y me dirijo a la entrada trasera a toda velocidad. Está abierta, y no me detengo hasta que estoy en mitad del callejón, buscando cualquier rastro de ella.

Se ha ido.

Capítulo treinta y cinco

Brielle

El corazón me late con tanta fuerza que siento que se me sal-drá del pecho, pero no tenía otra opción. Me dejó una nota, y tenía que venir hasta aquí.

Myles es un niño inocente y yo, una adulta. Solo espero que Spencer encuentre las pistas que le he dejado.

Sabía que ni de coña permitiría que me ocupara de esto yo sola, nunca me pondría en peligro. Y lo quiero mucho por ello, pero también sé que el pequeño tiene miedo, y hace meses le prometí que lo protegería.

Ya le he fallado una vez, y no lo haré de nuevo.

No tengo ni idea de bajo qué nombre se habrán registrado, así que me dirijo al mostrador de recepción y pregunto si hay algún Bill o Sonya Waugh alojados.

—No, lo siento, no hay nadie alojado con ese apellido.

Lo medito un momento y al final me acuerdo. Ella y Bill no estaban casados cuando tuvieron a Myles, por lo que su apellido es Eastwood. Si lo buscan las autoridades, lo más sen-sato es que hayan utilizado el apellido de soltera de ella.

—¿Y qué me dice de Eastwood?

El hotel (o más bien motel) es el lugar idóneo para escon-derse. Es viejo y tiene moquetas rojas y doradas desgastadas de estilo noventero. Hay una máquina expendedora en un rincón, y estoy casi segura de que alquilan las habitaciones por horas.

Es el sitio perfecto para quedarte si no quieres que te en-cuentren. La chica comprueba el nombre en el ordenador.

327

—No, señora. Lo siento, no hay nadie hospedado con ese apellido.

—Soy su hermana y… me dijo que se hospedaba aquí. Tiene un niño pequeño que se llama Myles. El hombre con el que está tiene el pelo marrón oscuro y un… —Hago una pausa, porque la urgencia me forma un nudo en el estómago—. Es horrible. Solo quiero encontrarla y apartarla de él.

La chica desvía la mirada a la pantalla y revisa las reservas.

—No lo sé… No puedo hacer más.

Me inclino hacia ella.

—Sé que no te lo permiten, y seguramente va en contra de la política de la empresa, pero estoy muerta de miedo por ella. No ha venido por voluntad propia y he recibido un mensaje de Myles. Solo… Tengo que ayudarlos, por favor.

Quizá no soy su hermana, pero estoy aterrada por Sonya y Myles. Espero que ella haya podido mantenerlos relativamente a salvo a ambos, pero ya sé que no tiene mucho margen de acción. Cuando el niño me contó lo que les hacía su padre, me eché a llorar. Ningún niño debería sufrir lo que ha sufrido él, y Sonya es una de las personas más amables que conozco. Ninguno de los dos se merece lo que Bill les ha hecho.

Tendría que haber rellenado el papeleo sin avisarla. No debería haber dejado que el niño se marchara del centro aquel día.

La recepcionista suspira.

—Puedo ayudarte, pero… no puedo contarte nada. Si te toparas con la información por casualidad…

—Aprecio todo lo que puedas hacer.

Señala con la cabeza a la derecha y la sigo hasta un área solo para empleados.

—Si estás dispuesta a formar parte del personal, hay listas con los nombres en algunos de los carritos de la limpieza.

Me acerco a ella y la abrazo.

—Eres un ángel.

—Perderé el trabajo si…

—Te prometo que nadie sabrá lo que has hecho, pero yo nunca lo olvidaré.

Es muy habitual que la gente se quede al margen y espere a que otra persona intervenga y ayude. Yo no haré eso, y, por lo que parece, ella tampoco. He venido hasta aquí por voluntad propia para hacer lo correcto, para ayudar a alguien que me necesita. Solo me queda esperar que Spencer y Quinn estén justo detrás de mí.

Me pongo el uniforme y cojo el carrito antes de revisar la lista de nombres y números de habitación. Ninguno me llama la atención, por lo que deduzco que Bill ha alquilado la habitación con un alias.

Una de las limpiadoras me mira de arriba abajo.

—Eres nueva.

—Sí, así es, quizá puedas ayudarme. El otro día limpié una habitación en la que se alojaban un niño pequeño y sus padres. Creo que el hombre se llamaba Bill, y le prometí que volvería con toallas extra, pero ahora no recuerdo el número de habitación.

Pone los ojos en blanco.

—La próxima vez apúntalo. ¿Sabes la de quejas que recibo porque no mantenemos al personal? —La mujer comprueba el portapapeles del lateral del carrito—. Están en la 208. Llévales toallas y después friega el suelo. Y en la 222 han celebrado una despedida de soltero, así que ocúpate de ella.

Interiormente, me estremezco, porque imagino que las fiestas que se celebran en este establecimiento no son de las que dejan las habitaciones muy limpias.

—Gracias, haré lo que pueda.

Empujo el carrito, mucho más nerviosa que antes. El motel no es muy agradable, y evidentemente es un sitio al que la gente va cuando no quiere que la vean. Las cortinas son de color amarillento y el carrito está repleto de cosas que seguramente se cayeron de la parte posterior de una camioneta.

Cuando llego a la segunda planta, la determinación que tenía disminuye ligeramente, porque, cuando pongo un pie en el pasillo, me acuerdo de que lleva una pistola. No tengo ni idea de qué me encontraré, y pensaba que a estas alturas Spencer ya habría llegado.

Ya tiene que haber encontrado la nota de Myles que le he dejado en el probador. Quizá está esperando a Quinn o a la policía.

Saco el móvil y veo que tengo diez llamadas perdidas y ocho mensajes.

Oh, estoy en un buen lío.

Nueve de las diez llamadas perdidas son de Spencer y la otra de Quinn.

Y luego están los mensajes.

Spencer: ¿Dónde estás?

Spencer: En serio, Brielle, ¿dónde cojones estás?

Spencer: Nena, por favor, no hagas esto. Por favor, llámame. Espérame. Iré a buscarte y yo me ocuparé.

Spencer: Brie, no puedo... ¡No quiero pasar por esto otra vez!

Quinn: Voy hacia allí, no entres a esa habitación tú sola.

Spencer: Te juro por Dios que, si consigues que te maten, bajaré al infierno y no te librarás de mí.

Quinn: Brielle, respóndenos a alguno de los dos.

Spencer: Te lo suplico, espéranos. Vamos de camino, pero, por el amor de Dios, Brielle, espéranos. Por favor.

Tiene razón. Debería esperar. Madre mía, ¿qué hago? Me arriesgo a destrozarle la vida a Spencer cuando él y Quinn están entrenados para ocuparse de algo así. Ellos me ayudarán.

Me escondo en un rincón con la respiración entrecortada y marco su número.

—¿Brielle? —El tono de voz que emplea está cargado de pánico.

—Soy yo.

—¿Estás a salvo?

Me llevo una mano al corazón, que martillea enloquecido, y noto la culpabilidad y el arrepentimiento en el estómago.

—Sí, lo siento muchísimo. Pensaba que no había otra solución, tenía que ayudarlo.

—Tú… Ahora mismo no te soltaré un sermón; solo necesito que me digas dónde estás.

—Estoy en el motel Superior Eights, en la segunda planta.

—Escóndete. —Spencer parece a punto de perder la cabeza—. Por favor, ya voy de camino, pero… ¡Aparta! —grita, y oigo un golpe—. Quinn está cerca y yo llegaré en cinco minutos. Quédate ahí y espéranos.

—De acuerdo —le prometo—. Lo siento. —Y lo siento de verdad, porque sé que la he cagado, y está preocupado, y debería haber confiado en él—. No tendría que haber venido sola.

Entonces oigo una voz, escalofriante y familiar.

—No, no tendrías que haberlo hecho.

Levanto la cabeza y veo a Bill de pie; lleva una bolsa de comida en una mano y con la otra me apunta con la pistola.

Capítulo treinta y seis

Spencer

Llego al motel justo siete minutos después de que se corte la llamada. Me muevo por pura adrenalina. Quinn ya está en el aparcamiento y vigila a Bill, que no deja de mirar por la ventana cada pocos minutos.

Cuando me reúno con él, me tiemblan las manos de forma incontrolable. Quinn me mira.

—Relájate ahora mismo o me ocuparé yo solo.

Y una mierda.

—Es mi mundo.

—Y es mi responsabilidad, así que contrólate. Es una misión, y tienes que tratarla como tal.

Tiene razón, pero ¿cómo se lo hago entender a mi corazón? Cierro los ojos durante unos segundos y trato de calmar mi ritmo cardíaco. Utilizo todo mi entrenamiento para distanciarme de Brielle. Es una rehén, y tenemos que tratar la situación como tal.

Me obligo a mantener el tono de voz calmado.

—¿Has llamado a la policía?

—Les he informado de lo que ocurría. Jackson ha llamado a unos cuantos amigos del cuerpo y los refuerzos llegarán pronto.

—¿Y cuál es el plan?

Asiente una vez.

—La sacamos antes de que lleguen.

Bien.

Quinn me habla de la distribución del edificio y me cuenta su plan.

—La directora dice que lleva aquí más o menos un mes, que está paranoico y que es la última semana que han pagado entera. El tipo sabe que están a punto de acusarlo de asesinato en primer grado, lo cual quiere decir que está desesperado, y la gente desesperada comete estupideces.

—Y Brielle acaba de proporcionarle otro rehén.

—Pues sí, pero estamos entrenados para lidiar con este tipo de situaciones. El baño tiene una ventana pequeña. Quiero romperla, que parezca que entraremos por ahí, y después arrancamos la puerta de los goznes. Directo y resuelto. Cogemos a Brielle, al niño y a la madre.

—¿Y si les hace daño?

—No lo pienses. Nos ocuparemos de la situación con la que nos encontremos —replica Quinn, y después se pone de pie—. La directora está dispuesta a romper la ventana por nosotros, lo que nos permitirá entrar a la vez. —Quinn me entrega una de las armas que tenía guardadas—. Intenta no dispararle; recuerda que tenemos que proteger el caso. Da igual lo que sientas, no le servirás de nada a Brielle entre rejas.

Por mucho que quiera darle un puñetazo en la cara por el recordatorio, lo más probable es que lo necesitara. Ese hombre, si puede llamársele así, me ha arrebatado más de lo que nunca debería haberle permitido. Ahora tiene a Brielle, y estoy hecho una furia.

Quinn emite un silbido.

—Esa era la señal. Esperará dos minutos y romperá el cristal. Vamos.

Nos movemos a hurtadillas por la primera planta exterior del motel. Yo voy por la derecha y él por la izquierda. Nos movemos tal como nos entrenaron, en silencio y con rapidez. Me agacho cuando paso por las ventanas de la primera habitación y, cuando me asomo otra vez, me hace señas para que me dirija a la siguiente. Seguimos así hasta que los dos estamos en posición de echar la puerta abajo.

Le hago una señal a Quinn para que nos movamos, pero sacude la cabeza.

No puedo esperar. Está ahí dentro con un hombre que ya ha intentado matarla una vez. No hacer nada me está matando.

Mi cuerpo está listo para actuar y, justo cuando estoy a punto de hacerle señas otra vez para que entremos, escuchamos un alboroto.

Alguien ha empezado a gritar dentro de la habitación y Quinn se dispone a tirar la puerta abajo.

Antes de que lo haga, esta se abre de golpe, y Brielle sale a toda prisa con un niño en brazos.

Me ve y abre mucho los ojos.

—¡Ve al coche! ¡Ahora! —le ordeno, y después Quinn y yo entramos en la habitación.

Quinn va directo a Sonya, la empuja para que salga y le ordena que siga a Brielle.

—Mantén la cabeza fría —me advierte mientras nos adentramos más en la habitación. El armario está a la derecha, abro la puerta de un tirón y Quinn echa un vistazo. Está vacío, así que solo puede estar escondido en otro sitio. El baño.

La puerta está cerrada, pero se oye movimiento al otro lado.

—No puedes escapar —le digo—. Sal con las manos en alto.

Quinn se mueve a mi izquierda.

—No seas estúpido, sal despacio.

—¡Que te den! ¡Que os den a todos! Son mi mujer y mi hijo. ¿Creéis que no sé cómo acaba esto?

—Deberías haberlo pensado antes —le replico con los dientes apretados—. Esto solo acabará de una manera.

Quinn me da unos golpecitos en el hombro y me indica que me aparte a un lado.

—Oye, Bill, yo también soy padre y, si intentaran arrebatarme a mi hijo, me pondría como tú. Pero asesinaste a un hombre y…, bueno, has retenido a tu mujer y a tu hijo contra su voluntad. —Quinn se vuelve hacia mí—. Haz que siga hablando, la policía ya casi está aquí.

En la distancia se oye el eco de las sirenas.

—¿Por qué lo hiciste, Bill? —le pregunto.

—Solo quería a mi hijo. —Se le quiebra la voz mientras confiesa—. No quería hacerle daño..., a nadie. No tenía otra opción. Si la policía hubiera venido a mi casa, estaríamos todos muertos.

—Lo quieres.

—Sí. Solo... Tenía que asegurarme de que nadie viniera. Quería pedir ayuda.

—Está muy bien que intentaras conseguir ayuda, Bill. Pero la policía acaba de llegar, así que tendrás que tomar una decisión. ¿Le vas a enseñar a Myles la forma correcta de manejar las cosas o no? —le pregunto, y sé que dentro de poco tendré que dejar la habitación. Cuando la policía entre en escena, nosotros nos quedaremos al margen.

—Vendrán a por ti. Diles... que lo siento.

Quinn se aparta y me da unos golpecitos en el hombro para que me aparte yo también, así que eso hago. La puerta del baño se abre de golpe y el disparo resuena por toda la habitación.

Capítulo treinta y siete

Brielle

Ese sonido. El ruido del disparo resuena en lo más profundo de mis huesos.

Me aparto de Myles, que tiembla.

Ay, Dios.

Spencer.

Voy a moverme, pero Sonya me agarra de un brazo.

—No, no puedes ir.

Me la quito de encima y me echo a correr.

Lo único que pienso es que tengo que llegar hasta él.

Spencer.

Subo las escaleras de dos en dos. Me tiemblan las manos y noto el martilleo del corazón contra las costillas.

Por favor, Dios, no te lo lleves.

Las sirenas resuenan a todo volumen en el exterior y hay gente gritando, pero no les presto atención. Entonces llego a lo alto de las escaleras y todo mi mundo se detiene.

—Spencer. —Casi me ahogo al pronunciar su nombre, y él me estrecha contra su pecho.

—Se acabó. Se acabó.

—Tenemos que irnos —comenta Quinn a su espalda.

Spencer me coge en brazos y me baja por las escaleras mientras sollozo. Las lágrimas le mojan la camiseta, pero él solo me sujeta con más fuerza, como si necesitara ese contacto tanto como yo.

—¿Está bien? —pregunta Quinn.

No oigo qué más dice, pero no estoy bien. Estoy enloquecida, alterada y cabreada. No tengo ni idea de qué ha pasado, pero la policía nos rodea para hablar con Spencer y Quinn.

Sé que soy débil y ridícula, pero todo esto es demasiado. Haberme enfrentado al hombre que asesinó a mi hermano y que intentó matarme, ver a Myles tan aterrado y a Sonya paralizada por el miedo… ha sido demasiado.

Era aterrador, y todo el valor que sentía antes de llegar al motel se ha evaporado en cuanto he posado la mirada en él.

—Brie, tendrás que responder algunas preguntas —me explica Spencer mientras me frota la espalda.

Lo suelto poco a poco mientras me deja en el suelo y me limpio la cara. Durante la siguiente hora, respondo a todas las preguntas que puedo, y después observo cómo Quinn, Spencer, Sonya y Myles tienen que pasar por lo mismo. Cuando la policía por fin nos deja marcharnos, el cielo ha oscurecido y estamos agotados.

Al final todo ha salido bien, supongo. No presentarán cargos contra ninguno de nosotros y el asesino de mi hermano ya no está en este mundo.

Aun así, no es tan satisfactorio como debería.

Quería que lo encerraran, pero debería alegrarme, pues, por lo menos, ya nunca podrá hacerle daño a nadie más.

Cuando me baja la adrenalina y se me calman las emociones, Myles se acerca a mí.

—Hola, colega.

—Gracias por salvarnos. —Esboza una sonrisa.

Spencer se agacha delante de él.

—Fuiste muy valiente al dejar esa nota.

—Brielle siempre nos decía que, si necesitábamos ayuda, debíamos pedirla. Le envié la nota a un amigo y él la dejó ahí.

—Has sido muy listo —lo alabo.

—Mucho —añade Spencer.

Sonya se acerca a nosotros y abraza a su hijo.

—Nos vamos a casa. Lo siento muchísimo, Brielle. Siento lo que te hizo, y lo que le hizo a tu familia. Siento mucho no haber sido lo bastante fuerte para dejarlo hace años.

Le aprieto una mano.

—Ya se ha acabado, no ha sido culpa tuya.

Asiente una vez y después se marcha, y, por primera vez desde que me escapé de la tienda, Spencer y yo nos quedamos a solas.

—Me has dado un susto de muerte, joder —me dice Spencer mientras me sujeta el rostro entre las manos.

—No... No tengo excusas.

—No, no las tienes.

Lo agarro por las muñecas y él apoya su cabeza contra la mía.

—Tenía muchísimo miedo de que te hubiera hecho daño.

—Multiplica el miedo que has tenido por mil, cariño, y así me he sentido yo cuando has desaparecido.

Inclino la cabeza hacia atrás y clavo la mirada en sus ojos verde oscuro.

—Sabía que vendrías a buscarme.

—Sí, después de correr como un loco por el callejón.

—Sabía que no permitirías que viniera hasta aquí yo sola.

—Pues claro que no, joder. —Baja las manos—. Habría llamado a la policía para que hiciera su trabajo. Así Quinn y yo no habríamos tenido que esperar que la recepcionista lanzara un ladrillo por la ventana de atrás. Hemos pasado por todo esto, y ni siquiera has dejado que te rescate.

Me obligo a no sonreír.

—Cuando se ha metido en el baño, ni loca pensaba quedarme a esperar.

—Pero sabías que veníamos.

—Sí, pero también he pensado que...

—Deja de hacer eso —me interrumpe Spencer, que parece enfadado.

—¿El qué?

—Pensar. La próxima vez que se te ocurra otra de tus grandes ideas, coméntala con una persona racional. Lanzarte a ciegas a salvar a un crío de un loco armado no es un buen plan.

—Dejaré de pensar —le prometo.

Suspira hondo y me atrae hacia su pecho. Me presiona los labios contra la frente y los deja ahí.

—Se acabó pensar.

—Ya estamos a salvo —musito.

—Pues sí. Ya no hay más amenazas, ni para ti ni para nadie.

—Por ahora —respondo, y me apoyo contra su cuerpo firme.

—Sí, hasta que encuentres la siguiente estupidez en la que involucrarte.

Me río y me derrito contra él.

—Quiero pasar el resto de mi vida contigo, ¿sabes? ¿Y tú?

—Sí, quiero.

—Me gustan esas palabras —aseguro.

—Pues te toca a ti pronunciarlas —me pide Spencer.

—Sí, quiero.

—Me encanta escucharlas en tus labios. —Me mira fijamente, y un destello cruza sus ojos—. Fúgate conmigo.

—¿Qué?

—Marchémonos. Ahora mismo. No volvamos a Rose Canyon, o, por lo menos, no lo hagamos como Spencer y Brielle.

Frunzo el ceño.

—¿Cómo quieres que volvamos?

—Como el señor y la señora Cross.

Me quedo boquiabierta y después sonrío ante la propuesta.

—¿Quieres que nos casemos?

—Sí, ahora mismo.

—No podemos…

Me sujeta ambas manos entre las suyas.

—Quiero casarme contigo, Brielle. Quiero pasar cada día del resto de mi vida contigo como mi esposa. Quiero que sepas que siempre estaré aquí y que te querré hasta el día en que muera. Vamos.

Está loco. Sacudo la cabeza y trato de detenerlo.

—No podemos.

—Sí que podemos. Nos montamos en el coche y nos vamos a Reno.

—¿A Reno? ¿Quieres que nos casemos en Reno?

—Quiero casarme contigo en las próximas veinticuatro horas, así que sí, quiero ir a Reno. ¿Quieres casarte conmigo? ¿En Reno…, hoy?

Por muy loco que suene, nada en este mundo me impedirá que lo haga.

—Me casaría contigo cualquier día y en cualquier parte, chiflado.

Spencer me besa y los dos sonreímos durante el beso.

—Te haré muy feliz.

—Ya lo haces.

Y, después de esas palabras, nos dirigimos al coche a toda prisa y conducimos hasta Reno.

Epílogo

Brielle

—Te juro que es como si no te conociera —dice Addison con una carcajada.

Me paso a Elodie a la otra cadera y sonrío.

—No sé si yo me conocía a mí misma antes de esto. O quizá solo soy yo misma cuando estoy con él.

Mira a Spencer, mi marido, que se encoge de hombros.

—Le habría encantado.

—¿Tú crees? —le pregunto, porque sé que se refiere a Isaac.

—Lo sé. Lo quería como a un hermano, y confiaba en él. Lo único que deseaba Isaac era que la gente a la que quería tuviera alguien especial en su vida que los amara del mismo modo.

Elodie me agarra el collar con el puñito e intenta metérselo en la boca.

—¿Y qué hay de ti?

—¿Qué pasa conmigo?

—¿Crees que querría que fueras feliz?

Se echa a reír.

—Yo estoy a años luz de ser feliz, pero por lo menos he empezado a salir adelante.

—Es un comienzo —le respondo. Espero que pueda serlo algún día—. ¿Y cuándo volverás a casa?

Addy echa un vistazo a su alrededor.

—Pronto, creo. Me ha ido muy bien estar aquí esta semana; no ha sido tan duro como esperaba.

—Te echo de menos, Addison. De verdad.

—Ahora tienes tu propia familia. Eres una mujer casada, y seguramente tendrás tus propios niños pronto...

Cuando Addison pronuncia estas palabras, Spencer me apoya una mano en la parte baja de la espalda y emite un sonido estrangulado.

—¿Me he perdido algo?

Me echo a reír.

—No estoy embarazada... O, por lo menos, no que yo sepa.

—De acuerdo. Oye, tu madre me está poniendo a parir por haberme llevado a su única hija a Reno para casarnos. Está cabreada por habérselo perdido, y exige tener «su» boda.

—Pensé que podríamos ahorrarnos eso —gruño.

Cuando todo el mundo llegó al pueblo ayer, me quedé estupefacta, pero también me puse eufórica. Spencer se ha esforzado mucho en prepararme la fiesta de compromiso perfecta, aunque al final se ha convertido en nuestro banquete de boda.

El único problema es que nadie cree que nuestra boda cuente.

Todos exigen que la repitamos para que la familia y los amigos puedan asistir. Y he pasado la mayor parte del día tratando de explicarles que es innecesario.

—Tiene algo de razón —comenta Addison.

—¡Addy!

—¿Qué? Solo digo que, si Elodie hiciera algo así, me rompería el corazón. Una madre solo tiene la oportunidad de vivir la boda de su hija una vez.

—Es una boda, ¿para qué la necesita?

—Porque necesita ser testigo de un acontecimiento feliz. Todos lo necesitamos.

Spencer y yo intercambiamos una mirada.

—Yo ya he conseguido que seas mi mujer; la boda depende de ti.

Exhalo por la nariz.

—Vale. —Me vuelvo hacia Addison—. Pero tú serás mi dama de honor.

—¿Yo?

—Sí. Eres mi mejor amiga y mi hermana, lo cual significa que tendrás que volver para ayudarme a planearlo todo.

Por lo menos tendré eso. Addison abre mucho los ojos.

—No puedo hacer eso.

—Entonces no me casaré.

—¡No puedes hacer eso! —Resopla—. No es justo que me chantajees.

—Quizá no, pero quiero que este pastelito tenga a la tía Brie cerca para que pueda corromper su mentecita, y quiero que vuelvas a casa. Así que, si lo consigo gracias a la boda, entonces llámalo como quieras.

Spencer sonríe de oreja a oreja.

—Qué caradura, cariño.

—Estás como una cabra.

—No me has contestado. ¿Celebraremos una boda o le romperás el corazón a mamá?

Addison pone los ojos en blanco.

—Vale, pero eso no significa que me quede.

Le doy un beso a Elodie en la mejilla.

—No tienes que quedarte para siempre, solo una temporadita.

Me coge a Elodie de los brazos.

—Voy a por algo de comida. Parece que Emmett se ha hecho con el micrófono, y no quiero estar en las inmediaciones del conflicto.

Ay, no. Desvío la mirada hacia allí y compruebo que, efectivamente, se ha hecho con él.

—Mierda —murmura Spencer.

Emmett le da unos golpecitos al micrófono para pedir silencio.

—De acuerdo, habitantes de Rose Canyon. Bienvenidos. Soy Emmett, el hombre del año, por si no lo sabíais.

—¡Nadie ha venido por ti! —grita Holden.

Emmett le hace una peineta.

—A ti no te nominaron, siéntate.

Spencer se echa a reír.

—Esto será un drama.

No me digas. Emmett se vuelve hacia nosotros:

—Vosotros dos, venid aquí.

Spencer y yo nos abrimos paso hasta el principio de la sala a regañadientes.

—Estamos aquí reunidos para celebrar la unión de estas dos personas. Spencer ha sido mi mejor amigo desde que tenía doce años y, como bien sabéis, no es más que un completo inútil. A ver, ¿quién necesita a un ganador del premio Pulitzer en su pueblo? Además, es todo un semental. Lo siento, tío, estás muy bueno —comenta, y Spencer se encoge de hombros mientras Emmett se vuelve hacia mí—. Y, Brielle, bueno, no sé qué decir sobre esta chiflada. Es la mujer más valiente, lista y estúpida que conozco. Sí, me he dado cuenta de que es contradictorio, gente. Lo sé. Sin embargo, así es nuestra Brie. Hará lo que sea por las personas que le importan, incluso casarse con ellas. Ojalá lo hubiera sabido antes de que se la llevara este —continúa.

La multitud está a su merced. Se ríen, sacuden la cabeza y aplauden con cada uno de sus comentarios extravagantes.

—Sin embargo —continúa Emmett—, hay algo en lo que no dejaba de pensar el otro día. Cuando teníamos veinte años, Brielle aún llevaba pañales.

Pongo los ojos en blanco.

—¡No soy tan pequeña! ¡Solo me lleváis diez años!

—Le queda poco para la jubilación, querida. Confía en mí, sí que lo eres.

Apoyo la cabeza en el pecho de Spencer para ocultar la risa.

—¿Habéis visto lo adorable que es? —pregunta Emmett, que provoca otra ronda de aplausos—. Perdón, me estoy desviando del tema. Un día fuimos a los acantilados, no a esos a los que vas para enrollarte con alguien, tranquila, mamá Davis, sino a ver el atardecer. A menudo Isaac, Holden, Spencer y yo nos juntábamos allí y hablábamos de nuestras vidas. Es muy fácil hablar de lo que te da miedo en un lugar en el que nadie puede oírte. En fin, un día nos llevamos a Brielle y, como siempre hacía, se sentó al lado de Spencer. Nos contó que le preocupaba que su corazón nunca encontrara a la persona indicada. Recuerdo que pensé: «Qué preocupación más rara para una cría». —Se oyen más risas entre el público—. Pero Isaac se inclinó hacia adelante, miró a su hermana y dijo: «Tu corazón está destinado a estar con la persona que tienes al lado».

Se me llenan los ojos de lágrimas y levanto la mirada hacia Spencer.

—Recuerdo ese día.

—Yo también. —Sonríe.

—Por supuesto, todos nos reímos, porque creíamos que sería muy gracioso que Brielle y Spencer estuvieran juntos algún día. Pero no es gracioso. De hecho, creo que es perfecto. Así que, queridos amigos —Emmett continúa como si este momento no fuera tan serio para Spencer y para mí—, quizá Isaac ya no esté aquí, pero sí que está su corazón. Nos mira, y sabe que su hermana pequeña y el hombre que se sentó a su lado en aquella roca estarán juntos durante el resto de sus vidas. —Levanta la copa y todos los demás hacen lo mismo—. Por Brielle y Spencer.

—Por Brielle y Spencer.

El público hace tintinear las copas para que nos besemos, y lo hacemos, ambos con los ojos llenos de lágrimas. Abrazo a Emmett después del discurso.

—No me creo que te acuerdes de ese día.

Sonríe.

—Lo recuerdo porque todos creímos que era de locos, pero yo no soy el único. Unos dos años después de ese día, le pregunté a Isaac si recordaba lo que había dicho.

—¿Y?

—Dijo que siempre había pensado que acabaríais juntos algún día. Y creyó que sería divertido asustar a Spencer.

Me río, porque es un comentario muy propio de Isaac.

—Me dijo muchísimas cosas a lo largo de los años, sobre todo en los últimos meses.

—Ah, ¿sí?

Desvía la mirada hacia Addy.

—Me pidió que cuidara de ella si alguna vez le pasaba algo, que me asegurara de que siempre estuviera a salvo. La quería más que a nada en el mundo, y le he fallado.

Le apoyo una mano en el brazo.

—Nunca le has fallado.

—¿No? No conseguí atrapar a su asesino.

Spencer sacude la cabeza.

—No vayas por ahí, hiciste lo correcto, y, si aquí la Barbie psicótica no hubiera decidido tentar a la suerte, lo habrías hecho.

Emmett se inclina hacia mí y me da un beso en la mejilla.

—Sí, nunca más hagas algo así.

—Te lo prometo. —Tengo cero intenciones de volver a ser tan estúpida.

—Bien. Me alegro mucho por los dos.

Spencer y Emmett se dan la mano.

—Míralo por el lado bueno, podrás repetirlo en unos meses.

—¿El qué?

Mi marido sonríe con ojos traviesos.

—El discurso. Celebraremos la boda por todo lo alto.

—Genial —gruñe. Entonces se queda paralizado mientras observa sin pestañear a una mujer preciosa de pelo largo castaño.

—¿Quién es? —le pregunto.

Emmett no responde, solo la mira fijamente.

—Joder —murmura en voz baja.

—Ehhh, ¿Emmett? —Spencer le aprieta un hombro—. ¿Es…?

—Sí.

Bueno, me alegro mucho de que ellos sepan quién es. Le doy un manotazo suave a Spencer en el pecho.

—¿Te importa explicármelo?

—Es Blakely Bennet. Estaba en las fuerzas armadas con Emmett.

Enarco las cejas.

—Ah, ¿sí? ¿Son amigos? —Porque, por la forma en que Emmett sigue sin moverse y sin responder, no lo parece.

—Supongo que sí, era su capitana.

Eso hace que salga del trance.

—No, teníamos el mismo rango.

—Ni caso, era su jefa —me comenta Spencer en voz baja.

La mujer se acerca a nosotros, y me sorprende su belleza natural. Es unos ocho centímetros más alta que yo, esbelta, y tiene los labios carnosos, pero, por si no fuera suficiente con eso, al caminar, su pelo se mueve como en los anuncios de productos capilares.

Cuando llega donde estamos, mira con atención a Emmett y esboza una amplia sonrisa.

—Hola, Maxwell.

—Bennett —le responde él en tono cortante. Ella desvía la mirada hacia Spencer.

—Ya me parecía que eras tú, Cross. Se te ve feliz.

Spencer me suelta la mano y le da un abrazo.

—Porque lo estoy. Me alegro de verte, Blake.

—Y yo a ti, ¿me ha parecido oír que celebráis tu boda?

Spencer asiente.

—Esta es mi mujer, Brielle.

Sus ojos cálidos se encuentran con los míos mientras extiende una mano.

—Es un placer conocerte. Tu marido y yo coincidimos en un ejercicio de entrenamiento. Espero que seáis muy felices.

—Gracias. —Me cae bien. No sé por qué, pero me gusta.

—¿Qué haces aquí, Blakely? —le pregunta Emmett.

—He venido a verte, querido.

¿Querido? Spencer y yo intercambiamos una mirada rápida.

—Te envié los papeles hace meses.

Ella ignora las palabras con un gesto de la mano.

—No he venido por eso, he venido por otro asunto.

—¿Qué papeles? —pregunta Spencer. Me alegro mucho de que mi marido sea tan entrometido, porque me ahorra ser grosera.

—Los papeles del divorcio. —Blakely se encoge de hombros.

Oh. Oh, no. Perdón, ¿ha dicho *papeles del divorcio?* Emmett gruñe y se pasa una mano por la cara.

—Por el amor de Dios.

—¿Estás casado? —le pregunto en un tono un poco más alto de lo necesario.

—Sí, Blakely Bennet es mi mujer. Ahora, si nos disculpáis, tengo que hablar con ella fuera.

Antes de que ninguno pueda decir nada, la coge de una mano y prácticamente la arrastra hacia el porche. La mujer se vuelve hacia nosotros sin reducir la marcha y se despide con una mano.

—Creo que volveremos a vernos muy pronto.

Los dos nos quedamos boquiabiertos ante la escena que hemos presenciado. Cuando la puerta se cierra tras ellos, se escuchan murmullos a nuestro alrededor. Para evitar que nuestro amigo, que tiene muchas cosas que explicarnos, pase todavía más vergüenza, le hago señas al DJ y empieza a sonar la música de inmediato.

Tras unos segundos, miro a mi marido.

—¿Tú sabías algo?

—No. —Desvía la mirada hacia el porche—. Y el muy hijo de perra va y me echa la bronca a mí por guardar secretos.

Me río.

—Bueno, pues parece que está casado.

—Sí, eso parece. Baila conmigo.

Nos dirigimos a la pista de baile de la mano.

—Es preciosa —le comento.

Spencer me atrae hacia él y yo le rodeo el cuello con los brazos.

—Tú eres la mujer más preciosa del mundo.

—Soy la chica con más suerte del mundo —lo corrijo.

—Ah, ¿sí?

Asiento.

—Por tenerte a ti. El chico del que me enamoré se ha convertido en mi marido y envejeceremos juntos.

Me da un beso en los labios y me derrito contra él.

—Quién iba a decirme que solo necesitabas perder la memoria para darte cuenta de lo increíble que soy.

Me echo a reír.

—Lo sabía mucho antes de eso, señor Cross.

—Y me aseguraré de que lo recuerdes durante el resto de tu vida, señora Cross.

Es una promesa que pienso hacerle cumplir, porque no querría recordar mi vida si Spencer no formara parte de ella.

Escena extra

Spencer

—Cariño, ¿estás lista? —le pregunto a Brielle, que ya va con treinta minutos de retraso.

—¡Dame un segundo!

Dijo lo mismo hace como un millón de segundos, pero no puedo meterle prisa porque ha sido una pesadilla desde que descubrimos que estaba embarazada.

No ha sido nada fácil para ella. Estuvo malísima durante el primer trimestre y, a pesar de que intentó convencerse de que el segundo sería mejor, de momento no lo ha sido.

Cuando sale del baño del hotel, lleva el pelo rubio y largo recogido en una especie de moño con trenzas y un vestido largo, negro y ceñido a cada perfecto centímetro de su cuerpo.

—Estás impresionante. —Me acerco a ella y la atraigo contra mi pecho.

—Eres un idiota cegato.

—El amor es ciego, ¿no?

Me sonríe.

—Lo es, pero no tanto.

—Brie, estás preciosa. Todos los hombres estarán increíblemente celosos de que estés conmigo.

—Sí, estoy segurísima de que todas las estrellas de cine sexis pensarán: «Madre mía, ¿has visto a esa ballena? Ojalá se hubiera quedado atascada en mi orilla».

Le alzo la barbilla y espero a que me mire a los ojos.

—Lo harán, y no eres una ballena. —Le doy un beso antes de que diga ninguna gilipollez más sobre su tamaño. Apenas ha cogido peso y, si la miras por la espalda, ni siquiera dirías que está embarazada.

Sin embargo, la última vez que se lo dije, se enfureció porque pensó que le había dicho que estaba gorda. Así que mantendré la boca cerrada.

Brielle suspira y después me apoya una mano en el pecho.

—¿Estás seguro de que no prefieres que me quede aquí? No me importa. Nadie quiere una acompañante a la que ya no le queda nada en el estómago que vomitar.

Como si fuera a dejarla aquí.

—No seas ridícula.

—Spencer, es tu gran noche. La más importante de todas, y no quiero estropeártela.

Exhalo hondo.

—La noche en que me dijiste que me querías fue la más importante de mi vida. La primera vez que te propuse matrimonio también creí que era la noche más importante de mi vida. Después, cuando recuperaste la memoria y volviste conmigo. Y, luego, cuando me casé contigo. Y el día en que nazca nuestro monstruito se convertirá en el día más importante de mi vida. Lo de hoy es intrascendente, mi amor. Lo único que valoro es todo lo que vivo contigo.

Le resbala una lágrima por la mejilla y se la atrapo con el pulgar.

—Ahora se me estropeará el maquillaje —protesta Brielle.

—Estás perfecta, pero harás que lleguemos tarde, así que tenemos que irnos.

—Vale, pues vámonos.

Salimos del hotel en Beverly Hills y nos encontramos con una fila de limusinas esperando en la puerta principal. Le digo mi nombre al aparcacoches y va a buscar a nuestro conductor. El estudio no ha reparado en gastos, ya que la película está nominada a Mejor Guion Original, que yo escribí, y a Mejor Película, además, casi todos los actores también están nominados.

Después de lo ocurrido en los últimos años, le prometí a Brielle que dejaría de lado el periodismo de investigación. Me encantaba, sin duda, pero dedicarme a eso significaba estar durante largos periodos de tiempo en lugares y situaciones que harían que Brielle se preocupara por mi seguridad.

Ya habíamos sufrido suficiente trauma.

Aun así, no quise dejar de escribir, así que empecé a narrar nuestra historia. Un impulso me empujó a enviársela a un colega para que la analizara y, cinco días más tarde, me reunía con un productor para escribir el guion.

Y, cinco borradores después, el estudio compró los derechos de *Ayúdame a recordar* y la convirtió en una producción cinematográfica muy importante.

—¿Estás nervioso? —me pregunta Brielle cuando entramos en la limusina.

—Si te dijera que no, te mentiría.

Me sonríe.

—Sé que nunca aceptarás el cumplido, pero es increíble que estemos aquí, de camino a los Óscar. Parece que no puedes hacer nada sin ser el mejor.

—No ganaré.

—Quizá sí, y, pase lo que pase, para mí serás el ganador.

—Prométeme que te comportarás cuando veas a Noah Frazier o Jacob Arrowood —le suplico.

El actor principal, Noah Frazier, que me interpreta a mí, está nominado a mejor actor, y Brielle está obsesionada con él. De vez en cuando tengo que recordarle que no es yo y que, por lo tanto, no puede besarlo ni abrazarlo solo porque diga todas las tonterías que dije yo en la vida real.

—Yo siempre me comporto, Spencer Cross. Eres tú el que se queda sin habla en su presencia.

Ya.

El trayecto es cortísimo y, antes de que nos demos cuenta, el conductor ya nos está explicando el procedimiento. Nos llevará hasta el principio de la alfombra roja, por donde desfilaremos, posaremos para las fotos y hablaremos con la prensa.

Como si a alguien le importara una mierda el guionista.

Cuando el conductor se detiene, la publicista del estudio nos abre la puerta del coche.

—Hola, señor y señora Cross. ¿Ha ido todo bien hasta ahora?

Asiento.

—Fantástico, Catherine, gracias.

—Bien. Estás preciosa, Brie —comenta, y le entrega un folleto—. Aquí está toda la información que necesitaréis para el evento. Dónde tenéis que ir, quién os estará buscando e información sobre la fiesta de después. Es tan pequeño que te cabrá en el bolso. Y, por cierto, Jackson te manda saludos. Si lo veis, guiñadle un ojo, ya que no puede hablar con nadie cuando está trabajando.

—¿Ha venido? —le pregunta Brie con mucho cariño. Catherine Cole está casada con Jackson.

—Está con Noah y Jacob, pero hay varios empleados de Cole por aquí. Siempre envío a gente extra cuando uno de mis clientes asiste a un evento como este.

—No sé cómo lo haces —le responde Brie—. Yo estaría de los nervios si tuviera que estar con ellos.

Le lanzo una mirada significativa.

—Creía que siempre te comportabas.

Catherine sonríe.

—Mi trabajo se basa en tratarlos como a personas normales y solucionarles los problemas, y eso le quita emoción al asunto. Deberíais iros ya para respetar los horarios.

Brielle me agarra del brazo.

—¿Puedes creértelo, cariño? Desfilaremos por la alfombra roja porque eres increíble y talentoso. Estoy muy orgullosa de ti, muchísimo.

Adoro su entusiasmo, pero intento no prestarle atención a todo esto. Nunca he querido una vida en Hollywood; lo único que he querido siempre es seguir las historias y desenterrar secretos que los demás creían que permanecerían enterrados para siempre. De algún modo, aún lo hago, aunque ya no sea periodismo. Desde *Ayúdame a recordar,* he escrito tres guiones más, y se está negociando su venta. Que vean la luz o no ya no depende de mí. Como tampoco ganar esta noche.

—Seguiremos el programa; no pensemos en lo que vendrá después.

Brielle me sonríe.

—Vale. Disfrutemos de la noche y recemos para que no acabe vomitándote en los zapatos.

Dios, cómo la quiero. Me inclino y le doy un beso en la coronilla.

—Te quiero, Brielle.

—Y yo a ti.

Recorremos la alfombra roja y nadie nos presta atención hasta que Noah se acerca a nosotros. Entonces el ambiente cambia. Empiezan a oírse los clics de las cámaras cuando me estrecha la mano y Kristin y Brielle se presentan.

—Es un día importante —comenta Noah.

—Lo es, pero… tú ya estás acostumbrado.

Se echa a reír.

—Pero no a esas categorías.

—¿Algún consejo para sobrellevarlo? —le pregunto.

—El alcohol y fingir que no te importa, lo cual es mentira.

—Gracias.

Catherine se acerca a nosotros a toda prisa.

—Oye, vosotros dos, a por las entrevistas. Si veis a Jacob, decidle que lo mataré —suelta, y la sonrisa no le flaquea en ningún momento.

—Nos toca. Nos vemos dentro.

Es evidente que no estaremos sentados cerca, pero asiento de todos modos, como si fuéramos a encontrarnos dentro. Brielle y yo superamos la primera hora, conocemos a toda clase de gente de la industria y damos la misma entrevista varias veces. Varias personas nos comentan que les ha gustado mucho la historia, lo cual me produce mucha felicidad.

El interior del edificio es mucho más grande de lo que parece en televisión. Nos acompañan a nuestros asientos, que están junto a los de los otros miembros anónimos de la industria y lejos del escenario, porque no somos estrellas de cine. Las luces parpadean y empieza la entrega.

Brielle me agarra una mano y las apoya en mi pierna. La miro con una ceja arqueada.

—No dejabas de mover la pierna.

No me había dado cuenta, pero el siguiente premio es al Mejor Guion Original. Estoy nervioso y emocionado. Quiero ganar. No solo porque me gusten los trofeos, sino porque el guion va sobre nosotros. Trata de querer a alguien y de tener que hacer lo mejor para esa persona, incluso si eso te hace daño. Trata de volver a encontrarse incluso cuando no estabas seguro de si ocurriría.

Pero, tanto si gano como si pierdo, no me importa, porque el premio es Brielle, y ya la he ganado. Es todo lo bueno que hay en este mundo.

Me aprieta los dedos y le sonrío mientras Eli Walsh sube al escenario.

—Es un gran honor para mí presentar este premio esta noche. El poder de un buen guion puede elevar una película a otro nivel. A uno que nos capture el corazón, que nos recuerde que el amor es todo lo que importa, que nos dé un susto de ya sabéis qué o que nos lleve a otro universo en el que tengamos que luchar contra demonios. Estos son los nominados de esta noche.

Suena la música y empiezan a salir imágenes de las películas. *Ayúdame a recordar* es la tercera y, al final, anuncian: «Con guion de Spencer Cross».

Me vuelvo hacia mi mujer.

—Pase lo que pase...

—Eres el hombre más magnífico que conozco, y esto no cambia nada.

Asiento.

—Te quiero.

—Y yo a ti.

Se acaba la última escena y Eli levanta el sobre.

—Y el premio Óscar es para… —Contengo la respiración y hago todo lo posible por mantener el rostro impasible y no parecer uno de esos capullos a los que se les nota por la tele que se toman mal no ganar—. ¡Spencer Cross por *Ayúdame a recordar!*

Todo el mundo irrumpe en aplausos a mi alrededor, pero no los oigo. Miro a Brielle, que tiene una sonrisa radiante en los labios y los ojos llenos de lágrimas. La sujeto por las mejillas y atraigo sus labios hacia los míos.

—¡Ve! —me dice con una carcajada.

Ya. Mierda. Tengo que subir al escenario.

Me pongo en pie y camino hasta allí. El director de la película me estrecha una mano y otro de los nominados se pone en pie para felicitarme. Cuando llego al escenario, Noah me está esperando y me da una palmadita en la espalda. Subo los escalones y me encuentro con Eli, que me entrega la estatuilla.

—Enhorabuena, tío.

—Gracias.

—Buena suerte con el discurso.

Tengo que hablar. Sí, palabras. Vale. Exhalo profundamente y miro al cámara que ha levantado una tarjeta verde.

—La verdad es que no pensaba que llegaría hasta aquí. Cuando escribí *Ayúdame a recordar,* estaba saliendo de una muy mala racha. Mi mujer, Brielle, sufrió una lesión en la cabeza y la perdí durante una temporada. Tenía que superarlo de algún modo, y escribir fue la respuesta lógica. Tengo que agradecer el premio a muchas personas, incluidos el director, Thomas Wright; el productor, Michael Williams, y el increíble reparto, equipo y todos los que han hecho que la película sea posible. Me gustaría dar las gracias a mis amigos de siempre: Emmett, Holden y, por supuesto, Isaac, a quien va dedicado este proyecto. —Miro al público y la encuentro. Nuestras miradas permanecen conectadas mientras le abro mi corazón—. Y, sobre todo, tengo que darle las gracias a mi extraordinariamente preciosa mujer, Brielle. Cuando estaba perdido, me encontraste y me completaste. Eres la mejor parte de mí, y no creía que fuera posible querer a alguien como te quiero a ti. Eres mi mundo, y todo esto ha sido por ti. Te quiero.

Le corren las lágrimas por sus mejillas perfectas, y no creo que haya hombre en el mundo más afortunado que yo.